JAMES LEE BURKE

Dunkler Strom

Buch

Das Groupie-Girl Roseanne Hazlitt wird mit eingeschlagenem Schädel am Flußufer nahe der Provinzstadt Deaf Smith im Mittleren Westen der USA aufgefunden. Neben ihr liegt, bewußtlos, der 19jährige Country-Musiker Lucas Smothers, der behauptet, sich an nichts erinnern zu können. Doch die Indizien scheinen eindeutig: Lucas wird des Mordes und der Vergewaltigung angeklagt. Seine Verteidigung übernimmt der Rechtsanwalt und frühere Ranger Billy Bob Holland. Er glaubt an Lucas' Unschuld, denn der Junge ist – was niemand sonst weiß – sein unehelicher Sohn. Und Billy Bob glaubt auch zu wissen, wer der Täter ist: Darl Vanzandt, der Wortführer der heimischen Jugend-Gang. Doch als Darl Lucas zum Motorradrennen herausfordert, führt der dramatische Show-down nur noch tiefer in den Sumpf aus verletzter Ehre, gebrochenen Identitäten und Generationenkonflikt. Die polizeilichen Ermittlungen drohen zwischen Korruption und Drogenmafia, unbewältigten Affären und vertuschten Verbrechen der Vergangenheit hängenzubleiben, während die in der Stadt verbreitete Law-and-order-Mentalität nach einem Sündenbock verlangt …

Autor

James Lee Burke, 1938 in Louisiana geboren, wurde bereits Ende der 60er Jahre von der amerikanischen Literaturkritik als neue Stimme aus dem Süden gefeiert. Doch nach drei erfolgreichen Romanen zog er sich zurück. Erst Mitte der 80er Jahre meldete er sich mit Kriminalromanen zurück, in denen er die unvergleichliche Atmosphäre von New Orleans mit packenden Stories verband. Burke, der inzwischen zum zweiten Mal mit dem Edgar-Allan-Poe-Preis ausgezeichnet wurde, gilt heute als »einer der brillantesten Kriminalautoren in Amerika« (Los Angeles Times) und lebt abwechselnd in Missoula/Montana und New Orleans.

Bereits erschienen:

Flamingo. Roman (41317), Weißes Leuchten. Roman (41544), Im Schatten der Mangroven. Roman (42577), Im Dunkel des Deltas. Roman (43531), Nacht über dem Bayou (44041)

Weiter Bände sind in Vorbereitung.

James Lee Burke

Dunkler Strom

Roman

Aus dem Amerikanischen
von Georg Schmidt

GOLDMANN

Die amerikanische Originalausgabe erschien 1997
unter dem Titel »Cimarron Rose«
bei Hyperion, New York

Umwelthinweis:
Alle bedruckten Materialien dieses Taschenbuches
sind chlorfrei und umweltschonend.

Deutsche Erstveröffentlichung 9/99

Umschlaggestaltung: Design Team München
Umschlagfoto: TIB/Swanstock
Satz: deutsch-türkischer fotosatz, Berlin
Druck: Elsnerdruck, Berlin
Verlagsnummer: 44376
Redaktion: Alexander Groß
V. B. · Herstellung: Heidrun Nawrot
Printed in Germany
ISBN 3-442-44376-8

1 3 5 7 9 10 8 6 4 2

Für meine Mutter,
Mrs. James L. Burke, Sr.,
sowie für meine Tante und meinen Onkel,
Mr. und Mrs. James Brown Benbow

1

Mein Urgroßvater, Sam Morgan Holland, war ein Viehtreiber, der mit den großen Rinderherden auf dem Chisholm Trail von San Antonio nach Kansas zog. Die meiste Zeit seines Lebens kämpfte Urgroßpapa Sam gegen den Whiskey, feindliche Indianer und Viehdiebe, und immer wieder mußte er mit ansehen, wie sich seine aufgescheuchten Herden nach Wolkenbrüchen oder Gewittern über das halbe Oklahoma-Territorium zerstreuten.

Vielleicht war der schlechte Whiskey schuld, vielleicht auch die Verbitterung über das ständige Pech, durch das er ein ums andere Mal alles verlor, für das er gearbeitet hatte – jedenfalls haderte er jahrelang mit Gott und der Welt und erschoß fünf oder sechs Männer bei Revolverduellen. Dann wachte er eines Morgens stocknüchtern auf, hängte seine Chaps, die Kleidung und die Navy-Colts an einen Baum und ließ sich in den Fluten des Guadalupe taufen. Doch Urgroßpapa Sam fand keinen Frieden. Jeden Sonntag ging er zu einer aus gestampftem Lehm erbauten Baptistenkirche, setzte sich in die vorderste Bank, auf der die trauernden Gemeindemitglieder Platz nahmen, und fühlte sich nach wie vor elend, ohne erklären zu können, warum. Einen Monat später beschloß er, nach San Antonio zu reiten und seine Sehnsucht nach Whiskey auf die einzige Art zu stillen, die er kannte, nämlich so lange zu trinken, bis er all die keifenden Stimmen in seinem Kopf zum Schweigen gebracht hatte.

Unterwegs begegnete er einem hohläugigen Prediger, dessen Gesicht von Komantschen nördlich des Cimarron mit rotglühenden Hufeisen gebrandmarkt worden war. Der Prediger ließ Sam im Schatten eines Busches niederknien, legte ihm dann unverhofft die Hände auf den Kopf und weihte ihn. Wortlos lehnte er seine Bibel an Sams zusammengerollten Regenmantel, verschwand in einer Staubwolke über einen Hügel und hinterließ auf der anderen Seite keinerlei Spuren.

Fortan zog Urgroßpapa Sam durch die Lande und predigte vom Sattel aus in den gleichen Weidelagern, die seine Herden einst kurz und klein getrampelt hatten, als er noch Viehtreiber gewesen war.

Sein Sohn Hackberry, in unserer Familie auch als Opa Big Bud bekannt, hatte als Texas Ranger gegen Pancho Villa gekämpft und ihn bis tief nach Mexiko hinein verfolgt. Als junger Ordnungshüter sperrte er John Wesley Hardin ins Bezirksgefängnis, und er trug auch Jahrzehnte später noch den Stern an seiner Brust, als er Clyde Barrow in einem Stadtteil von Dallas, der einst »The Bog«, der Sumpf, genannt wurde, kopfüber in eine Mülltonne steckte.

Aber Opa Big Bud stellte stets klar, daß er nicht dabeigewesen war, als Bonnie Parker und Clyde Barrow in Arcadia, Louisiana, mit ihrem Auto in einen Hinterhalt gerieten und von Texas Rangern mit Browning-Maschinengewehren und 45er Thompson-Maschinenpistolen buchstäblich zerfetzt wurden.

»Meinst du nicht, daß sie es darauf angelegt haben?« fragte ich ihn einmal.

»Man darf nicht vergessen, daß sie noch halbe Kinder waren. Wenn du einen Halbwüchsigen nicht festnehmen kannst, ohne hundertmal auf ihn zu schießen, bist du meiner Ansicht nach ein armseliger Ranger«, sagte er.

Mein Großvater wie auch sein Vater waren gewalttätige Männer. Ihre Augen wirkten seltsam versonnen, wie in weite Ferne gerichtet, ein eigenartiger Ausdruck, den man unter Soldaten den Tausendmeterblick nennt, und die Geister der Männer, die sie getötet hatten, suchten sie im Schlaf heim und standen Wache an ihrem Totenbett. Als junger Polizist in Houston schwor ich, daß ich mir ihr Vermächtnis niemals zu eigen machen würde.

Aber wenn man Trinker in der Familie hat, ist die Wahrscheinlichkeit groß, daß man den gleichen Kelch leert wie sie. Nicht immer muß der Kampf, der in einem tobt und im Morgengrauen stets aufs neue aufflackern kann, mit dem Stoff, der aus alten Eichenfässern stammt, geschürt werden.

Ich wohnte allein in einem zweistöckigen spätviktorianischen Haus aus dunkelroten Ziegeln, das zwanzig Meilen außerhalb von Deaf Smith lag, dem Verwaltungssitz des Bezirks. Das Haus hatte eine Veranda im ersten Stock, eine breite, mit Fliegengitter umgebene Galerie, und sämtliche Balken und Holzteile waren strahlendweiß gestrichen. Der vordere und der hintere Garten waren mit Pappeln und Lorbeerbüschen umfriedet, die Blumenbeete mit roten und gelben Rosen bepflanzt.

Ich bereitete auf der Galerie große Krüge mit Eistee zu, grillte unter dem Maulbeerbaum im Garten Steaks für meine Freunde und angelte manchmal mit einer Horde mexikanischer Kinder an dem knapp einen Hektar großen Weiher hinter meiner Farm. Doch bei Nacht hallten meine Schritte von den mit Eiche und Mahagoni getäfelten Wänden in meinem Haus wider, als werfe man Steine in einen leeren Brunnenschacht.

Die Geister meiner Vorfahren suchten mich nicht heim, wohl aber der Geist eines anderen Mannes. Er hieß L. Q. Navarro und war zu Lebzeiten der bestaussehende Mann gewesen, dem ich je begegnet bin, mit rabenschwarzen Haaren, breiten Schultern und einer Haut, die so braun und glatt wie frisch ge-

gerbtes Leder war. Wenn er mir erschien, trug er die Kleidung, in der er gestorben war – einen dunklen Nadelstreifenanzug und staubige Stiefel, einen schlaffen grauen Stetson und ein weißes Hemd, das wie Schnee im Scheinwerferlicht glänzte. Sein von Hand gefertigter Waffengurt mit dem am Schenkel baumelnden Revolverholster wirkte wie ein albernes Anhängsel. Im obersten Knopfloch seines Hemdes hatte er eine scharlachrote Rose stecken.

Manchmal verschwand er im Sonnenlicht, löste sich einfach in Millionen goldener Partikel auf. Bei anderen Gelegenheiten ließ ich mich für nichts und wieder nichts auf aussichtslose Verteidigungsreden ein, worauf mein geisterhafter Besucher einen vorübergehenden Straferlaß verkündete und jede Nacht geduldig und ganz allein unter den Mesquitebäumen und Schwarzeichen auf einem Hügel in der Ferne wartete.

An einem Sonntag im April klingelte um zehn Uhr morgens das Telefon.

»Mein Junge sitzt im Gefängnis. Ich will ihn da raus haben«, sagte der Anrufer.

»Bist du das, Vernon?«

»Nein, es ist der Nigger im Holzhaufen.«

Vernon Smothers, der größte unternehmerische Fehlgriff meines Lebens. Er bewirtschaftete rund vierzig Hektar meines Landes auf Pachtbasis, aber ich war inzwischen fast bereit, ihm Geld dafür zu geben, daß er nicht zur Arbeit antrat.

»Was wirft man ihm vor?« fragte ich.

Ich hörte, wie Vernon auf irgend etwas herumkaute – einem Bonbon vermutlich. Ich sah geradezu seinen verdrucksten Blick, spürte, wie er die Falle suchte, die man ihm seiner Meinung nach stets stellen wollte.

»Vernon?«

»Er war wieder mal besoffen. Drunten am Fluß.«

»Ruf einen Kautionsadvokaten an.«

»Die haben sich ein paar Lügen ausgedacht … Sie sagen, er hat da drunten ein Mädchen vergewaltigt.«

»Wo ist das Mädchen?«

»Im Krankenhaus. Sie ist nicht bei Bewußtsein, kann also nicht sagen, wer's gewesen ist. Das heißt, daß sie nichts gegen ihn in der Hand haben. Isses nicht so?«

»Du mußt mir was versprechen … Wehe, du rührst ihn an, wenn ich ihn da rauskriege.«

»Wie wär's, wenn du dich um deinen eigenen Scheiß kümmerst?« sagte er und legte auf.

Das Gerichtsgebäude war aus Sandstein und von Zierrasen und immergrünen Eichen umgeben, deren Kronen bis zum dritten Stockwerk aufragten. Der Beschließer des Bezirksgefängnisses hieß Harley Sweet. Er schaute einen stets mit offenem Mund an, wenn man mit ihm sprach, so als versuche er zu verstehen, worauf man hinauswollte. Aber er war alles andere als verständnisvoll. Als er noch Deputy Sheriff gewesen war, waren viele Männer, die er festgenommen hatte, vor allem die Schwarzen und die Mexikaner, anschließend nicht mehr haftfähig gewesen. Und hinterher gingen sie immer auf die andere Straßenseite, wenn sie ihn auf sich zukommen sahen.

»Sie wollen Lucas Smothers besuchen, nicht wahr? Um halb eins ist Fütterung. Kommen Sie lieber hinterher«, sagte er. Er erschlug mit seiner Reitgerte eine Fliege, die sich auf seinem Schreibtisch niedergelassen hatte. Dann schaute er mich mit offenem Mund und teilnahmslosem Blick an, so als warte er auf weiß Gott was.

»Meinetwegen, Harley, wenn Sie's so wollen. Aber ab sofort vernimmt ihn niemand mehr, es sei denn, ich bin dabei.«

»Vertreten Sie ihn?«

»Ganz recht.«

Er stand auf, öffnete eine Tür mit einem Milchglasfenster

und ging in ein Büro nebenan. Er kam mit einer Handvoll Polaroidaufnahmen zurück und warf sie auf seinen Schreibtisch.

»Schaun Sie sich die Bilder an. So hat sie ausgesehen, als er mit ihr fertig war. Sie hatte Samen in der Vagina, und er hat welchen an der Hose gehabt. Sie hatte Hautfetzen unter den Fingernägeln, und er hat Kratzspuren am Körper. Ich hab keine Ahnung, was die Jungs im Labor dazu sagen. Sie lassen sich vielleicht auf Sachen ein, Billy Bob«, sagte er.

»Wo hat man sie gefunden?«

»Dreißig Meter von der Stelle entfernt, wo er weggetreten war.« Er setzte seine Kaffeetasse an, stellte sie dann wieder ab. Sein Cowboyhemd mit den silbernen Druckknöpfen schimmerte im Licht. »Ach verflucht, dann ruf ich halt oben an, wenn Sie am Sonntag vormittag nix Besseres zu tun haben, als sich mit nem Bengel abzugeben, der von Tuten und Blasen keine Ahnung hat. Sie wissen ja, wo der Fahrstuhl is.«

Wenn die anderen Jungs auf der High-School Baseball spielten oder Leichtathletik betrieben, übte Lucas Smothers Gitarre. Danach Mandoline, Banjo und Dobro. Er trieb sich in schwarzen Nachtclubs herum, ging bloß der Musik wegen zu Treffen am offenen Lagerfeuer und brannte von zu Hause durch, um Bill Monroe in Wichita, Kansas, spielen zu hören. Er konnte einem beinahe jede Einzelheit aus dem Leben der Countrymusiker erzählen, deren Namen untrennbar mit einer Zeit verbunden sind, da die Arbeiterklasse amerikanische Musikgeschichte schrieb – Hank Williams und Lefty Frizell, Kitty Wells, Bob Wills, The Light Crust Dough Boys, Rose Maddox, Patsy Montana, Moon Mullican, Texas Ruby, deren Songs man einst für fünf Cent auf jeder Wurlitzer-Jukebox hören konnte.

Seine Kunstfertigkeit auf Saiteninstrumenten grenzte an ein Wunder. Doch in den Augen seines Vaters war das zu nichts nütze, und das gleiche galt auch für Lucas selbst.

Als er sechzehn war, hatte Vernon ihn dabei erwischt, wie er in einem Bierschuppen in Lampasas auf einer Steel-Gitarre mit drei Griffbrettern spielte, und ihn vor dem Lokal so fürchterlich mit einem Rasierstreichriemen verdroschen, daß ein vorbeikommender Lastwagenfahrer ausgestiegen war und Vernons Arme festgehalten hatte, damit der Junge davonlaufen konnte.

Lucas saß in Jeans und abgewetzten Cowboystiefeln auf der Kante seiner Pritsche in einer schmalen Zelle, deren Wände mit den typischen Knastsprüchen übersät waren. Sein Gesicht wirkte verkatert, war grau vor Angst, die Haare klebten vor Schweiß. Zu seinen Füßen lag ein Westernhemd mit Druckknöpfen. Es war blau-weiß kariert und hatte weiße, mit kleinen goldenen Trompeten bestickte Schultereinsätze. Er hatte sich das Hemd für vierzig Dollar gekauft, als er im Shorty's zum erstenmal mit einer Band gespielt hatte.

»Wie geht's dir?« fragte ich, nachdem der Wärter die massive Eisentür hinter mir geschlossen hatte.

»Nicht besonders.« Er hatte die großen, kräftigen Hände auf den Knien liegen. »Hat man Ihnen was über das Mädchen gesagt … ich meine, wie's ihr geht?«

»Sie ist in schlechter Verfassung, Lucas. Was ist passiert?«

»Ich weiß es nicht. Wir sind vom Shorty's weg, Sie wissen schon, dem Schuppen am Fluß. Wir haben in meinem Pickup ein bißchen rumgeknutscht … Ich weiß noch, daß ich meine Hosen ausgezogen hab, und dann kann ich mich an nichts mehr erinnern.«

Ich setzte mich neben ihn auf die Pritsche. Sie war aus Eisen und mit Ketten an der Wand befestigt. Eine dünne Matratze voller brauner und gelber Flecken lag in dem rechteckigen Rahmen. Ich ergriff seine Hände, drehte sie um, drückte dann mit dem Daumen die Fingergelenke ab und achtete die ganze Zeit darauf, ob er das Gesicht verzog.

»Heute nachmittag kommt eine Frau vorbei und fotografiert deine Hände. Paß auf, daß du sie dir bis dahin nicht aufschlägst«, sagte ich. »Wer ist die Kleine?«

»Sie heißt Roseanne. Mehr hat sie mir nicht verraten. Sie is mit nem Haufen andrer Leute gekommen. Die sind ohne sie abgehaun, und dann haben wir zwei uns ein paar hinter die Binde gekippt. Ich würde niemals jemand vergewaltigen, Mister Holland. Und ein Mädchen würd ich schon gar nicht schlagen«, sagte er.

»Woher willst du das wissen?«

»Sir?«

»Du weißt nicht mehr, was du gemacht hast, Lucas ... Schau mich an. Unterschreib nichts, beantworte keine Fragen, mach keine Aussage, egal, was man dir verspricht. Hast du kapiert?«

»Hat mein Vater Sie hergeschickt?«

»Nicht unbedingt.«

Er schaute mich mit seinen blauen Augen an. Sie waren blutunterlaufen, voller Schmerz, und ich sah, wie er versuchte, meine Gedanken zu lesen.

»Du brauchst einen Freund. Irgendwann geht uns das allen so«, sagte ich.

»Ich bin nicht besonders schlau, aber blöd bin ich auch nicht, Mister Holland. Ich weiß über Sie und meine Mutter Bescheid. Aber ich zerbrech mir nicht den Kopf darüber. Für mich ist da nichts weiter dabei.«

Ich stand auf und schaute aus dem Fenster. Aus der roten Ziegelkirche mit dem weißen Turm unten an der Straße kamen Menschen, die Samen der Seidenholzbäume trieben im Wind, und ich roch den Brathähnchenduft aus einer Restaurantküche.

»Möchtest du, daß ich dich vertrete?« sagte ich.

»Ja, Sir, dafür wäre ich sehr dankbar.«

Er starrte mit ausdrucksloser Miene auf den Boden, ohne noch einmal aufzublicken.

Ich suchte Harley in seinem Büro im Erdgeschoß auf.

»Ich komme wieder, wenn er dem Richter vorgeführt wird«, sagte ich.

»Wieso hat er sie denn zusammengeschlagen?«

»Hat er nicht.«

»Dann hat er sie auch nicht bestiegen, nehm ich an. Sie hat sich wahrscheinlich selber künstlich besamt.«

»Warum halten Sie nicht die Schnauze, Harley?«

Er rieb sich mit dem Daumenballen über das Kinn, hatte die Mundwinkel zu einem Lächeln verzogen und musterte mich mit gleichgültigem Blick.

Als ich in meinen Avalon stieg, sah ich ihn quer über den Rasen vor dem Gerichtsgebäude auf mich zukommen. Die durch die Bäume dringenden Sonnenstrahlen zeichneten helle Flecken auf sein Gesicht. Ich schloß die Tür und wartete. Er legte einen Arm aufs Dach und lächelte mich an. Ich sah den dunklen Schweißring unter seiner Achsel, sah, wie er sich seine Worte zurechtlegte.

»Sie können es einem gewaltig unter die Nase reiben, Billy Bob. Das muß ich Ihnen lassen, jawoll. Aber ich hab meinen besten Freund nicht umgebracht, und ich kenn auch sonst niemand, der so was gemacht hat. Einen schönen Tag noch«, sagte er.

2

Lucas' Haftprüfungstermin fand am Montag morgen statt. Um acht Uhr traf ich mich mit einem Deputy Sheriff, einer Frau, beim Gerichtsgebäude und fuhr mit ihr im Streifenwagen zu der Stelle am Fluß, wo man Lucas und das Mädchen aus dem Shorty's gefunden hatte.

Die Polizistin hieß Mary Beth Sweeney. Sie trug eine braune Uniform mit bleigrauen Seitenstreifen an den Hosenbeinen und einen Diensthut, den sie schief in die Stirn geschoben hatte. Ihr Gesicht war mit hellbraunen Sommersprossen übersät, und die dunkelbraunen Haare fielen in dichten Locken auf ihre Schultern. Sie war neu bei der Dienststelle und anscheinend wenig begeistert von mir und ihrem Auftrag.

»Waren Sie schon mal woanders Polizistin?« fragte ich.

»Kriminalabteilung bei der Militärpolizei.«

»Und warum wollten Sie hinterher nicht für die Bundesbehörden arbeiten?« fragte ich.

Sie zog die Augenbrauen hoch, antwortete aber nicht. Wir kamen am Shorty's vorbei, einem windschiefen Holzhaus, das auf Pfählen über dem Wasser stand, und stießen dann auf ein altes, mittlerweile verwahrlostes Picknickareal inmitten eines Kiefernwäldchens. Gelbes Absperrband, das ein unregelmäßiges Achteck bildete, war zwischen den Bäumen gespannt.

»Haben Sie auf den Notruf reagiert?« fragte ich.

»Ich saß im zweiten Streifenwagen, der hier eintraf.«

»Aha.«

Ich stieg aus dem Streifenwagen und ging unter dem gelben Absperrband hindurch. Doch sie folgte mir nicht.

»Wo war das Mädchen?« fragte ich.

»Da drunten, bei dem Gebüsch am Wasser.«

»Unbekleidet?«

»Ihre Kleidung war auf dem Boden verstreut.«

»In ihrer Nähe?« sagte ich.

»Ganz recht.«

Der Boden auf der Lichtung war feucht und schattig, und Reifenspuren zogen sich quer über das mit Kiefernnadeln übersäte Erdreich.

»Und Lucas saß besinnungslos in seinem Pickup? Etwa hier?« sagte ich.

»Ja, Sir.«

»Sie brauchen mich nicht mit ›Sir‹ anzureden.«

Ich ging zum Flußufer hinunter. Das Wasser war grün und tief, und auf den strudelnden Fluten tanzten die Samenkapseln der Seidenholzbäume.

»Wissen Sie, so was hab ich noch nie gehört ... daß ein Sexstrolch am Tatort festgenommen wird, weil er zu besoffen ist, um sich davonzumachen«, sagte ich.

Sie gab keine Antwort. Der Boden rund um das Gebüsch war voller Fußspuren. Ich ging zu der Stelle zurück, wo Lucas' Pickup gestanden hatte. Mary Beth Sweeney verharrte nach wie vor außerhalb der Absperrung, hatte die Hände in die Hosentaschen gesteckt. Ihre Arme wirkten ziemlich kräftig, der Bauch unter dem durchaus weiblichen Busen war flach. Ihr schwarzer, auf Hochglanz polierter Waffengurt schimmerte im Licht.

»Das ist ja ziemlich rätselhaft«, sagte ich.

»Der Sheriff hat mir bloß gesagt, daß ich Sie herbringen soll, Mister Holland.«

Sie setzte eine dunkelgrün getönte Pilotensonnenbrille auf und schaute auf den Fluß hinaus.

»Ob Lucas wohl im Pickup über sie hergefallen und danach weggetreten ist? Oder hat er sie in dem Gebüsch vergewaltigt, ist zu seinem Pickup zurückgegangen, hat sich noch ein paar hinter die Binde gegossen und ist dann eingenickt?« überlegte ich. »Was meinen Sie dazu?«

»Wenn's Ihnen recht ist, bringe ich Sie zu Ihrem Wagen zurück«, sagte sie.

»Von mir aus«, erwiderte ich.

Wir fuhren durch wogende Felder voller Kornblumen und Goldknöpfchen und überquerten dann auf einer Eisenbrücke den Fluß. Das Wasser war so klar, daß man die glitschigen Steine am Grund sah und die dunklen Schatten der Felsbrocken, deren moosüberwucherte Höcker in der Strömung aufragten.

»Wollen Sie etwa auf unschuldig plädieren?« fragte sie.

»Na klar … Oder meinen Sie, ich mach nur viel Lärm um nichts?«

»Ich hab mich bloß gewundert«, sagte sie und schwieg dann, bis sie im Schatten der immergrünen Eichen vor dem Gerichtsgebäude anhielt.

Ich ging zu meinem Wagen, drehte mich dann unvermittelt um und ertappte sie dabei, wie sie mir hinterherschaute und die Sonnenbrille zwischen den Fingern baumeln ließ.

Ich erwischte den Staatsanwalt, als er gerade aus seinem Büro kam und zu Lucas' Haftprüfungstermin gehen wollte. Der Korridor war menschenleer, und unsere Stimmen hallten von dem alten Marmorboden und der hohen Holzdecke wider.

»Sie machen uns doch mit der Kaution keinen Ärger, nicht wahr, Marvin?« fragte ich.

»Diesmal gibt's keine Gnade, Billy Bob«, erwiderte er.

Er trug einen hellen Leinenanzug und hatte eine Fliege umgebunden; er schaute mich ruhig und voll selbstgerechter Strenge an.

»Sie haben keinerlei Anhaltspunkte für eine Vergewaltigung. Ohne eine Waffe können Sie nicht mal Anklage wegen gefährlicher Körperverletzung erheben«, sagte ich.

»Oh?«

»Lucas hat keinen Kratzer am Leib.«

»Haben Sie den medizinischen Untersuchungsbericht gelesen? Dann wissen Sie ja, wie sie zugerichtet wurde. Oder meinen Sie, Lucas wollte es bloß ein bißchen wild mit ihr treiben … Was reden Sie da von wegen einer Waffe? Womöglich hat er ihr das Gesicht am Pickup zerschlagen.«

»Haben Sie Beweise dafür?«

»Es hat die ganze Nacht gegossen. Sämtliche Spuren am Tatort wurden vernichtet.«

»Das kommt ja ziemlich gelegen, Marvin.«

»Nein, es widert mich an. Und die Anklage lautet auch nicht auf gefährliche Körperverletzung. Wo sind Sie denn heute morgen gewesen?«

Ich schaute ihn an, sah seinen entrüsteten Blick, und mit einemmal wurde mir bang ums Herz, weil ich wußte, was jetzt kam.

»Sie ist vor einer Stunde gestorben. Vermutlich an einer Hirnblutung, sagte der Arzt. Rufen Sie mich an, wenn Sie ihn da rauspauken wollen. Den tiefen Schlaf wird er nicht kriegen, aber ich garantiere Ihnen, daß er staatlich geprüfter Fachmann im Baumwollpflücken wird«, sagte er.

Da Lucas' Haftprüfungstermin am Montagmorgen stattfand, wurde er an der gleichen Kette zum Gericht gebracht wie all die alkoholisierten Verkehrssünder, rabiaten Ehemänner und Kneipenschläger, die übers Wochenende in der Ausnüchterungszelle gelandet waren. Jeden Montagvormittag fuhren sie in einem Aufzug, der eher einem überfüllten Zookäfig ähnelte, ins Erdgeschoß, wo sie dann in unbeholfenem Hinterwäldlerdialekt oder mit schwarzem und mexikanischem Akzent Erklärungen für ihr Verhalten vortrugen.

Normalerweise winkten die im Laufe des Wochenendes festgenommenen Missetäter ihren Freunden im Gerichtssaal zu, stupsten einander in die Rippen oder kicherten vor sich hin, während einer von ihnen seine Kaution herunterzuhandeln versuchte. Aber nicht an diesem Tag. Als sie auf der Stuhlreihe vor der Richterbank Platz nahmen und der Gerichtsdiener ihre Handschellen aufschloß und die Kette auf den Holzboden fallen ließ, zogen sie die Schultern ein, schauten auf ihre Schuhe oder rückten ein Stück von Lucas ab, so als könnte sich jeder

Blickkontakt oder auch nur die bloße Nähe zu ihm nachteilig auf ihr Strafmaß auswirken.

Ich stand neben ihm, als er an die Reihe kam. Sein Vater hatte ihm ein weißes Hemd, eine Krawatte und eine gebügelte Khakihose gebracht, aber er war unrasiert, und seine feuchten, ungeschnittenen Haare waren glatt nach hinten gekämmt, so daß er eher einem Gangster aus den fünfziger Jahren ähnelte als einem ungebildeten Jungen vom Land, der von seinem Vater von Kindesbeinen an nur geschurigelt worden war.

Marvin, der Anklagevertreter, beantragte, daß Lucas' Kaution auf zweihunderttausend Dollar festgesetzt werden sollte.

Ich hörte, wie Lucas die Luft anhielt. Ich legte ihm die Hand auf den Unterarm.

»Euer Ehren, mein Mandant ist erst neunzehn und verfügt nur über geringe finanzielle Mittel. Er ist bislang völlig unbescholten. Er hat sein ganzes Leben in diesem Bezirk zugebracht. Die Kautionsforderung ist nicht nur übertrieben, sie ist bewußt schikanös. Im Grunde genommen hat Marvin nichts gegen meinen Mandanten in der Hand, und das weiß er auch.«

Das Licht spiegelte sich auf der Brille des Richters, und sein Gesicht, die Mundpartie vor allem, wirkte faltig und zerknittert wie Kreppapier. »›Schikanös‹ ist das also? Erzählen Sie das mal den Angehörigen des toten Mädchens. Übrigens hat mir auch die vertrauliche Art, mit der Sie den Anklagevertreter beim Vornamen angesprochen haben, sehr gefallen. Es gibt doch nichts Herzerfrischenderes als eine Gerichtsverhandlung, bei der man das Gefühl hat, man sei unter guten Freunden. Die Kaution wird auf hundertfünfzigtausend Dollar festgesetzt. Damit sind Sie gut bedient, Herr Rechtsanwalt«, sagte er und schlug mit seinem Hammer auf einen kleinen Holzklotz.

Als ich aus dem Gerichtssaal ging, packte mich Vernon Smothers am Unterarm. Seine grauen Augen flackerten vor Wut.

»Alles, was du anrührst, geht in die Hose, Billy Bob«, sagte er.

»Geh nach Hause, Vernon«, erwiderte ich.

»Ich will nicht, daß mein Junge zusammen mit nichtsnutzigen Negern eingesperrt wird. Sorg dafür, daß er eine Einzelzelle oder so was Ähnliches kriegt.«

»Nein, geh nicht nach Hause. Such dir einen Mülleimer und schmeiß dich rein, Vernon«, sagte ich.

Ich fuhr mit Lucas und einem Deputy im Aufzug nach oben. Lucas trug Fußeisen und Handschellen, die an eine Kette um seine Taille angeschlossen waren. Der Deputy schob die Maschendrahttür des Fahrstuhls auf und schloß dann eine zweite, vergitterte Tür auf, die zum Zellentrakt im zweiten Stock führte. Unsere Schritte hallten von den Sandsteinwänden wider, als wir unter den blanken, nur mit Drahtgittern umgebenen Glühbirnen den Korridor entlanggingen – an einer Reihe von Zellen mit massiven Eisentüren vorbei, in die schmale Schlitze zum Durchreichen des Essens eingelassen waren, an der Sammelzelle vorbei, in der die Besoffenen verwahrt wurden, auf drei vergitterte Zellen am anderen Ende des Ganges zu. Lucas hatte rote Flecken auf Hals und Wangen, so als habe er sich an Trockeneis verbrannt.

»Hier verwahren wir die Prominenz«, sagte der Deputy. Er blieb vor der mittleren Zelle stehen und schloß Lucas' Handschellen auf. Rechts von uns wand sich ein Arm zwischen den Gitterstäben heraus.

»Haben Sie Frischfleisch für uns, Boß?« Der Mann in der Zelle nebenan war halbnackt. Irre starrte er uns an. Sein Kopf sah aus, als sei er zwischen einer Schraubzwinge zerquetscht worden, die Arme waren zu kurz geraten, die fette Brust und der Schmerbauch waren käsebleich und mit grünen und roten Tätowierungen übersät.

Der Deputy zog den Schlagstock aus dem Gürtelring und

schlug knapp neben der Hand des Tätowierten an die Gitterstäbe.

»Wenn du sie noch mal rausstreckst, brech ich sie dir«, sagte er.

»Kommen Sie schon, Sie kriegen heut abend meine Marmelade, wenn Sie mir den süßen Kleinen bringen«, sagte der Mann. Er hatte die Hände jetzt um die Stäbe geschlungen und schaute mich voller Boshaftigkeit aus nächster Nähe an. Er roch wie ein Raubtier, feucht und faulig.

Ich sah, wie Lucas' Hände zu zittern anfingen, als der Deputy seine Fesseln aufschloß.

»Lassen Sie mich einen Moment mit ihm allein«, sagte ich.

»Jederzeit. Aber ich schließ Sie lieber ein, damit Sie keiner zu fassen kriegt. Wenn Sie nämlich meinen, daß der Klugscheißer nebenan ein schlimmer Typ is, dann ham Sie den Kerl auf der andern Seite noch nicht erlebt.«

Ich ging mit Lucas in die Zelle und ließ uns von dem Deputy einsperren, der anschließend den Korridor hinabging, sich an einen kleinen Tisch setzte und eine Papiertüte mit seinem Mittagessen auspackte.

»Mir isses egal, ob ich mich an was erinnern kann oder nicht – ich hab dem Mädchen nichts getan. Ich hab sie gemocht. Sie is immer mit den Kids vom College gekommen, aber sie hat nicht so getan, als ob sie was Besondres wär«, sagte er.

»Welche Collegekids?« fragte ich.

Er setzte sich auf die Pritsche. Eine Schmeißfliege summte über dem offenen Abtritt hinter ihm. Lucas' Augen wurden trüb.

»Leute, mit denen sie zur Schule gegangen is, nehm ich an. Komm ich auf den elektrischen Stuhl, Mister Holland?« fragte er.

»Nein, in Texas gibt es den elektrischen Stuhl nicht mehr. Außerdem wirst du überhaupt nicht wegen Mordes angeklagt werden. Laß mir nur ein bißchen Zeit. Wir kriegen dich da schon raus.«

»Wie?«

Darauf konnte ich ihm keine Antwort geben.

Als ich rausging, hörte ich, wie der Mann mit dem mißgebildeten Kopf und dem bleichen Schmerbauch schrill auflachte und Lucas nachäffte. »Komm ich auf den elektrischen Stuhul? Komm ich auf den elektrischen Stuhul … Hey, du Pfeife, du landest bei den schwarzen Jungs im Brautgemach, wo sie dir beibringen, wie die Kiste läuft.«

Er drückte Kinn und Unterleib an die Gitterstäbe und schmatzte feucht und rhythmisch, wie eine Dampflok.

Ich ging nach Hause und bereitete mir in der Küche das Mittagessen zu. Im Haus war es so still, daß mir die Ohren klingelten. Ich riß sämtliche Fenster im Erdgeschoß auf, zog die Vorhänge zurück und spürte, wie der Wind durch den Flur zog und die mit Fliegengitter bespannte Hintertür aufstieß. Auf dem Eichentisch vor dem großen Flurspiegel lag die Morgenzeitung. Auf der ersten Seite war ein Foto von Lucas, in voller Größe, mit Handschellen. Meine Augen hat er nicht, dachte ich. Die hat er eindeutig von seiner Mutter. Aber die Haare, die Gesichtsform, die Körpergröße … von Vernon Smothers stammten die auf keinen Fall.

Ich ging in die Küche zurück und versuchte das Schweinebratensandwich aufzuessen, das ich mir zubereitet hatte.

Seine Mutter und ich waren gemeinsam zur High-School gegangen. Ihre Eltern waren Wandermusiker gewesen, die in den Tanzschuppen auf den Ölfeldern gespielt hatten, von Texas City bis Caspar, Wyoming. Mit sechzehn hatte sie Vernon Smothers, der zehn Jahre älter war, kennengelernt und geheiratet. Als sie neunzehn war, lief sie mir in Houston über den Weg und bat mich um Geld, damit sie ihn verlassen konnte.

Ich ließ sie in das alte Haus einziehen, das ich in den Heights gemietet hatte.

Zwei Wochen später rief ein Kollege von der Polizei in Houston Vernon an und teilte ihm mit, daß ich mit seiner Frau zusammenlebte. Er holte sie eines Nachts, als ich nicht zu Hause war, mitten in einem Hurrikan, der den Pecanbaum im Vorgarten entwurzelte. Ich sah sie nie wieder.

Einen Monat nach Lucas' Geburt erlitt sie einen tödlichen Stromschlag, als sie die Wasserpumpe im Brunnen in Ordnung bringen wollte, die Vernon mit Heftpflaster repariert hatte.

Ich wickelte das angebissene Sandwich in ein Wachspapier und legte es in den Kühlschrank. Als ich mich umdrehte, lehnte L. Q. Navarro mit verschränkten Armen an der Hintertür. Er hatte seinen aschgrauen Stetson auf, und seine Augen funkelten wie Obsidian.

»Wie geht's, L. Q.?« fragte ich.

»Das Wetter ist die Axt. Es will einfach nicht besser werden.«

»Du willst mir aber heute nicht zusetzen, oder?«

»Nicht mal im Traum, Billy Bob.«

Er zog die rote Rose aus dem obersten Knopfloch und zwirbelte sie zwischen Daumen und Zeigefinger. Dort, wo die Blüte gewesen war, klaffte ein Loch, das blutrot leuchtete, wie eine Votivkerze in einem roten Glas.

»Es war ein Versehen«, sagte ich.

»Das sag ich dir doch ständig. Tu mir einen Gefallen, schmeiß sie weg, ja?« Er zog mir den Rosenstengel über den Handteller. Meine Finger krampften sich zusammen wie unter einem Rasiermesser.

Zehn Minuten später hörte ich ein Auto vorfahren. Ich öffnete die Tür, schaute den steinernen Gehweg hinab, der zwischen den Pappeln an der Grenze meines Grundstücks hindurch zur Straße führte, und sah Deputy Sheriff Mary Beth Sweeney aus dem Streifenwagen steigen. Sie rückte ihren Diensthut zurecht, so daß der Lederriemen stramm um den Hinterkopf saß, schob das Hemd unter den Gürtel und kam auf mich zumarschiert. »Prima Fahrgestell«, hätte mein Vater vermutlich gesagt, wenn er sie gesehen hätte – breitschultrig, das Kinn vorgereckt, mit langen Beinen und leichtem Hüftschwung.

»Wie geht's Ihnen?« fragte ich.

»Haben Sie vor, einen Privatdetektiv einzuschalten?«

»Vielleicht ... Wollen Sie nicht reinkommen?«

»Hier draußen ist es bestens. Drunten am Fluß, vorgestern abend, hat der zuständige Ermittler am Tatort einen Plastiksack voller Bierdosen mitgenommen. Sie sind aber nicht im Schließfach bei den anderen Beweismitteln.«

»Warum sagen Sie mir das?«

»Der Junge fährt womöglich zu Unrecht ein. Ich bin damit nicht einverstanden.«

»Das kann Sie Ihren Job kosten.«

»Schaun Sie, Sie kennen sich doch aus. Man hat dem Opfer die Zähne ausgeschlagen, aber Ihr Mandant hat keinerlei Verletzungen an den Händen. Eine Waffe hat man auch nicht gefunden. Als wir ihn festgenommen haben, war er so besoffen, daß er kaum stehen konnte.«

»Kriminalabteilung bei der Militärpolizei, was?« sagte ich.

»Was wollen Sie damit sagen?«

»Daß Sie hier unterfordert sind ... es sei denn, Sie stehen auf warme Sommer. Im Juli kann man bei uns auf den Gehsteigen Eier braten.«

»Verwenden Sie das, was ich Ihnen gesagt habe, oder behalten Sie es in der Hinterhand«, erwiderte sie.

Sie ging zu ihrem Streifenwagen zurück, hatte nur noch Augen für den Kardinal, der auf einer Rosenlaube hockte, und schob sich dann den Hut in die Stirn wie ein Ausbilder bei der Marineinfanterie.

3

Bevor sie Privatdetektivin wurde, war Temple Carrol Bewährungshelferin in der Strafanstalt Angola drüben in Louisiana, Streifenpolizistin in Dallas und Deputy Sheriff im Bezirk Fort Bend gewesen. Sie wohnte mit ihrem invaliden Vater nur eine Meile von mir entfernt, und jeden Morgen, pünktlich bei Sonnenaufgang, joggte sie in T-Shirt und Turnhose, die kastanienbraunen Haare hochgesteckt, an meinem Haus vorbei, daß der Babyspeck um ihre Taille wabbelte. Sie hielt niemals inne, lief nie weniger als fünf Meilen und blieb an keiner Kreuzung stehen. Temple Carrol legte Wert auf Geradlinigkeit.

Am Dienstag morgen klopfte sie an die Glasscheibe meiner Bürotür und kam dann herein, ohne zu warten. Sie trug Sandalen, Bluejeans und eine braune, mit Blumen bestickte Baumwollbluse. Sie setzte sich auf die Schreibtischkante und deutete mit dem Finger auf mich.

»Was hat dir der Deputy erzählt?« fragte sie.

»Die haben am Tatort einen Sack voller Bierdosen und Whiskeyflaschen eingepackt«, antwortete ich.

»Fünf Bierdosen und zwei Weinflaschen. Auf sämtlichen Dosen befinden sich Fingerabdrücke von Lucas und dem toten Mädchen. Die Flaschen sind vermutlich zwanzig Jahre alt.«

»Was hast du über das Mädchen rausgekriegt?«

»Bei einer Tante aufgewachsen ... War lange ein Fall für die Fürsorge ... Auf der High-School galt sie als ganz harte Nuß ... Ging eine Zeitlang auf ein kommunales College und hat es geschmissen ... Arbeitete in einem Kirchenladen, wurde bei Wal-Mart wegen Diebstahls gefeuert ... Aber hör dir das an: Drei Leute im Shorty's sagen, daß sie alleine gekommen ist, nicht mit einem Haufen Collegekids. Sieht nicht gut aus für Lucas.«

»Vielleicht hat sie sie dort getroffen.«

»Vielleicht ... Aber es gibt da noch ein anderes Problem, Billy Bob. Du solltest den Jungen lieber aus dem Knast rausholen.«

»Worum geht es?«

»Um Harley Sweet.«

Sie schaute mich mit großen Augen an.

Ich fuhr mit einem Wärter in den zweiten Stock des Gerichtsgebäudes. Die Hitze war nach oben gestiegen, und die Wände waren mit Kondenswasser beschlagen.

»Ich würde gern im Vernehmungsraum mit Lucas sprechen«, sagte ich.

»Tut mir leid, Billy Bob. Harley sagt, er bleibt unter Verschluß ... Übrigens, machen Sie sich keine Sorgen wegen dem Typ links daneben. Der is heut schon viel einsichtiger.«

Der Mann in der linken Zelle hatte nur papierdünne Boxershorts an. Sein schütteres Haar war orangerot und klebte in öligen Strähnen am Schädel. Die Haut war so glatt wie über einen Stein gespanntes Latex, und sein linkes Auge war kleiner als das andere und wirkte wie eine pfenniggroße blaue Murmel, die jemand tief in eine Tonform gedrückt hatte.

»Wie heißen Sie?« fragte ich ihn, als der Wärter Lucas' Zelle aufschloß.

»Garland T. Moon«, erwiderte er und schaute mich mit trotzig funkelnden Augen an.

»Werden Sie einigermaßen gut behandelt?«

Dicke Muskelstränge spannten sich an seinem Bauch, als er von der Pritsche aufstand und ans Gitter trat. Sein Atem roch süßlich, wie gegorene Pflaumen. »Mir gefällt's hier. Ich würd nicht tauschen mögen, da kommt kein Kalifornien mit. Da draußen juckt mich gar nix.«

»Fragen Sie ihn mal, was in dem Haus von der Familie in Santa Monica passiert is. Da dreht's einem den Magen um«, sagte der Wärter.

Der Mann, der sich Garland T. Moon nannte, lächelte mir ins Gesicht und leckte sich die Unterlippe. Seine Zunge war rot und dick wie ein Biskuit.

Der Wärter schloß mich in Lucas' Zelle ein. Ich setzte mich zu Lucas auf die Pritsche.

»Meine Privatdetektivin sagt, du hast was gesehen, was dir Scherereien machen könnte«, sagte ich.

Lucas deutete mit dem Daumen nach hinten. »Es geht um den Typ da drüben«, sagte er leise. »Harley hat ihm letzte Nacht erklärt, daß er nicht nach Kalifornien überstellt wird, weil man in Kalifornien nicht gern die Todesstrafe verhängt. Er hat ihm erklärt, wie es ist, wenn man durch die Giftspritze stirbt, wie sich die Muskeln allmählich in Zement verwandeln, so daß sich die Lunge nicht mehr heben und senken kann, daß man inwendig erstickt, während rundum alle zugucken.

Harley is schon fast wieder beim Fahrstuhl gewesen, als der Typ sagt: ›Fannin Street Nummer eins … eins … eins.‹ Da is Harley durchgedreht. Er hat drei andere Jungs raufgerufen, und dann sind sie in die Zelle von dem Typ, haben ihn in Ketten gelegt und runter zur Dusche geschleppt. Dann is Harley zu einem Spind gegangen und hat eine Elektrorute rausgeholt, wie man sie zum Viehtreiben benutzt. Mister Holland, der Typ hat die Augen verdreht, und die Unterhose hat ihm um die Knöchel gehangen, als sie in zurückgeschleift haben …«

»Hör mir mal zu, Lucas. Solange du hier drin bist, hast du nichts gesehen«, sagte ich.

»Ich pack das nicht. Der Typ in der anderen Zelle, Jimmy Cole heißt der, der hat mir heut morgen erzählt, was er mit nem kleinen Jungen in Georgia gemacht hat.«

Er fing hemmungslos zu weinen an, umklammerte seine Knie, kniff die Augen zu, und die Tränen liefen ihm übers Gesicht.

Das Büro des Sheriffs befand sich in einem Flachbau aus gelbem Sandstein, der ursprünglich, in den siebziger Jahren des vorigen Jahrhunderts, als Gefängnis gedient hatte. Er war gut und gern eins fünfundneunzig groß und zirka drei Zentner schwer, aß fünf Mahlzeiten am Tag, rauchte eine Zigarre nach der anderen, hatte einen Spucknapf neben seinem Schreibtisch stehen, und an den uralten Holzwänden waren, ordentlich gerahmt, die Bilder all der Männer aufgehängt, die unter Mitwirkung seiner Dienststelle vom Staat Texas hingerichtet worden waren.

Als einfacher Volksschüler hatte er es immerhin geschafft, sich siebenundzwanzig Jahre im Amt zu halten.

Er ließ einen Pokerchip auf seinem Schreibtisch tanzen, während ich redete. Er hatte die Stirn in die Falten gelegt, und seine massigen Oberarme waren von der Sonne verbrannt.

»Verschwundene Beweismittel? Nein, Sir, nicht in meiner Dienststelle. Woher haben Sie das denn?« Er schaute mich mit seinen ausdruckslosen grauen Augen an.

»So was kommt vor, Sheriff. Manchmal wird was verlegt.«

»Darauf gibt's nur eine Antwort. Der Misthund, der Ihnen das erzählt hat, ist ein gottverdammter Lügner. Aber –« Er nahm einen Bleistift zur Hand und kritzelte etwas auf einen Block. »Ich notier mir das und melde mich wieder bei Ihnen. Zufrieden?«

»Ich möchte, daß mein Mandant verlegt wird.«

»Warum das?«

»Harley Sweet treibt sich nachts im Zellenblock rum. Ich möchte nicht, daß mein Mandant da als Zeuge hineingezogen wird.«

Er lehnte sich auf seinem Drehstuhl zurück, hielt den Bleistift mit beiden Händen.

»Wollen Sie damit sagen, daß Harley einen Häftling mißhandelt hat?« fragte er.

»Meiner Ansicht nach ist er ein kranker Mann.«

Er schaute mich einen Moment lang durchdringend an, dann lachte er schallend los. »Verflucht, er muß doch was zu tun haben, mein Guter. Ich kann doch nicht zulassen, daß der halbe Bezirk von der Sozialhilfe lebt.«

»Wiedersehen, Sheriff.«

»Brechen Sie sich bloß keinen ab. Ich laß den Jungen verlegen und red mit Harley. Bumsen Sie mal wieder, oder gönnen Sie sich sonst was Angenehmes. Jedesmal, wenn Sie hier reinkommen, bin ich hinterher völlig fertig.«

An diesem Abend fuhr ich mit Temple Carrol hinaus zum Shorty's. Der Parkplatz war voller rostiger Spritschlucker, aufgemotzter heißer Kisten, wie sie sich die Jungs in den fünfziger Jahren selbst zusammengebastelt hatten, gechopperter Motorräder, glänzender neuer Kabrioletts, Vans mit Panoramafenstern und Pickups, die über und über mit Chrom verziert waren.

Drinnen herrschte ein ohrenbetäubender Lärm. Flackerndes Neonlicht fiel auf die Gesichter der Gäste, die sich auf den mit Fliegengitter umspannten Veranden, auf dem Tanzboden vor der Bühne und an der langen, mit einem Handlauf umgebenen Bar drängten, mit heiseren Stimmen aufeinander einredeten, sich mit funkelnden Augen anschauten, als hätten sie eine Massenkarambolage auf dem Highway überlebt und wüßten jetzt, daß sie unsterblich waren. Ins Shorty's ging man, weil dort etwas geboten wurde – Sprit, Steaks, Gras aus eigenem Anbau, Speed, eine Schlägerei draußen unter den Bäumen oder eine flotte Nummer auf dem Rücksitz –, und die Leute, die hierherkamen, stammten aus sämtlichen Schichten der Gesellschaft: Rancher, Sägewerkarbeiter, Ölsucher, Geschäftsleute, Ex-Sträflinge, Drogendealer, Collegekids, einfache Hausfrauen, die ihre Ehemänner verlassen hatten, Pipelinebauer, Hillbilly-

Musiker, Poolzocker, Anabolikafreaks mit eingefetteten Haaren und Motorradbräute in schwarzem Leder, mit purpurrotem Rouge auf den Wangen und todessüchtigem Blick.

Doch die Gäste hatten inzwischen zwei weitere Nächte hinter sich, seit da drunten auf dem verlassenen Picknickplatz ein Mädchen vergewaltigt und ermordet worden war, und sie lächelten uns nur teilnahmslos an, wenn wir ihren Namen erwähnten.

Temple und ich gaben es schließlich auf und gingen wieder hinaus in die kühle Abendluft. Das grüne Land zog sich bis in weite Ferne, wo es mit einemmal einzusinken schien, so als falle es am Erdenrand jäh in ein Trockental ab, aus dem noch die letzte Glut der untergehenden Sonne strahlte.

»Billy Bob, wenn dir hier jemand weiterhelfen kann, dann sind das die Jungs von der Band«, sagte sie.

»Und?«

»Die schwören's hoch und heilig.« Sie wich meinem Blick aus. »Das Mädchen ist allein hergekommen. Sie ist mit Lucas weggegangen. Sie waren beide betrunken. Wir müssen die Sache anders anpacken.«

»Er ist ein sensibler Junge, Temple. Er ist es nicht gewesen.«

»Weißt du, was der psychiatrische Sachverständige vor Gericht dazu sagt? Bei einem Jungen, der sein Leben lang von einem Vater wie Vernon Smothers unterdrückt und mißhandelt worden ist?«

Ein alter Schwarzer mit einem dünnen weißen Schnurrbart, der eine Maiskolbenpfeife zwischen die Zähne geklemmt hatte, spießte mit einem Nagelstock den Müll zwischen den gechopperten Motorrädern auf. Er streifte jeden Fetzen einzeln vom Nagel und steckte ihn in eine Stofftasche, die er über der Schulter hängen hatte.

»Ich lade dich zu einem mexikanischen Essen ein«, sagte ich zu Temple.

»Ich glaube, ich geh lieber heim und dusch mich. Ich komm mir vor, als ob mir jemand Nikotin in die Haare geschmiert hat.«

Ich setzte mit dem Avalon zurück und steuerte die Ausfahrt des Parkplatzes an. Ich sah, wie sie zu dem Schwarzen schaute und an ihrem Mundwinkel nagte.

»Willst du mit ihm reden?« fragte ich.

»Nein, der war vorher noch nie da.«

Ich hielt an, und wir gingen beide zu ihm hin. Er arbeitete weiter, achtete kaum auf uns. Temple hielt ihm ein Foto hin, das sie sich in der Schule des toten Mädchen besorgt hatte.

»Haben Sie das Mädchen schon mal gesehen, Sir?« fragte sie.

Er nahm das Foto und warf einen kurzen Blick darauf, dann gab er es ihr zurück.

»Ja, die hab ich gesehn. Das is die, die drunten an der Straße umgebracht worden is«, sagte er.

»Haben Sie sie gekannt?« fragte ich.

»Nein, ich hab sie nicht gekannt. Aber gesehn hab ich sie schon.«

»Wann?« fragte ich.

»In der Nacht, wo sie umgebracht worden is. Sie is mitm Taxi hergekommen. Ein paar Jungs, die grad am Weggehn warn, ham sie gesehn und gefracht, ob sie mit will. Aber sie war da andrer Meinung.«

»Sir?« sagte ich.

»Sie hat dem einen Jungen ne Maulschelle verpaßt, *klatsch*. Er is dagestanden und hat sich die Backe gehalten, wie wenn er Zahnweh hat. Dann is sie wieder reingegangen und hat ihm den Finger gezeigt. Hat sich nicht mal umgedreht dabei, hat ihn bloß in die Luft gehalten.«

»Wer war der Junge?« fragte ich.

»Hab ihn noch nie gesehn. Weiß auch nich, ob ich ihn wiedererkenn.« Sein Blick schweifte ab.

»Doch, bestimmt«, sagte Temple.

»Warum haben Sie das niemandem erzählt?« fragte ich.

»Wenn die öfter als einmal in so ein Lokal gehn, dann gibt's dafür n Grund. Auch wenn's der falsche is. Was ich dazu sag, ändert gar nix dran.«

»Was für ein Auto hatte der Junge?« fragte Temple.

»Woher soll ich wissen, was der für ein Auto hat?«

»Mit wem war er zusammen?« fragte Temple.

»Die hab ich noch nie gesehn.«

»Nennen Sie mir Ihren Namen«, sagte sie. Sie schrieb ihn auf und drückte ihm dann eine Visitenkarte in die Hand. »Sie sind grade Zeuge in einem Mordverfahren geworden. Melden Sie sich. Und denken Sie mal scharf nach. Ich weiß, daß Sie das können.«

Ich fuhr auf der zweispurigen Landstraße am Fluß entlang, an einem Maisfeld vorbei, das grün und wogend im Mondschein lag.

»Du hast den alten Knaben ziemlich hart angefaßt«, sagte ich.

»Ich kann's nicht leiden, wenn mir jemand dumm kommt, nicht, wenn's um Vergewaltigung und Mord geht«, sagte Temple.

Nachdem ich sie abgesetzt hatte, rief ich im Gefängnis an und fuhr dann zu Marvin Pomroy, dem Staatsanwalt. Er wohnte in einem stuckverzierten weißen Haus, das im Schatten immergrüner Eichen im alten, wohlhabenden Viertel von Deaf Smith lag.

Seine Frau öffnete die Tür und bat mich herein, aber ich bedankte mich und fragte, ob Marvin einen Moment herauskommen könnte. Er hatte noch die Serviette in der Hand, als er auf die Veranda trat.

»Ich habe gehört, daß Beweismittel verschwunden sind«, sagte ich.

»Wenden Sie sich an den Sheriff.«

»Ich halte Sie für einen Ehrenmann, Marvin. Führen Sie mich nicht an der Nase rum.«

»Ich bleibe dabei. Außerdem sollten wir so was nicht bei mir zu Hause regeln.«

»Wenn hier schlampig ermittelt wird, fährt mein Mandant womöglich ein.«

Er griff hinter sich und zog die Haustür zu. Der gelbe Schein der Außenlampe fiel auf seinen wohlgeformten Schädel, die tadellos gekämmten kurzen Hare und die Nickelbrille.

»Jetzt hören Sie mal zu, verdammt noch mal. Der Junge hat von hinten bis vorne Dreck am Stecken. Kommen Sie mir nicht mit so einem Käse«, sagte er.

»Ich habe heute den Sheriff gebeten, daß er ihn verlegt. Nichts hat sich getan.«

»Damit habe ich nichts zu schaffen. Aber wissen Sie, was mir zu schaffen macht? Ein gewisser Garland T. Moon, eine Type wie aus dem tiefsten Höllengrund. Er hat in Kalifornien eine ganze Familie ermordet, hat sie im Keller gefesselt und einen nach dem anderen mit einem Messer umgebracht. Aber sein Anwalt hat bereits die meisten Beweismittel für unzulässig erklären lassen, weil sie ohne ordentlichen Durchsuchungsbefehl sichergestellt wurden. Hier bei uns hat er eine alte Frau umgebracht, aber wenn ich ihm das nicht nachweisen kann, kommt er wieder raus, lebt mitten unter uns, kann jederzeit wieder zuschlagen ... Hören Sie, ich könnte Lucas vorsätzlichen Mord zur Last legen. Aber ich habe mich anders entschieden. Verstehen Sie, worauf ich hinauswill, Billy Bob?«

»Nein.«

Er schüttelte den Kopf, teils mitleidig, teils versonnen.

»Schauen Sie mich nicht so an«, sagte ich.

»Sie waren Bundesanwalt. Warum haben Sie das hingeschmissen?«

»Sie können mich mal, Marvin«, sagte ich.

»Kommen Sie rein, und essen Sie mit uns«, erwiderte er.

»Nein.«

»Dann wünsche ich Ihnen eine gute Nacht«, sagte er.

Ich ging quer über den Rasen zu meinem Auto. Es kam mir so vor, als ob tausend Schatten im Garten tanzten, im Wind zerbarsten und wieder von neuem anfingen. Ich warf einen Blick zurück zu Marvins Haus und sah ihn unter einem gleißenden Kronleuchter mit seiner Familie am Eßtisch sitzen. Sie reichten sich allerlei Schüsseln und Schalen und genossen sichtlich ihr Beisammensein.

4

Ich wachte kurz vor Sonnenaufgang auf, briet mir in der Küche Eier mit Speck, aß sie auf der hinteren Veranda aus der Pfanne, tunkte den Dotter mit Brot auf und trank eine Tasse Kaffee dazu. Der Tag brach grau und neblig an, und die Luft war so kühl und feucht, daß man von weit her jedes Geräusch hören konnte – eine Brasse, der drüben im Weiher sprang, das Knarren einer Windmühle, eine Kuhglocke, die am Tor meines Nachbarn schellte.

L. Q. Navarro lag auf der weißgestrichenen eisernen Gartenbank unter dem Maulbeerbaum, hatte den Stetson schief auf dem Kopf sitzen und die Wange auf die Wand gestützt.

Ich achtete nicht auf ihn.

Aber wenn ich die Augen schloß, sah ich uns beide wieder, wie wir in einem schlammigen, mit Schilf überwucherten Flußbett in Coahuila über die Grenze ritten. Insekten flogen uns in der Dunkelheit in Mund und Nase, und der Schweiß brannte uns in den Augen. Dann donnerte ringsum eine Salve los, Mündungsfeuer blitzte hinter Sandhügeln und Dornbüschen, Mesquitebäumen und ausgeschlachteten Autowracks auf, und die Pferde brachen unter uns ein, als habe man ihnen den Bauch aufgeschlitzt.

Doch L. Q.s Stute rappelte sich wieder auf, obwohl Blut aus einem Loch in ihrer Brust schoß, warf den Kopf mit den losen Zügeln hin und her und galoppierte voller Panik durch ein Arroyo davon. Dann sah ich, daß sich L. Q.s Stiefel mit dem mexikanischen Radsporn im Steigbügel verfangen hatte, sah, wie er über die Felsen geschleift wurde, wie er die Arme um den Kopf geschlungen hatte, während ihm die Hufeisen der Stute die Jacke von der Schulter fetzten.

Mein rechter Arm war taub und hing schlaff herunter, von einer Kugel getroffen, die den Oberarmknochen glatt durchschlagen hatte. Ich stand aufrecht da und schoß mit der Linken, bis die Neunmillimeter leer war, warf sie dann weg und schoß mit meinem 357er Magnum weiter, während Querschläger durch die Luft pfiffen oder mit einem hellen Scheppern, so als breche eine Feder, irgendwo draußen einschlugen.

Dann hörte ich, wie sich die Angreifer durchs Gebüsch verzogen, über nasse Sandbänke, von den rostigen Autowracks weg, durch das geschwärzte Fettholz und das Gewirr aus Maschendrahtzäunen. Ich hörte den Mann hinter mir, ehe ich ihn sah, hörte, wie er die Stiefel ins Erdreich grub und verzweifelt Halt suchte, als er die trockene Uferböschung herunterrutschte. Ich drehte mich um, als er am Boden des trockenen Flußbetts landete, sah den Lauf des Gewehrs im Sternenlicht glänzen, legte meinen Revolver an und feuerte die letzte Kugel in der Trommel ab, hörte, wie der Hahn zurückfederte und auf die leere Hülse schlug, und bemerkte erst dann das feine, silbrige Funkeln von L. Q.s mexikanischen Sporen.

Ich schob die Bratpfanne und die Kaffeetasse beiseite und wischte mir den Mund mit einer Papierserviette ab.

»Warum hast du das verdammte Gewehr genommen?« fragte ich.

Er schmiegte die Wange an seine Hand und schob den Hut zurück. *»Ich hab meine Knarre fallen lassen. Womit hätt ich denn sonst auf sie schießen sollen, mit Spucke?«*

»Die haben sich wieder in die Berge verdrückt. Wir haben dich für nichts und wieder nichts verloren.«

»Das würde ich nicht sagen. Ich hab mein Taschenmesser im Leib von dem Kerl abgebrochen, dem ich das Gewehr abgenommen habe. Den Typ wollten wir uns schon zweimal vornehmen. Meiner Meinung nach pißt er demnächst bloß noch mit einer Niere.«

»Du bist ein tüchtiger Ordnungshüter gewesen, L. Q.«

Er grinste und steckte sich einen Grashalm in den Mund.

Ich hörte ein Auto vorfahren, dann klingelte es an der Tür.

»Kommen Sie nach hinten!« rief ich durch die Küche.

Deputy Sheriff Mary Beth Sweeney kam um das Haus herum. Die Sonne hing wie ein weicher gelber Ballon hinter ihr am Himmel. L. Q. stand jetzt unter dem Maulbeerbaum und musterte sie neugierig. Sie ging einfach durch ihn hindurch. Er zerplatzte in tausend goldene Splitter.

Ich hielt ihr die Fliegengittertür auf.

»Wie wär's mit einer Tasse Kaffee?« fragte ich.

Sie kam auf die Veranda und nahm den Diensthut ab. Sie schob sich eine Haarlocke aus der Stirn.

»Es dauert nicht lang«, sagte sie.

»Wie bitte?«

»Sie haben mich beim Sheriff angeschwärzt.«

»Wegen der fehlenden Beweismittel?« fragte ich.

»Sie haben etwas weitergegeben, das ich Ihnen vertraulich mitgeteilt habe, Mister Holland.«

»Hab ich nicht«, sagte ich.

»Aha? Meiner Meinung nach gluckt hier noch Hinz und Kunz zusammen.«

»Wer sind Sie?« fragte ich.

Sie setzte ihren Hut auf und ließ die Fliegengittertür hinter sich zuknallen.

Ich folgte ihr zum Streifenwagen.

»Sie irren sich da«, sagte ich.

Ich schaute dem Streifenwagen nach, als er den Kies auf der Landstraße aufwirbelte und hinter einer Hügelkuppe zwischen zwei Feldern voller roter Angusrinder verschwand.

Meine Anwaltskanzlei befand sich über der alten Bank am Rande des Rathausplatzes. Von meinem Fenster konnte ich die Rostschlieren sehen, die von den eisernen Zaumringen an den alten, auf Pfählen ruhenden hölzernen Gehwegen stammten, die Eisenwaren- und Futtermittelläden, die längst bankrott gegangen waren, die schnörkelige Neonschrift des Rialto-Kinos, in dem nach wie vor die neusten Filme liefen, die gelbe Mündung eines aus dem spanisch-amerikanischen Krieg stammenden Geschützes, das unter den immergrünen Eichen vor dem Gerichtsgebäude stand, die Uhr mit den römischen Ziffern, die über dem zweiten Stockwerk thronte, wo Lucas Smothers Zelle an Zelle mit zwei Psychopathen ausharren mußte.

Ich nahm mir eine Tasse Kaffee, setzte mich an meinen Schreibtisch und starrte auf den Glaskasten an der Wand, in dem ich Urgroßpapa Sams 36er Navy-Colts und seine Winchester ’73 mit dem achteckigen Lauf und dem Unterhebelverschluß auf blauem Filztuch angebracht hatte. Ich griff zum Telefon und tippte die Durchwahl des Sheriffs ein.

»Mein Mandant ist nicht verlegt worden«, sagte ich.

»Reden Sie mit Harley.«

»Harley ist ein sadistischer Schwachkopf.«

»Allmählich gehn Sie mir auf den Wecker, Billy Bob.«

»Bestellen Sie Ihrem zuständigen Ermittler am Tatort, daß ich ihm Feuer unterm Arsch machen werde.«

»Wegen der weggekommenen Bierdosen oder was?«

»Ganz recht.«

»Was sollen die denn beweisen? Daß sich da draußen auf dem Picknickplatz allerhand Leute besaufen und miteinander vögeln? ... Gehn Sie zum Hirndoktor, solange noch Zeit dazu ist, mein Sohn. Ich mach mir Sorgen um Sie.«

Ich fuhr hinaus zu der mit einem Blechdach gedeckten Holzhütte, in der Roseanne Hazlitt gewohnt hatte. Die Tante, eine gebrechlich wirkende, verhutzelte Frau, hakte die Fliegengittertür zu, als ich zu der kleinen Veranda hochstieg. Im Fernseher hinter ihr lief eine Talk-Show, bei der die Leute ständig durcheinander schrien und johlten. Vor der Couch stand ein niedriges Bügelbrett. Ich nahm ihren Körpergeruch durch das Fliegengitter wahr, eine Mischung aus Kampfer, getrockneten Blumen und altem Schweiß, der sich in ihrer Kleidung festgesetzt hatte.

»Wollen Sie etwa, daß ich den Jungen davonkommen laß?« sagte sie.

»Nein. Ich habe mich bloß gefragt, ob Roseanne vielleicht noch andere Freunde hatte, mit denen sie sich im Shorty's getroffen haben könnte.«

»Zum Beispiel?«

»Zum Beispiel jemanden, dem sie aus einem bestimmten Grund eine Ohrfeige verpaßt hat.«

»Die hat noch keinem was getan. Aber die ham ihr alles mögliche angetan.«

»Darf ich reinkommen?«

»Nein.«

»Wer sind *die,* Miss Hazlitt?«

»Jeder von denen, die um sie rumgeschnüffelt ham wie ein Rudel Hunde, die einmal Witterung aufgenommen ham. Und jetzt verlassen Sie bitte meine Veranda, und bestellen Sie dem jungen Smothers, daß er euch vielleicht täuschen kann, aber mir macht er nix vor.«

»Kennen Sie Lucas?«

Ich fuhr nach Deaf Smith zurück, parkte den Avalon vor meiner Kanzlei und ging hinüber zum Gerichtsgebäude. Ich riß die Tür zu Harleys Büro auf, ohne vorher anzuklopfen.

»Ich möchte Lucas sprechen, und zwar unter vier Augen, in einem Vernehmungsraum, und ich möchte dabei von niemandem gestört werden«, sagte ich.

»Das ist doch selbstverständlich, Billy Bob.« Er lehnte sich auf seinem Drehstuhl zurück und grinste mich kurz an.

Ich fuhr hinauf ins Gefängnis, wo ein Wärter Lucas' Zelle aufsperrte. Jimmy Cole, der Mann mit dem mißgebildeten Kopf und dem Schmerbauch, der in der rechten Zelle saß, ging auf und ab, schlug die Fäuste aneinander und verschwendete keinerlei Blick auf uns. Der Mann zur Linken, Garland T. Moon, saß nackt auf seiner Pritsche. Er hatte offenbar Gymnastik gemacht, wischte sich mit einem Handtuch den Schweiß vom Bauch und grinste mich an. Sein eingesunkenes linkes Auge glänzte feucht, als er mir einen spöttischen Blick zuwarf.

Der Wärter führte Lucas und mich einen kurzen Gang entlang zu einem kleinen, fensterlosen Raum mit einem Holztisch, zwei Holzstühlen und einem in den Betonboden eingelassenen, mit Urinflecken übersäten Abtritt.

Lucas setzte sich und schlang die Hand um den Unterarm. Er schaute mich an und leckte sich die Lippen.

»Worum geht's, Mister Holland?«

»Du hast mir weisgemacht, daß du Roseanne Hazlitt erst im Shorty's kennengelernt hast.«

»Ich hab sie nicht näher gekannt, das is alles.«

»Du lügst.«

»Ich hab sie ein paarmal heimgefahren, nachdem das Shorty's dichtgemacht hat. Wir sind aber nicht fest miteinander gegangen oder so.«

»Nein, du bist ihr lediglich an die Wäsche gegangen.«

Er schluckte, hatte weiße Flecken auf den Wangen, die wie schmelzende Eissplitter aussahen.

»Willst du lebenslänglich in Huntsville landen? Wenn du mich weiter anlügst, wirst du von Marvin Pomroy durch den Wolf gedreht. Was verheimlichst du, Lucas?«

Er starrte auf seine Hände, aber er sah dabei aus, als ob er am Rande einer Schlucht stünde und in den bodenlosen Abgrund hinabschaute.

»Sie hat gesagt, daß sie womöglich schwanger ist.«

»Wollte sie, daß du sie heiratest?« fragte ich.

»Nein, Sir. Sie hat gesagt, daß sie jemand dafür drankriegen will. Sie hat gesagt: ›Ich stell ihn bloß. Die Leute hier in der Gegend werden sich noch wundern. Ich komm damit bestimmt ins Fernsehn und mach die ganze Stadt unmöglich.‹«

»Warum hast du mir das nicht gesagt?«

»Weil das Kind vielleicht von mir ist. Weil ihr vielleicht denkt, daß ich sie umgebracht hab, weil ich sie nicht gewollt habe.« Er schniefte, zupfte mit dem Daumennagel an einer Schwiele und blickte dann trotzig auf.

»Ich habe den Autopsiebericht gelesen, Lucas. Sie war nicht schwanger.«

»Warum hat sie dann –«

»Vermutlich hat sie nur ihre Tage zu spät bekommen.«

Er ließ die Hände in den Schoß fallen und schaute mich fassungslos an, so als verstehe er gar nichts mehr.

»Ich muß hier raus, weg von den Jungs in den zwei andern Zellen«, sagte er.

»Achte nicht auf sie.«

»Die reden im Dunkeln, wenn niemand anders in der Nähe is … Letzte Nacht hat Garland Jimmy Cole – das is der, der über und über tätowiert is – was erzählt. Garland hat zu ihm gesagt: ›Verdammt, die alte Frau hat mich an meine Mutter erinnert. Sie hat gefesselt hinter dem Ladentisch gelegen, zu Tode erschrocken, und hat zu mir hochgeguckt. Die hat so elend ausgesehn, sag ich dir, daß mir's richtig weh getan hat. Also bin ich hin zu ihr und hab gesagt: »Gute Frau, jemand wie Sie hat es nicht verdient, daß ein Mann wie ich ihr was Böses antut«, und ich hab ihr beide Hände aufs Gesicht gelegt, und sie hat in die Hose gemacht und is auf der Stelle gestorben.‹

Mister Holland, die haben so laut gelacht, daß ich mir die Matratze um den Kopf wickeln mußte, damit ich's nicht gehört hab … Mister Holland?«

Ich klopfte an die Milchglasscheibe von Marvin Pomroys Bürotür.

»Wieviel Wert legen Sie auf ein paar hieb- und stichfeste Beweise gegen Garland T. Moon?« fragte ich.

»Was haben Sie denn?« erwiderte Marvin.

»Lucas kann Moon aufgrund einer Aussage festnageln.«

Marvin wirkte unschlüssig. »Fahren Sie fort«, sagte er.

»Was bieten Sie?«

»Wir sind hier nicht auf dem Basar, Billy Bob. Ich habe einen Zeugen, der gesehen hat, wie Moon in den Laden gegangen ist.«

»Vergessen Sie Ihren Zeugen. Ich habe ein Geständnis.«

»Wollen Sie, daß das Verfahren eingestellt wird?«

»Nein.«

»Wenn es so ist, wie Sie sagen, kann man vielleicht die Kaution halbieren … Möglicherweise können wir auch bei der Anklage eine Stufe tiefer ansetzen.«

»Totschlag, keine Vergewaltigung.«

»Totschlag und sexuelle Nötigung.«

»Das reicht mir nicht.«

Marvin kratzte sich am Hinterkopf.

»Hinsichtlich des Strafmaßes werde ich keine Einwände vorbringen, wenn Sie auf seine Jugend und seine bisherige Unbescholtenheit verweisen«, sagte er.

Er saß mit seinen roten Hosenträgern da und hörte schweigend zu, als ich die Geschichte wiedergab, die Lucas mir gerade erzählt hatte. Er nahm die Nickelbrille ab und putzte sie mit einem Kleenex.

»Sie ist erstickt. Sie ist nicht vor Angst gestorben«, sagte er.

»Er sagt, er hat ihr die Hände aufs Gesicht gelegt. Läuft aufs gleiche raus. Hat sie sich in die Hose gemacht?«

»Ja.«

»Dann haben Sie ihn«, sagte ich.

»Mag sein.«

»Schön, daß wir uns einig geworden sind, Marvin.« An der Tür drehte ich mich noch einmal um. »Sie haben das arrangiert, nicht wahr?« sagte ich.

»Ich? So schlau bin ich nicht, Billy Bob. Aber besten Dank, daß sie es mir zutrauen.«

An diesem Abend arbeitete ich noch lange in meiner Kanzlei. Die Osterferien hatten begonnen, in denen die Collegekids nach Hause kamen und ihre alten Schulrituale wiederaufleben ließen, so als wollten sie ihre Nachfolger darauf hinweisen, daß sie ihre jugendlichen Tollereien nie und nimmer missen mochten. Mein Fenster stand offen, und ich sah das fahle Leuchtzifferblatt der Uhr auf dem Gerichtsgebäude, sah, wie sich die Blätter der Eichen im Wind regten und die Kids aus den reichen Gegenden Stoßstange an Stoßstange die Main Street entlangkutschierten, in Richtung Osten, zu den Wohnvierteln der

Mexikaner und Schwarzen am anderen Ende der Stadt, wo es keine geteerten Straßen gab.

Die Sonne war fast untergegangen, und ein eigenartiger blauer Lichtschein lag auf dem Rathausplatz. Die Luft duftete nach Blumen und reifenden Wassermelonen draußen auf den Feldern. Unten kurvte der Autokorso um den Platz, die aufgemotzten Kisten mit den chromblitzenden, offenliegenden Motoren und den fetten, tief grollenden Auspuffrohren außen an der Karosserie, die Pickups, die Kabrios und die Vans, alle so gespritzt, daß die Rottöne, das Orange und der bonbonlila Lack wie glasiert wirkten. Eine Bierdose landete scheppernd auf dem Gehsteig, ein angetörntes Mädchen in einem hautengen weißen Kleid stand auf dem Rücksitz eines Pickup und zog ihren Rocksaum hoch.

Morgen früh um neun sollte über Lucas' Kaution verhandelt werden. Aus irgendeinem Grund griff ich zum Telefon und rief im Gefängnis an.

Harley Sweet meldete sich.

»Haben Sie dafür gesorgt, daß dem Jungen heute nacht nichts passiert«, sagte ich.

»Noch mal, bitte.«

»In Ihrem Knast gehen seltsame Sachen vor sich. Wehe, wenn meinem Mandanten etwas zustößt.«

»Ihr Mandant is ein Pisser, den ich nicht mal anspucken tät, auch wenn er's braucht … Ihr Scheißliberalen könnt mich mal, Billy Bob. Wollen Sie mal vorbeikommen und Jimmy Cole und Garland T. Moon das Essen reichen, zusehn, daß sie genügend Toilettenpapier kriegen, regelmäßig duschen dürfen und daß ihnen keiner die Menschenrechte beschneidet? … Hab ich mir doch gedacht.«

Er legte auf.

Weder Harley noch ich konnten ahnen, was sich in dieser Nacht ereignen sollte und was es für Folgen haben würde.

5

Eine Minute nach Mitternacht schaute der Wärter in Harley Sweets Büro vorbei und meldete sich ab.

»Ich hab Jimmy Cole dabei erwischt, wie er n Stück Seife gegessen hat«, sagte er.

»Wir sollten uns lieber einen neuen Koch besorgen«, sagte Harley.

»Ich würde den Burschen nicht ins Krankenhaus lassen, Harley. Der hat irgendwas vor.«

»Mit Garland T. Moon hat's aber keinen weiteren Ärger gegeben, oder?«

»Nein, Sir.«

»Schau an, man muß sie nur ins Gebet nehmen.«

Gegen drei Uhr früh hörte ein Mexikaner in der Ausnüchterungszelle, wie die Aufzugtrossen knarrten, wie scheppernd die Maschendrahttür geöffnet und danach die zweite, vergitterte Tür aufgeschlossen wurde. Lederstiefel hallten auf dem Betonboden wider, als Harley Sweet mit einem keck auf dem Kopf sitzenden Cowboyhut aus hellem Stroh und einer zusammengerollten Papiertüte in der Hand den Korridor entlangkam und an der Ausnüchterungszelle vorbeiging.

Der Mexikaner, dessen Zellengenossen ringsum am Boden lagen und schliefen, drückte das Gesicht an die Gitterstäbe und versuchte vergeblich, den Korridor entlangzublicken.

Weiter hinten wurde eine weitere Tür aufgeschlossen, und dann hörte er Harleys Stimme. »Dreh dich um und lehn dich an die Wand. Dein Gesicht macht mir die Arbeit nämlich nicht leichter. Deine Mutter muß dich ja mit nem bösen Knüppel verdroschen haben.«

Der Mexikaner in der Ausnüchterungszelle hörte Geräusche, Keuchen und Füßescharren, ohne daß ein Wort fiel, so als ob da Männer miteinander rangelten, die genau wußten, daß es auf jede Bewegung, jeden Atemzug ankam. Dann ein kurzes, jähes Aufjapsen, und jemand ging zu Boden, worauf fürchterliche Hiebe auf ihn einprasselten, die mit einem leisen Pfeifen einsetzten, so als ob ein Schlagstock durch die Luft schnitt und dann mit dumpfem Ton auf Fleisch und Knochen traf, ein ums andere Mal, bis sich der Mexikaner mit den Händen die Ohren zuhielt und sich in die hinterste Ecke der Ausnüchterungszelle verkroch.

Fünf Minuten vergingen, dann fiel die Zellentür am anderen Ende des Korridors wieder ins Schloß, und jemand, der genauso gekleidet war wie Harley, nur daß er sich den Strohhut vors Gesicht hielt, kam an den Gitterstäben der Ausnüchterungszelle vorbei. Dann wurde die Maschendrahttür zugeschlagen, und mit einem Surren und Kreischen, daß die Wände dröhnten, fuhr der Aufzug hinunter ins Erdgeschoß.

Ein paar Kids, die nach wie vor die Main Street entlangkutschierten, sagten aus, sie hätten gesehen, wie jemand, der Stiefel und einen weißen Strohhut trug, aus dem Seitenausgang des Gerichtsgebäudes kam und quer über die dunkle Rasenfläche zu Harleys Pickup ging, unterwegs an die Brusttasche seines Hemds tippte, offenbar selbst überrascht war, als er eine Schachtel Zigaretten fand, sich eine anzündete und wegfuhr.

Der Wärter, der um sechs seinen Dienst antrat, fuhr in den zweiten Stock des Gerichtsgebäudes hinauf, wo ihm nichts Ungewöhnliches auffiel. Um sieben Uhr morgens brachten die Aufsichtshäftlinge das Frühstück herauf, eine Karre, beladen mit Aluminiumbehältern voller Grütze, gebratenem Schinken, Weißbrot und schwarzem Kaffee. Die Männer in der Ausnüchterungszelle wurden zuerst abgefertigt, danach war Lucas Smothers an der Reihe, der in die Einzelzelle neben der Dusche verlegt worden war. Ein Essensausteiler blieb mit der

Karre vor Jimmy Coles Zelle stehen und schlug mit einer hölzernen Schöpfkelle an die Gitterstäbe.

»Bereitmachen zum Essenfassen, Jimmy Cole ... Hey, Junge, raff dich auf, wenn du was zu futtern willst.«

Der Aufsichtshäftling schaute sich den Mann auf der Pritsche, der weiße Sträflingskleidung trug und mit einer Hand das gestreifte Kissen auf sein Gesicht drückte, genauer an und sah dann tief zwischen den Falten am Hals etwas kupfrig schimmern. Der Essensausteiler fuhr herum und schrie dem Wärter am anderen Ende des Ganges zu: »Häftling ist ausgebrochen, Boß!«

»Was zum Teufel soll das? Da drüben liegt er doch«, sagte der Wärter und deutete durch die Gitterstäbe. Dann sah er den abgesplitterten schwarzen Schlagstock unter der Pritsche und die untere Gesichtshälfte des Mannes, der darauf lag. »Ach, du lieber Gott«, sagte er, schloß die Tür auf, stürmte hinein und zog mit spitzen Fingern das Kissen weg, das sich der Mann vors Gesicht hielt, so als könne er den Film nicht mehr ertragen, den er sich anschaute.

Der Kupferdraht war von einem Besenstiel abgewickelt und zu einer Würgeschlinge zusammengedreht worden, die sich tief in Harleys Hals gegraben hatte. Der Gerichtsmediziner sollte später feststellen, daß Harley Sweet am Boden gekniet hatte und langsam erdrosselt worden war, als ihn die Hiebe mit dem Schlagstock trafen.

Garland T. Moon schlang sein Frühstück hinunter und überredete dann den Essensausteiler dazu, ihm einen weiteren Schlag Grütze mit der fettigen Soße vom Boden des Schinkenbehälters zu geben. Dann sprang er hoch, faßte mit den Fingerspitzen um die Querstrebe am oberen Rand der Gittertür und machte in Unterhosen Klimmzüge, daß sich sämtliche Adern und Sehnen unter seiner Haut abzeichneten.

»Hey, Boß, wohnt Mister Sweets Mutter nicht an der Fannin

Street Nummer eins-eins-eins … Ich an Ihrer Stelle würd Sie bewachen lassen. Wer weiß, was alles passiert, wenn Jimmy Cole da draußen umgeht«, sagte er. Er ließ sich wie ein nasser Sack herabfallen und kicherte lauthals vor sich hin.

Der Saal war praktisch menschenleer, als Lucas erneut vor den Richter trat, der die Kaution auf fünfundsiebzigtausend Dollar herabsetzte. Eigentlich hätte sein Vater mit einem Kautionsanwalt zu dem Termin erscheinen sollen. War er aber nicht. Ich bürgte mit meinem Grund und Boden und wartete dann auf der Treppe vor dem Gerichtsgebäude auf Lucas, der erst noch die Entlassungsformalitäten hinter sich bringen mußte.

Vernon Smothers hielt mit seinem Pickup am Straßenrand und kam quer über den Rasen auf mich zu. Er trug eine dunkelblaue Latzhose mit feuchten Flecken an den Knien.

»Wo bist du denn gewesen, Vernon?« fragte ich.

»Ich hab Paprika gepflanzt. Hab nicht auf die Uhr geschaut. Und dieser nichtsnutzige Kautionsanwalt hat auch nicht zurückgerufen. Wie isses denn gelaufen?«

»Ich habe die Kaution gestellt.«

»Das wollte ich nicht.«

»Ist nichts weiter dabei.«

Er schaute auf den im gleißenden Sonnenlicht liegenden Gehsteig, auf die Autos, die um den Platz kurvten, die alten Männer, die auf den Bänken neben dem Geschütz aus dem spanisch-amerikanischen Krieg saßen. Seine dunkel gebräunten Wangen zuckten, als ob jemand mit einer Feder darüber striche.

»Diejenigen, die das Geld haben, lassen es die andern immer spüren. So isses hier in der Gegend seit jeher gewesen. Aber ich find mich damit nicht so einfach ab«, sagte er.

»Vernon, schade deinem Jungen nicht noch mehr.«

»Anscheinend isses nur meiner, wenn du denkst, du mußt mir einen Vortrag halten, Billy Bob.«

Ich ließ ihn stehen, ging wieder in das Gerichtsgebäude, in einen Gang voller Holzschnitzereien und -säulen, die braungolden, wie in einem uralten Glanz, erstrahlten. Marvin Pomroy kam aus seinem Büro und wäre fast mit mir zusammengestoßen. Sein Gesicht war kreidebleich, so als habe ihm jemand eine Ohrfeige verpaßt.

»Was ist los?« fragte ich.

»Wir haben Mist gebaut. Moon und Jimmy Cole haben in Sugarland zusammen gesessen«, antwortete er.

»Sie hören sich nicht um, Marvin.«

»Diese Zeugin übrigens ... die Kundin, die gesehen hat, wie Moon in den Laden gegangen ist, in dem er die alte Frau umgebracht hat ... Jemand hat heute früh das Fliegengitter an ihrer Hintertür aufgeschlitzt und sie mit einem Schraubenzieher erstochen ... Etwa eine halbe Meile weiter weg hat man Harleys Pickup gefunden.«

Ich sah, wie Lucas Smothers die Wendeltreppe herunterkam, eine Tüte mit seinen Habseligkeiten in der Hand.

»Wir haben keinerlei Beweise dafür, daß Moon in dem Laden gewesen ist«, sagte Marvin.

Ich schaute ihn an, und seine Miene gefiel mir ganz und gar nicht.

»Der irrwitzige Dreckskerl kommt womöglich frei, Billy Bob.«

»Und Lucas' Aussage –« setzte ich an.

»Mit der allein kommen wir nicht weiter.«

»Weiß Moon, daß Lucas ...« Ich hatte das Gefühl, als ob mir viele kleine Nadeln in die Stirn stachen.

»Das wissen Sie doch selber ... tut mir leid. Wir haben geglaubt, der Typ wäre schon so gut wie tot«, sagte Marvin.

Lucas kam auf uns zu, wirkte leicht verstört, als er Marvin bei mir stehen sah.

»Was gibt's?« fragte er. »Ist mein Vater draußen?«

Ich saß allein in meinem Büro, hatte die Jalousien heruntergezogen und versuchte nachzudenken. Ständig hatte ich Garland T. Moon vor Augen, sein breites Grinsen, die straffe Haut, die leuchtendblauen Augen; ich roch förmlich seinen Atem, den süßlichen Duft nach gegorenen Pflaumen. Ich zog die Jalousien auf und ließ die Sonne herein.

Die Gegensprechanlage summte.

»Mister Vanzandt und sein Sohn möchten Sie sprechen, Billy Bob«, sagte meine Sekretärin.

Jack Vanzandt war einst ein Baseballstar auf dem College gewesen, hatte danach in Vietnam gekämpft und war hochdekoriert zurückgekeht, hatte viel Geld mit mexikanischem Öl verdient, alles wieder verloren und es dann mit Computern erneut zu einem Vermögen gebracht. Er hatte gestern angerufen – oder war es schon vorgestern gewesen? Genau, wegen seinem Sohn, der von der Texas A&M geflogen war, der technischen und naturwissenschaftlichen Universität in College Station.

»Haben wir einen schlechten Tag erwischt?« fragte Jack.

»Tut mir leid. Ich steh heut morgen ein bißchen neben mir«, sagte ich.

Jack ging immer noch tüchtig stemmen, trainierte regelmäßig am Sandsack und spielte nach wie vor Polo in einem Club in Dallas. Er wußte sich zu benehmen, war intelligent und kehrte nie den großen Kriegshelden heraus. Es gab kaum einen, der ihn nicht mochte.

Ganz anders der Sohn, ein blonder Junge mit grünen Augen, dessen Gesicht stets leicht gerötet war, der überdreht und verdruckst wirkte, so als sei er in Gedanken ganz woanders.

»Darl hat sich mit einem Mexikanerjungen geprügelt. Wir wollten die Sache im guten beilegen, aber anscheinend haben die Angehörigen festgestellt, daß bei uns ein bißchen Geld zu holen ist«, sagte Jack.

»Was sagen Sie dazu, Darl?« fragte ich.

»Wir sind bei dem Baseballspiel gewesen. Auf einmal zerkratzt mir ein Typ mit nem Nagel die ganze Haube. Ich hab ihn gefragt, was das soll. Wegen der Anfeuerungsrufe droben auf der Tribüne, hat er gesagt. Und ich hab ihm erklärt, daß wir in einem freien Land leben, in dem jeder sagen kann, was er will. Wenn das nem Mexen nicht paßt, kann er ja wieder rübermachen.«

»Was für Anfeuerungsrufe?« fragte ich.

»Taugt nix, kann nix, is nich besser, das gilt für jeden Pfefferfresser.« Er grinste vor sich hin und rieb sich den muskelbepackten Unterarm.

Ich schaute zu seinem Vater.

»Der Mexikanerjunge mußte sich den Unterkiefer wieder zusammenflicken lassen«, sagte Jack.

Ich holte einen Notizblock und einen Kugelschreiber aus meiner Schreibtischschublade und legte die Sachen vor Darl hin.

»Schreib alles auf, was vorgefallen ist. So als ob du einen Schulaufsatz verfaßt«, sagte ich.

»Ich hab Ihnen doch schon gesagt, was passiert is«, erwiderte er.

»Darl leidet unter Dyslexie«, sagte Jack.

»Aha«, sagte ich. »Ich mache Ihnen einen Vorschlag. Ich melde mich heute nachmittag bei euch. Tut mir leid, aber ich bin heute morgen nicht ganz bei mir.«

Darl Vanzandt spielte mit dem Schulring herum, den er am Finger trug. Er wirkte in sich versunken, so als amüsiere er sich insgeheim. Dann schaute er mich mit einemmal an und sagte: »Mein Vater glaubt, daß Lucas Smothers von Ihnen stammt.«

»Geh zum Auto, Darl«, sagte Jack.

Als Darl weg war, bot mir sein Vater die Hand.

»Ich bitte um Entschuldigung. Darl ist psychisch schwer gestört. Seine Mutter ... äh ... er leidet unter einer pränatalen Alkoholschädigung. Manchmal muß man ihm das eine oder andere nachsehen«, sagte Jack.

»Nicht der Rede wert«, sagte ich.

»Besten Dank, daß Sie uns beistehen, Billy Bob.«

Er drückte mir erneut die Hand, lang und anhaltend, feucht und warm. Als er weg war und ich wieder allein in meinem Büro saß, ertappte ich mich dabei, wie ich mir unwillkürlich die Hände an den Hosenbeinen abwischte.

Warum? dachte ich.

Weil an Darl Vanzandts Ringfinger eine Wunde gewesen war, ein frischer Riß, der durchaus von einem Zahn stammen konnte.

Nein, sagte ich mir, du läßt dich da zu etwas hinreißen.

In dieser Nacht tobte draußen ein Gewitter. L. Q. Navarro stand mitten in meinem Wohnzimmer und hatte den aschgrauen Stetson nach hinten geschoben. *»Du bist ein erstklassiger Ordnungshüter gewesen, genausogut wie ich, Mann. Wenn jemand arm ist und sich nicht wehren kann, so wie Lucas und das tote Mädchen, und andre Leute sich einmischen, dann muß dir klar sein, daß es um mehr geht, als die dir weismachen wollen.«*

»Warum läßt du mich nicht in Ruhe, L. Q.?«

Er wirbelte seinen Hut um den Zeigefinger, und im nächsten Moment sah ich ihn im Blitzschlag hinter einem Hügel in der Ferne verschwinden.

6

Am nächsten Tag grub ich nach der Arbeit Köderwürmer aus und ging mit einem kleinen Mexikanermischling am Weiher hinter meinem Anwesen angeln. Er hieß Pete, und er hatte blaue Augen und helle Strähnen, die wie verwittertes Holz aussahen, in den weichen, wuschligen Haaren. Er grinste ständig, sprach wie ein *Anglo* und war vermutlich der schlaueste kleine Junge, den ich je kennengelernt hatte.

»War da drüben der Chisholm Trail?« fragte er.

»Ein Teil davon. Man sieht immer noch die Wagenspuren im harten Untergrund.«

Er kaute seinen Gummi und dachte darüber nach.

»Wozu ist das gut?« fragte er.

»Genaugenommen für gar nichts, nehm ich an.«

Er grinste, kaute wie wild weiter und ließ einen Stein über das Wasser hüpfen.

»Die Schwarzen sagen, wenn man auf seinen Haken spuckt, fängt man immer Fische. Glaubst du das?« fragte er.

»Könnte schon sein.«

»Wieso heiratest du Temple Carrol nicht?«

»Für einen Jungen in deinem Alter denkst du zuviel nach.«

»Sie joggt jedenfalls ganz schön oft an deinem Haus vorbei.«

»Warum beschäftigst du dich heute abend so mit Carrol, Pete?«

»Weil sie grade kommt.«

Ich schaute nach hinten und sah, wie Temples Auto an meiner Garage, der Scheune und dem Hühnerhof vorbeifuhr und dann über den Feldweg zu dem Damm rollte, der den Weiher umgab.

Temple stieg aus und kletterte die Böschung hinauf. Ihr Gesicht wirkte im Zwielicht kühl und rosig.

»Er ist raus«, sagte sie.

»Moon?«

»Genau der.«

»Entschuldige uns kurz, Pete.«

Ich lehnte meine Angelrute an die Astgabel eines Judasbaums und ging dann mit ihr den Damm hinab. Die untergehende Sonne, die rot hinter den Weiden am anderen Ufer stand, wirkte wie geschmolzenes Metall.

»Er war in deiner Kanzlei«, sagte sie.

»Was?«

»Hat etwa eine Stunde lang auf der Treppe gesessen. In einem blauen Sergeanzug und einem Hawaiihemd, das so schrill war, daß einem die Augen weh getan haben. Ich hab ihm gesagt, daß deine Kanzlei geschlossen ist. Er ist einfach sitzen geblieben und hat sich die Fingernägel saubergemacht.«

»Laß dich nicht mit ihm ein, Temple. Nächstes Mal rufst du die Polizei.«

»Was meinst du denn, was ich gemacht habe? Eine halbe Stunde später ist der neue Deputy, diese Mary Beth Sweeney aufgekreuzt. Ich hab ihr gesagt, wie froh ich bin, daß sich endlich jemand von der Sheriffdienststelle aufrafft und über die Straße kommt. Hör zu, niemand hat sie geschickt. Sie ist bloß zufällig vorbeigefahren. Sie hat ihm gesagt, er soll sich schleichen.«

Temple schob zwei Finger in die Seitentasche ihrer Bluejeans.

»Er hat dir eine Nachricht hinterlassen«, sagte sie.

Sie war mit Bleistift auf die Innenseite einer flachgedrückten Zigarettenschachtel geschrieben.

> *Mr. Holland, ich finde es verdammt rücksichtslos, daß Ihre Sprechstunden nirgendwo aushängen. Rufen Sie mich im Green Parrot Motel an, damit wir die Sache bereden können.*
>
> *Garland T. Moon*

Wir waren jetzt bei ihrem Wagen. Sie öffnete die Tür auf der Fahrerseite, beugte sich über den Sitz und holte einen Revolver heraus. Es war ein uralter 38– 40er mit Hahn- und Abzugsspannung, dessen Metallteile stumpf wie eine alte Blechmünze waren.

»Behalt ihn. Du kannst ihn ja in deine Sammlung aufnehmen«, sagte sie.

»Nein.«

»Ein Freund von mir in Austin hat Moons Namen durch den Computer laufen lassen. Bei der Bewährungshilfe glaubt man, daß er in Sugarland zwei Spitzel umgebracht hat.«

»Danke für die Mühe, Temple.«

Sie senkte den Revolver, den sie quer in der Hand hielt.

»Wo soll das enden?« fragte sie.

»Wie bitte?«

»Du hast deine Dienstmarke abgegeben, danach hast du die Arbeit als Staatsanwalt beim Justizministerium geschmissen ...« Sie schüttelte den Kopf. »Meinst du etwa, daß du kein Recht hast, über andere Menschen zu richten, bloß weil jemand unter unglücklichen Umständen ums Leben gekommen ist?«

»Pete und ich wollen uns ein paar Fische braten. Du darfst dich gern anschließen.«

»Du machst mich so wütend, daß ich dir am liebsten eine knallen würde«, sagte sie.

Später rief ich den Sheriff zu Hause an.

»Meine Privatdetektivin hat wegen Garland Moon in der Dienststelle angerufen«, sagte ich.

»Und?«

»Niemand wurde losgeschickt.«

»Was hat er denn gemacht?« fragte er.

»Er war in Ihrem Gewahrsam. Sie haben ihn laufenlassen. Ich will nicht, daß er sich auf meiner Vortreppe rumtreibt.«

»Glauben Sie etwa, ich will, daß sich dieser Irre auf der Straße rumtreibt?«

»Ich bin mir da, ehrlich gesagt, nicht ganz sicher, Sheriff.«

»Sie sind eine unverbesserliche Nervensäge, Billy Bob. Rufen Sie mich nicht mehr daheim an.«

Nachdem ich aufgelegt hatte, rief ich einen Freund bei der Sheriffdienststelle an und ließ mir Mary Beth Sweeneys Adresse geben. Sie wohnte in einem neuen einstöckigen Apartmentgebäude mit Swimmingpool knapp außerhalb der Stadt. Um neun Uhr abends ging ich auf dem gepflasterten Weg zum Eingang am Pool vorbei, dessen Unterwasserbeleuchtung eingeschaltet war und auf dem Kiefernnadeln und eine Schicht Sonnenöl trieben. Der Rasen war menschenleer, und über den transportablen Grills, die noch auf den Feldsteinplatten standen, kräuselten sich die letzten dünnen Rauchfäden.

Ich stieg zum ersten Stock hoch und klingelte an der Tür. Ich ballte die Hand zusammen und öffnete sie wieder; mir war warm, und ich wünschte, ich hätte die Jacke im Avalon gelassen.

Sie schaute mich mit ausdrucksloser Miene an, als sie die Tür öffnete.

»Tut mir leid, daß ich Sie zu Hause belästige. Aber ich habe gehört, daß Garland Moon bei meiner Kanzlei war«, sagte ich.

»Ja. Wollen Sie sonst noch was von mir wissen?«

»Vielleicht. Wenn es Sie nicht stört?«

Ich wartete.

»Kommen Sie rein«, sagte sie.

Das kleine Wohnzimmer war mit Rattansesseln, einer Couch und einem runden Glastisch möbliert. Eine gelbe Theke mit drei Hockern trennte die Küche vom Wohnzimmer. Mary Beth Sweeney war barfuß und trug Jeans und ein weiß-dunkelrotes T-Shirt von der University of Texas mit einem Longhornbullen darauf. Die *New York Times* lag aufgeschlagen auf dem Glastisch, daneben eine Hornbrille.

»Sie sind zufällig vorbeigekommen und haben Moon vor meiner Kanzlei sitzen sehen?« fragte ich.

»Was soll das, Mister Holland?«

»Ich habe allmählich den Eindruck, daß mich in der Sheriffdienststelle irgend jemand nicht leiden kann. Und ich glaube, es hat was mit Lucas Smothers zu tun.«

Sie hatte mich nicht gebeten, Platz zu nehmen. Sie stützte sich mit der Hand auf der Theke ab und schlüpfte in ein Paar weiße Mokassins, so als wolle sie irgendwohin. Ihre Augen waren violett, wirkten versonnen, als sei sie am Überlegen.

»Sie sollten nicht hierherkommen«, sagte sie.

»Wie soll ich das nun wieder verstehen? Steckt da irgendeine geheime Bedeutung dahinter? Mit kryptischen Äußerungen tu ich mich immer schwer.«

»Wenn Sie nicht wollen, daß ich unhöflich werde, sollten Sie nicht weiter darauf herumreiten, Mister Holland.«

»Ich heiße Billy Bob.«

»Ich weiß, wer Sie sind.« Danach errötete sie kurz, aber meiner Ansicht nach nicht, weil sie sich ärgerte. Es kam mir vielmehr so vor, als habe sie etwas zugegeben, das sie lieber für sich behalten wollte.

»Mögen Sie mexikanisches Essen?« fragte ich.

»Gute Nacht.« Sie legte die Hand an den Türknauf und drehte ihn um.

»Morgen abend? Ich bin Ihnen sehr dankbar.«

Sie öffnete die Tür, und ich ging hinaus. Ich war jetzt nur noch Zentimeter von ihr entfernt, und ich konnte das Parfüm hinter ihren Ohren riechen, hörte ihre Atemzüge und sah, wie sich ihre Brüste hoben und senkten. Ein dünnes Goldkettchen mit einem Kreuz hing um ihren Hals.

»Moon fällt nicht über Sie her«, sagte sie. »Für so was benutzt er Jimmy Cole.«

Ich bemerkte, daß ich sie mit offenem Mund anstarrte.

Am nächsten Morgen bog ich bei Sonnenaufgang in die unbefestigte Auffahrt vor Vernon Smothers Holzhaus ein. Im Vorgarten stand ein Mimosenbaum, vor der Eingangstreppe wirbelte wie wild eine Sprinkleranlage, die Garage hinter dem Haus war halb verfallen, und rundum wurde jeder Quadratmeter Boden genutzt.

Ich ging am Rande eines Bohnenfelds zu einem Bewässerungsgraben, in dem Lucas bis zu den Knien im Wasser stand und abgestorbene Pflanzen herausfischte.

»Was machst du da?« fragte ich.

»Mein Vater kompostiert die.«

»Der läßt nichts verkommen.«

»Sie mögen ihn nicht besonders, was?« sagte er. Sein Gesicht und das Baumwollhemd waren voller Schlammspritzer, dicke Muskeln traten an seinen Armen hervor, als er eine Gabel voller triefender Schlingpflanzen neben dem Graben ablud.

»Garland Moon ist frei. Also sei bitte vorsichtig«, sagte ich.

»Letzte Nacht hat mir ein Mexikaner im Poolsalon fünfhundert Dollar geboten, wenn ich eine Ladung Holz nach Piedas Negras runterfahre.«

»Was hast du im Poolsalon gewollt?«

»Bloß ein bißchen rumhängen.«

»Jawoll, weil's dort ja auch bloß Selters zu saufen gibt. Warum ist der Mexikaner so spendabel?«

»Er hat da drunten eine Möbelfabrik. Er kann keine weiten Strecken fahren, weil er irgendwas mit den Nieren hat. Er hat gesagt, daraus könnte was Festes werden.«

»Wenn du außer Landes gehst, Lucas, landest du im Knast und kommst nicht wieder raus.«

»Sie müssen doch deswegen nicht gleich sauer werden. Ich wollte Ihnen doch bloß erzählen, was der Typ gesagt hat.«

»Hast du dir noch mal überlegt, wie's kommenden Herbst mit dem College aussieht?«

»Mit der Schule hab ich noch nie viel anfangen können, Mister Holland.«

»Sag doch Billy Bob zu mir.«

»Mein Vater erlaubt das nicht.«

Ich ging zu meinem Auto zurück. Die Sonne hing gelb und fahl im Dunst hinter Vernon Smothers' Haus. Er stand in seinen Arbeitsstiefeln auf der Veranda, hatte eine abgeschnittene Militärhose und ein ärmelloses Drillichhemd an, das fadenscheinig und verwaschen war.

»Bist du wegen Moon hergekommen?« fragte er.

»Er soll angeblich ziemlich nachtragend sein«, erwiderte ich.

»Wenn er meinen Grund und Boden betritt, knall ich ihn ab.«

»Dann fährst du seinetwegen ein.«

»Ich hab mir gestern auf dem Fahrweg hinter deinem Haus die Ölwanne aufgerissen. Du schuldest mir fünfundsiebzig Dollar fürs Schweißen«, sagt er, ging ins Haus und ließ die Fliegengittertür hinter sich zufallen.

Kurz vor der Mittagspause meldete sich meine Sekretärin auf der Gegensprechanlage.

»Hier draußen ist ein Mann, der seinen Namen nicht nennen will, Billy Bob«, sagte sie.

»Hat er einen blauen Sergeanzug an?«

»Ja.«

»Ich komme gleich raus.«

Ich öffnete die Tür. Garland T. Moon fläzte in einem Sessel, hatte eine Jagdzeitschrift aufgeschlagen und studierte die Anzeigen, in denen allerlei Schußwaffen und Messer per Postversand angeboten wurden. Er trug glänzende braune Plastikstiefel und ein kanariengelbes, mit roten Vögeln bedrucktes Hemd, dessen Manschetten über die Jackenärmel geschlagen waren.

»Kommen Sie rein«, sagte ich.

Meine Sekretärin schaute mich fragend an.

»Ich mach heut ein bißchen später Mittagspause«, sagte sie.

»Warum gehen Sie nicht gleich, Kate? Bringen Sie mir eine Portion Enchiladas und ein Malzbier mit. Möchten Sie auch was, Garland?«

Er hatte rote Lippen wie ein Clown, lächelte mich an und legte den Kopf leicht zur Seite, so als hätte ich ihm eine Fangfrage gestellt.

Wortlos ging er an mir vorbei. Ich nahm seinen Körpergeruch wahr, eine Mischung aus Seife und Schweiß. Ich schloß die Tür, drehte den Schlüssel um und steckte ihn in meine Uhrtasche.

»Was machen Sie da?« fragte er.

Ich setzte mich an meinen Schreibtisch und lächelte ihm zu, ohne ihn anzuschauen. Ich kratzte mich am Handrücken.

»Ich hab Sie gefragt, was Sie da machen«, sagte er.

»Meiner Meinung sind Sie gut davongekommen. Ich glaube, Sie sollten sich schleunigst absetzen.«

»Warum haben Sie die Tür abgeschlossen?«

»Ich möchte nicht gestört werden.«

Die eine Hälfte seines Gesichts schien sich in Falten zu legen, das kleine blaue Auge wurde wäßrig, so als sei ihm Rauch hineingeraten. Er hatte inzwischen Platz genommen, saß angespannt auf dem Plastikstuhl.

»Ich will Sie engagieren. Ich möchte, daß Sie Anzeige erstatten. Die haben mich mit einem elektrischen Ochsenziemer traktiert. Sie haben ihn mir an die Geschlechtsteile gehalten«, sagte er.

»Die Aussage meines Mandanten ist jetzt hinfällig. Sie sind frei, obwohl Sie ein Mörder sind. An Ihrer Stelle würde ich nicht viel Aufhebens darum machen.«

»Der kleine Sausack, den man in die Zelle neben mir gelegt

hat, dieser Lucas Smothers, der lügt wie gedruckt. Nie und nimmer hab ich mich mit Jimmy Cole über so was unterhalten. Dafür sitz ich schon viel zu lang im Knast.«

Ich schaute auf meine Hände, die ich auf der Schreibtischplatte liegen hatte. Ich hörte, wie der Zeiger meiner Wanduhr weiterwanderte. Draußen vor dem Fenster hoben sich die Eichen tiefgrün von den gelben Sandsteinen des Gerichtsgebäudes ab.

»Unterschätzen Sie niemals Ihren Gegenspieler, Sir« sagte ich.

»Ich weiß über Sie Bescheid. Aber was mich angeht, haben Sie keine Ahnung. Mein Bruder und ich sind in einem Heim aufgewachsen, wo sie uns die Beine blutig geschlagen haben, wenn wir das Essen verschüttet haben. So was finden Sie in keiner Strafakte. Als er neun war, hat man ihm die Beruhigungspillen in den Hals gestopft, bis er dran erstickt ist. Wenn Sie mir nicht glauben, brauchen Sie bloß auf dem Baptistenfriedhof in Waco nachzuschaun.«

»Sie sind von Sinnen.«

»Das haben andre auch schon gesagt. Aber das hat mich noch nie gekratzt.«

Ich stand auf, ging zur Tür und drehte den Schlüssel um.

»Gehen Sie«, sagte ich.

Er blieb einfach sitzen, schaute von mir weg. Sein Hals war feuerrot angelaufen. Er murmelte etwas vor sich hin.

»Wie bitte?« sagte ich.

Er ging nicht darauf ein, schaute stur geradeaus, als er an mir vorbeimarschierte. Aber an seiner Schläfe glitzerte ein Schweißfaden.

7

Am Sonntag morgen wachte ich kurz nach Sonnenaufgang auf, zog meinen beigen Nadelstreifenanzug, ein kurzärmliges weißes Hemd und ein paar rotbraune Tony-Lama-Boots an, ging hinunter zur Scheune, nahm den Sattel vom Sägebock und warf ihn auf den Rücken meines Morgan. Der Wind blies durch die Tore an beiden Seiten der Scheune, und die Luft war kühl und roch nach wilden Blumen und laichenden Fischen, nach Hafer- und Melassekugeln, frischen Pferdeäpfeln, trockenem Heu und Brunnenwasser, das über den Rand des Wellblechtanks bei der Windmühle lief.

L. Q. Navarro saß auf der Box und hatte die Absätze seiner Stiefel in ein Brett gehakt. Die einfallende Sonne warf helle Streifen auf seinen Körper.

»Du hättest den 38– 40er nehmen sollen, den dir die Kleine geben wollte«, sagte er.

»Es ist Sonntag, L. Q. Gönn dir einen freien Tag.«

»Scheint mir so ein Tag zu sein, an dem das Gesindel aus den Kanaldeckeln kriecht. Sag bloß, es hat keinen Spaß gemacht, den Dealern drunten in Coahuila eins überzubraten.«

»Adios, mein Guter«, sagte ich, gab dem Morgan die Sporen und trabte über den weichen Teppich aus getrocknetem Pferdemist auf der Koppel.

Ich überquerte den Bach hinter meinem Anwesen, ritt durch ein Kieferngehölz und dann einen mit Brombeeren überwucherten Hang hinauf zu Petes Garten. Er wartete auf der Veranda, trug eine gebügelte Jeans, ein gestärktes buntes Hemd und frisch geputzte braune Schuhe. Ich streckte den Arm aus und zog ihn hinter mir auf den Sattel.

Die zerdrückten Bierdosen auf dem Hof schepperten unter den Hufen des Morgan.

»Bist du wirklich im Fluß getauft worden?« fragte er.

»Klar.«

»Ich hab noch nie gehört, daß jemand, der im Fluß getauft wurde, Katholik geworden ist.«

»Jemand muß doch dafür sorgen, daß ihr ehrlich bleibt.«

Er schwieg eine ganze Weile, wiegte sich hinter mir im Rhythmus des Pferdes.

»Stört es dich, wenn die Leute sagen, daß du verrückt bist, Billy Bob?«

»Das sind doch die meisten Menschen.«

»Ich hab gewußt, daß du das sagst.«

Wir kamen hinter einer ländlich wirkenden mexikanischen Wohngegend aus dem Wald. Die Gärten und Höfe bestanden aus blanker Erde, waren ohne jede Umzäunung. Verlassene Aborthäuschen standen auf den Grundstücken, und die Gassen waren voller Abfall und rostiger Autowracks, aus denen blutroter Hibiskus wucherte.

Diese Gegend gehörte zum sogenannten West End, einem Viertel, in dem seit jeher Holzfäller, Feldarbeiter und sogenannte Bohunks wohnten, Abkömmlinge von Einwanderern aus Böhmen, Ungarn und Deutschland, die sich längst mit Mexikanern vermischt hatten. Genau zwanzig Meilen weiter führte die gleiche Straße ins East End, wo sich die Mitglieder des Country Clubs von Deaf Smith – und davon gab es viele – riesige viktorianische Häuser gekauft und sie aufwendig renoviert hatten, als der Ölpreis bei vierzig Dollar pro Barrel gelegen hatte.

In der kleinen schlichten Kirche war es kühl, elektrische Ventilatoren drehten sich an den Stationen des Kreuzwegs, und die Votivkerzen vor der Statue der Mutter Gottes leuchteten in allen Farben, wenn der Luftzug darüber hinwegstrich. Auf den Bänken saßen größtenteils ältere Menschen mit schwieligen Händen und zahllosen Runzeln um die Augen, so als ob sie ihr Leben lang in die Sonne geschaut hätten.

Nach der Messe ritten Pete und ich auf meinem Morgan die Straße entlang, nahmen eine Abkürzung durch ein Zedernwäldchen, kamen an einer stillgelegten Tankstelle vorbei, kehrten in einem aus Brettern gezimmerten Café ein und bestellten uns Schweinskoteletts, Biskuits, Milchsoße, Rühreier, Grütze, Tomatenscheiben und Kaffee zum Frühstück.

»Was ist ein Amphetaminlabor?« fragte Pete.

»Ein Ort, an dem Drogen hergestellt werden. Warum?«

»Meine Mutter hat gesagt, ich soll mich von ein paar Männern in der Gegend fernhalten.«

»Aha?«

Er schaute aus dem Fenster auf einen Hund, der mit einem Seil auf der Ladefläche eines Pickups angebunden war. Pete kaute an seinem Daumennagel. Seine Augen hatten jeden Glanz verloren.

»Man sollte einen Hund nicht hinten auf einem Pickup anbinden. Wenn er runterfällt, wird er zu Tode geschleift. Der hat nicht die geringste Chance«, sagte er.

»Was sind das für Männer, Pete?«

»Leute, die mein Vater mal gekannt hat.« Er schaute immer noch mit ausdrucksloser Miene aus dem Fenster. »Meine Mutter hat die Geschichte erfunden, daß er beim Militär umgekommen ist. Er ist eines Tages einfach weggegangen und nicht wieder heimgekommen.«

»Vielleicht solltest du dich nicht zu sehr damit beschäftigen.«

»Es macht mir nix aus. Wenn einen die Leute nicht mögen, sind sie's nicht wert, daß man sich drüber aufregt. So seh ich die Sache.«

Dann grinste er wieder, als ob ihm nichts auf der Welt etwas anhaben könnte.

Jack Vanzandt wohnte in einem großen Haus, dessen Baumaterial, alte Ziegel und spanische Schmiedeeisenverzierungen, von einer abgerissenen Plantage in Louisiana stammte. An der Vorderseite des rund drei Hektar großen Gartens führte ein mit schattenspendenden Bäumen bestandener Hang von der Straße hinauf zu der breiten, von weißen Säulen gesäumten Veranda, der Garage mit den vier Stellplätzen, über der sich die Unterkünfte für das Personal befanden, zu den zwei Sandplätzen zum Tennisspielen, einem abgeschirmten, vom Sonnenlicht gesprenkelten Pool, einem blankgeputzten Gästehaus und einer Satellitenschüssel, die so groß war wie ein Scheunentor.

Seine erste Frau war bei einem Verkehrsunfall auf einer Brücke über dem Flußtal des Pecos ums Leben gekommen. Die zweite Frau, Emma, stammte aus Shreveport, wo ihre Eltern eine fundamentalistische Kirchengemeinde geleitet, dann ein kleines Versandhaus gegründet hatten und mit dem Verkauf von Hochzeitstorten zu bescheidenem Wohlstand gekommen waren. Wenn Emma sich auf öffentliche oder wohltätige Aufgaben stürzte, schien sie vom gleichen unternehmerischen Geist beseelt. Sie hatte eine unbändige Energie, verlor aber auch schnell die Geduld, wenn sie mit der Arbeit anderer Leute nicht zufrieden war, und machte sie schließlich lieber selbst. Sie war stets höflich, genau wie ihr Mann, und sah hinreißend aus mit ihren hohen Wangenknochen und den langen schwarzen Indianerhaaren. Aber man hatte stets das Gefühl, daß man sie sich lieber nicht zum Feind machen sollte.

»Wie geht's Ihnen, Billy Bob?« fragte sie, als sie sich von ihrer Arbeit im Rosenbeet aufrichtete, einen Baumwollhandschuh auszog und mir die Hand reichte.

»Tut mir leid, daß ich euch am Sonntag belästige, Emma«, sagte ich.

»Wir freuen uns doch jedesmal, wenn wir Sie sehen. Haben Sie Ihren Tennisschläger mitgebracht?«

»Nein, ich muß heute leider Baumwolle häckseln. Ist Jack da?«

»Wollen sie ihn etwa fotografieren?« fragte sie und warf einen Blick auf die Polaroidkamera in meiner Hand.

»Eigentlich nicht«, sagte ich und lächelte.

Jack kam auf die vordere Veranda heraus. Er hatte ein geeistes, mit einer Serviette und einem Gummi umwickeltes Cocktailglas in der Hand.

»Vertragen Sie einen Gin Tonic?« fragte er.

»Ich will mich nicht lange aufhalten, nur ein, zwei Minuten«, sagte ich.

Er musterte mich. »Kommen Sie mit nach hinten«, sagte er dann. »Ich zeig Ihnen ein Stück von einem indianischen Grabhügel, den Emma freigelegt hat.«

Wir spazierten unter den Bäumen auf einen weißen Pavillon zu. Nach dem Unwetter, das letzte Nacht getobt hatte, war der Rasen mit Kiefernnadeln und abgerissenen Blütenblättern der Rosen übersät.

»Meine Privatdetektivin hat sich Darls Akte mal vorgenommen«, sagte ich. Ich schaute geradeaus, auf den Erdhaufen, die Düngemittelsäcke und die eingetopften Hortensien am Rande eines frisch umgegrabenen Blumenbeets.

Jack räusperte sich leicht. »Warum das?« fragte er.

»Weil es nicht gut ist, wenn man im nachhinein festgestellt, daß die Gegenpartei schweres Geschütz auffährt. Darl wurde viermal wegen Gewaltanwendung festgenommen. Unter anderem hat er eine Bedienung in einer Bar verprügelt, hab ich recht?«

Jack kauerte sich neben den schwarzen Erdhügel, hob eine Tonscherbe auf und rieb sie mit den Fingern sauber. Mitten auf seinem Kopf war eine kreisrunde Stelle, an der seine goldblonden Haare dünner wurden.

»Er hatte da nichts verloren. Aber sie war keine Bedienung. Sie war eine Prostituierte, und sie und ihr Zuhälter dachten, er wäre weggetreten, und wollten ihn ausnehmen«, sagte er.

»Ich würde gern ein Polaroidfoto von Darl machen.«

»Ich weiß nicht recht, wozu das gut sein soll.«

»Der Junge, der Ihnen womöglich eine Millionenklage anhängt, sollte Ihren Sohn zumindest anhand eines Fotos wiedererkennen können.«

»Warten Sie hier. Ich hol ihn.«

Fünf Minuten später kamen sie beide hinten aus dem Haus. Obwohl es fast Mittag war, wirkte Darl schläfrig und verquollen. Er kämmte sich die Haare und schaute dann auf die Fusseln, die im Sonnenlicht davonsegelten.

»Was hat der Kanak gesagt?« fragte er.

»Darl ...«, setzte sein Vater an.

»Daß Sie hinterrücks über ihn hergefallen sind und ihn niedergeschlagen haben«, sagte ich.

»Was is mit meinem Auto? Ich hätt an der Fünfziger-Jahre-Ausstellung in Dallas teilnehmen sollen. Wieso macht der mir einfach den Lack kaputt?«

»Sie haben da einen schlimmen Riß am Ringfinger«, sagte ich.

»Ich bin da mit einem Flugobjekt zusammengeprallt. Der Schnauze von dem Typ.«

»Vor zwei Wochen?«

»Genau, sein Zahn is dabei abgebrochen. Ich hab Glück gehabt, daß ich mich nicht gegen Tollwut impfen lassen mußte.«

»Bitte recht freundlich«, sagte ich und drückte auf den Auslöser.

Darl schaute mich mit ohnmächtiger Wut an wie ein Tier, das sich in der Falle wähnt.

»Ich geh wieder rein«, sagte er.

»Bedank dich bei Mister Holland dafür, daß er uns hilft«, sagte Jack.

»Macht er das etwa umsonst? Wünsch euch was«, sagte Darl. Mürrisch, behäbig und mit ungewaschenem Gesicht ging er im Schatten der Bäume davon, strich sich mit der Hand über den hellblonden Flaum an seiner Kinnlade.

Jack wandte sich ab. Er hatte die geballten Fäuste in die Hüfte gestemmt, so daß die Adern an seinen Unterarmen hervortraten.

An diesem Nachmittag kam Temple Carrol zu der Windmühle hinter meinem Anwesen, wo ich meinen Gemüsegarten jätete. Der Himmel hinter ihr war gelb und lila, voller Regenwolken, und die Luft roch bereits durchdringend nach Ozon.

»Meine Schwägerin arbeitet in einem Videoladen. Diese Kassette hat heut morgen im Nachtbriefkasten gelegen«, sagte sie.

Ich hielt mit der Arbeit inne und stützte mich auf die Harke. Über uns wirbelten die Windmühlenflügel.

»Jemand muß sie aus Versehen eingeworfen haben. Schau sie dir lieber mal an«, sagte sie.

Wir gingen durch die Hintertür ins Haus und begaben uns in die Bibliothek, wo ich die Kassette in den Videorecorder schob.

Zuerst schwenkte die Kamera zu dröhnender Rockmusik wie wild zwischen den im Scheinwerferlicht liegenden Bäumen hin und her, dann beruhigte sich das Bild, so als werde sie auf einer Motorhaube abgestützt, und wir sahen Teenager mit milchigweißen Gesichtern, die aus ihren Kabrios stiegen, sich mit Bier bespritzten, Joints kreisen ließen, einander auf den Mund küßten.

Dann sahen wir sie, unter den Bäumen, in einer künstlich gebleichten Jeans und einem rötlichbraunen T-Shirt mit einem leuchtenden Pferd auf der Brust. In der einen Hand hatte sie eine Bierflasche mit langem Hals, in der anderen einen Joint, und sie tanzte zu der Musik, als ob sie allein auf der Welt wäre.

»Roseanne Hazlitt«, sagte ich.

»Paß mal auf, was ein Kleinstadtmädchen alles kann, wenn das richtige Publikum da ist«, sagte Temple.

Ihre kastanienbraunen Haare waren hochgesteckt, aber eine Strähne ringelte sich wie eine Schlange um ihren Hals. Sie ließ die Bierflasche ins Gras fallen, dann den Joint, und wiegte sich im Rhythmus, hatte die Augen geschlossen und der Kamera ihr Profil zugekehrt. Sie zog das T-Shirt über den Kopf, löste die Haare, bog die Schultern nach hinten, so daß ihre Brüste fast aus dem BH platzten, knöpfte die Jeans auf und stieg heraus, streckte dann die Arme in die Luft, kreiste mit dem Becken, strich sich über Höschen und Schenkel, schlang die Hand um den Nacken, spreizte die Beine und öffnete den Mund, so als komme es ihr gleich, schob die Haare hinten hoch, ließ sie ins Gesicht fallen und leckte sich mit der Zunge über die Lippen.

Danach kam nur noch Schnee.

»Hast du gesehn, wie die Jungs sie angeglotzt haben?« sagte Temple.

»Hast du jemanden erkannt?« fragte ich.

»Drei oder vier. Lauter Sportskanonen mit nichts als Matsch in der Birne. Wie kann man bloß so jung und schon so versaut sein?«

Ich schaute auf meine Uhr. Draußen hatte es angefangen zu regnen, und über den Hügeln hing ein kalter grüner Lichtschein, wie oxydiertes Messing. »Ich lade dich zu einer Grillplatte im Shorty's ein«, sagte ich und legte die Polaroidaufnahme von Darl Vanzandt vor sie hin.

Wir saßen auf der mit Fliegengitter umgebenen Veranda und aßen Krautsalat mit Mayonnaise, pürierte Bohnen und Hühnchen, das auf einem Mesquitefeuer gegrillt war. Regentropfen fielen auf den Fluß, der unter den Pfählen hindurchströmte, und die Bäume am Ufer waren dunstverhangen. Ein Stück flußabwärts schaukelten ein paar Jungs mit einem Autoreifen, der an einem Seil festgebunden war, weit aufs Wasser hinaus und ließen sich dann in die Fluten fallen.

Ich hörte, wie draußen Bierdosen schepperten.

»Das ist ein alter Fuchs, Temple«, sagte ich. »Wir müssen zusehen, daß wir ihn bei Laune halten.«

»Ich schau bloß zu. Vielleicht lern ich noch was dabei«, sagte sie.

Wir gingen durch die Seitentür zu einem Holzschuppen, über den eine an schiefen Stangen befestigte Plane gespannt war. Der alte Schwarze, mit dem wir uns in dieser Woche schon einmal unterhalten hatten, schleppte gerade zwei schwere Plastiksäcke voller Bierdosen hinein. Als er uns sah, holte er eine kurze Tabakspfeife aus der Brusttasche seines Hemds und kratzte mit einem Federmesser den Kopf aus.

»Mein Gedächtnis is noch genauso schlecht wie neulich. Muß am Alter liegen. Vielleicht laß ich mich auch nicht gern anstänkern.« Er deutete mit dem Pfeifenstiel auf Temple.

»Ich habe das Gefühl, daß Ihnen die Arbeit hier keinen Spaß macht«, sagte ich.

»Die Arbeit is bestens. Was die Leute hier treiben, steht auf einem andern Blatt.«

Ich hielt ihm das Polaroidfoto von Darl Vanzandt hin. Er steckte seine Pfeife in einen ledernen Tabaksbeutel und stopfte sie mit dem Daumen.

»Ist das der Junge, dem Roseanne Hazlitt eine Ohrfeige gegeben hat?« fragte ich.

Er riß ein Streichholz an, hielt es in der hohlen Hand über den Pfeifenkopf und blies den Rauch hinaus in den Regen. Er warf das Streichholz in eine Pfütze und sah zu, wie es ausging.

»Gehen Sie zur Kirche?« fragte ich.

»Meine Frau und ich gehörn einer Kirchengemeinde in der Stadt an. Wenn Sie darauf rauswolln.«

»Das Mädchen ist grausam zu Tode gekommen«, sagte ich.

Er tippte mit dem Fingernagel auf das Polaroidbild.

»Das is nicht der, dem sie eine geknallt hat«, sagte er. Er ließ einen Moment lang den Blick auf mir verweilen, dann schaute er wieder hinaus in den Regen.

»Aber er war dabei?« fragte ich.

»Ein Junge wie der kann mit keinem andern was anfangen, weil er mit sich selber nix anfangen kann. Wo soll er denn sonst hin? Kommen Sie heut abend wieder her, dann isser bestimmt da, beleidigt die Leute, brüllt am Tanzboden rum, speit draußen in die Büsche. Der is nicht zu übersehn.«

»War er an dem Abend, an dem man sie überfallen hat, hier?«

»Was soll denn das ganze Gelaber? Wissen Sie, was Sie mich noch nicht gefracht ham? Mit wem das arme Mädel weggegangen is. Mit Lucas Smothers nämlich. Das hab ich gesehn.« Er deutete auf seinen Augenwinkel. »Ihr denkt immer, wenn ihr den richtigen Nigger findet, erfahrt ihr das, was ihr hören wollt.«

Ich spürte Temples Blick, als wir wieder im Auto saßen. Sie strich mir mit dem Finger über den Arm.

»Lucas ist es nicht gewesen, Billy Bob«, sagte sie.

Auf dem Heimweg wurden Temple und ich Zeugen eines merkwürdigen Vorfalls, der eher noch mehr Fragen aufwarf, zu denen mir nichts Gescheites einfiel.

Es hatte aufgehört zu regnen, aber der Himmel hing voller schwarzer Wolken, und Dunst stieg vom Fluß auf und waberte an den Hängen der niedrigen Hügel entlang der zweispurigen Straße. Etwa eine viertel Meile vor uns fuhr ein Pritschenwagen, hinter dessen Führerhaus ein Schweißapparat samt Glasflaschen angebracht war, in Schlangenlinien den gelben Mittelstreifen entlang.

Ein Streifenwagen, der unter einer Brücke auf der Lauer gelegen hatte – mit hochgeklapptem Kofferraumdeckel, damit man das Blaulicht nicht sah –, drängte den Laster an den Straßenrand, worauf zwei Deputies in Uniform ausstiegen und ihre Schlagstöcke in die Gürtelschlaufen schoben.

Normalerweise war so etwas reine Routine – eine Festnahme wegen Trunkenheit am Steuer. Diesmal nicht. Der Fahrer, der speckige Khakihosen und ein fleckiges weißes T-Shirt trug und dessen Gesicht vom Alkohol rot und verquollen war, fiel aus dem Führerhaus und verlor seinen Helm, der scheppernd davonkullerte. Er rappelte sich auf, stellte sich breitbeinig hin und kämpfte einen Moment lang um sein Gleichgewicht, holte dann aus und verpaßte dem einen Deputy einen Schwinger, der ihm den Kopf nach hinten riß.

Der andere Deputy zog den Schlagstock, drosch damit dem Lasterfahrer von hinten in die Kniekehlen und brachte ihn zu Fall.

Normalerweise wär's das gewesen. Diesmal jedoch nicht. Wir waren gerade an dem Laster vorbeigefahren, als die Deputies loslegten.

»O-oh«, sagte Temple.

Sie packten den Betrunkenen an beiden Armen und zerrten ihn hinter den Laster. Dann sahen wir nur noch schemenhaft, wie sie ihn neben dem Hinterreifen niederdrückten, mit Fäusten und Schlagstöcken auf ihn einprügelten, als wollten sie Zeltheringe festklopfen.

Ich stieg auf die Bremse, zog den Wagen aufs Bankett und setzte zurück.

Unter der Brücke tauchten die blau-weiß-roten Blinklichter eines zweiten Streifenwagens auf, der in einer Gischtwolke auf uns zugerast kam. Der Fahrer steuerte auf den Seitenstreifen und schaltete das Fernlicht ein, das die beiden Deputies und den blutüberströmten, zusammengekrümmt am Boden liegenden Mann erfaßte.

Der Fahrer des zweiten Streifenwagens stieg aus und blieb unmittelbar hinter den Scheinwerfern stehen, die die beiden Deputies blendeten. Er hatte ein Funkgerät in der linken Hand und die andere am Griff der Pistole.

»Habt ihr hier Ärger?« fragte Mary Beth Sweeney.

Als ich mich in dieser Nacht schlafen legte, ging ein Gewitter über den Hügeln nieder und zog gen Westen ab, bis nur mehr die Blitze zu sehen waren, die hinter den Wolken flackerten wie die Kerzen in einer mexikanischen Kirche, in der es nach Weihrauch, altem Mauerwerk und Wasser roch.

Oder wie das Mündungsfeuer von L. Q. Navarros blauschwarzem, eigens für ihn angefertigten 45er Revolver mit den Griffschalen aus Elfenbein.

Im Traum ist es Nacht, und L. Q. und ich reiten durch den Fluß nach Mexiko, wo wir keinerlei Amtsbefugnis haben und erst im Morgengrauen zur Ruhe kommen. Wir sind abgesessen, und unsere Pferde scheuen vor den beiden toten Drogenschmugglern zurück, die mit offenem Mund und ungläubig aufgerissenen Augen in einem Schlammloch liegen.

L. Q. holt einen Pack Spielkarten, auf deren Rückseite das Wappen der Texas Rangers prangt, aus der Seitentasche seiner Anzugjacke, pult zwei Karten unter dem Gummiring hervor und schnippt sie auf die beiden Leichen.

Ich nehme ihnen die Waffen ab und werfe sie links und rechts in die Büsche.

»Der Stoff ist noch in einem von den Häusern da droben. Du übernimmst die linke Seite, und paß auf, daß dich keiner sieht, wenn du über den Himmel kommst«, sagt L. Q.

»Zünd das Feld an, L. Q., dann verbrennt der Stoff gleich mit«, sage ich.

»Der Wind kommt von Süden. Ich hab keine Lust, in ein Buschfeuer zu geraten«, sagt er.

Die Häuser stehen auf einem Hügelkamm. Sie sind aus getrocknetem Lehm, haben kein Dach, und die Fenster wirken wie leere Augenhöhlen. Mein Pferd geht durch das brusthohe gelbe Gras, und es zittert jedesmal nervös, wenn eine der trockenen Mohnkapseln rasselt, die ringsum stehen.

Plötzlich blitzt aus sämtlichen Fensterhöhlen entlang der Anhöhe Mündungsfeuer auf. Mein Pferd bäumt sich auf, und ich spüre, wie ich rückwärts in die Dunkelheit geschleudert werde, mitten in das gelbe Gras fliege, während über mir die Leuchtspurgeschosse über den Himmel zischen.

Sie waren es, die das Feld in Brand setzten, die zusahen, wie sich das Feuer mit dem strammen Wind, der ihm frischen Sauerstoff zuführte, rasch ausbreitete. Mein linker Fuß fühlt sich an, als hätte ich nur noch Matsch im Stiefel, und mein Knie knickt ständig ein, als ich den Hang hinaufrennen will, und dann wird mir klar, daß ich am Ende meines Wegs angelangt bin, daß es vorbei ist, daß ich den Flammentod sterben werde wie einst die Ketzer auf dem Scheiterhaufen.

Dann sehe ich L. Q. Navarro, der tief auf seine Stute geduckt durch das Gras geprescht kommt, mit flatternden Rockschößen, den Stetson in die Augen gezogen, die rechte Hand ausgestreckt wie ein Reiter beim Rodeo.

Ich kriege seinen Unterarm zu fassen, greife zu und schwinge mich hinter ihm aufs Pferd, schlinge die Arme um seinen Bauch und spüre die geballte Muskelkraft zwischen meinen Beinen, als wir über den Hügelkamm rasen.

Dann, wie im Rausch, höre ich das Pferd durchs Wasser preschen, höre, wie die Hufe auf Steine schlagen und wie L. Q. losbrüllt: »Jesses, wir sind wieder in Texas, Kumpel.«

8

Am Montag ging ich früh um halb sechs zum einzigen Fitneßstudio von Deaf Smith, das sich eine Querstraße vom Rathausplatz entfernt in einem ehemaligen Ramschladen befand und in dem ich dreimal die Woche tranierte. Ich stemmte im Hantelraum Gewichte, übte dann auf den Drückbänken und an den Nautilus-Geräten und wollte mich gerade ins Dampfbad begeben, als ich Mary Beth Sweeney auf einem StairMaster sah, der am Ende eines Ganges stand. Ihr Baumwolloberteil war schweißnaß, das Gesicht rot und erhitzt von den Übungen am Gerät. Die lockigen Haare klebten ihr in dicken Strähnen an der Wange.

»Guten Morgen«, sagte ich.

»Wie geht's Ihnen, Mister Holland?« fragte sie.

»Niemand nennt mich Mister Holland ... Lassen wir's ... Das war ziemlich eindrucksvoll gestern abend. Der Typ in dem Schweißereilaster kann sich bei Ihnen bedanken.«

»Sie haben doch auch angehalten, nicht wahr?«

»Haben Sie Lust, heute abend ins Kino zu gehen?« fragte ich.

»Wieso belästigen Sie mich ständig?«

»Sie sind eine hübsche Frau.«

»Sie haben vielleicht Nerven.«

Ich ließ den Saum meines Handtuchs auf den Fuß des StairMasters baumeln. »Adios«, sagte ich.

Eine halbe Stunde später ging ich hinaus in den kühlen, blauen Morgen. Die Mimosenbäume auf den Gehsteigen wiegten sich im Schatten der Häuser im Wind. Mary Beth Sweeney, die wieder in Uniform war, wollte gerade in ihren Wagen steigen. Sie hörte mich hinter sich, warf ihre Segeltuchtasche mit dem Turnzeug auf den Beifahrersitz und drehte sich um.

»Ich bin nach wie vor von Ihnen begeistert. Trotzdem entschuldige ich mich für den Annäherungsversuch. Ich werde Sie nicht wieder belästigen«, sagte ich und ließ sie stehen.

Ich ging die Straße entlang zu meinem Wagen, blieb vor dem Pfandleihhaus stehen und betrachtete die auf einem grünen Samttuch ausgelegten Angebote im Schaufenster: Messingschlagringe, Stilette, Rasiermesser, Totschläger, Handschellen, Derringer, ein 38er Special mit Kerben in den Griffschalen, ein 45er Army-Colt aus dem Jahr 1911, ein schwarzblauer Revolver mit Elfenbeingriff, der ein Nachbau von L. Q. Navarros Waffe hätte sein können.

Ich hatte mit einemmal das Gefühl, daß jemand hinter mir war. Es war, als ziehe mir jemand ein Stück Eis zwischen den Schulterblättern über den Rücken. Ich drehte mich um und sah Garland T. Moon, der mich von der Tür einer Bar aus beobachtete und die Gummierung einer selbstgedrehten Zigarette anleckte. Er trug einen cremefarbenen Anzug, aber kein Hemd, und ein Paar schwarze Arbeitsschuhe, wie sie an Häftlinge ausgegeben werden, mit flachen Sohlen, ledernen Schnürsenkeln und Hakenösen.

Ich ging zu der Bar zurück.

»Ein bißchen früh für eine Sauftour, was?« sagte ich.

»Ich trinke nicht. Hab ich noch nie gemacht.«

»Verfolgen Sie mich etwa?«

Er zündete die Zigarette an, stützte einen Fuß an die Wand und inhalierte den Rauch. Er ließ das Papierstreichholz vom Wind davontragen.

»Ich denk nicht mal dran, Sir«, sagte er.

Ich ging weiter. Die drei Zentner schwere Schwarze, der das Pfandleihhaus gehörte, öffnete gerade ihren Laden. Sie sah, wie ich einen Blick ins Schaufenster warf.

»Wird Zeit, daß du mal n bißchen Pulver auf die Pfanne

bringst, Baby«, sagte sie. Sie zwinkerte und klopfte mit ihrem Ring an die Glasscheibe. »Nicht meinetwegen, Schätzchen. Aber vorstellen tu ich's mir trotzdem gern.«

Mittags setzte ich mich mit einem Schinkensandwich und einem Glas Milch auf die Veranda. Hinter der Scheune sah ich Pete auf dem Damm sitzen, der den Weiher umgab.

Er hörte mich kommen, drehte sich aber nicht um. »Warum bist du nicht in der Schule, mein Guter?« fragte ich.

»Weil ich daheim geblieben bin«, sagte er und schaute aufs Wasser. Dann sah ich die blaue Beule und die Abschürfung neben seinem Auge. »Wer hat dich so zugerichtet?« fragte ich.

»Ein Mann, den meine Mutter gestern abend mit nach Hause gebracht hat.« Er zupfte an seinen Fingern und warf einen Stein in den Weiher. Dann schmiß er einen zweiten hinterher.

Ich setzte mich neben ihn.

»Ist mit deiner Mom alles in Ordnung?« fragte ich.

»Die is noch nicht auf. Und gut geht's ihr heut bestimmt nicht mehr.«

»Wo kann ich diesen Kerl finden?« fragte ich.

Wir gingen in die Scheune, wo ich L.Q.s Radsporen anschnallte und meinen Morgan sattelte. Ich holte ein schweres, aufgerolltes Rodeoseil aus einem Holzfaß und hängte es an den Sattelknauf. Es war gut anderthalb Zentimeter dick und hatte vorne eine ovale, mit feinem Draht umwickelte Öse.

»Was hast du vor, Billy Bob?« fragte Pete.

»Der Mann, dem diese mexikanischen Sporen gehört haben, hat immer gesagt: ›Manchmal muß man den Leuten den Kopf zurechtrücken.‹«

Ich beugte mich hinunter und zog ihn auf die Kruppe des Morgan.

»Was heißt das?« fragte Pete.

Wir ritten querfeldein durch das Land hinter meiner Farm, durchquerten den Bach und stiegen den mit Kiefern bestandenen Hang hinauf. Der Boden war feucht und mit Sonnenflecken gesprenkelt, und vor uns sah ich die schlichte Kirche, in der Pete und ich immer zur Messe gingen, die stillgelegte Tankstelle an der unbefestigten Straße und ein Stück weiter vorn eine Taverne aus blanken, ungestrichenen Holzbrettern, mit einem Schindeldach über der Veranda und Petunienkästen an den Fenstern.

Ich zügelte den Morgan vor dem Fenster an der Seite.

»Siehst du ihn?« fragte ich.

»Der da drüben am Pooltisch. Der, der den Pappteller mit Chilibohnen vor sich stehen hat.«

»Du gehst jetzt zum Café zurück und wartest dort auf mich.«

»Vielleicht solltest du das lieber lassen, Billy Bob. Mein Auge tut gar nicht mehr weh.«

»Hast du schon zu Mittag gegessen?«

»Er hat ein Schnappmesser in der rechten Hosentasche. Ich hab's gesehen, als er ...«

»Als er was?«

»Als er seine Hose bei meiner Mutter an den Bettpfosten gehängt hat.«

Ich drückte Pete fünf Dollar in die Hand. »Bestell dir einen Hamburger und einen Becher Pfirsicheis. Ich komme gleich nach.«

Pete rutschte von der Kruppe des Morgan und ging die Straße entlang, auf das Café zu, drehte sich dann noch einmal um. Die Beule an seinem Auge leuchtete rot wie ein Furunkel.

Ich nahm das aufgerollte Seil vom Sattelknopf, löste die Halteschnur, mit der es zusammengebunden war, ließ es durch die Hände gleiten und fädelte das untere Ende durch die Öse am oberen. Dann faßte ich die Schlinge, legte das Seil einmal halb zusammen, ergriff das herunterhängende Ende und ritt, tief über die Mähne meines Morgan geduckt, auf die Veranda und durch die Tür.

Die Taverne war mit hellem, lackiertem Kiefernholz getäfelt, in dem sich das Licht spiegelte. Über der Bar, zwischen der Neonreklame für Pearl- und Lone-Star-Bier, hing die texanische Flagge.

»Du hast doch hoffentlich Besen und Schaufel mitgebracht«, rief der Barkeeper.

Ich ritt mit dem Morgan zwischen den Tischen und Stühlen hindurch, über die kleine Tanzfläche hinweg auf den Pooltisch zu. Der Mann, der einen Pappteller vor sich stehen hatte und gerade einen Löffel Chilibohnen zum Mund führen wollte, schaute lächelnd zu mir auf. Er hatte einen ordentlich gestutzten blonden Bart, trug eine Kette aus Haifischzähnen um den Hals und hatte eine blaue Lederweste, schwarze Jeans und silberne Stiefel an, die mit Metallkappen beschlagen waren.

Ich ließ das Lasso dreimal über dem Kopf kreisen und warf es dann auf den Mann mit dem blonden Bart. Die Schlinge fiel mit einem satten Klatschen über seinen Kopf, blieb unter der einen Achsel hängen und zog sich um Oberkörper und Schulter zusammen. Er stand auf, versuchte sich zu befreien, aber ich wand das Seil um den Sattelknopf, gab dem Morgan die Sporen und zog ihn nach links herum, brachte den Mann zu Fall und schleifte ihn hinter mir her, zwischen den Tischen, den Stühlen und umkippenden Hockern hindurch, scherte mich nicht darum, ob er an die Eichenpfosten krachte, an die Beine des Flipperautomaten oder an die Jukebox, von der ein Stück Plastikverkleidung abplatzte. Dann duckte ich mich tief in den Sattel, lenkte den Morgan hinaus auf die Straße und gab ihm wieder die Sporen.

Ich schleifte den Mann quer über den Parkplatz, über die plattgedrücken Bierdosen und die Flaschendeckel hinweg, die am Boden festgetreten waren. Seine Kleidung war jetzt staubgrau, das Gesicht blutig und zerschrammt. Er hatte beide Hände um das Seil geschlungen und versuchte die Schlinge zu lösen, die ihm die Brust einschnürte.

Ich zügelte den Morgan und ließ ihn gemächlich im Kreis gehen, damit sich der Mann wieder aufrappeln konnte.

»Wissen Sie, womit Sie sich das eingehandelt haben?« fragte ich.

»Was –« setzte er an.

»Drehen Sie sich um und erklären Sie den Leuten, warum Sie ein Kind geschlagen haben«, sagte ich.

Er wischte sich das Blut von der Nase.

»Seine Mutter hat mir gesagt, daß es jemand gibt, der ihr an die Wäsche will«, sagte er.

Ich schwang mich aus dem Sattel, verpaßte ihm eins auf die Nase, packte ihn dann am Kragen und schmetterte seinen Kopf gegen den Stützbalken der Veranda.

Seine Kopfhaut platzte auf, aber ich konnte nicht aufhören, auch dann nicht, als er längst am Boden lag. Ich trat ein ums andere Mal mit Stiefeln und Sporen auf sein Gesicht ein, wollte gerade wieder zutreten, als ich zurückgerissen wurde.

Pete klammerte sich an meinen Arm, hatte den zusammengeknüllten Fünfdollarschein in der Hand und schaute mich voller Angst an, so als habe er es mit einem Fremden zu tun.

»Hör auf, Billy Bob! Bitte, laß es gut sein«, rief er mit schluchzender Stimme, während sich von zwei Seiten die Sirenen näherten.

9

Ich saß im abgedunkelten Büro des Sheriffs, dessen massige Silhouette sich vor dem Fenster in seinem Rücken abzeichnete. Der Deputy, der mich festgenommen hatte, lehnte an der Holzwand. Sein Gesicht lag im Schatten. Der Sheriff nahm die Zigarre aus dem Mund, beugte sich über den Spucknapf, der neben seinem Schreibtisch stand, und spie aus.

»Sie haben den Kerl total zur Minna gemacht. Was ist bloß los mit Ihnen?«

»Entweder Sie belangen mich jetzt, oder Sie lassen mich laufen, Sheriff«, sagte ich.

»Nun halten Sie mal die Luft an. Meinen Sie etwa, ich will mich auch noch mit gottverfluchten Anwälten rumärgern? Als ob ich nicht schon genug besoffene Neger und verkommene Weiße im Knast sitzen hab ... Ah, da ist der Mann ja schon. Können Sie nicht jemand verprügeln, ohne gleich einen internationalen Zwischenfall vom Zaun zu brechen?« sagte er.

Die Tür ging auf, und ein dunkelhäutiger Mann mit einem Tropenhut, in dessen Krempe ein grünes Plastikfenster eingelassen war, und einem braunen Anzug ohne jede Knitterfalte betrat den Raum. Er nahm den Hut ab und schüttelte dem Sheriff die Hand, dann dem Deputy in Uniform und schließlich mir. Er war etwas älter als ich, Mitte Vierzig vermutlich, hatte ein fleischiges Gesicht und einen schmalen Schnurrbart, wie ihn Filmschauspieler in den dreißiger Jahren trugen.

»Felix Ringo, ein mexikanischer Drogenfahnder?« wiederholte ich.

»Jawoll, sagt Ihnen der Name was, Mann? Stammt von einem Gringo, einem Vorfahren von mir, der ein berühmter amerikanischer Bandit gewesen is«, sagte er.

»Johnny Ringo?« fragte ich.

»Jawoll, so hat er geheißen. Hat sich mit Jungs rumgetrieben wie dem Typ droben in Arizona, der im Kino immer einen schwarzen Anzug anhat, jawoll, diesem Wyatt Earp.«

»Felix is südlich des Rio Grande ne große Nummer. Sie haben ihm den Einsatz verhunzt, Billy Bob«, meinte der Sheriff.

»Oh?« sagte ich.

»Der Typ, den Sie durch die Gegend geschleift haben, hinter dem bin ich seit sechs Monaten her. Jetzt dürfte er weg sein«, erklärte der Mexikaner.

»Vielleicht hätten Sie ihn schon vor sechs Monaten festnehmen sollen. Er hat heute morgen einen kleinen Jungen geschlagen.«

»Ja, Mann, aber vielleicht sehn Sie das nicht im Zusammenhang. Wir nehmen jemand fest, drehn ihn durch die Mangel, und dann nehmen wir den nächsten fest. Sehn Sie, Geduld ist hier – wie sagt man bei Ihnen? – die höchste Tugend.«

»Der Kerl, den ich aus der Bar gezerrt habe, ist nicht der nördliche Ableger vom Medellín-Kartell. Was soll der Krampf, Sheriff?« fragte ich.

Der Sheriff rollte die Zigarre zwischen den Lippen und schaute den mexikanischen Drogenfahnder an.

»Billy Bob war bei den Texas Rangers, deshalb meint er, er wär erhaben über die gewöhnliche Drecksarbeit, die die meisten von uns machen müssen«, sagte er.

»Das ist eine ganz beschissene Einstellung«, sagte Felix Ringo.

»Entweder Sie nehmen jetzt meine Fingerabdrücke, oder ich gehe, Sheriff«, sagte ich.

Er warf die Zigarre in den Spucknapf, wo sie zischend ausging.

»Dort is die Tür. Aber verstehn Sie mich nicht falsch. Halten Sie sich ja aus Sachen raus, die Sie nix angehn«, sagte er.

Felix Ringo folgte mir nach draußen. Die steinernen Gebäude rund um den Platz lagen im grellen Sonnenlicht, die Bäume hoben sich giftgrün vor dem Himmel ab. Ich sah Mary Beth Sweeney, die neben ihrem Streifenwagen im Schatten stand und etwas auf ein Klemmbrett schrieb. Sie hielt inne und schaute quer über die Rasenfläche zu mir und dem Mann, der sich Felix Ringo nannte.

»Wollen Sie irgendwas?« fragte ich ihn.

»Ich hab Sie schon mal gesehn. Sie sind Ranger gewesen?« sagte er.

»Was hat es damit auf sich?«

»Ihr Jungs habt nachts Sachen gemacht, womöglich Leute umgebracht, Obstpflücker zum Beispiel, die über den Fluß wollten und die nichts mit Drogen zu tun hatten.«

»Sie haben ebenfalls Dreck am Stecken, mein Guter«, sagte ich und ging zum Taxistand auf der anderen Straßenseite.

Ich trat von der Bordsteinkante und ließ ein Auto vorbei.

Dann hörte ich ihre Stimme hinter mir.

»Hey, Billy Bob«, sagte sie.

»Ja?«

Sie zeigte mir den hochgereckten Daumen und lächelte.

Am nächsten Morgen fuhr ich am Zaun meines Anwesens entlang zu einem Stück Land am Fluß, wo Lucas und Vernon Smothers das Erdreich zwischen den in Reih und Glied gepflanzten Melonen harkten. Ich ging hinaus auf das Feld, in die Hitze, die vom Boden aufstieg, auf Vernon Smothers zu, der einen Strohhut trug und mir mit starrem Blick entgegenschaute.

»Ich möchte Lucas ein, zwei Stunden entführen«, sagte ich.

»Wozu?« fragte er.

»Rate mal.«

Er stützte den Unterarm auf den Harkengriff und roch an seiner Achselhöhle. Er schaute über das Steilufer und das milchig grüne Wasser des Flusses hinweg zu den Weiden auf der anderen Seite.

»Ich will nicht, daß mir die Waschbären dieses Jahr wieder die Melonen wegfressen. Ich hab vor, Fangeisen entlang dem Graben da drüben aufzustellen. Da kommen sie nämlich raus«, sagte er.

»Lucas muß mir bei dem Fall helfen, Vernon. Auf meinem Grund und Boden wirst du keine Fangeisen aufstellen, und Gift kannst du dir ebenfalls abschminken.«

»Hast du schon mal gesehn, wie ein Waschbär eine Melone frißt? Er bohrt ein kleines Loch rein, nicht größer als n Vierteldollar. Dann steckt er die Pfote rein und räumt alles raus. Er braucht bloß die Pfote in das Loch zu kriegen, dann bleibt nix übrig als die leere Schale.«

Er hatte die Lippen zusammengekniffen, die Mundwinkel nach unten gezogen und stierte mich wütend und voller Mißtrauen an.

»Komm mit, wir schaun uns einen Film an, Lucas«, sagte ich.

Lucas setzte sich auf die Hintertreppe und zog seine Stiefel aus.

»Das brauchst du nicht«, sagte ich.

»Ich mach Ihnen sonst alles dreckig.«

Wir gingen in die Bibliothek, und ich schaltete den Videorecorder ein, in dem die Kassette mit der tanzenden Roseanne Hazlitt steckte. Lucas Gesicht wurde grau, als ihm klarwurde, was er da sah.

»Mister Holland, ich bin da nicht scharf drauf«, sagte er.

»Wer sind die anderen jungen Leute?«

»Kids aus dem East End, die sich austoben. Ich kenn sie nicht näher.«

»Ich glaube dir nicht.«

»Wieso reden Sie so mit mir?«

»Weil wir diese Sache aus der Welt schaffen wollen und weil

das nicht von selbst geht. Du hast im Shorty's in der Band gespielt. Du kennst die gleichen Leute wie Roseanne Hazlitt. Aber du hilfst mir kein bißchen.«

Er schluckte, hatte die Hände um die Knie geschlungen.

»Ich bin im West End aufgewachsen. Ich mag diese Typen nicht.«

»Gut. Dann nenn mir die Namen der anderen Jungs, mit denen sie gegangen ist.«

Er zupfte an dem Baumwollstoff an seinem Schenkel herum, hatte den Blick zu Boden gerichtet, und seine Knie hüpften auf und ab.

»Mit jedem. Wenn sie voll war. Dann war ihr alles egal. Auch mit drei, vier Typen auf einmal. Denselben Typen, die ihren Namen an die Wand im Klo geschmiert haben.« Er blinzelte und rieb sich mit dem Handballen über die Stirn.

Wir fuhren nach Deaf Smith, parkten am Rathausplatz und gingen durch eine Nebenstraße auf eine aus Ziegeln gebaute Kirche mit einem weißen Turm, einem Zierrasen und einer verglasten Anzeigentafel zu, auf der die Anfangszeiten der Abendgottesdienste am Sonntag und Mittwoch angegeben waren.

»Wieso gehn wir zu der Baptistenkirche?« fragte Lucas.

»Tun wir nicht«, erwiderte ich.

Unmittelbar neben der Kirche befand sich der Laden der Gemeinde, in dem man allerlei Gebrauchtwaren kaufen konnte. An der einen Seite führte eine Gasse vorbei, an deren Ende eine überquellende Tonne für die gespendeten Gegenstände stand. Der Boden ringsum lag voller Matratzen und schimmliger Kleidung, über die Autos hinweggefahren waren. Sobald der Laden abends schloß, durchwühlten Arme und Obdachlose die Tonne und die danebenliegenden Kleiderhaufen.

Lucas schaute wie gebannt auf einen Wagen, der vor dem Laden stand, einen tiefgelegten 1932er Ford mit frisch gewachstem kirschrotem Lack, weißer Lederpolsterung und einem verchromten, aus der Haube ragenden Motor.

»Weißt du, wem der Wagen gehört?« fragte ich.

»Darl Vanzandt.«

»Ganz recht«, sagte ich und deutete durch das Fenster.

Darl kramte in einem Karton voller gespendeter Bücher herum und schmiß eins nach dem anderen auf den Ladentisch. Als der Karton leer war, öffnete er die Hintertür und schleuderte ihn hinaus in die Gasse.

»Wir müssen mit ihm reden«, sagte ich.

»Wozu? Darl interessiert mich nicht.« Er blähte die Nasenflügel auf, als ob es mit einemmal zwanzig Grad kälter geworden wäre.

»Es dauert nur einen Moment.«

»Ohne mich. Nein, Sir.«

Er rückte von mir ab, drehte sich dann um und ging zum Auto zurück.

Ich holte ihn ein.

»Was ist los?« fragte ich.

»Ich laß mich nicht mit Kids aus dem East End ein, das is alles.«

Er zupfte an einer Schwiele an seiner Hand.

»Gilt das für alle oder bloß für Darl?«

»Sie wissen nicht, wie das ist.«

»Ich bin hier aufgewachsen.«

»Die schaun auf einen runter. Darl weiß genau, was er machen muß, damit man sich mies vorkommt.«

»Zum Beispiel?«

»Im Werkunterricht in der Oberstufe hat er in der Gießerei chinesische Sterne gemacht, diese Kampfsportdinger, die man auf die Leute wirft und mit denen man ihnen die Augen ausstechen kann. Darl hat grade die Gußform fertig, als ein anderer Junge herkommt und sagt: ›Ich muß meine Briefkastenanhänger gießen, sonst krieg ich keine Benotung‹, und Darl sagt: ›Du kriegst n S für Schlurch. Und jetzt hau ab‹.

›Was ist ein Schlurch?‹ fragt der andere Junge.

›Hast du daheim keinen Spiegel?‹ erwidert Darl.

Nach der Schule schnappt sich Darl den Jungen vor allen andern und sagt: ›Hey, ein Schlurch is jemand, dem einer abgeht, wenn er bei Mädchen am Fahrradsattel schnüffelt. Aber ich hab dir unrecht getan. Du kriegst kein S. Du kriegst ein F für Futzel. Das is jemand, der in die Badewanne furzt und die Blasen schlürft.‹«

Lucas' Wangen waren fleckig rot angelaufen.

»Würde Darl ein Mädchen zusammenschlagen, Lucas?«

»Mein Vater braucht mich wieder auf dem Feld«, erwiderte er.

An diesem Abend öffnete ich sämtliche Fenster im zweiten Stock meines Hauses und ließ den Wind durchziehen, der nach Luzernen roch, nach dem Regen in der Ferne, nach Ozon und dem Staub, der von den Feldern aufgewirbelt wurde.

Eine hallende Stille schien über dem ganzen Haus zu liegen. Ich stand neben dem von Hand geschnitzten Himmelbett, das einst meinen Eltern gehört hatte, hatte die Finger am Telefon und schaute über das Scheunendach hinweg zur Windmühle und den Feldern, die zu dem lehmigen Steilufer über dem Fluß hinabführten. Wetterleuchten flackerte über einem grünen Hügel im Westen.

Ich wählte Mary Beth Sweeneys Nummer.

»Was dagegen, daß ich anrufe?« fragte ich.

»Ich bin froh darüber.«

Ich hörte, wie es in der Leitung summte.

»Ich kenne ein mexikanisches Restaurant, in dem man essen kann wie im Paradies«, sagte ich.

»Darüber sollten wir lieber morgen reden.«

»Klar.«

»Tut mir leid, ich habe das nicht so gemeint ... Dieser mexikanische Drogenfahnder, mit dem Sie geredet haben, ist ein Scheißkerl. Passen Sie auf sich auf, Cowboy.«

Paß selber auf. Du bist für die Regierung tätig, Mary Beth, sagte ich mir, als ich den Hörer auflegte.

In dieser Nacht hörte ich das vordere Scheunentor im Wind schlagen. Ich drehte mich um und schlief weiter. Dann fiel mir ein, daß ich das vordere Tor geschlossen und den Querbalken vorgelegt hatte. Ich zog eine Khakihose an, nahm die Taschenlampe von der Veranda mit, richtete den Strahl schräg nach vorn und ging über den Hof.

Der eine Torflügel schwang knarrend im Wind und knallte dann laut zu. Ich wollte den anderen gerade dagegendrücken, schaute dann zwischen den Boxen hindurch zu der Koppel am anderen Ende der Scheune und sah, wie mein Morgan mit stierem Blick im Kreis trabte, außer sich vor Angst, vor jedem Papierfetzen scheute, den der Wind im Mondschein vorbeiwirbelte.

»Was ist los, Beau? Normalerweise macht dir doch ein Unwetter nichts aus«, sagte ich.

Ich führte ihn in die Scheune und streichelte ihn am Kopf, schloß die Tür hinter ihm, schraubte das Glas mit den Hafer- und Melassekugeln auf und kippte ihm ein gutes Dutzend in den Trog an der Stirnwand seiner Box.

Dann sah ich den Schnitt, der sich vom Widerrist schräg nach unten zog, so als habe jemand mit einem scharfen Gegenstand auf ihn eingedroschen.

Er zuckte und zitterte am ganzen Leib, als ich die Hand neben die Wunde legte.

»Wer hat dir das angetan, Beau?« sagte ich.

Die Scheunenlampen flimmerten in der feuchten Luft, und Staubfäden tanzten im Lichtschein.

Am nächsten Tag fuhr ich um acht Uhr morgens hinaus an den Stadtrand zu einem vierstöckigen, von oben bis unten mit schwarzem Glas verkleideten Gebäude, in dem sich die Geschäftsräume von Jack Vanzandt befanden. Sein riesiges Büro war mit beigem Teppichboden ausgelegt, der sich weich wie ein Bärenfell anfühlte, und mit lauter weißen und onyxschwarzen Möbeln eingerichtet. Die Glaswand hing voller Kletterpflanzen.

Ich ließ mich auf einem ledernen Polstersessel nieder und schlug die Beine übereinander. Der Anlaß meines Besuchs lag mir schwer im Magen.

»Wollen Sie eine Ladung Computer kaufen?« fragte Jack und grinste.

Eine Tür ging auf, und Jacks Frau kam aus der Toilette. Ich stand auf.

»Hallo, Emma. Ich habe nicht gewußt, daß Sie hier sind«, sagte ich.

»Guten Morgen, Sir. Wo haben Sie Ihre Kamera?« fragte sie.

»Vielleicht sollte ich lieber später wiederkommen. Ich wollte euch nicht stören«, sagte ich.

»Nein, nein, ich freue mich, daß Sie vorbeigekommen sind. Was gibt's?« fragte Jack.

»Es geht um Darl.«

»Aha?« sagte Jack.

»Ich kann ihn nicht vertreten.«

Sie schauten mich fragend an.

»Und warum nicht?« erwiderte Jack.

»Ich gerate in einen Interessenkonflikt. Ich wurde vorher von Lucas Smothers verpflichtet, und ich glaube, daß Ihr Sohn in der Nacht, in der Roseanne Hazlitt zusammengeschlagen wurde, im Shorty's war.«

»Das trifft vermutlich auf einen Großteil der Jugendlichen in der Stadt zu«, sagte Jack.

»Darl könnte womöglich im Prozeß gegen Lucas als Zeuge aufgerufen werden«, erwiderte ich.

Ich sah, wie Jack überlegte, eins und eins zusammenzählte und mich finster musterte.

»Nein, es geht um mehr, nicht wahr?« Er deutete mit dem Finger auf mich. »Sie wollen, daß man Darl verdächtigt, damit Lucas fein raus ist.«

»Nein.«

»Tja, meiner Meinung nach sollten Sie sich was schämen, Billy Bob«, sagte Emma.

»Tut mir leid«, sagte ich und stand auf. Mir war mit einemmal warm, so als sei der Raum überheizt, und die Luft roch stickig und streng nach dem Kunstdünger in den Pflanzenkübeln.

Jack erhob sich ebenfalls. Er stützte die Fingerkuppen auf die gläserne Schreibtischplatte, baute sich zu voller Größe auf. Doch mit dem lavendelfarbenen Hemd mit weißem Kragen und umgeschlagenen Doppelmanschetten und der offenen Krawatte wirkte er geradezu lächerlich.

»Soll ich Ihnen gleich einen Scheck ausstellen, oder schreiben Sie mir noch eine Extrarechnung für das Foto, mit dem Sie meinem Sohn einen Mord anhängen wollen?« sagte er.

»Ich bin nicht zuständig für die Entwicklung Ihres Sohnes oder für seine Probleme ...« Ich schüttelte den Kopf. »Ich bitte um Entschuldigung. Ich gehe jetzt lieber«, sagte ich.

»Jack, laß das nicht zu. Wir müssen uns zusammensetzen und die Sache bereden«, sagte Emma.

»Das fällt mir im Moment ziemlich schwer. Verlassen Sie mein Büro, Billy Bob«, sagte er.

Mein Hals glühte, als ich wieder draußen war, und meine Hände fühlten sich steif und nutzlos an.

10

Als Lucas Smothers am nächsten Tag mit seinem Vater zur Arbeit kam, berichtete er mir von dem nächtlichen Besuch, den ihm Leute abgestattet hatten, mit denen er zur Schule gegangen war.

Sie schalteten die Scheinwerfer aus, bevor sie zu Lucas' Haus fuhren, aber er hörte die Radiomusik durch das offene Fenster und die Stimmen der Mädchen. Die Autos, fünf insgesamt, hielten mitten auf der Straße, standen mit leise tuckernden Motoren da, und die von Hand polierten Karosserien schimmerten im Mondlicht wie frisch gegossenes Plastik.

Dann bog der vorderste Wagen in die Auffahrt ein, gefolgt von den anderen. Sie karriolten quer über den feuchten Rasen, schleuderten Grassoden auf, walzten die Sprinkleranlage nieder und pflügten durch die Blumenbeete.

Ein Mädchen, das einen metallischen Gegenstand in der Hand hatte, sprang aus einem Wagen und bückte sich vor dem Schlafzimmerfenster. Er hörte etwas zischen, sah dann, wie sie sich aufrichtete und ihn anschaute. Nein, das stimmte nicht ganz. Sie nahm ihn überhaupt nicht wahr, so als ob es ihr gleichgültig sei, daß er da war und miterlebte, wie sie sein Zuhause heimsuchten. Ihr hübsches Gesicht war ausdruckslos, der Mund gespitzt und verkniffen.

»Was macht ihr da?« fragte er mit belegter Stimme.

Sie ließ sich nicht anmerken, ob sie ihn gehört hatte. Ihr Gesicht war gerötet und strahlte vor Vergnügen, als sie sich umdrehte und ausgelassen wie ein Reh zu ihren Freunden zurücksprang, die sie kichernd wieder ins Auto zogen.

Als Lucas und sein Vater nach draußen kamen, war die Karawane bereits unten auf der Straße, und kurz darauf verschwanden die Scheinwerfer hinter einer Hügelkuppe.

Lucas sah die Fußspuren des Mädchens neben dem Wasserhahn unter seinem Schlafzimmerfenster. Der Boden war hier weich und matschig, und die kleinen, nach vorn schmal zulaufenden Abdrücke zeichneten sich gestochen scharf ab. Offensichtlich hatte sie sich auf einen Pappkarton gestellt, damit ihre Schuhe nicht schmutzig wurden, als sie mit einer Spraydose ans Werk ging. Es war nur ein Wort, das dort in krakeliger roter Schrift stand: FLASCHE.

Am gleichen Tag fuhr ich hinaus zum Green Parrot Motel, einem scheußlichen rosa Bimssteinbau, der mit exotischen Vögeln und Palmen bemalt war und mit Wasserbetten und Pornofilmen um Gäste buhlte. An der Rezeption teilte man mir mit, daß Garland T. Moon in der Schweißerei nebenan sei.

Der Blechschuppen hatte nur ein Fenster, das zugenagelt und übermalt worden war. Garland T. Moon stand mit nacktem Oberkörper da, hatte eine schwarze Schutzbrille auf und schweißte die Eisenschaufel einer Grabmaschine. Die Funken fielen wie ein Schwall Feuer auf seine Füße. Er schob die Schutzbrille auf die Stirn und wischte sich mit dem Unterarm über die Augen. Als er lächelte, mußte ich an eine Tonbüste denken, die zerquetscht und eingedellt war.

»Waren Sie vorgestern nacht draußen bei meinem Haus?« fragte ich.

»Ich hab n Halbtagsjob gekriegt. Ich treib mich nachts nicht in der Gegend rum.«

»Ich glaube, daß entweder Sie oder Jimmy Cole draußen bei mir waren und mein Pferd verletzt haben.«

»Ich war zwei, drei Nächte draußen. Auf der andern Seite von den Hügeln. Dort sieht man allerlei Lichter hinter den Wolken. Schon mal was von den Lichtern von Lubbock gehört, den UFOs, die man fotografiert hat? Hier in der Gegend geht irgendwas Irres vor sich.«

»Ich habe zwei Schrotflinten aufgestellt. Ich hoffe, Sie stolpern nicht drüber.«

»Sie haben keine Waffen. Ich hab mich genau mit Ihnen befaßt, Mister Holland. Ich kann mir den Jungen vornehmen, und ich komm auch an Sie ran. Schön, wenn man so was weiß, aber momentan is mir nich danach zumute.«

»Jimmy Cole ist tot, stimmt's?« sagte ich.

Er zog den rußgeschwärzten Handschuh aus, Finger für Finger.

»Wie kommen Sie denn auf so was?« fragte er.

»Sie räumen hinter sich auf.«

»Wenn ich es ernst meinen und zu Ihnen oder dem Kleinen rauskommen sollte, wär euch gleich klar, wer euch da aufsucht ... Sie können gar nix gegen mich machen, Mister Holland. Keiner schert sich drum, was mit Irren passiert. Ich weiß Bescheid. Mit Irrsinn kenn ich mich aus.«

»Welche Irren?«

»Ich hab's von der Wachtel im Knast gehört. Sie haben da was mit nem Toten laufen. Mann, Sie sind echt durchgeknallt und wissen's bloß noch nicht.«

Er lachte laut auf. Seine flache Brust bebte, Schweißtropfen rannen durch die Schmutzringe an seinem Hals, und in seinen dünnen roten Haaren hingen schwarze Ascheflocken.

An diesem Abend holte ich Mary Beth Sweeney zu Hause ab und fuhr mit ihr auf der alten zweispurigen Straße in Richtung Bezirksgrenze. Sie trug ein helles Musselinkleid, weiße Pumps und Ohrringe mit blauen Steinen, und ich konnte den Babypuder riechen, mit dem sie die Sommersprossen an Schulter und Hals überschminkt hatte.

Sie drehte sich zweimal um und warf einen Blick nach hinten.

»Bereuen Sie es etwa schon?« fragte ich.

Sie schaute mich nachdenklich an.

»Ich glaube nicht, daß man Ihnen auf die Schliche kommt. Der Sheriff ist zwar korrupt, aber er ist nicht der Intelligenteste«, sagte ich.

»Was wollen Sie damit sagen?«

»Meiner Meinung nach arbeiten Sie für Vater Staat«, erwiderte ich.

»Vater Staat? Meinen Sie damit die Bundesregierung?«

»Genau so seh ich das.«

»Allmählich wird mir das Ganze ein bißchen unheimlich, Billy Bob«, sagte sie.

Sie blickte aus dem Seitenfenster, so daß ich ihr Gesicht nicht sehen konnte. Dann fuhren wir über die polternden Holzplanken auf der Brücke, die den Fluß überspannte.

»Hier hatte mein Urgroßvater früher seine Ranch, genau sechs Meilen am Ufer entlang«, sagte ich. »Er hat zweitausend Stück Vieh auf einmal zu den Verladebahnhöfen in Kansas getrieben. Dann hat er seine Revolver abgelegt, dem Whiskey abgeschworen und wurde Wanderprediger. Die einzige Versuchung, der er hinterher noch erlegen ist, war die Rose vom Cimarron.«

»'tschuldigung, ich hab nicht zugehört«, sagte sie.

»Mein Urgroßvater ... Er war ein Revolverheld und wurde dann Prediger, aber er hat sich in eine Banditenbraut verliebt, die man die Rose vom Cimarron nannte. Sie gehörte zur Dalton-Doolin-Gang. In seinem Tagebuch hat er geschrieben, daß ihm die bezauberndste und gefährlichste Frau im ganzen Oklahoma-Territorium den Kopf verdreht habe.«

»Tut mir leid, aber ich komm da nicht ganz mit«, sagte sie.

Ich lachte auf. »Sie stehen in Diensten des Bundes. In diesem Bezirk ist die Politik seit jeher korrupt. Einige Leute hier schrecken auch vor Gewalt nicht zurück.«

»Was ist mit dem Staatsanwalt, diesem Marvin Pomroy?«

»Der ist ein ehrenwerter Mann. Meiner Ansicht nach jedenfalls. Sind Sie beim FBI?«

»Könnten wir das Thema sein lassen?« sagte sie.

Ich antwortete nicht. Wir hielten vor dem mexikanischen Restaurant, einem Blockhaus mit verschnörkelter Neonschrift. Ich ging um den Wagen herum, aber sie war bereits ausgestiegen, bevor ich die Beifahrertür öffnen konnte.

Die Hügelkämme im Westen glühten purpurrot, als ich sie nach Hause fuhr. Irgendwie hatte ich es fertiggebracht, daß so gut wie alles, was ich an diesem Abend von mir gab, linkisch und unpassend klang. Ich bog in die Auffahrt zu ihrem Apartmentgebäude ein und parkte neben der Ziegelmauer, die an den Swimmingpool grenzte.

»Vielleicht sollte ich mich jetzt lieber verabschieden«, sagte ich.

»Nein, kommen Sie noch auf einen Drink mit rein.«

»Ich habe Ihnen schon genug zugesetzt. Ich will es nicht noch verschlimmern.«

»Tun Sie nicht so gönnerhaft ... Ich verstehe Sie nicht, Billy Bob. Sie waren Ordnungshüter und danach Bundesanwalt und haben beides aufgegeben, um Strafverteidiger zu werden. Macht es Ihnen denn Spaß, Drogendealer wieder rauszupauken?«

»Ich vertrete keine Drogenhändler.«

»Weil Sie Polizist gewesen sind. Sie denken wie einer.«

Ich hörte Autos hinter mir auf der Straße, auf derselben zweispurigen Strecke, die mich, wenn ich wollte, in den Bezirk Val Verde führte und darüber hinaus, über den Fluß, in ein Arroyo, in dem sich Pferde im Kugelhagel aufbäumen und ein Mann in einem Nadelstreifenanzug mit aschgrauem Stetson und mexikanischen Sporen sich plötzlich an die Brust greift und laut zum Himmel aufschreit.

Wir standen jetzt neben dem Auto. In meinen Ohren knackte es, als säße ich in einem Flugzeug, das plötzlich an Höhe verliert.

Ich hörte mich etwas sagen.

»Wie bitte?« sagte Mary Beth, deren Mund leicht geöffnet war.

Mein Gesicht war eiskalt, straff und gefühllos. Ich kam mir vor wie in einem Traum, der nicht enden will, spürte, daß ich einmal mehr die Worte aussprechen mußte, wie ein Büßer im Beichtstuhl, der sich vom Priester keine Absolution erteilen lassen will.

»Ich habe meinen besten Freund getötet. Er hieß L. Q. Navarro. Er war Texas Ranger«, sagte ich.

Sie bewegte lautlos die Lippen, schaute mich fassungslos an, wie ein Kind, das zum erstenmal in ein Kaleidoskop blickt.

Am nächsten Mittag ging ich von meiner Kanzlei aus zu dem Pfandleihhaus in der Nähe des Fitneßstudios. Ella Mae, die drei Zentner schwere Schwarze, der der Laden gehörte, hatte Perlen in den Haaren und trug ein weißes T-Shirt mit der Aufschrift *Für nix gibt's nix – geh nie ohne American Express aus.*

An der Wand hinter dem Ladentisch hingen jede Menge Waffen und Musikinstrumente. Ich deutete auf eins.

»Können Sie mir dafür einen guten Preis machen, Ella Mae?« fragte ich.

»Schätzchen, wenn's noch wie früher wär, würd ich was dafür geben, wenn ich bei Ihnen Baumwolle pflücken dürft. Wirklich wahr. Ich würd Sie doch nicht übers Ohr haun«, sagte sie.

Doch nachdem sie abkassiert hatte, schlug ihre Stimmung um, so als überschreite sie eine Grenze, die sie zwischen sich und den Weißen gezogen hatte.

»Wissen Sie noch, wie Sie neulich hiergewesen sind? Sie sind zu Ihrem Auto gegangen, aber der rothaarige Mann hat Sie beobachtet. Er hat kein Hemd unter der Jacke angehabt«, sagte sie.

»Was ist mit ihm?«

»Dem seinen Gesichtsausdruck hätten Sie sehn sollen, Schätzchen. Der wollt hier rein, aber ich hab gleich die Tür zugesperrt.« Sie schüttelte den Kopf, als habe sie Angst weiterzusprechen, weil ihre Phantasie sonst Wirklichkeit werden könnte.

An diesem Abend fuhr ich zu Lucas Smothers nach Hause. Vernon saß auf der Treppe und hatte eine Flasche Erdbeerlimonade neben sich stehen. Er trug noch seine Arbeitskleidung, und sein Gesicht war schmutzig und mit getrocknetem Schweiß verklebt. Eine Schubkarre voller Kompost, in dem etliche Rechen und eine Schaufel steckten, stand im Vorgarten. Die Wand unter Lucas Fenster war mit weißer Farbe überstrichen.

»Ist Lucas da?« fragte ich.

»Der is mit dem Pickup in die Stadt gefahren.«

»Hat der Sheriff irgendwas wegen der Kids unternommen, die Ihren Rasen ruiniert haben?«

»Der Fettsack is doch froh, wenn er allein aufs Klo und wieder runter kommt.«

»Ist Lucas im Poolsalon?«

»Nein, in der Baptistenkirche gibt's heut abend Freibier.«

»Es war mir wie immer ein Vergnügen, Vernon.«

Aber Vernon hatte auch eine andere Seite, und daher nahm ich es mir nicht heraus, ihn einfach zu verurteilen und abzulehnen. Ich war schon fast auf der Straße, als er aufstand, mir nachrief und herunterkam. Er zog eine Stoffmütze aus der Gesäßtasche, schlenkerte sie auf und schlug sich damit an den Schenkel, als bringe er es nicht über sich, seine Angst, seine Liebe und seine Abhängigkeit von anderen einzugestehen.

»Was für Chancen hat er? Aber lüg mich nicht an«, sagte er.

»Im Augenblick sieht's nicht besonders gut aus.«

»Es is nicht richtig ... Eins schwör ich, wenn sie den Jungen ins Gefängnis stecken ...« Er schniefte laut. »Ich hab in Vietnam Menschen umgebracht, die mir nix getan haben.«

»An so was würd ich gar nicht erst denken, Vernon.«

»Verflucht, immerzu mußt du auf dem hohen Roß hocken. Entschuldige die Frage, aber mit welchem Recht spielst du dich hier als der liebe Gott auf?« sagte er und ging ins Haus.

Gegen Vernon Smothers kann man nicht an.

Ich fuhr in die Stadt und parkte vor dem Poolsalon, einem unscheinbaren, einstöckigen Gebäude, das über hundert Jahre alt war. In den Gehsteig, der auf Pfählen stand und unter hölzernen Kolonnaden hindurchführte, waren Eisenstangen zum Anbinden der Pferde eingelassen. Die Decke des Lokals war mit gehämmertem Blech verkleidet, die Eichendielen waren so wuchtig wie Eisenbahnschwellen. Die Bar hatte einen Handlauf und Spucknäpfe, Karten- und Dominotische standen herum, daneben ein alter Holzofen, und hinten im Gang befand sich die Toilette mit dem hoch an der Wand hängenden Wasserbehälter.

Weit hinten, am anderen Ende der Pooltische, sah ich Lucas stehen, der gerade sein Queue einkreidete und einen Schluck Bier trank. Er trug eine graue Flanellhose, Halbschuhe, ein tadellos gebügeltes lavendelfarbenes Oberhemd und hatte Gel in den Haaren.

»Komm mit raus«, sagte ich.

»Jetzt gleich?«

»Hier drin sind lauter Mandanten von mir ... Ich habe keine Lust auf Arbeit.«

Er schaute mich mit verkniffener Miene an. »Was ist los?« fragte er.

Es war kühl draußen. Vögel schwirrten um die immergrünen Eichen auf dem Rasen vor dem Gerichtsgebäude, die im Sonnenuntergang goldrot aufleuchteten.

»Bist zu mit jemandem verabredet?« fragte ich.

»Ich soll bei jemand wegen einem Job vorsprechen«, sagte er.

»Komm mit zu meinem Auto. Ich will dir was zeigen.«

Als er die Tür öffnete, sah er die zwölfsaitige Gitarre am Beifahrersitz lehnen.

»Mann, wo haben Sie die denn her?« fragte er.

»Von einem Mandanten. Ich komm damit hinten und vorne nicht zurecht. Willst du sie haben?«

»Was?«

»Sie gehört dir. Besser so, als daß ich damit Fliegen totschlage.«

Er griff um den Hals und riß mit dem Daumennagel die Saiten an.

»Mann, hat die einen Klang. Mister Holland, dafür haben Sie einiges gut.«

»Mach dir darüber keine Gedanken. Aber hör mal, wer waren die Kids, die euch den Rasen ruiniert haben?«

»Mein Vater und ich haben das wieder in Ordnung gebracht. Mit denen will ich nichts zu tun haben.«

»Hör mir mal zu. Ich weiß nicht, wieso jemand ...« Ich schüttelte den Kopf und fing noch mal von vorne an. »Vielleicht haben sie zuviel Geld, vielleicht sind sie einfach nur boshaft, aber es ist wichtig, daß du verstehst, wer und was du bist ... Manchmal sehen wir nur die Reaktionen anderer auf uns und meinen, wir wären so, wie sie uns wahrnehmen, aber in Wahrheit sind wir weitaus besser.«

»Sie meinen es gut, Mister Holland. Aber ich möchte nicht drüber reden.«

»Wie du willst. Aber du bist ein Künstler, das ist eine echte

Gottesgabe, Lucas. Manche Menschen werden dich stets um dein Talent beneiden und dich hassen.«

Er drehte die Gitarre um, strich über den Schallkörper aus glänzendem Mahagoni und Walnußholz und über das Dach aus Fichte.

»Komisch, genau so eine habe ich in Ella Maes Pfandleihhaus gesehen. Sie wollte dreihundert Dollar dafür haben«, sagte er.

»Wirklich wahr?«

Er ließ den Blick über mein Gesicht schweifen und schaute dann aus dem Fenster, auf einen Mann mit einer cremefarbenen Hose und einem Tropenhut, der auf den Poolsalon zuging.

»Da ist der Typ, mit dem ich mich treffen soll«, sagte Lucas.

»Felix Ringo? Der will mit dir über einen Job reden?«

»Ja, ich hab Ihnen doch von ihm erzählt. Er hat drunten in Piedras Negras eine Möbelfabrik.«

»Er ist ein mexikanischer Drogenfahnder.«

»Yeah. Aber er hat auch eine Möbelfabrik.«

»Warte hier.«

Ich stieg aus dem Avalon und ging auf den Mann zu, der sich Felix Ringo nannte. Er verzog kein Miene, aber ich sah den zögernden, abschätzenden Blick, mit dem er mich zur Kenntnis nahm, wie ein erwachendes Raubtier.

»Ich weiß nicht, warum, aber Sie treiben mit dem Jungen in meinem Wagen ein übles Spiel. Damit ist jetzt Schluß«, sagte ich.

»Sie haben ziemlich schlechte Manieren, Mann.«

»Ich sag's nur einmal. Halten Sie sich von ihm fern.«

»Ich war in Fort Benning. Auf der School of the Americas. Ich bin mit Erlaubnis Ihrer Regierung hier. Ich möchte niemand provozieren, aber ich laß mir von Ihnen auch nichts bieten.«

»Verlassen Sie sich nicht drauf.«

»Hey, Mann, ich hab ein gutes Gedächtnis. Mir fällt schon

wieder ein, wo ich Ihr Gesicht gesehn hab. Vielleicht geht's Ihnen dann gar nicht mehr besonders gut.«

Ich trat vom Gehsteig und kehrte zu meinem Wagen zurück. Er blieb unter den Kolonnaden stehen und schaute zu Lucas. Dann nickte er ihm kurz zu und deutete mit dem Kopf zur Tür.

»Der ist nicht sauber. Man kann's regelrecht riechen, wie bei einem korrupten Cop. Der reitet dich mit rein«, sagte ich.

»Ich komm bei keinem Club unter. Was soll ich denn machen? Mein Leben lang bei meinem Vater arbeiten?«

»Ist möglicherweise immer noch besser als Baumwollpflücken unter strenger Bewachung«, sagte ich, ließ den Motor an und fuhr los, bevor er aussteigen konnte.

»Wieso behandeln Sie mich eigentlich wie ein Kleinkind?« sagte er. Sein Gesicht war rot vor Wut und Scham.

»Ich möchte die Namen von sämtlichen Freunden von Darl Vanzandt wissen«, sagte ich.

An diesem Abend saß ich am Schreibtisch in der Bibliothek und las in Urgroßpapa Sams verblichenem, mit Wasserflecken übersätem Tagebuch, das er auf dem Zug durchs Oklahoma-Territorium stets in der Satteltasche gehabt hatte.

L. Q. Navarro saß in einem burgunderroten Polstersessel in der Ecke, vor der Lampe mit dem aus einem Gürteltierpanzer gefertigten Schirm, und spielte mit seinem Revolver. Er wirbelte ihn um den Finger und ließ den Elfenbeingriff in seine flache Hand flutschen. Der dunkle Stahl schimmerte so tiefblau, daß er fast durchscheinend wirkte. Er öffnete mit dem Daumen die Ladeklappe, zog den Hahn halb zurück, drehte die Trommel und überzeugte sich, daß jede Kammer geladen war.

»Dieser Garland T. Moon? Den kannst du dir mit glühenden Zangen vornehmen. Der Junge hört nicht zu«, sagte er.

»Ich versuche zu lesen, L. Q.«, sagte ich.

»Meinst du, du findest da drin eine Antwort? Das kann ich mir kaum vorstellen.«

Ich las in Urgroßpapa Sams Tagebuch:

Im Indianerland, 4. Juli 1891

Ich habe immer gehört, im Cherokee Strip wären Frauen rar und kostbar und so anheimelnd wie eine Lehmmauer, aber man hat ihnen das keineswegs übelgenommen. Die Rose vom Cimarron indes straft die alte Cowboyweisheit Lügen. Sie ist vermutlich teils farbig, teils wild und womöglich sogar mit dem Komantschenhalbblut Quanah Parker verwandt. Außerdem ist sie das bezauberndste Geschöpf, das mir jemals unter die Augen gekommen ist. Ich würde sie auf der Stelle heiraten und mit nach Texas nehmen, weiß aber genau, daß ich nicht nur aus der baptistischen Kirche ausgestoßen, sondern auch außer Landes gejagt werden würde. Vorausgesetzt, sie schneidet mir nicht vorher den Hals durch.

Wenn mich der Herr zu seinem Diener gemacht hat, warum hat er dann zugelassen, daß sich die Fleischeslust im Verein mit dieser Frau zur Unzeit bei mir einstellt?

L. Q. schob den Revolver ins Holster, ging zu dem hohen Fenster und schaute hinaus auf die Hügel. Ich sah die schweren Messingpatronen in den Lederschlaufen seines Waffengurts, die Dienstmarke der Rangers, die an seinem Holster hing.

»Dein Urgroßvater ist vom Whiskey und von den Waffen losgekommen, aber seine Haltlosigkeit ist anderweitig wieder durchgebrochen«, sagte er.

»Was soll das heißen?«

»Garland Moon, Jimmy Cole und diesen mexikanischen Drogenfahnder, die wirst du nicht per Gerichtsbeschluß los, Billy Bob.«

Er zog den Revolver wieder aus dem Holster und warf ihn von einer Hand in die andere, so daß der Lauf, die Trommel und die mondweißen Griffschalen gegen seine Haut klatschten.

Autoscheinwerferlicht fiel auf meine Auffahrt, und als ich aus dem Fenster schaute, sah ich, wie Mary Beth Sweeney mit ihrem Streifenwagen hinter dem Haus hielt.

Ich ging auf die Veranda und öffnete die Fliegengittertür. Sie hatte ihr Sprechfunkgerät am Gürtel hängen.

»Sind Sie im Dienst?« fragte ich.

»Noch eine Stunde. Ich muß mit Ihnen reden«, sagte sie. Sie stieg zur Veranda hoch, nahm ihren Diensthut ab und schüttelte die Haare aus. »Sie können nicht die Leute scheu machen und sich dann einfach empfehlen.«

»Geht's um gestern abend?«

»Genau, es geht um gestern abend. Ich möchte nicht, daß jemand seine Schuld auf mich ablädt, weil ich ihm grade gelegen komme.«

»Das war nicht meine Absicht.«

»Ach nein? Wie wär's dann mit: ›Hey, ich habe meinen besten Freund umgebracht, und Sie erinnern mich an ihn. Also bis bald und danke für den schönen Abend.‹«

»Woher kommt denn plötzlich diese Feindseligkeit?« fragte ich.

»Ich wußte, daß es ein Fehler war hierherzukommen.«

»Nein, keineswegs«, sagte ich. Ich schaute sie an, und mit einemmal wurde mir klar, was mich an ihr faszinierte. Die hellen Sommersprossen, die dunkelbraunen, seidig glänzenden Locken, dazu ihr Mut und ihr Sinn für Gerechtigkeit – Eigenschaften, die sie vermutlich schon in jungen Jahren ausgezeichnet hatten und die sie sich bis heute bewahrt hatte. Aber man sah ihr an den Augen an, daß sie schon manches Leid erlebt hatte, auch wenn sie es zu kaschieren versuchte, einen keck und herausfordernd anschaute.

Sie wandte den Blick ab.

»Kommen Sie rein. Ich habe gerade einen Pecankuchen gebacken«, sagte ich.

»Lieber nicht.«

Ich schob die Hand unter ihren Unterarm.

»Sie müssen einfach«, sagte ich.

Sie biß sich auf die Unterlippe.

»Sie müssen mir bei diesem mexikanischen Drogenfahnder weiterhelfen«, sagte ich.

»Aber nur einen Moment.« Sie ging vor mir her, setzte sich an den Küchentisch und legte ihren Diensthut vor sich hin.

»Felix Ringo hat mir erzählt, daß er in Fort Benning gewesen ist, auf der School of the Americas. Fragen Sie doch einfach mal Ihren Computer.«

»Meinen Sie damit die Datenbank der Bundesregierung?«

»Ganz genau.«

»Was hat es mit dieser Schule auf sich?«

»Dort wird einem beigebracht, wie man gegen Aufrührer vorgeht. Aber es läuft darauf hinaus, daß die Absolventen mit Vorliebe Befreiungstheologen und Gewerkschaftsfunktionäre umbringen – und jeden anderen, der ihnen nicht paßt.«

Ich stellte den Kuchenteller und die Kaffeetasse vor sie hin. Sie rührte um, legte den kleinen Silberlöffel dann hin und starrte aus dem Fenster.

»Ich kann nicht versprechen, daß ich da rankomme. Aber ich werde tun, was ich kann«, sagte sie. Es knackte und rauschte in ihrem Funkgerät, dann ertönte die quäkende Stimme des Einsatzleiters. »Den Kuchen muß ich mir wohl verkneifen.«

Sie ging hinaus auf die Veranda, hielt ihren Diensthut mit beiden Händen.

Ich ergriff eine Hand, strich an der Unterseite ihres Arms entlang, bis zu den Nägeln, und über den Handrücken zurück zum Gelenk und schloß dann ihre Finger um meine.

»Sie sind eine sehr sympathische Frau«, sagte ich.

Der Wind plusterte die Bäume draußen auf und blies durch das Fliegengitter, und eine lose Haarsträhne verfing sich in ihrem Mundwinkel. Ich strich sie mit den Fingerspitzen weg, schaute ihr in die Augen und sah, daß sie einverstanden war; ich legte ihr die Hände auf den Arm und küßte sie auf den Mund. Dann schlang ich die Arme um sie und berührte ihre Haare und die harten Muskeln an ihrem Rücken.

Ich spürte ihren warmen Atem an der Wange, dann drückte sie die Hände an meine Brust, und ich schaute ihr wieder ins Gesicht, auf die hellbraunen Sommersprossen und die strahlenden Augen. Sie schürzte die Lippen, zwinkerte und war im nächsten Moment draußen auf dem Hof, im Schatten, bei dem im Mondlicht stehenden Streifenwagen.

Ich stand in der Auffahrt und sah zu, wie sie zur Straße zurücksetzte und dann hinter den Pappeln und Lorbeerbüschen verschwand, die meinen Vorgarten umgrenzten.

Ich hörte, wie unten auf der Straße ein Motor angelassen wurde, dann flammte ein Scheinwerferpaar auf, und ein zweiter Streifenwagen, in dem zwei Männer saßen, fuhr vorbei und entfernte sich in der gleichen Richtung wie Mary Beth. Der Mann auf dem Beifahrersatz hatte den Arm auf den Türrahmen gestützt, als wolle er nicht, daß man von meinem Haus aus sein Gesicht erkennen konnte.

Ich wählte den Notruf und teilte der Einsatzzentrale mit, daß sich ein Betrunkener herumtreibe, der vor meinem Haus auf vorbeifahrende Autos schieße.

11

Eine halbe Stunde später stand ich im Vorgarten und sah zu, wie der letzte der fünf Streifenwagen der Sheriffdienststelle wegfuhr. Temple Carrol, die von ihrem Haus aus die Blaulichter gesehen hatte, war erst vor wenigen Minuten eingetroffen. »Jemand hat auf Autos geschossen? Ich habe keine Schüsse gehört«, sagte sie.

»Ich habe gesehen, wie zwei Jungs in einem Streifenwagen bei meinem Haus gewartet und den neuen Deputy verfolgt haben. Deshalb hab ich ein bißchen Staub aufgewirbelt«, erwiderte ich.

»Mary Beth Sweeney? Was macht die denn bei dir daheim?«

»Ich wollte, daß sie diesen mexikanischen Drogenfahnder mal durch den Computer laufen läßt.«

»Und dazu muß sie zu dir nach Hause kommen?« Sie schaute über die Straße, auf die Rinder meines Nachbarn, die dicht zusammengedrängt auf der Weide standen.

»Sie war in der Gegend«, sagte ich.

»Diese Braut hat die Angewohnheit, ständig in der Gegend zu sein.«

»Möchtest du eine Tasse Kaffee?«

Sie zog ein Tuch aus ihrer Jeanstasche und band es sich um die Haare. »Ich kann nicht schlafen, wenn ich Kaffee trinke. Beziehungsweise, wenn ich glaube, bei dir brennt's«, sagte sie.

Sie ging zu ihrem Auto.

»Temple?« sagte ich.

Sie antwortete nicht.

Als ich am nächsten Morgen nach dem Frühstück das Geschirr abspülte, klopfte Vernon Smothers an die Hintertür. Er trug einen kaputten Strohhut und hatte ein Streichholz im Mund.

»Was gibt es?« fragte ich und öffnete die Tür ein Stück, ohne ihn hereinzubitten.

Er drehte den Ehering an seinem Zeigefinger und schaute auf seine Hand.

»Ich habe einen Fehler gemacht. Ich brauch deinen Rat«, sagte er. Er schniefte, als sei er erkältet, und wandte den Blick zu der Windmühle hinter der Scheune.

Ich hielt ihm die Tür auf. Er setzte sich an den Holztisch auf der Veranda. Die Absätze seiner Cowboystiefel waren abgetreten.

»Gestern hab ich die Ölwanne von meinem Auto schweißen lassen. In der Werkstatt neben dem Green Parrot Motel«, sagte er.

Er sah mir am Gesicht an, daß ich wußte, worum es ging.

»Ganz genau«, sagte er. »In dem Laden, wo Garland Moon arbeitet. Bloß, daß ich das nicht gewußt hab. Und ich hab auch nicht gewußt, wie er aussieht.«

»O Mann«, sagte ich.

»Er bockt mein Auto auf, läßt das Öl ab, nimmt die Wanne ab, schweißt sie und baut sie wieder ein, und ich frag ihn, was ich ihm schuldig bin.

›Hundertfünfundzwanzig‹, sagt er.

›Meine Fresse‹, sag ich. ›Das macht doch allenfalls fünfundsiebzig.‹

›Tja, wenn das so is, hab ich ein Auto, mit dem ich zum Angeln fahren kann‹, sagt er.

Ich geb ihm achtzig Dollar bar auf die Hand und will den Rest mit meiner MasterCard bezahlen. Er schaut auf den Namen und sagt: ›Vernon Smothers ... Vernon Smothers ... Is das kleine Miststück aus dem Knast etwa Ihr Sohn? Warum schnüffeln Sie mir nach?‹

Ich hab ihm gesagt, daß ich ihn noch nie im Leben gesehn hab und auch nicht die Absicht habe, ihn noch mal zu sehn ...

Er hat kein Wort gesagt. Er hat bloß gelächelt, meinen Beleg ausgestellt und ihn mir gegeben ... So einen Blick hab ich in meinem ganzen Leben nur einmal gesehen, bei einem andern Mann. Er war Bordschütze in einem Hubschrauber. Der hat draufgehalten, egal, ob er sie auf dem Feld erwischt hat oder in ihrem Dorf – oder wenn sie von einem Hochzeitsfest gekommen sind.«

»Vergiß es«, sagte ich.

»Ich glaub, der will meinem Jungen was antun.«

»Das werden wir nicht zulassen, Vernon.«

Er schlug sich die Hand vor den Mund. Seine Haut raspelte trocken unter den Fingern.

Die Clique, in der Darl Vanzandt verkehrte, ließ sich ohne große Mühe ausfindig machen. Es waren reiche Kids, die im East End wohnten, sie hatten ihr Studium an der University of Texas geschmissen, besuchten ein kommunales College oder waren pro forma in den Unternehmen angestellt, die sie eines Tages erben würden. Vor allem aber zeichneten sie sich durch eine Ichbezogenheit aus, die ihresgleichen suchte. Sie waren laut, ausgelassen und dumpf, scherten sich nicht darum, ob sie Außenstehenden mit ihren Sprüchen weh taten. Sie fuhren zu schnell, achteten weder auf Halteschilder noch auf rote Ampeln und kamen gar nicht auf die Idee, daß sie mit ihrer Rücksichtslosigkeit andere Menschen mutwillig in Lebensgefahr brachten.

Sie sprachen den Dialekt aus der Gegend, doch sie waren zum Skifahren in Colorado und zum Surfen in Kalifornien gewesen, spielten Golf und Tennis im Country Club, wo die Schwarzen und die Mexikaner den Müll und die verschwitzten Handtücher hinter ihnen auflasen, als wäre das der natürliche Daseinszweck der Armen. Ihre Gefühllosigkeit hatte beinahe etwas Unschuldiges an sich. Wenn man sie zur Rede gestellt hätte, hätten sie vermutlich überhaupt nicht verstanden, was man gegen sie einzuwenden hatte.

Doch es gab einen in dieser Clique, der anders war. Bunny Vogel stammte aus kleinen Verhältnissen; seine Eltern waren einfache Fabrikarbeiter, in deren Vorgarten immer irgendwelche rostigen Waschmaschinen und allerlei Autoteile herumlagen. Aber Bunny konnte Football spielen. Als Runningback auf der High-School war er wie ein Panzer durch die gegnerische Abwehr gebrochen. Danach hatte er zwei Jahre lang für die Texas A & M gespielt, wo man ihm ein Sportstipendium plus Zeitvertrag geboten hatte, dazu die Aussicht auf einen ordentlichen Abschluß und eine Profilaufbahn. Bis er dabei ertappt wurde, als er einen Tudor und Mannschaftskameraden bestach, damit er das Prüfungsergebnis eines Erstsemesters namens Darl Vanzandt fälschte.

Kurz nachdem er von der Universität geflogen war, stürzte er mit dem Motorrad und zog eine gut dreißig Meter lange Schleifspur aus Chrom, Lack, Leder und Knochen auf dem Highway nach Austin.

Ich traf ihn an seiner Arbeitsstelle draußen beim Skeet-Club an. Mit seinem rötlichen, großporigen Gesicht, den schulterlangen kupferroten Haaren und der tiefen rosigen Narbe am Unterkiefer wirkte er wie ein alter Wikinger. Bunny war höflich und umgänglich, beinahe liebenswürdig, aber ich hatte ständig das Gefühl, daß er jede Sekunde mitzählte, so als warte er nur darauf, daß ihn die Alten endlich in Ruhe ließen mit ihrem ewigen Hin und Her zwischen Vorhaltungen und Lobhudeleien.

Hinter ihm knallten Schrotflinten im warmen Wind, und über den rechteckigen grünen Fangnetzen zerbarsten die Tontauben in bunten Rauchwölkchen.

»Ich würde Ihnen ja gern weiterhelfen, Mister Holland, aber soweit ich weiß ist Lucas der einzige gewesen, mit dem sich Roseanne Hazlitt eingelassen hat. Tut mir leid«, sagte er.

»Sind Sie an dem Abend, als sie überfallen wurde, draußen beim Shorty's gewesen?« fragte ich.

»Könnte schon sein. Aber ich hab sie nicht gesehen ... Lucas schon ... Das hilft Ihnen aber nicht weiter, stimmt's?« Er lächelte spitzbübisch und streifte den Schuh am Rasen ab.

»Trauen Sie Lucas zu, daß er ein Mädchen vergewaltigt?«

»Lucas?« Er dachte darüber nach. »Sieht ihm eigentlich nicht ähnlich. Aber wenn jemand was intus hat, wer weiß?«

»Woher wollen Sie wissen, daß er was intus hatte, Bunny?«

Er schaute mich verschmitzt an. »Ohne was hab ich ihn da draußen nie gesehn.«

»Bis bald.«

»Ja, jederzeit, Mister Holland. Ich hoffe, Lucas kommt da raus.« Nachdenklich biß er sich auf die Unterlippe.

Auf dem Weg zum Auto sah ich Emma Vanzandt, die aus einem Pavillon auf mich zukam. Sie trug maßgeschneiderte braune Reitjeans, Stiefel aus Eidechsenleder und eine rotbraune Seidenbluse, die sich im Wind bauschte.

»Wollen Sie nicht wenigstens hallo sagen?« fragte sie.

»Wie geht's, Emma?«

»Sie sind umtriebig gewesen. Darls Freunde fragen sich schon, was Sie vorhaben.«

»Da sind sie noch nicht dahintergekommen, was?«

»Billy Bob«, sagte sie, und ihre Stimme wurde eine Tonlage schriller. »Seien Sie ein bißchen netter. Darl ist kein übler Junge.«

»Das habe ich auch nicht gesagt.«

Sie schaute zu dem Pavillon zurück. »Kommen Sie, setzen wir uns in Ihr Auto, dann erklär ich Ihnen was ... Darl hat eine –«

»Fetale Alkoholschädigung. Jack hat es mir erzählt ...«

»Ich habe so was vorher noch nie gehört. Aber der Psychiater, bei dem wir zuletzt waren, hat ihn sich nur einmal angeschaut, dann wußte er Bescheid … Sie sehen alle gleich aus. Die Augen stehen zu weit auseinander, die Oberlippe ist zu dicht an der Nase.« Dann schaute sie ins Leere. »Was für eine feine Gesellschaft«, sagte sie und lachte. Es klang beinahe anzüglich, so als dringe da etwas durch, das sie ansonsten gut verbarg.

»Seine Freunde haben Lucas Smothers' Garten verwüstet.«

»Ach, das glaub ich nicht.«

»War schön, Sie zu sehen, Emma.«

»Er hat bis zu seinem fünfzehnten Lebensjahr eingenäßt. Er ist nicht fähig, jemanden zu vergewaltigen. Meiner Meinung nach kann er noch nicht mal masturbieren«, sagte sie.

»Vielleicht sollte er allmählich damit anfangen. Er hat eine Prostituierte zusammengeschlagen.«

»Sie hätten heiraten sollen, Billy Bob. Dann wären Sie nicht so spießig.«

»Wirklich?«

Sie streckte den Arm aus und tätschelte meinen Unterarm. »Jack tut es leid, daß er Sie so angefahren hat. Kommen Sie uns mal besuchen. Wir werden die Sache schon regeln.«

»Nein, werden wir nicht.«

»Tja, Sie sind halt einfach eine taube Nuß. Aber eines Tages werden Sie einsehen, daß wir es gut mit Ihnen meinen. Bis dahin wünsche ich Ihnen alles Gute, Sir«, sagte sie und drückte mir die Hand.

Der silberne Kamm, mit dem sie ihre langen schwarzen Indianerhaare am Hinterkopf zusammengesteckt hatte, funkelte in der Sonne, als sie aus meinem Wagen stieg. Dann sah ich Darl, der ihr entgegenging, über ihre Schulter hinweg zu mir schauen. Er wirkte schmierig und aufgedunsen, teilnahmslos vom Schnaps und von den Beruhigungspillen, und der Blick, den er mir zuwarf, erinnerte mich an heißes, lehmiggelbes Sumpfwasser.

Am nächsten Tag suchte mich Marvin Pomroy, der Staatsanwalt, in meiner Kanzlei auf, berichtete mir von dem Anruf, der bei der freiwilligen Feuerwehr eingegangen war, und musterte dabei den Teppich, so als müsse er erst mit sich ins reine kommen.

Der Brand wäre vermutlich niemandem aufgefallen, wenn nicht kurz vor Morgengrauen ein Regenschauer niedergegangen wäre, nach dem zwischen zwei Hügelkuppen eine hohe, qualmende Rauchsäule zum Himmel aufgestiegen war. Die Feuerwehrmänner dachten zunächst, sie hätten es nur mit einem Haufen alter Autoreifen zu tun, die in einer tiefen Grube vor sich hin kokelten. Doch dann, als sie mit ihren Äxten zwischen dem Löschschaum und dem verbrannten Gummi am Boden der Grube herumstocherten, stießen sie auf eine verkohlte Leiche. Eine verschrumpelte Gestalt mit verkrümmten Gliedmaßen, die wie eine mißgebildete Puppe wirkte, von Kopf bis Fuß schwarz und verkrustet, mit gebleckten weißen Zähnen im weit aufgerissenen Mund.

»Sind Sie sicher, daß es sich um Jimmy Cole handelt?« fragte ich.

»Cole hatte am linken Fuß zwei Zehen zu wenig. Er hat sie sich abgehackt, damit er in Sugarland nicht mehr auf dem Feld arbeiten mußte«, sagte Marvin. Er schaute mich mit funkelnden Augen an und ließ seinen Kaugummi im Mund zerplatzen. »Aber keinerlei Hinweise am Tatort. Moon können wir das nicht anhängen.«

»Sie sehen aus, als ob bei Ihnen gleich eine Sicherung durchbrennt«, sagte ich.

»Der Gerichtsmediziner sagt, daß er woanders zu Tode gekommen ist. Mund und Nase waren voller Erde, die mit Schweinekot durchsetzt ist. Der Gerichtsmediziner meint, daß er womöglich in einem Schweinekoben verscharrt und dann, nachdem die Leichenstarre eingetreten war, wieder ausgegraben wurde.« Er sah meinen Gesichtsausdruck. »Was ist?« fragte er.

»Ich habe Garland Moon gesagt, daß Jimmy Cole meiner Meinung nach tot ist und daß er ihn umgebracht hat. Vermutlich wollte er die Leiche loswerden.«

»Was hatten Sie mit Moon zu schaffen?«

»Einer von den beiden, entweder er oder Cole, hat sich auf meinem Anwesen rumgetrieben. Ich wollte ihn lediglich davor warnen.«

»Lassen Sie sich bloß nicht mit diesem Kerl ein«, sagte er. Aber ich wußte, daß er nicht meinetwegen so aufgebracht war. Er beugte sich vor und schaute mich mit hitziger Miene an. »Sehen Sie, es gibt da etwas, das mir auf den Magen schlägt. Der Brandherd lag auf dem alten Hart-Anwesen. Dort wohnt seit dreißig Jahren niemand mehr. Aber ich hatte das Gefühl, daß die meisten Deputies schon mal dort gewesen sind. Und ich hatte das Gefühl, daß es dem Sheriff nicht paßt, wenn sich dort jemand rumtreibt.«

»Wem gehört das Anwesen jetzt?«

»Einer Firma in Kalifornien, die Immobilien an Leute verkauft, die es satt haben, in schicken Warenhäusern einkaufen zu gehen, in denen sich die Jugendbanden ständig Schießereien liefern. Aber ich wüßte nicht, was es dort zu verbergen gibt, auf einem Stück Land zwischen zwei Hügeln, wo sich Fuchs und Hase gute Nacht sagen.«

»Warum erzählen Sie mir das?«

»Das ist ja der Witz. Ich arbeite in einem Bezirk, in dem es so korrupt zugeht, daß ich mich einem Strafverteidiger anvertrauen muß, der mit seinem Pferd in Bars reitet. Es ist eine hundserbärmliche Situation, das versichere ich Ihnen«, sagte er.

»Danke, Marvin. Der Gerichtsmediziner ist also der Meinung, daß Jimmy Cole in einem Schweinekoben erstickt wurde?«

»So was würde Moon einem alten Freund nicht antun. Er hat ihm einen Eispfriem in den Kopf gestoßen.«

Nach der Arbeit holte ich den Rechen, die Gartenschere und einen Jutesack aus der Scheune und ging zum Friedhof unserer Familie, der auf der anderen Seite des Weihers lag. Er war von einem Zaun aus Zedernholzbalken umgeben, die mein Vater vor dreißig Jahren eigenhändig geschält, abgehobelt und zurechtgehauen hatte und die von Sandsteinpfosten gehalten wurden – ein Jahr, bevor er in das Einstiegsloch zu einer Erdgaspipeline hinabgeklettert war, um ein Leck an einer kalten Schweißnaht abzudichten.

Jedes Jahr hatte er bei der medizinischen Untersuchung geschummelt oder jemand anderen hingeschickt, weil er, wie viele Pipelineschweißer, durch den ständigen Funkenflug bei der Arbeit lauter winzige Brandlöcher in der Hornhaut hatte. Meine Mutter sagte immer, sein Augenlicht sei so schlecht, daß er eigentlich nur noch etwas sehen könne, wenn er den Schweißstab an das Eisenrohr hielt und in die Flamme schaute, die für ihn ebenso rein war wie der Klang der Kirchenglocken für den tauben Glöckner Quasimodo.

Mein Vater sah nicht, wie der Lehrling, der bei ihm war, ein Zippo aus seiner Khakihose zog und sich eine Zigarette anzündete. Die Explosion war so heftig, daß sämtliche Fenster aus dem Schweißlastwagen flogen, als wären sie aus Zuckerguß gemacht.

Meine Mutter, die Bibliothekarin und Grundschullehrerin gewesen war, lag an seiner Seite. Nach dem Tod meines Vaters hatte sie einen schlichten Grabstein für sie beide gekauft, seinen Namen wie auch ihren darauf einmeißeln lassen, samt Geburtsdatum und Gedankenstrich, so daß nur noch Jahr und Tag ihres Todes hinzugefügt werden mußten.

Ich rechte ihre und Urgroßpapa Sams Gräber, anschließend

die der anderen Hollands, die hier begraben waren, stutzte das Gras um die Grabsteine und jätete die Rosenbeete, die ich unter den Zedernholzbalken angelegt hatte. Dann pflückte ich einen Strauß wilder Blumen auf dem Feld und legte ihn auf das Grab meiner Eltern, schnitt eine gelbe Rose ab und lehnte sie an Urgroßpapa Sams Grabstein.

Das Gras wogte wie junger Weizen im warmen Wind, der über das Feld strich, und ich konnte den Fluß riechen, die Bewässerungsgräben und die von der Sonnenglut festgebackene Erde auf dem zerfurchten Weg, über den einst der Chisholm Trail geführt hatte. Die Schritte hinter mir hörte ich nicht.

»Ich habe Sie vom Haus aus gesehen«, sagte Mary Beth. Sie trug eine braune Hose mit hoch angesetzten Taschen, Sandalen und eine magentarote Bluse, und in der rechten Hand hatte sie einen Picknickkorb.

»Wie geht's, meine Schöne?«

»Schöne? Sie sind vielleicht ein Herzchen.«

»Haben Sie rausgekriegt, wer die Jungs in dem Streifenwagen waren?«

»Suchen Sie sich jemanden aus.«

»Vielleicht wird es Zeit, daß Ihre Leute Sie abziehen.«

»Thema beendet. Mögen Sie Brathühnchen?«

»Na klar.«

Wir gingen quer über das Feld zu einem Eichenwäldchen am Steilufer über dem Fluß. Sie breitete eine karierte Tischdecke im Gras aus, legte die Bestecke hin, packte kleine Salz- und Pfefferstreuer aus, Putensandwiches mit Käse, Guacamole, Kartoffelsalat und eine Thermoskanne mit Limonade. Die Haare hingen ihr über die Wangen, als sie sorgfältig ein Stück Fleisch nach dem anderen auf die Pappteller legte.

»Ich kriege gleich Komplexe«, sagte sie.

»Sie sehen großartig aus, Mary Beth.«

Sie kniff die Augenwinkel zusammen. Ich stand jetzt am

Rand des karierten Tischtuchs. Ihr Gesicht war unmittelbar vor mir, als sie sich aufrichtete. Ich faßte ihr in die Haare, küßte sie auf den Mund. Sie schaute mich an, schloß dann die Augen, legte mir die Arme um den Rücken, und ich spürte ihre Brüste und die heiße Wange, als sie sich an mich schmiegte.

Und mit einemmal stand ich wieder vor der alten Frage, wie man als Mann halbwegs Würde bewahren soll, wenn man eine Frau im Stehen liebt. Wir setzten uns ins Gras, und ich zog sie herunter, so daß ihr Kopf auf dem karierten Tischtuch lag, und küßte sie wieder. Der Wind wehte über den Fluß, strich durch das Gras am Ufer, und die Wolken, die sich im Westen auftürmten, waren lilarot und wie von Flammen gesäumt. Ich schaute ihr in die Augen.

Hinter mir hörte ich Huftritte auf dem dürren Eichenlaub. Ich drehte mich um und sah Beau, meinen Morgan, der im Schatten auf uns zukam, und einen kleinen Jungen, der ihn ohne Sattel ritt und dessen Haare wie eine weiche Bürste wirkten.

»Hallo! Was macht ihr denn hier?« fragte er und stieß einen Ast vor seinem Gesicht weg.

»Hey, Pete, was gibt's?« sagte ich, als ich wieder zu Atem gekommen war.

»Gehn wir trotzdem noch angeln?«

»So was laß ich mir doch nicht entgehen, Kumpel. Willst du ein Stück Huhn? Das ist übrigens Mary Beth.«

Er grinste sie an. Er trug eine Latzhose und saß barfuß und breitbeinig auf Beaus Rücken.

»Ich hab schon gegessen«, sagte er.

»Wir haben auch Limonade«, sagte sie. Sie setzte sich auf und stützte sich mit dem Arm ab.

»Ist schon gut. Ich stör euch bloß.«

»Das hätte ich dir schon gesagt, meinst du nicht?« erwiderte ich.

Er grinste nach wie vor, schlug sich mit den Zügeln auf den Handrücken.

»Ich bring Beau zurück«, sagte er.

»Billy Bob hat mir allerhand von dir erzählt, Pete. Ich fänd's schön, wenn du dich zu uns setzt«, sagte Mary Beth.

Er wandte den Blick von ihr ab, grinste immer noch und rutschte dann von Beaus Rücken.

»Das ist der schlauste kleine Kerl weit und breit«, sagte ich.

»Ich hab gewußt, daß du das sagst«, meinte er.

An diesem Abend fuhr ich zu dem Gemischtwarenladen unten an der Straße und kaufte mir eine Packung Milch. Der Laden lag auf einer Hügelkuppe, unmittelbar neben einem Maisfeld. Der große betonierte Parkplatz und die Zapfsäulen waren in helles, rotweißes Licht getaucht, und in den Fenstern hing verschnörkelte Neonreklame, doch außen herum war alles stockdunkel. Hier trafen sich auch die Kids aus dem East End, wenn sie auf der Hauptstraße durch die Stadt kutschierten.

Ihre Wagen standen bei der Telefonzelle. Sie hatten die Türen geöffnet, damit der Wind durchziehen konnte, und der Betonboden lag bereits voller Bierdosen, Papierservietten und Zigarettenkippen, so als hätten sie sämtliche Aschenbecher in ihren Autos ausgeleert.

Als ich zu meinem Wagen zurückging, stieg Darl Vanzandt aus der Beifahrertür seines kirschroten, tiefgelegten 1932er Ford und kam mir mit stierem Blick entgegen. Er trank den Schaum von einer Flasche Pearl-Bier ab und schmiß sie in die Dunkelheit. Als ich an ihm vorbeigehen wollte, verstellte er mir den Weg, baute sich vor mir auf, markierte vor den anderen, die sich hinter ihm zusammengerottet hatten, den starken Mann.

»Hi, mein Guter«, sagte ich.

»Sie haben meine Freunde angemacht. Und jetzt machen Sie auch noch meine Stiefmutter an«, sagte er.

»Stimmt nicht.«

»Sie wollen mich in den Knast bringen. Und alles bloß wegen dem Penner, diesem Lucas Smothers«, sagte er.

»Gute Nacht«, erwiderte ich.

Aber er baute sich erneut vor mir auf, stieß mir die ausgestreckten Finger in die Brust, dann noch einmal, drückte fester zu und knirschte dabei mit den Zähnen.

»Lassen Sie das, Darl«, sagte ich.

Er grinste mich grimmig an, hatte die Nase leicht gerümpft, doch ich sah ihm an den Augen an, daß er hin und her gerissen war zwischen Angst und Abscheu. Ich schaute zu Boden, worauf er süffisant lächelte.

Er schlug mir die Milch aus der Hand. Sie spritzte nach allen Seiten davon, als der Karton auf dem Beton zerplatzte.

Ich wich zurück, machte einen weiten Bogen um ihn und ging zu meinem Wagen.

Ich hörte, wie er hinter mir herkam. Er wollte sich gerade auf mich stürzen, als ich den Ellbogen hochzog und ihm in die Nase rammte.

Er krümmte sich vornüber und schlug die Hände vors Gesicht, die sofort voller Blut waren. Dann stand Bunny Vogel neben ihm, legte ihm den Arm um die Schulter und drückte ihm ein zusammengeknülltes T-Shirt an die Nase.

»Ich besorg dir Eis, dann gehn wir nach Hause. Gebrochen ist sie nicht. Wenn sie gebrochen ist, ist das Blut viel dunkler«, sagte er.

»Sagen Sie seinem Vater Bescheid, was hier vorgefallen ist«, sagte ich.

»Ich sag dazu überhaupt nichts.«

»Schon komisch, daß Sie nach wie vor zu jemandem stehen, der Sie um einen Profivertrag gebracht hat. Ich frage mich bloß, warum«, sagte ich.

Er führte Darl zu den geparkten Autos. Dann drehte er sich

noch einmal um und schaute mich an, als sei ihm gerade klargeworden, daß ihm die Zukunft nichts anderes zu bieten hatte als die Vergangenheit.

12

Am nächsten Morgen las ich beim Frühstück am Küchentisch in Urgroßpapa Sams Tagebuch.

7. Juli 1891

Heute habe ich mit Jennie, das ist der Name, auf den die Rose vom Cimarron getauft ist, Flußbarsche und Welse geangelt. Die Hügel waren mit scharlachroten Kastilleaen und Sonnenblumen übersät, und wir bereiteten unsere Fische im Schutze eines Gebüsches zu, in dem es eine Quelle gibt, die auch in den Sommermonaten Wasser spendet.

Es ist ein Land, das nach einer Kirche verlangt, aber es wird von einer Horde verkommener Schwachsinniger unsicher gemacht, die sich die Dalton-Doolin-Gang nennt. Sie wohnen in Erdlöchern am Fluß und meinen, das sei ein feines Leben. Ein Chinese bringt ihnen Opium und Squaws, die ihnen den Tripper anhängen. Sie überfallen Eisenbahnzüge, weil sie stinken, daß man sie sofort aus jeder Stadt verjagen würde, ehe sie bis zur Bank kommen.

Ein kleiner tumber Tor namens Blackface Charley Bryant bekam einen Wutanfall, schoß mit seinem Gewehr wild in die Luft und stieß im Beisein von Jennie und mir gotteslästerliche Flüche aus. Seinen Spitznamen bekam er, weil ihm sein Revolver in der Hand hochging, wobei er sich die eine Seite seines Gesichts kohlschwarz verbrannte. Ich teilte ihm mit, daß ich nicht gegen meine Berufung verstoßen und ihm ein Leid zufügen wollte, aber wenn, dann würde ich ihm vermutlich ein drittes Auge mitten auf der Stirn verpassen.

Am liebsten würde ich Jennie in Zaundraht wickeln, sie quer über meinen Sattel legen und von hier wegbringen. Aber Judge Isaac Parker sind in diesem Landstrich schon über fünfzig Bundespolizisten weggeschossen worden, so daß ich glaube, daß er auch willens wäre, ein weibliches Bandenmitglied hängen zu lassen, zumal mir die Leute erzählt haben, daß er schon mal das Pferd eines Wegelagerers hängen ließ.

Dieser Frau den Hof zu machen ist so, als ob man bei einem Gewitter hinter einer Herde Kühe herjagt. In den Sattel zu steigen ist weitaus leichter, als wieder abzusitzen. So ist das mit dem heidnischen Brauchtum.

Als ich hinaus zu meinem Wagen ging, bog Lucas Smothers mit seinem klapprigen Pickup in die Auffahrt ein.

»Mein Vater sagt, ich soll Ihnen was erzählen. Auch wenn ich's bloß gehört habe«, sagte er.

»Schieß los.«

Er stieg aus dem Pickup und lehnte sich an den Kotflügel. Der Schatten einer Pappel fiel quer über sein Gesicht. Er biß einen Niednagel ab.

»Die Feuerwehrmänner haben doch Jimmy Coles Leiche bei der alten Hart-Ranch gefunden. Und es sieht so aus, als ob Garland Moon ihn womöglich umgebracht und versucht hat, ihn mit ein paar alten Reifen zu verbrennen. Ich meine, das glaubt jedenfalls der Sheriff, stimmt's?« sagte er.

»Es sähe Moon ähnlich.«

»Darl Vanzandt und ein paar andere haben sich da draußen immer Acid und Angel Dust eingepfiffen. Roseanne is einmal mit ihnen dort gewesen. Sie hat gesagt, daß Darl immer durchgedreht ist, wenn er auf Dust war.«

»Was hat Darl denn mit Jimmy Cole zu tun?«

»Vor sechs, sieben Monaten ist ein Landstreicher bei einem Brand in der Nähe der Bahngleise umgekommen. In der Zeitung stand, daß er einen mit Dachpappe gedeckten Holzschuppen mit einem kleinen Kerosinofen heizen wollte. Ich hab gehört, daß es womöglich Darl und ein paar andere gewesen sind.«

Er sah meinen Gesichtsausdruck und wandte den Blick ab.

»Warum sollte er einen Landstreicher umbringen?« fragte ich.

»Ein paar von den Kids hier sind ziemlich grausam. Die brauchen keinen Grund. Roseanne hat gesagt, daß Darl womöglich ein Satanist ist.«

»Hier handelt es sich um Mord.«

»Ich hab Sachen gesehen, von denen die älteren Leute womöglich gar nix wissen wollen. So ist das in der Stadt hier schon immer gewesen.«

»Jimmy Cole wurde nicht auf der Hart-Ranch umgebracht. Seine Leiche wurde anschließend dort hingeschafft.«

»Dann war es also nicht Darl?«

»Ich glaube nicht.«

Er wischte sich die Hände an seiner Jeans ab. »Ich muß wieder zur Arbeit … Mister Holland?«

»Ja?«

Er kratzte mit dem Daumennagel ein Stück Rost von der Tür des Pickup.

»Tun Sie das alles, weil Sie der Meinung sind, Sie schulden mir was?« fragte er.

»Nein.«

Er schwieg, doch ich sah ihm an, daß ihm noch eine Frage auf der Seele brannte, die er nicht stellen konnte.

»Deine Mutter und ich standen uns sehr nahe. Wenn es anders gelaufen wäre, hätten wir vielleicht geheiratet. Deshalb habe ich ziemlich viel für dich übrig. Sie war ein feiner Mensch«, sagte ich.

Sein Hals war gerötet, so als hätte er zu lange im kalten Wind gestanden. Er stieg in den Pickup und schaute durchs Rückfenster, als er den Motor anließ, damit ich den feuchen Schimmer in seinen Augen nicht sah.

Aber ich war derjenige, der sich schämen mußte, nicht er, weil ich ihm wieder keinen reinen Wein hatte einschenken können.

Ich parkte meinen Wagen um die Ecke bei der Bank und ging zu meiner Kanzlei. Emma Vanzandt saß in einem Porsche Kabrio, das mit zwei Rädern im Halteverbot stand. Sie trug eine dunkle Brille und hatte die langen schwarzen Haare mit einem weißen Seidentuch hochgebunden. Als ich hallo sagte, betrachtete sie ihre Nägel. Ich ging trotzdem zu ihr hin.

»Ist Jack drin?« fragte ich.

»Schaun Sie doch selber nach.«

»Ihr Sohn hat mich angegriffen, Emma.«

Ihre Handrücken waren runzlig, wie die Haut auf abgestandener Milch, und mit dicken blauen Adern überzogen. Sie spreizte die Finger am Lenkrad und musterte sie.

»Wenn Sie meinen, Sie können Ihre Probleme auf unsere Kosten lösen, kennen Sie Jack *und* mich schlecht«, sagte sie.

Ich ging die Treppe hinauf und öffnete die Milchglastür, die in das Vorzimmer meiner Kanzlei führte. Mein Sekretärin tat so, als sei sie mit der Post beschäftigt, doch ich sah ihr am Gesicht an, daß sie sich mühsam zusammennahm. Jack hatte die Hände in die Hüften gestemmt und starrte auf ein Bild an der Wand, ohne es wahrzunehmen. Die Adern an seinen Armen traten hervor, wirkten wie geschwollen, so als wolle er eine Eisenstange verbiegen, als er sich zu mir umdrehte.

»Kommen Sie rein, Jack«, sagte ich.

»Sehr aufmerksam«, erwiderte er.

Er zog die innere Tür hinter sich zu, biß sich auf die Unterlippe und ballte ein ums andere Mal die Fäuste.

»Ich kann gar nicht beschreiben, wie mir zumute ist«, sagte er.

»Ihr Sohn hat ein Drogen- und Alkoholproblem. Sehen Sie den Tatsachen ins Auge, Jack. Schieben Sie die Schuld nicht auf andere.«

»Ich würde Ihnen am liebsten den Kopf abreißen.«

»Oh?«

»Sie kommen mir vor wie ein Blinder und Aussätziger, der in ein öffentliches Schwimmbad steigt.«

»Jetzt hab ich's kapiert. Ich bin der Grund allen Übels, ich weiß es bloß nicht.«

»Sie haben diesen Moon scharf gemacht, und außerdem haben Sie meinem Sohn die Nase gebrochen.«

»Wieso Moon?«

»Der treibt sich doch bloß Ihretwegen hier rum.«

»Was kümmert Sie das denn?«

»Er hat einen Toten raus zu meinem Anwesen geschafft, diesen – wie heißt er doch gleich? – Jimmy Cole.«

»Cole wurde auf der alten Hart-Ranch gefunden.«

»Mir gehört ein Achtel davon ...« Er wirkte einen Moment lang abgelenkt, versuchte dann den Faden wieder aufzunehmen. »Ich möchte, daß Sie uns in Ruhe lassen. Ich bitte Sie darum. Sie haben Ihr Leben verpfuscht. Aber verdammt noch mal, ich lasse nicht zu, daß Sie meine Familie zum Sündenbock für Ihre Verfehlungen machen.«

Ich trat einen Schritt näher. Ich spürte, wie mir das Blut zu Kopf stieg. Aus dem Augenwinkel meinte ich L. Q. Navarro zu sehen, der mich beobachtete und warnend den Finger hob.

»Könnten Sie das näher erklären, Jack?« fragte ich.

»Ich habe drüben in Vietnam Befehle erteilt, die andere Männer das Leben gekostet haben. Das gehört nun mal dazu. Durch so was reift man. Ich schäme mich für Sie, wenn ich Sie nur ansehe«, erwiderte er.

Er stürmte hinaus, nickte meiner Sekretärin im Vorbeigehen kurz zu.

Ich saß allein im Dampfbad des Fitneßstudios und dachte über seine Worte nach, die mir wie tausend Nadelstiche im Gesicht brannten. Ich tauchte ein Handtuch in einen Eimer voller Wasser und drückte es über Kopf und Schultern aus. L. Q. Navarro lehnte an der gekachelten Wand. Sein dunkler Anzug war in Dampf gehüllt, doch sein Gesicht wirkte so kühl und trocken, als stünde er auf einer Eisscholle.

»Laß dich von der Sorte nicht anfegen«, sagte er.

»Welche Sorte meinst du?«

»Leute mit Geld. Ich weiß nicht, was der Junge drüben in Vietnam gemacht hat, aber wir sind da drunten in Coahuila mit Revolvern gegen automatische Waffen vorgerückt. Und tüchtig eingeheizt haben wir den Jungs auch.«

»Die haben garantiert gewußt, daß wir in der Stadt gewesen sind.«

Er nahm seinen Stetson ab und wirbelte ihn um den Finger. Seine Zähne glänzten, als er lächelte.

»Dieser Deputy, die hoch aufgeschossene Frau, Mary Beth heißt sie, nicht? Die war gut zu dem kleinen Jungen. An so was erkennt man, daß sie die Richtige ist«, sagte er.

Er grinste erneut; dann wurde er ernst und wich meinem Blick aus.

»Eines Tages muß ich dich verlassen, mein Guter«, sagte er.

Ein fetter Mann, der sich ein Handtuch um den Unterleib geschlungen hatte, öffnete die Tür zum Dampfbad und kam herein. L. Q. setzte seinen Hut auf und ging zur hinteren Wand, wo sich die Kacheln in einem Strudel auflösten, in dem nasser Sand wirbelte.

Ich duschte mich und ging zurück zu meinem Spind im Umkleideraum, ertappte mich dann dabei, wie ich einen Blick auf den Wandspiegel neben mir warf und mein Ebenbild musterte – die gleichen rötlich blonden Haare wie Lucas, die gleiche Statur und mit einsfünfundachtzig in etwa die gleiche Größe. Ich sah die runzlige weiße Narbe an meinem rechten Oberarm, wo mich in der Nacht, in der L. Q. starb, eine Kugel getroffen hatte, die lange, genähte Schramme oben auf meinem Fuß, die ich mir zugezogen hatte, als er mich aus dem brennenden Gras gezerrt und mit mir davongesprengt war, während die Leuchtspurgeschosse in der Dunkelheit über unsere Köpfe hinwegzischten.

Ich war jetzt einundvierzig und hatte seit der Zeit, als ich Streifenpolizist in Houston gewesen war, nur knapp fünf Kilo zugelegt. Ich konnte nach wie vor hundert Kilo stemmen und brachte immer noch mit Leichtigkeit dreißig Liegestütze zustande.

Aber ich wußte auch, daß hinter dem selbstgefälligen Blick, mit dem ich mich musterte, die pure Eitelkeit steckte. Daß ich mich aufführte wie ein Schuljunge, der in aller Öffentlichkeit heruntergeputzt worden ist, kritisch sein Spiegelbild betrachtet und etwas sucht, auf das er stolz sein kann.

Ich stopfte meine verschwitzten Turnsachen in die Trainingstasche und fuhr hinaus zur alten Hart-Ranch.

Sie lag zwischen zwei langgestreckten Hügeln, und man kam nur über einen holprigen Fahrweg hin, der sich durch einen dichten Wald schlängelte und voller Kiefernnadeln und abgefallenem Laub lag. Das Tor am Viehgatter war mit einer Kette verschlossen und mit gelbem Absperrband umwickelt. Ich kletterte durch den Stacheldrahtzaun und ging etwa eine viertel Meile, bis ich auf eine Lichtung stieß, auf der grünes Gras und zahllose wilde Blumen wuchsen.

Das Ranchhaus, in den achtziger Jahren des neunzehnten Jahrhunderts im viktorianischen Stil erbaut, mit einer breiten, von Säulen gesäumten Veranda und Buntglasfenstern, war verwittert und sah aus wie alte Pappe. Das Dach war abgebrannt, und an den Nebengebäuden und der Windmühle hatten sich Steppenhexen verfangen.

Ich ging den Bachlauf entlang bis zum Fuß des anderen Hügels, lief zurück, bis ich wieder im Kiefernwald war, schritt die Lichtung ab und spazierte dann zum Flußufer, das unmittelbar gegenüber der Ranch steil abfiel.

Ich stieß auf einen kleinen Friedhof, offenbar von den ersten Siedlern angelegt, denn die Inschriften auf den schlichten Feldsteinen stammten allesamt aus den fünfziger Jahren des vorigen Jahrhunderts, auf ein verrostetes Lokomobil, das halb im Bachbett lag, auf einen eingesunkenen, überwucherten Abfallhaufen, den vermutlich Holzfäller hinterlassen hatten, vielleicht auch arbeitslose Jugendliche, die man in den dreißiger Jahren dienstverpflichtet hatte, auf eine kaputte Bogensäge, die noch in einem Baumstamm steckte. Ich entdeckte Hirsch-, Waschbär-, Opossum- und Pumafährten, aber keinerlei Spuren, die von Menschen herrührten, von der Stelle einmal abgesehen, wo man unter den brennenden Gummireifen die verkohlte Leiche von Jimmy Cole gefunden hatte.

Es war ein herrlicher Tag. Der Himmel war blau, und die Bäume auf den Hügeln standen in vollem Laub. Ich hob einen Stein auf und schmiß ihn auf die Überreste des verlassenen Hauses, wo er scheppernd in dem hohlen Gemäuer landete.

Ein Schwein stürmte aus der Hintertür und rannte quer über den Hof, an der Windmühle und der eingefallenen Scheune vorbei, und verschwand in einem Kieferngehölz.

Ich lief etwa fünf Minuten hinter ihm her, bis ich wieder in die Sonne kam und sieben weitere Tiere sah, die sich in einem Sumpfloch suhlten – wilde Schweine offenbar, rostrot, voller Schlamm, mit feucht glitzernden Schnauzen.

Mitten in dem Sumpfloch lag eine Ricke, die Hinterläufe abgespreizt, die Bauchdecke aufgerissen, der Kopf von Tausenden Insekten umschwärmt.

Die Suhle war aufgewühlt, voller grünem Schweinekot, auf dem eine dünne Schicht Wasser stand. Auf der anderen Seite, dort, wo der Schlamm in der Sonne getrocknet war, sah ich die Fußspuren von mindestens drei Menschen.

Der Sheriff beugte sich über den Spucknapf und schnitt die Spitze seiner Zigarre ab.

»Wilde Schweine, das heißt also, keine Haustiere?« fragte er.

»Ganz recht«, erwiderte ich.

»Welche Sorte wälzt sich denn nicht gern in der Suhle rum?«

»Ich glaube, daß Jimmy Cole da draußen auf der Ranch umgebracht wurde«, sagte ich.

»Weil Sie in dem Sumpfloch Schweinescheiße gesehn haben und Cole welche in den Ohren hatte?«

»Im Haus waren alte Lagerfeuerspuren. Meiner Meinung nach hat er sich dort versteckt.«

»Und Darl Vanzandt und seine Drecksbande haben ihn erledigt?«

»Was meinen Sie denn?«

»Wenn Sie mir erzählt hätten, daß Darl Vanzandt es mit Schafen treibt, hätt ich's Ihnen vielleicht geglaubt«, sagte er. Er schaute mich eine ganze Weile an, verzog dann grinsend das Gesicht, so als ob er irgend etwas furchtbar witzig fände. »Habt ihr das bei den Rangers so gemacht? Schweinedreck draußen im Wald gesucht? Verdammt noch mal, mein Sohn, Sie sind mir einer. Moment, ich ruf kurz meine Deputies rein. Die müssen das hören.«

Er lachte so herzhaft, daß ihm die Tränen über die Wangen liefen.

Nach dem Abendessen stand ich am Fenster in der Bibliothek und sah zu, wie der Himmel immer schwärzer wurde und Blitze auf die Hügelkämme niederzuckten. Ich schaltete die Schreibtischlampe ein, setzte mich hin und verfaßte einen handschriftlichen Brief an Jack Vanzandt. Warum? Vielleicht, weil ich ihn schon immer gemocht hatte. Außerdem fiel es mir schwer, jemandem einen Vorwurf zu machen, weil er vor lauter Liebe zu seinem Sohn nicht einsehen mochte, wohin dessen Verhalten führte.

Aber trotz aller Wortklauberei ließ sich nichts daran ändern, daß Darl Vanzandt von Grund auf verkorkst war, und nachdem ich zwei Absätze geschrieben hatte, zerriß ich den Briefbogen und warf ihn in den Papierkorb. Ich rief Mary Beth an und ließ es gut zehnmal klingeln. Ich hatte sie schon den ganzen Tag zu erreichen versucht, aber ihr Anrufbeantworter war nach wie vor nicht eingeschaltet.

Ich legte den Hörer wieder auf und warf dann einen Blick aus dem Fenster auf die Auffahrt, als ein Blitz über den Himmel zuckte, in dessen Schein das Gesicht von Garland T. Moon aufleuchtete.

Er stand reglos im peitschenden Regen und hielt sich einen Fußabtreter über den Kopf. Sein blauer Sergeanzug und das Tropenhemd waren klatschnaß.

Ich schaltete das Licht auf der Veranda ein und trat vor die Tür. Er kam aus der Dunkelheit, so daß ich zunächst nur die flachen Sohlen seiner Stiefel auf dem Kies hörte. Er stieg auf die Veranda, ohne daß ich ihn dazu aufgefordert hatte, und grinste mich dümmlich an, während ihm die Regentropfen übers Gesicht liefen.

»Wie sind Sie hierhergekommen?« fragte ich.

»Zu Fuß.«

»Aus der Stadt?«

»Ich krieg keinen Führerschein mehr, weil ich ein paarmal wegen Trunkenheit am Steuer dran gewesen bin.«

»Haben Sie Ihren Freund Jimmy Cole umgebracht?«

Er verzog das Gesicht, so als wisse er nicht recht, ob er grinsen oder lieber wachsam bleiben sollte.

»Is nich nötig gewesen. Jemand anders hat's mir abgenommen«, sagte er. »Haben Sie mir die Leute auf den Hals gehetzt?«

»Welche Leute?«

»Diejenigen, die mit nem Baseballschläger in mein Zimmer gekommen sind.«

»Verschwinden Sie von meinem Grund und Boden, Garland.«

Er schaute mich unverwandt an, hatte den Mund zusammengekniffen.

»Dann isses jemand gewesen, der meint, ich wüßte irgendwas. Aber ich hab keine Ahnung, worum es sich handeln könnte«, sagte er.

»Ich habe die Akten der Polizei in Los Angeles gelesen. Dort steht, daß Sie drei Stunden in dem Haus waren. Daß Sie einen nach dem anderen umgebracht haben und daß die, die noch am Leben waren, zuschauen mußten.«

»Und warum bin ich dann nicht im Gefängnis?«

Ich ging zu ihm. Ich nahm das Deodorant wahr, das auf seiner Haut verdunstete, seinen Atem, der nach Kaugummi und Schnupftabak roch.

»Heute abend kommen Sie noch mal davon. Aber beim nächsten Mal sind Sie dran«, sagte ich.

Er funkelte mich mit seinen blauen, unsteten Augen an.

»Den mit dem Schläger hab ich erwischt, bevor er wieder in seinem Pickup war. Überprüfen Sie die Krankenhäuser. Erkundigen Sie sich, ob da nicht jemand liegt, der sich in nächster Zeit nicht groß in der Öffentlichkeit zeigt«, sagte er.

Er trat wieder hinaus in den Regen und die Dunkelheit, hielt sich den Fußabtreter über den Kopf und ging in seinem klatschnassen Anzug, der wie ein Cape an ihm hing, hinunter zur Straße.

13

Am darauffolgenden Nachmittag meldete sich Mary Beth am Telefon.

»Stimmt irgendwas nicht?« fragte ich.

»Nein. Was sollte denn sein?«

»Dein Anrufbeantworter war abgeschaltet. Ich habe dich nirgendwo gesehen.«

»Kann ich dich später zurückrufen?«

Tat sie aber nicht. An diesem Abend fuhr ich zu ihrem Apartment. Menschen schwammen im Pool, als ich die Treppe hochging, kraulten im Scheinwerferlicht, das rauchig durch das türkise Wasser schimmerte, und die Luft roch nach Chlor, brennenden Holzkohleanzündern und nach Blumen, die vom Licht der bunten, in den Beeten angebrachten Strahler überhitzt waren.

Ein stämmiger Mann mit Krawatte und Anzug kam aus Mary Beths Apartment und rannte mich fast über den Haufen. Ich trat einen Schritt zurück und betastete die Stelle an meiner Brust, wo er mich erwischt hatte.

»Entschuldigung«, sagte ich.

Er schob seine Brille zurecht und schaute mich an, als kenne er mich. Seine dunklen Haare waren tadellos gekämmt, der Scheitel zog sich wie ein blasser, schnurgerader Strich über seinen Kopf. Er hatte ein gespaltenes Kinn, war frisch rasiert, und seine Haut war straff und duftete nach Cologne.

»Macht nichts«, sagte er.

»Macht nichts?«

»Ich habe gesagt, daß es mir leid tut, Mann. Ich hab Sie nicht gesehen.«

»Komisch, aber ich habe nichts gehört«, sagte ich.

Er wollte sich abwenden, streckte dann die Brust raus und zog den Bauch ein, so als wolle er sich nicht länger mit Höflichkeitsfloskeln abgeben, baute sich breitbeinig vor mir auf und schob den linken Fuß ein Stück vor.

»Gibt's einen Grund dafür, daß Sie mich so anglotzen?« fragte er ruhig.

»Nicht den geringsten.«

Er warf einen Blick zurück zu Mary Beths verschlossener Tür. »Einen schönen Abend noch. Am besten fahren Sie, wenn Sie sich auf keinerlei Zicken einlassen«, sagte er. Er hob den Finger, zog gleichzeitig die Augenbrauen hoch und ging dann die Treppe hinunter.

Sie hatte ihre Uniform an, als sie mich hereinließ. Auf ihren Wangen waren rote Flecken, und ihre Stimme klang eine Idee zu schrill. Sie strich die Sofakissen glatt, rückte die Illustrierten zurecht, obwohl es nicht nötig war, und kehrte mir den Rücken zu.

»Tut mir leid, aber ich hab's eilig. Ich muß in zwanzig Minuten zum Dienst antreten«, sagte sie.

»Der Typ ist vom FBI.«

»Was denn, hat er dir etwa seine Dienstmarke vorgehalten?«

»Nein, aber er ist ein aufgeblasener Bürohengst, der meint, als Polizist kommt man mit Arroganz weiter.«

»Du magst sie nicht besonders, was?«

»Er sollte sich nicht hier rumtreiben. Wenn ich ihn durchschaue, können's andere auch.«

»Ich muß los, Billy Bob.« Sie nahm ihren Waffengurt von der Garderobe und schnallte ihn um. Sie steckte ihre Bluse in den Gürtel, zog sie straff und schaute dabei unverwandt auf ihre Hände.

Ich wartete, bis sie wieder aufblickte. »Hast du ein Verhältnis mit dem Typ?« fragte ich.

»Das muß ich dir nicht auf die Nase binden.« Ich sah, wie sie die Wangen einsog, so als sei sie über ihre eigenen Worte erschrocken.

»Er bringt dich in Gefahr. Ich mag ihn nicht. Stört dich das?« fragte ich.

Sie nahm ihre Handtasche von der Anrichte, die die Küche vom Wohnzimmer trennte. Sie hatte sich von mir abgewandt, drückte die Finger an ihre Schläfe.

»Ich gehe jetzt, und ich äußere mich auch nicht mehr dazu. Willst du mich zum Parkplatz begleiten oder hierbleiben?«

»Jemand versucht Garland Moon aus der Stadt zu verscheuchen. Weil er irgend etwas weiß. Aber er hat keine Ahnung, worum es sich handeln könnte.«

Sie schaute mich verdutzt an, wirkte plötzlich offen und ehrlich wie ein Schulmädchen.

Temple Carrol saß in dem Hirschledersessel in meinem Büro, als ich am nächsten Tag in die Kanzlei kam.

»Ich habe den Mann gefunden«, sagte sie.

»Wie das?«

»Er hat den Leuten in der Notaufnahme erzählt, er wäre beim Anstreichen von der Leiter gefallen und durch ein Fenster gestürzt. Die waren der Ansicht, daß er mit einem Messer verletzt wurde, und haben es gemeldet.«

»Warum haben sie ihm nicht geglaubt?«

»Jemand hat ihn sich zuvor schon mal vorgeknöpft. Ein Notarzt hat gesagt, es sieht so aus, als ob er mit einem Seil rumgeschleift worden wäre.« Sie stützte das Kinn auf die Hand, schaute mich an und wartete, bis es mir dämmerte.

Er hieß Roy Devins, hatte zweimal in Huntsville eingesessen und möglicherweise ein weiteres Mal, unter einem anderen Namen, unten in Mexiko, und er war trotz seiner Verletzungen – egal, ob er sie sich beim Sturz von einer Leiter zugezogen hatte oder bei einer Messerstecherei in einer Bar – siebzig Meilen weit gefahren, ohne Hilfe zu suchen. Im Gegenteil, er hatte einfach Gas gegeben, wenn jemand an einer roten Ampel in das Führerhaus seines Pickup schaute, allmählich begriff, was er da sah, und dann fassungslos und wie betäubt stehenblieb.

Sein Gesicht war rundum verbunden, und er schaute uns aufmerksam an, so als achte er nur noch darauf, ob ihm jemand etwas zuleide tun könnte. Dann nahm er uns wahr, tat uns als harmlos ab und versank wieder in seiner Lethargie, in der er nur noch Gegenstände und Geräusche wahrnahm, von denen er sich etwas versprach – die Brusttasche meines Hemds, weil dort Zigaretten stecken könnten, das Scheppern des Speisekarrens draußen auf dem Flur, einen Fernsehfilm, in dem sich japanische Samurai einen Fechtkampf lieferten.

»Erinnern Sie sich an mich?« fragte ich.

»Wo is Ihr Pferd?« erwiderte er.

»Sie haben doch nichts dagegen, daß wir hier sind, oder?«

»Is mir scheißegal, was ihr macht«, sagte er.

»Sie können Garland Moon reinreiten, Roy. Der Typ ist überfällig«, sagte ich.

Er hatte feine weiße Fältchen um die Augen, und seine Haut wirkte krank und blaß. Auf der einen Seite spannte sich der Verband flach über Haut und Knochen. Als er den Kopf auf dem Kissen umdrehte, zuckte ein Nerv an seinem Hals, als ob er sich an einer Fischgräte verschluckt hätte. Meiner Meinung nach hatte er Schmerzen.

»Ich zieh rüber an die Küste, fang von vorne an. Ich hab die Rumtreiberei satt. Ich bin von ner Leiter gefallen«, sagte er. Er wandte den Blick ab und starrte ins Leere.

»Hören Sie mal zu«, sagte Temple. »Hier werden Ohren nicht wieder angenäht. Und die Krankenkasse zahlt auch nicht die Schönheitsoperation an einem zerschnittenen Gesicht. Woher wissen wir überhaupt, daß Sie hier sind? Weil er raus zu Billy Bobs Haus gekommen ist und sich über Sie krankgelacht hat.«

Seine Augen wurden trüb, und er wandte den Kopf ab, blickte zur offenen Tür, zu den Geräuschen draußen auf dem Flur, den Menschen, die dort entlanggingen, mit Eßgeschirr klapperten, Blumen und Obstkörbe abgaben, all die wundersamen Dinge mitbrachten, die der Alltag einem bieten konnte.

»Sehen Sie's doch mal anders rum. Sind die Leute, die Sie auf ihn gehetzt haben, schon mal hier gewesen? Haben die Sie besucht, die Arztkosten bezahlt, Ihnen erkärt, es täte Ihnen leid, daß der Schuß nach hinten losgegangen ist?« sagte ich.

Aber mit gutem Zureden und Appellen an die Vernunft ließ sich die Erinnerung an den Augenblick nicht tilgen, da Roy Devins, ein Drogendealer und Kinderschänder, ein abgebrühter Sträfling und totaler Versager, meinte, er könnte mit einem Baseballschläger in ein Motelzimmer stürmen und Garland T. Moon einen Schrecken einjagen, einem Mann, der seiner Ansicht nach weder stärker noch schwächer, besser oder schlechter war, weil er keine Ahnung hatte, daß sämtliche schlimmen Erfahrungen, die er in Bezirksgefängnissen und staatlichen Haftanstalten gesammelt hatte, ebenso nutzlos waren wie all die anderen Erkenntnisse, die sich immer dann als trügerisch erwiesen, wenn er meinte, er sei im Begriff, jene Zauberpforte aufzustoßen, zu der jeder außer ihm Zutritt hatte.

Ich saß auf einer Bank neben der schlichten Kirche, in der Pete und ich zur Messe gingen, und sah zu, wie Pete und etliche andere Jungs in seinem Alter auf dem Baseballplatz der Schule trainierten. Im Schatten unter dem Mimosenbaum tanzten kleine Sonnenkringel, und Beau, mein Morgan, graste neben dem Abwassergraben, der an den Kirchhof grenzte. Ich schlug den dicken Deckel von Urgroßpapa Sams Tagebuch auf und blätterte zu der Seite, an der mein Lesezeichen steckte.

21. Juli 1891

Ich glaube, sie wollen einen Zug überfallen.

27. Juli 1891

Vor drei Tagen sind sie gen Osten geritten, in die rotglühende Morgensonne hinein, die so heiß war, als ob sie aus des Satans Esse stamme. Sie waren betrunken, als sie gestern nacht zurückkamen, haben nach Weibern, Bier und Kutteln gestunken, die sie mit den Händen aus einem Lederbeutel gegessen haben. Im Badehaus in Fort Smith haben sie ihr geraubtes Geld jedenfalls nicht gelassen. Wenn man die mal einweichen täte, damit sie die Läuse und Zecken loswerden, würde das Wasser wahrscheinlich auf der Stelle schwarz werden und man müßte es aus dem Bottich schaufeln und mit Petroleum verbrennen.

Ich habe gedacht, ich hätte meine wilde, aufbrausende Art hinter mir gelassen. Doch ebensosehr wie meine Lenden nach den nächtlichen Liebkosungen der Rose vom Cimarron verlangen, sehne ich mich danach, den harten Stahl des 36er Navy-Colts in meiner Hand zu spüren. Ich hasse diese Männer von Grund auf, Gott vergebe mir, aber ihretwegen schäme ich mich, der weißen Rasse anzugehören, und träume wieder vom alten Leben und von den Männern, deren Gesichter im Mündungsfeuer meiner Waffe aufleuchteten, während ringsum die Leute von den Balkons der Bordelle und Saloons zuschauten.

Jennie und ich sind in eine Hütte oben auf der Hügelkuppe über dem Fluß gezogen. Wir haben Pfirsich- und Apfelbäume im Garten und Vorhänge an den Fenstern, die sie aus ihren alten Kleidern genäht hat. Doch ich kann mich nicht mit diesen Banditen da unten in ihren Erdhöhlen abfinden, ihren Squaws, die Opiumkügelchen für ihre Pfeifen drehen, den geraubten Dollarscheinen, die sie um ein Haar im Fluß verloren hätten und die jetzt an Wäscheleinen trocknen.

Vielleicht hasse ich sie, weil die Art, wie sie hausen und sich der Hurerei hingeben, der einzige Unterschied zwischen uns ist. Ich habe mich darüber gegrämt und schließlich Jennie um Rat gefragt. Sie hat nichts darauf erwidert, sondern ist zu dem Holzofen hinter der Hütte gegangen und hat Fleisch für unser Frühstück gebraten. Sie hatte kaum einen Faden am Leib und sah aus wie eine junge Wilde. Bei ihrem Anblick befiel mich eine unbezähmbare Leidenschaft, so daß meine Hände selbst in unserem kühlen Schlafzimmer noch immer schweißnaß waren.

Ich bin sechsundfünfzig Jahre alt und weiß doch gar nichts über mich.

Pete hatte seinen Fängerhandschuh am Gürtel hängen, als er glühend, schmutzig und selig strahlend zu mir in den Schatten kam.

»Gehn wir nachher ein Pfirsicheis essen?«

»So was laß ich mir doch nicht entgehen«, erwiderte ich.

»Kennst du die Männer da drüben, Billy Bob? Sie sind schon zweimal um den Block gefahren, wie wenn sie irgendwas suchen.«

Ich warf einen Blick zurück zu dem Fahrweg hinter mir. Die beiden Wagen waren dunkel lackiert und glänzten wie frisch gewachst, hatten getönte Fenster und Funkantennen. Ich stand auf, setzte meinen Stetson auf und ging zu Beau, streichelte ihm den Kopf und ließ ihn einen Zuckerwürfel aus der offenen Hand fressen. Die beiden Wagen hielten am Rand des Entwässerungsgrabens, und das Fenster auf der Beifahrerseite des vorderen Autos wurde heruntergelassen.

Der Mann, dem ich vor Mary Beths Apartment begegnet war, schaute mich durch seine Pilotenbrille an.

»Sie haben sich Roy Devins schon einmal vorgeknöpft. Vielleicht sollten Sie ihn diesmal lieber der Obhut anderer überlassen«, sagte er.

»Sie wissen doch, wie das so ist, wenn man sich langweilt. Dann fragt man sich halt, warum sich hier FBI-Typen rumtreiben, einem unterschwellig drohen, sich aufführen wie die letzten Stinkstiefel und dergleichen mehr«, erwiderte ich.

Er lachte leise vor sich hin.

»Wie wär's, wenn Sie Ihr Mütchen mal woanders kühlen«, sagte er.

»Ich nehme doch an, daß wir auf der gleichen Seite stehen, oder?«

»Sie sind Strafverteidiger, Mann. Sie werden dafür bezahlt, daß die Arschgeigen nicht hinter schwedischen Gardinen landen.« Er warf einen Blick auf Pete, wandte sich dann wieder mir zu. »Habt ihr den toten Mexen drunten in Coahuila wirklich Spielkarten in den Mund gesteckt?«

Ich streichelte Beaus Mähne, stieg dann über den Graben und beugte mich durch das offene Fenster des vorderen Wagens.

»Ich habe mit einem Ranger namens L. Q. Navarro zusammengearbeitet. Wir haben die Dealer hopsgenommen und ihre Lager niedergebrannt, die ihr nicht gefunden habt. Der Mann würde sich von Ihnen nicht mal die Stiefel putzen lassen, mein Guter.«

Er nahm seine Sonnenbrille ab und schaute mich seelenruhig an.

»Wenn Ihnen was an der Kleinen liegt, dann machen Sie ihr keine Scherereien. Sie sind doch ein intelligenter Mann. Sie können mit so was doch bestimmt umgehen«, sagte er und winkte seinem Fahrer.

Pete und ich sahen zu, wie die beiden Wagen, deren Fenster wieder dicht geschlossen waren, langsam anrollten, so als wollten die Fahrer vermeiden, daß die Weißwandreifen Steinchen aufschleuderten, die den glänzenden Lack beschädigen könnten.

»Du bist ziemlich verrückt, Billy Bob«, sagte Pete.

»Nein, ganz und gar nicht.«

»Für jemanden, der im Fluß getauft und später Katholik geworden ist, schwindelst du ganz schön.«

Ich strich ihm über die Haare, die sich weich und zugleich steif wie eine Bürste anfühlten. Die beiden Wagen bogen in eine unbefestigte Gasse ein und wirbelten eine Staubwolke auf, die über die Wäsche hinwegzog, die hinter einer Reihe von Bretterhütten aufgehängt war.

14

Der typische Isolationstrakt in einem Gefängnis ist ein surrealer Ort – lautlos, nichts als blanke Mauern und massive Eisentüren –, an dem es keinerlei Unterschied zwischen Tag und Nacht gibt. Die Häftlinge, die hier eingeschlossen sind, befinden sich in der denkbar schlechtesten Gesellschaft – sie sind mit ihren Gedanken allein.

Aber Angst und Schuldgefühle können einen auch zerfressen, wenn man auf freiem Fuß ist.

Bunny Vogel fuhr mit seinem braunen, auffrisierten 55er Chevy zweimal an meinem Haus vorbei, ehe er den Mut aufbrachte, in meine Auffahrt einzubiegen und zu dem Hühnerhof hinter dem Haus zu laufen, wo ich mit einem Apfelkorb Eier einsammelte.

Er trug ein offenes Seidenhemd, Jeans und Römersandalen ohne Socken, und die Spitzen seiner zerzausten bronzefarbenen Haare leuchteten in der tiefstehenden Sonne. Mit seinem klassischen Profil und der wie geöltes Leder glänzenden Bauchmuskulatur wirkte er wie ein männliches Model für das Umschlagbild eines Liebesromans, wenn da nicht die tiefe Narbe gewesen wäre, die sich wie ein rosiger Wurm an seinem Unterkiefer entlangzog.

»Ziemlich hübscher Wagen«, sagte ich.

»Wissen Sie noch, was Sie an dem Abend gesagt haben, als Sie Darl die Nase gebrochen haben? Daß ich nach wie vor zu jemandem stehe, der mich um meinen Profivertrag gebracht hat?«

»Ich wollte Sie nicht beleidigen, Bunny.«

Er stieß den Atem aus. »Ich glaube, Sie versuchen einfach jedem irgendwas anzuhängen. Aber nicht mit mir, Mister Holland«, sagte er.

»Möchten Sie reinkommen?«

»Nein ... Der alte Schwarze draußen beim Shorty's hat Ihnen doch erzählt, daß Roseanne an dem Abend, an dem sie umgebracht wurde, jemandem auf dem Parkplatz eine geknallt hat.«

»Woher wissen Sie das?«

»Darl hat gehört, wie der Alte über Sie geredet hat. Also hat er ihn sich ein bißchen zur Brust genommen.«

»Das ist vielleicht ein Typ. Ich glaube, so einer ist mir noch nie untergekommen.«

»Ich war derjenige, dem sie eine geknallt hat. Ich hab nichts mehr zu verbergen.«

Ich las ein braunes Ei auf, das hinter einem Traktorreifen lag, und packte es in den Korb. Ich schaute ihn nicht an. In der Stille konnte ich seine Atemzüge hören.

»Aber das war, als ich gegangen bin. Danach hab ich weder Roseanne noch Darl oder einen der andern noch mal gesehen. Mit dem, was später passiert ist, hab ich nix zu tun«, sagte er.

»Wer dann?«

»Ich weiß es nicht, Mister Holland, das ist die reine Wahrheit.«

»Sie haben mir doch erzählt, daß Sie nichts mit Roseanne hatten, Bunny.«

Er ließ die Hände herabhängen und ballte die Fäuste, so daß die Adern an seinen Unterarmen prall hervortraten. Dann lief er rot an, und seine Augen trübten sich vor Scham.

»Verdammt ich hab gewußt, daß das noch eine Riesensauerei gibt«, sagte er.

Er erzählte mir folgende Geschichte.

Er war in der letzten Klasse der High-School, spielte in der Schulauswahl und war so unwiderstehlich schnell und laufstark, daß die gegnerischen Abwehrspieler nur noch ungläubig und manchmal auch blutend hinter ihm herschauen konnten. Er bemerkte sie zum erstenmal, als sie ihm von der leeren Tribüne aus beim Training zusah.

Er konnte sich noch genau an den milden, goldenen Nachmittag erinnern, an dem er zu ihr hingegangen war, mit knirschenden Stollen die Aschenbahn überquerte und ihr den Football zuwarf. Seiner Meinung nach war das ein schlauer Trick, weil man damit bei den meisten Mädchen das Eis brach, weil sie darauf immer schüchtern und hilflos reagierten.

Sie warf den Ball mit beiden Händen so scharf zurück, daß er sich ducken mußte, damit er ihn nicht im Gesicht traf. Dann öffnete sie ihre Puderdose und trug Lippenstift auf, als sei er gar nicht da.

»Wie alt bist du eigentlich?« fragte er.

»Fünfzehn. Hast du was gegen Fünfzehnjährige?« Sie preßte die Knie zusammen und schwenkte die Beine hin und her.

Er warf einen Blick nach hinten, auf die Reservespieler, die voll aufs Training konzentriert waren, die gepolsterten Schultern ineinander rammten und Spielzüge einstudierten, die sie in einem Punktspiel niemals würden zeigen dürfen.

»Hast du Lust, heut abend mit ins Kino zu gehen?« fragte er.

»Ins Autokino?«

»Es muß nicht das Autokino sein.«

»Ich überleg's mir.«

»Du überlegst es dir?«

»Ich arbeite in dem Milchladen. Ich hab um sechs frei. Ich sag dir dann Bescheid.«

Er schaute ihr hinterher, als sie in ihrem karierten Rock den betonierten Gang entlanglief, kokett die Hüften schwang, den abgetretenen Rasen überquerte und zur Bushaltestelle vor der Schule ging. Er blickte wieder zu dem Trainingsplatz, so als ob ihn jemand beobachtete, war verwirrt und ärgerte sich zugleich über seine Gedanken.

Um halb sechs war er beim Milchladen.

Eine Woche später schliefen sie miteinander – umgeben vom Zirpen der Zikaden, auf dem Rücksitz des alten Plymouth seines Onkels, dessen Polster nach Staub und Nikotin rochen –, und ihm war augenblicklich klar, daß sie gelogen hatte, daß sie noch Jungfrau war und daß er ihr weh tat, mehr als sie zugeben mochte, als sie kurz und erstickt aufkeuchte. Aber er konnte nicht aufhören, wußte nicht, daß er vorsichtig sein mußte, und konnte andererseits nicht zugeben, daß er seine sexuellen Erfahrungen bislang hauptsächlich mexikanischen Prostituierten und den Fabrikarbeiterinnen verdankte, die sein Vater mit nach Hause brachte, wenn er betrunken war.

Er war erschrocken, als er sah, wie sehr sie blutete, und fragte, ob er sie in ein Krankenhaus im benachbarten Bezirk bringen sollte.

»Hast du etwa Angst, mich in eins in der Nähe zu bringen?« fragte sie.

»Ich möchte nicht, daß du Ärger mit deinen Leuten kriegst, das is alles«, log er.

»Ich brauch sowieso keinen Doktor. Hat's dir gefallen?« fragte sie.

»Na klar.«

»Nein, hat es nicht. Aber beim nächsten Mal wird's dir gefallen«, sagte sie und küßte ihn auf die Wange.

Sie tastete nach seiner Hand. Die dunklen Bäume draußen, die von Glühwürmchen umschwärmt wurden, erinnerten ihn an steinerne Säulen, aber er wußte nicht, warum.

Zwei Tage später sah er sie in der Stadt und spendierte ihr an dem kleinen Limonadenausschank hinten in dem mexikanischen Lebensmittelgeschäft eine Cola mit Zitronensaft. Er sagte, er werde sie an diesem Abend anrufen, tat es aber nicht.

Zwei Wochen vergingen, ehe ihm klarwurde, daß er ihr gar nicht aus dem Weg ging; sie war diejenige, die nicht angerufen hatte und nicht auf den Trainingsplatz gekommen war, obwohl er fest damit gerechnet hatte. Er hatte niemandem, den er kannte, von ihrem ersten Beisammensein erzählt.

Er saß in seinem Wagen auf der anderen Straßenseite und beobachtete sie bei der Arbeit in dem Molkereigeschäft. Eines Abends sah er dann, wie sie kurz vor Dienstschluß in ihrer Arbeitskluft nach hinten ging und kurz darauf aus der Seitentür kam. Sie trug Wildlederstiefel und enge Jeans, große Ohrringe und eine schwarze Plastikjacke, hatte die Lippen frisch geschminkt und setzte sich hinter einem Mexikanerjungen, der protzig und breitbeinig auf sie gewartet hatte, aufs Motorrad.

Eine halbe Stunde später entdeckte er die beiden in einem Drive-in-Restaurant im Norden der Stadt.

»Komm mit in mein Auto, Roseanne«, sagte er. Dann wandte er sich an den jungen Mexikaner. »Hör mal zu, du Schmalzkopf. Du schwingst dich jetzt entweder auf deinen Bock, fährst heim und holst dir einen runter, oder ich brech dir die Knochen.«

»Oje, sie hat mir von dir erzählt ... Vogel, der wilde Germane, stimmt's?« erwiderte der Mexikaner. »Ich sag dir mal was, du Sack. Bei der hat der Staatsanwalt noch die Finger drauf. Hoffentlich landest du hinter Gittern, und jemand hält dir ne Kettensäge an die Backe.«

Eine Stunde später schliefen Bunny und Roseanne auf einer blanken Matratze im dunklen Hinterzimmer der Tankstelle miteinander, in der er am Wochenende immer arbeitete.

Bis zum Ende des letzten Schuljahrs war sie immer für ihn da, wenn er Lust auf sie hatte. Sie stellte so gut wie keine Ansprüche, bekam selten einen Wutanfall, und es machte ihr anscheinend auch nichts aus, daß er sie nicht zu Partys und in die Lokale mitnahm, wo seine Freunde verkehrten. Aber ihm wurde auch klar – zu spät, wie üblich –, daß er nicht begriff, worauf das Ganze hinauslief. Während er sich noch Sorgen machte, daß seine Klassenkameraden ihn wegen ihres Alters hänseln könnten (bis er feststellte, daß man von ihm, einem Jungen aus dem West End, diesbezüglich sowieso nichts Tolles erwartete), wurde ihm bewußt, daß sie sich überhaupt nicht um sein Dasein und seine Freunde scherte, weil sie ihn längst in ihre Kreise eingeführt hatte.

Die Schulmädchen kicherten, wenn er an ihnen vorbeiging, und drei von ihnen hängten einmal ein mit Milch gefülltes Kondom in seinen Spind. Manchmal, wenn sie ihre Weiberfeten feierten, riefen sie mitten in der Nacht an und weckten seinen Vater, der sich hinterher fragte, ob sein Sohn etwa ein Kinderschänder war.

Nach einiger Zeit fragte sich Bunny, ob Roseanne nicht noch andere Männer neben ihm hatte. Sie wußte zu gut Bescheid, konnte ihn gar zu leicht lenken, erkannte genau, wonach ihm zumute war und wie sie ihn rumkriegen konnte, daß sie sich nur auf seine Schenkel setzen, sein Gesicht an ihre Brust drücken und sein feuchtes Haar küssen mußte, während er in ihr kam.

Eines Abends sprach er die Sache an. »Hast du noch jemand andern nebenher, Roseanne?« fragte er.

»Du bist doch ein so was von dämlicher Dummfick … Oh, tut mir leid, mein Schatz. Komm her.«

In dieser Nacht fuhren sie nach San Antonio und ließen sich über der linken Brustwarze rote Herzen tätowieren.

Nach dem Schulabschluß arbeitete er als Hilfskraft auf einem Ölbohrturm in Odessa. Im Sommer meldete er sich dann zum Sichtungslehrgang für Footballtalente auf der A & M an, und mit einemmal begriff er, so merkwürdig ihm das auch vorkam, daß er nicht mehr der Junge aus dem West End war.

Er wurde zum Tête-à-tête mit den Kommilitoninnen eingeladen, von reichen Leuten zu Hause empfangen, von Geschäftsleuten zum Abendessen in den Country Club ausgeführt, und er kam sich vor, als habe er es mit einer einzigen großen Familie aus lauter zauberhaften Leuten zu tun, die ihn an Sohnes Statt annehmen wollten.

Erst an Thanksgiving kam er wieder nach Deaf Smith. Und er rief auch Roseanne Hazlitt nicht an.

Er rechnete damit, daß sie sauer sein würde, ihm Vorhaltungen machte, vielleicht sogar mit einem Besuch in College Station drohte, mit einer Szene in aller Öffentlichkeit, die ihn Kopf und Kragen kosten würde. Aber sie überraschte ihn einmal mehr.

Es geschah beim letzten Saisonspiel im Spätherbst, an einem ebenso strahlend schönen Nachmittag wie vor einem Jahr, als er mit seinen Stollenschuhen zu ihr hingegangen und ihr den Ball zugeworfen hatte. Er stand von der Auswechselbank auf und ging zu der Kühlbox mit den Getränken, als er sie am Geländer vor den Logenplätzen stehen sah, neben einem Marineinfanteristen in Ausgehuniform. Bunny glotzte sie verdutzt an. Sie zupfte eine Chrysanthemenblüte von dem Sträußchen an ihrer Jacke ab, hauchte ihm einen Handkuß zu und warf ihm die Blume ins Gesicht.

»Hey, bist du jetzt schon so eingebildet, daß du nicht mal mehr hallo sagen kannst, du alter Dummfick?« sagte sie.

Er spürte den kalten Wind, der ihm um den bloßen Kopf blies, und kam sich trotz der Schulterpolster mit einemmal ganz klein vor.

»Warum hat sie Ihnen vor dem Shorty's eine Ohrfeige verpaßt, Bunny?« fragte ich.

Er steckte beide Hände in die hinteren Taschen seiner Jeans, trat gegen den Boden, antwortete aber nicht.

Ich schaute über seine Schulter hinweg zu dem auffrisierten braunen Chevy mit den breiten Weißwandreifen und der weißen Lederpolsterung.

»Das Auto sieht klasse aus«, sagte ich.

Am nächsten Tag ging ich nach der Arbeit in die schlichte Kirche und zündete vor der Statue der Mutter Gottes eine Kerze an. Die Kirche war menschenleer, bis auf mich und Pete, der hinten auf einer Bank saß. Ich ging den Mittelgang entlang, tunkte die Finger in das Weihwasser und bekreuzigte mich, zwinkerte dann Pete zu und wartete auf der Treppe auf ihn.

Im Westen hingen rote Wolkenstreifen am Himmel, und die Luft roch nach Kiefernharz und frisch bewässerten Feldern.

»Hast du hier bloß eine Kerze anzünden wollen?« fragte Pete.

»Ein Freund von mir ist heute vor elf Jahren gestorben. Drunten in Mexiko«, sagte ich.

»Wie alt war er?«

»Bloß ein bißchen älter als ich.«

»Dann ist er ziemlich jung gestorben, stimmt's?«

»Ich glaube schon.«

Er nickte. Dann wurde er mit einemmal nachdenklich, so als falle ihm etwas ein, eine Frage vielleicht, mit der er sich bislang nicht hatte beschäftigen wollen. »Weißt du noch, wie die beiden Autos da draußen vorgefahren sind, als du so sauer gewesen bist? Da hat der eine Mann doch gesagt, daß ihr den toten Mexen Spielkarten in den Mund gesteckt habt. So was hast du doch nicht gemacht, oder?«

»Das waren keine x-beliebigen Mexikaner, Pete. Das waren üble Typen. Die haben es verdient.«

»Das sieht dir gar nicht ähnlich.«

»Ich habe da drunten einen Freund verloren.«

»Ich wollte damit auch gar nichts sagen.«

»Das weiß ich doch. Du bist klasse, Pete.«

Wir führten Beau über den Fahrweg, am Rand des Entwässerungsgrabens entlang, bis zu dem Café, in dem wir zu Abend aßen.

Ich hatte Pete nicht die ganze Geschichte erzählt. Niemandem habe ich erzählt, wie alles ausging, jedenfalls bis jetzt nicht – erst die wochenlange Behandlung in Uvalde und Houston, dann die Operation an meinem rechten Oberarm, die Morphiumträume, die einem zunächst längst vergessene Lüste bescherten und dann Herzflattern, helle Blitze, die neben einem aufflackerten wie Mündungsfeuer, das Gefühl, daß man mitten in der Nacht Besuch hatte, daß ein unsichtbarer Eindringling im Zimmer war, der einem Böses wollte.

Als ich aus dem Krankenhaus entlassen wurde, zog ich wieder über den Fluß, diesmal ohne Dienstmarke, und ritt zu dem Arroyo, in dem man uns aufgelauert hatte, danach zu der Stadt im Süden, in der drei unserer Widersacher – lauter Süchtige, die sich mit Speed um den Verstand gebracht hatten und später von *Federales* erschossen wurden – in einem Bordell eingekehrt waren und L. Q.s Tod gefeiert hatten. Dann ins Landesinnere, durch ausgedörrte Seen und eine trostlose Mondlandschaft, in der es nichts als nackten Fels und dürre Schlacke gab, hinauf in die Berge, deren Gipfel mit Wolken verhangen waren, bis ich auf ein grünes Tal stieß, über dem der Regen niederging und auf dessen rotbraunen Feldern in Reih und Glied Avocadopflanzen wuchsen.

Ich meinte, ich hätte den Anführer gefunden, den Mann, dem L. Q. das Gewehr abgenommen hatte.

Der Inhaber der einzigen Bar am Ort dachte einen Moment nach, nahm dann den Fünfzigdollarschein, den ich auf den Tresen gelegt hatte, faltete ihn zusammen und steckte ihn in die Brusttasche seines Hemds. Er war groß und kräftig, hatte einen schwarzen Bart, und die eine Gesichtshälfte war rauh und schuppig wie ein getrockneter Alligatorbalg.

»Wissen Sie, ich hab drüben in Arizona Wanderarbeiter vermittelt«, sagte er. »Dort hab ich den Kerl zum erstenmal gesehen. Ich glaub, er hat auf den *Bracero*-Bussen braunes Heroin rübergeschafft. Ganz schön schlau, was? Ja, Mann, ich hab mit dem Kerl nix am Hut. Kommen Sie mal mit, ich zeig Ihnen was.«

In der Bar war es kühl und dunkel, es roch nach Bier und Steinmauern, und wenn man durch die Tür schaute, konnte man die Pferde sehen, die draußen angebunden waren, und die langen Sonnenstrahlen, die durch die Eukalyptusbäume am Straßenrand fielen.

Wir gingen durch die Hintertür zu einer kleinen, aus aufgeschichteten Feldsteinen erbauten Hütte mit einem Dachstuhl aus Zedernholzbalken, über die eine eingeschwärzte Zelttuchplane gespannt war. Der Barkeeper stieß die Tür auf.

»Hier hat er gelegen. Die Flecken auf dem Boden, das is sein Blut. Der Mann hat keinen Namen, aber er hat einen Haufen Geld. *Puta* ebenfalls. Gleich zwei«, sagte der Barkeeper. »Die haben mir erzählt, daß sie ihn nicht besonders mögen, weil er immer so grusliges Zeug erzählt und so komische Sachen von ihnen verlangt. Wissen Sie, was ich meine?«

»Nein.«

»Er muß beim Militär gewesen sein, drunten in Guatemala vermutlich, wo er den Indios bestimmte Sachen angetan hat ... Hier.«

Der Barkeeper nahm einen Eimer, der am Boden stand, ging nach draußen und kippte ihn aus. Eine abgebrochene Messerklinge und ein Haufen blutiges Verbandszeug fielen heraus. Er drehte die Messerklinge mit der Stiefelspitze um.

»Die hat ihm der Doktor aus dem Leib geholt. Muß ein mächtiger *Macho* sein, wer so was mit sich rumschleppt und trotzdem noch an *Puta* denkt«, sagte er.

»Wo ist er hin?« Ich spürte, wie mir das Herz im Halse schlug.

»Ein Flugzeug hat ihn abgeholt. Gleich da draußen auf dem Feld ... Hat er jemand umgebracht, mit dem Sie befreundet waren?«

»Nicht unbedingt.«

»Dann würd ich's gut sein lassen, Mann. Den zwei Mädels, seinen *Puta,* hat er erzählt, daß er Menschen an elektrische Apparate angeschlossen hat ... Wollen Sie Ihr Geld wiederhaben?«

»Nein.«

»Sie sehen gar nicht gut aus. Ich schenk Ihnen einen Rum ein, und danach gibt's was zu essen.«

»Von mir aus«, sagte ich. Ich schaute hinaus in den Dunst, der über den Avocadofeldern hing, dann hinauf zu dem ausgefransten, lilagelben Loch in den Wolken, durch das der Mann, der weder ein Gesicht noch einen Namen hatte, womöglich für immer entschwunden war.

15

Am nächsten Tag, einem blaugrauen, neblig-kühlen Samstagmorgen, stand Mary Beth Sweeney früh um sechs an meiner Hintertür. Sie kam von der Nachtschicht, war noch in Uniform und hatte die Daumen in ihren Waffengurt gehakt.

Ich hielt ihr die Fliegengittertür auf. »Komm rein und frühstücke mit Pete und mir. Wir wollen in ein paar Minuten runter zum Fluß gehen«, sagte ich.

Sie nahm ihren Hut ab und lächelte mich an.

»Tut mir leid wegen neulich abend«, sagte sie.

»Du mußt unbedingt Petes Spiegeleier und die Schweinskoteletts probieren. Davon wird man groß und kräftig, stimmt's, Pete?«

Er schaute grinsend von seinem Teller auf. »Ich weiß immer ganz genau, wann er so was sagt«, meinte er.

Wir fuhren mit meinem Wagen über den Feldweg zum Steilufer. Der Fluß führte Hochwasser, und Nebelschwaden hingen über den graugrünen Fluten, die um die abgestorbenen, im Schlick verhedderten Seidenholzbäume wirbelten.

Anderthalb Meter unter dem Wasserspiegel befand sich das Dach eines alten Autos, das jetzt mit Schlamm und Moos bedeckt war. Im Winter 1933 hatten zwei Mitglieder der Karpis-Barker-Gang die Bank von Deaf Smith überfallen und anschließend versucht, ihre Verfolger abzuhängen, etliche Texas

Rangers und Sheriff-Deputies aus insgesamt drei Bezirken. Die Kugeln der Thompson-Maschinenpistolen hatten das Blech zerfetzt, die Fenster zersplittert und den Benzintank zersägt. Mein Vater hatte gesehen, wie der Wagen von der Straße abkam, durch die Maisscheuer und den Schweinekoben brach, dann Feuer fing und mit einer derartigen Wucht explodierte, daß den Hühnern hinter der Scheune die Federn versengt wurden.

Der in hellen Flammen stehende Wagen mit den beiden Räubern, die wie schwarze Steinfiguren im Innern saßen, war über das gelbe Gras auf der Wiese gerollt. Die Munition in den gestohlenen Browning-Maschinengewehren war hochgegangen, als der Wagen über das Steilufer gekippt und in den Fluß gestürzt war. Er hatte unter Wasser weitergebrannt wie eine Sternschnuppe, so daß riesige Karpfen, die so dick wie ein Baumstamm waren, auf dem kochenden Fluß trieben.

Heutzutage hausten in dem Wagen Flußwelse, die einen stählernen Angelhaken aufbiegen konnten, als wäre es eine Büroklammer.

Mary Beth stieg aus dem Avalon, reckte sich und hängte ihren Waffengurt über die offene Tür. Sie schaute Pete zu, der unten am Fluß den Köder auf seinen Haken zog, wirkte nachdenklich, so als überlege sie sich, was sie sagen sollte.

»Der Mann, dem du vor meinem Apartment begegnet bist, heißt Brian. Ich hatte mal ein Verhältnis mit ihm. Jetzt nicht mehr. Ich meine, nicht privat«, sagte sie.

»Ich will dir mal was sagen, Mary Beth. Die meisten Bundespolizisten sind tüchtige Jungs. Der Typ nicht. Er hat dich in Gefahr gebracht, und anschließend hat er versucht, mir zu drohen.«

»Dir?«

»Ich nehme an, ihr seid von der DEA. Das FBI schickt seine Leute nicht auf eigene Faust los.«

»Brian hat dir gedroht?«

»Er hat's *versucht.* Der Typ hat nicht viel auf dem Kasten.«

»Ich muß mal telefonieren«, sagte sie.

»Bleib hier, Mary Beth.«

»Ich laufe zurück.«

Ich nahm ihren Waffengurt von der Tür.

»Neun-Millimeter-Beretta«, sagte ich.

»Willst du mal damit schießen?«

»Nein.« Ich faltete den Gürtel über dem Holster zusammen und reichte ihn ihr. Die in den Lederschlaufen steckenden Neun-Millimeter-Patronen fühlten sich dick und glatt an. »Ich rühre keine Schußwaffen mehr an. Du kannst meinen Wagen nehmen. Pete und ich gehen zu Fuß.«

Dann machte sie etwas, mit dem weder Pete noch ich gerechnet hatten. Er strahlte regelrecht vor Überraschung und Freude, als er sah, wie sie mir den Arm um den Hals schlang und mich auf den Mund küßte.

An diesem Nachmittag rief mich Marvin Pomroy, der Staatsanwalt, zu Hause an.

»Wir haben Garland Moon eingebuchtet. Er möchte Sie sprechen«, sagte er.

»Weswegen sitzt er?«

»Hausfriedensbruch, und außerdem hat er den Leuten eine Heidenangst eingejagt. Kommen Sie her?«

»Nein.«

»Der hat irgendwas vor. Es muß was mit der Familie Vanzandt zu tun haben. Aber in einer Stunde müssen wir ihn ohnehin wieder laufenlassen. Also machen Sie von mir aus, was Sie wollen.«

Am Abend zuvor war Garland T. Moon zunächst beim Shorty's aufgekreuzt und dann bei dem Drive-in-Restaurant im

Norden der Stadt. Er trug Cowboystiefel aus Plastik, eine weiße Bundfaltenhose, ein eng sitzendes ärmelloses Unterhemd und hatte Hände, Hals und Unterarme mit Modeschmuck behängt. Er lief zwischen den Autos auf dem Parkplatz herum, gab sich gutgelaunt und gesellig, hatte eine Pappschale mit Pommes frites in der einen und eine eiskalte Flasche Cola in der anderen Hand. Er mischte sich unter die grüppchenweise beisammenstehenden Teenager, als wäre er ein alter Freund, und erzählte schmutzige Witze, bis sie sich angewidert abwandten.

Dann tauchte Bunny Vogel mit seinem 55er Chevy auf. Ein Mädchen saß neben ihm, ein weiteres neben Darl Vanzandt auf dem Rücksitz. Er fuhr an den anderen Autos vorbei und parkte rund fünf Meter von Moon entfernt rückwärts ein.

Moon ging zu dem Wagen, beugte sich grinsend zum Fenster hinunter und strahlte sie an wie ein guter Bekannter.

»Wer ist denn da alles drin?« sagte er.

Die vier Insassen schauten einander an.

»Wie wär's, wenn wir uns ein paar Bier besorgen? Vielleicht treib ich auch ein bißchen Gras auf«, sagte er.

»Wir kennen dich nicht, Mann«, sagte Darl.

»Jungs, ich seh euch doch an den Augen an, daß es euch scheißegal is, ob ihr in der Gosse landet oder nicht … Ich schau mir die Menschen genau an. Ich möchte wissen, woher ihr den Blick draufhabt. Los, wir gehn zu mir und lassen die Sau raus.«

»Mein Auto ist frisch gewaschen. Nimm die dreckigen Pfoten runter«, sagte Bunny.

Ein paar Minuten später waren sämtliche Autos mit quietschenden Reifen davongerast, und Garland T. Moon stand allein mit seinen Pommes und der eisgekühlten Cola auf dem mit Müll übersäten Parkplatz.

Tags darauf spielte Jack Vanzandt eine Viererpartie Golf im

Country Club. Beim neunten Grün kam ein Mann, der einen cremefarbenen Anzug, ein mit roten, wie Einschußlöcher wirkenden Blumen bedrucktes Hawaiihemd und nagelneue Kmart-Tennisschuhe trug, auf denen das Wort JOX prangte, vom Wasserhindernis zu ihnen hochspaziert. Die dünnen roten Haare klebten wie eingeölt am Schädel. »Entschuldigen Sie, Sir«, sagte er, »aber ich würde mit Ihnen gern eine Sache bereden, die uns beide angeht ... Ich muß schon sagen, daß is ne richtig feine Golfanlage hier, nicht wahr? Ich hab auch schon überlegt, ob ich dem Club beitreten soll.«

Garland T. Moon war in der großen Arrestzelle im Erdgeschoß, unmittelbar neben dem Fahrstuhlschacht. Er hatte Hemd und Jacke ausgezogen, stand mit nacktem Oberkörper da und hatte die Finger in den Maschendraht gehakt.

»Was soll der Blödsinn, Moon?« fragte ich.

»Ich hab sie am Wickel.«

»Aha?«

»Der kleine Pisser, dieser Darl Vanzandt, der hat Jimmy Cole kaltgemacht. Der meint, er wär ein Satansjünger. Ich will euch mal was sagen ... Es gibt Leute, die das wirklich sind, die von Geburt an anders sind ... steht schon in der Bibel, können Sie nachschlagen. Kommen Sie mit, mein Junge?«

»Weshalb wollten Sie mich sprechen?«

»Bestellen Sie seinem Vater, daß ich hunderttausend Dollar will.«

»Sagen Sie's ihm selber.«

»Bleiben Sie da ... Sie machen das, was ich Ihnen sage, ob es Ihnen paßt oder nicht. Immerhin kann ich bezeugen, daß ich gehört hab, wie Lucas zugegeben hat, daß er das Mädchen vergewaltigt und umgebracht hat.«

»Sind Sie schon mal in der Irrenanstalt gewesen?«

»Ich bin in ner Wanne voller Niggerpisse gewesen, als ich

fünfzehn war.« Er spitzte den Mund und grinste mich dann anzüglich an.

»Sie wollen es der ganzen Stadt zeigen, nicht wahr? Mit mir und Lucas oder dem Bauernpack, das Sie mißhandelt hat, hat das gar nichts zu tun«, sagte ich.

»Kennen Sie das alte Bezirksgefängnis, kurz hinter dem Drive-in-Restaurant? Vor einundvierzig Jahren haben mich da zwei Wachmänner jeden Sonntag vormittag über ein Ölfaß gelegt und mich nacheinander rangenommen. Die haben mir das Innerste nach außen gekehrt und sich dabei krank gelacht ... Mich werdet ihr erst los, wenn ihr kapiert habt, daß ihr euren eigenen Mist auskehren müßt.«

Ich drehte mich um und ging zur Tür.

»Sie rühren keine Knarre mehr an, weil Sie Ihren besten Freund umgebracht haben! Sie tanzen nach meiner Pfeife, mein Junge!« rief er mir hinterher.

Marvin Pomroy wartete draußen vor der Tür auf mich. Er war Trainer der Baseballjunioren, und am Samstag trug er wie üblich kein Sakko, nur eine helle Leinenhose und ein verwaschenes Golfhemd. Aber seine Haare waren wie immer tadellos gekämmt, und er wirkte wie der typische Puritaner – heiter, abgeklärt, so als betrachte er die böse Welt durch ein Panzerglas.

Ich berichtete ihm, was Moon gesagt hatte.

»Warum ist der ausgerechnet so auf Sie fixiert?« fragte er.

»Keine Ahnung.«

»Sind Sie ihm früher mal über den Weg gelaufen, als Sie noch bei den Texas Rangers waren – oder als Anklagevertreter vielleicht?«

»Nicht daß ich wüßte.«

Ein paar Häuser weiter paßte ein Bautrupp eine Querstrebe in das Stahlbetongerüst eines Hochhauses ein. Funken stoben auf, als ein Mann mit einer schwarzen Schutzbrille die Träger verschweißte.

»Welchen Beruf hat Moon im Gefängnis gelernt?« fragte ich.

»Der hat Baumwolle gepflückt. Das heißt, wenn er nicht im Bunker war ... Wieso?«

»Moon ist gelernter Schweißer. Genau wie mein Vater.«

»Ziemlich weit hergeholt.«

»Fällt Ihnen was Besseres ein?« fragte ich.

An diesem Abend fuhr der Sheriff mit seinem neuen Ford-Pickup zu seiner Jagdhütte am Fluß. Er war stolz auf dieses Anwesen. Das Blockhaus war groß und dennoch gemütlich – hohe Decken, mit gelb lackiertem Kiefernholz getäfelt, ein offener Kamin aus Flußsteinen und mit Tomahawks und indianischen Speerspitzen verziert, die aus einem alten Grabhügel stammten, an den Wänden ein präparierter Tarpon und allerlei Luchs- und Hirschköpfe; ein mit grünem Filz bespannter Pokertisch samt Plastikschalen für die Chips, dazu die Glasvitrinen, in denen er seine Jagdgewehre aufbewahrte, eine Tiefkühltruhe voller Enten und Fasane und im Kühlschrank eisgekühlter Wodka und importiertes Bier.

Er duschte und trocknete sich im Badezimmer ab, ging dann nackt in die Küche, machte eine Flasche deutsches Bier auf, schaltete den Fernseher über der Bar ein und rief mit seinem Funktelefon bei einer Hostessen-Vermittlung in San Antonio an.

Vom Küchenfenster konnte er die letzten glutroten Strahlen der untergehenden Sonne zwischen den Bäumen oben auf der Anhöhe über dem Fluß sehen, die grauen Felsen, die aus dem Wasser ragten, den Bootsanleger und das gelbe, mit einer Persenning abgedeckte Sportboot, die mit Feldsteinen gepflasterte Terrasse, auf der er ganze Schweine grillte und die hiesigen Politiker bewirtete, die ihn voller Stolz ihren Parteifreunden aus dem Norden vorstellten, so als verkörpere er ihr eigenes Idealbild vom alten Westen.

Nicht schlecht für einen Jungen, der nur vier Jahre zur Schule gegangen war und jederzeit auf die schiefe Bahn hätte geraten können.

»Wir arbeiten alle für den weißen Mann«, hatte der Sheriff immer gesagt. »Entweder oben im Sattel mit der Schrotflinte in der Hand oder drunten auf dem Feld mit den Niggern. Aber es führt kein Weg dran vorbei.«

Die Frau in San Antonio, die seinen Anruf entgegennahm, sagte, daß in zwei Stunden jemand kommen werde.

Der Sheriff trank sein Bier aus, ließ den letzten Schluck genüßlich durch die Kehle rinnen. Seine massige Brust war dicht behaart, Rücken und Hintern waren voller Narben – lauter Abdrücke von den alten Eisenstollen, die man seinerzeit an den Schuhen hatte, als er mit neunzehn Innenverteidiger bei den Halbprofis gewesen war. Er pellte eine Zigarre aus der Cellophanhülle, zündete sie an, hielt das Streichholz unter den Wasserhahn und warf es in den Mülleimer unter der Anrichte. Dann hatte er sich offenbar umgedreht, vermutlich als er den Schatten hinter sich wahrnahm.

Er kannte die Axt. Sie hing normalerweise über dem Holzstapel im Schuppen. Er hatte sie eigenhändig geschliffen, bis die Schneide glänzte wie blankes Eis.

Der erste Schlag traf ihn von schräg oben, knapp unter dem linken Auge, und riß ihm das Gesicht bis zum rechten Mundwinkel auf.

Was danach kam, konnte man anhand der Blutspur nachvollziehen, die von der Küche bis zu den Glasvitrinen mit den Gewehren im Wohnzimmer führte, vor denen der Sheriff schließlich liegengeblieben war – unter den präparierten Tierköpfen, die er sich so gern angeschaut hatte, weil er sich dabei immer vorgekommen war wie der Herr über Leben und Tod.

16

Die Sonne war noch nicht über den Hügeln aufgegangen, als ich am Sonntagmorgen hinter dem polizeilichen Absperrband stand und zusah, wie die Sanitäter die Leiche des Sheriffs auf einer Bahre zum Heck eines Notarztwagens rollten. Marvin Pomroy stupste mich am Arm und ging dann mit mir zu meinem Avalon.

»Fällt Ihnen dazu was ein?« fragte er.

»Nein.«

»Als die Nutte herkam, war er schon mindestens zwei Stunden tot. Der Eindringling hatte das Haus ausräumen können. Hat er aber nicht. Es muß sich also um einen Racheakt handeln, stimmt's?«

»In Texas gibt's viele Sträflinge, die ihn bis aufs Blut gehaßt haben«, sagte ich.

Marvin schaute zu dem Blockhaus. Er wirkte kühl und nüchtern, aber seine Wange zuckte, als ziehe jemand an einem Faden.

»Vorhin waren zwei Agenten vom Secret Service da drin. Was haben die mit jemandem zu schaffen, der seinen Kautabak auf jeden Restaurantboden gespien hat?« sagte er.

»Keine Drogenfahnder?«

»Nein.«

»Hieß einer von Ihnen Brian?«

»Ganz recht, Brian Wilcox. Ein echter Goldschatz. Kennen Sie ihn?«

»Vielleicht. Haben Sie Lust, mit mir frühstücken zu gehen?«

»Nach dem, was ich mir in dem Haus anschauen mußte?«

»Der Sheriff war ein gewalttätiger Mann. Er hat es schon lange herausgefordert.«

»Wie kommen Sie denn auf diese Scheißidee? Entschuldigen

Sie meine Ausdrucksweise. Ein gewalttätiger Mann? Mehr fällt Ihnen dazu nicht ein? Danke, daß Sie rausgekommen sind. Ich glaube, sonst hätte mir heute morgen irgendwas gefehlt.«

Ich fuhr auf einer abschüssigen roten Sandstraße, die sich in Serpentinen durch den Wald wand, an alten Holzziehwegen und Pipelineschneisen vorbei, die mittlerweile wieder überwuchert waren.

Vor mir stieß ein dunkler, auf Hochglanz polierter Wagen mit getönten Fenstern und einer Funkantenne aus einem Seitenweg und blieb auf der Kreuzung stehen.

Der Mann, den Mary Beth Brian nannte, stieg zuerst aus, gefolgt von zwei anderen, die ebenfalls Pilotensonnenbrillen trugen und mich mit ebenso undurchdringlicher Miene musterten. Ein Mann jedoch, der das hintere Fenster ein Stück heruntergekurbelt hatte, stieg nicht aus. Felix Ringo, der mexikanische Drogenfahnder, zündete sich statt dessen eine Zigarette an, die in einer goldenen Filterspitze steckte, und ließ den Rauch aus dem Fenster kräuseln.

»Steigen Sie aus«, sagte Brian.

»Ich denk nicht daran«, erwiderte ich.

Der Mann, der neben ihm stand, öffnete meine Tür.

»Nur nicht so schüchtern«, sagte er.

Ich stellte den Motor ab und stieg aus. Zwischen den Bäumen regte sich kein Lüftchen, und es roch nach Kiefernholz und Regenwasser, das in den Wegsenken stand. Brian hielt mir den Zeigefinger vors Gesicht. Er ließ ihn dort, wirkte unschlüssig, so als schwanke er noch, ob er sich zu einer härteren Gangart hinreißen lassen sollte.

»Mir fehlen die Worte. Aber vielleicht reicht's ja auch, wenn ich einfach sage, daß ich Sie nicht leiden kann«, sagte er.

»Sie gehen zu weit, mein Guter«, erwiderte ich.

»Sie sind kein Polizist mehr, auch kein Bundesanwalt. Sie

sind nichts weiter als ein stinknormaler Bürger, der sich in Sachen einmischt. Das ist Ihnen anscheinend entgangen.«

»Fahren Sie jetzt Ihren Wagen weg?«

»Nein.« Sein steifer, zitternder Finger mit dem schmalen spitzen Nagel befand sich unmittelbar unter meinem Auge. »Halten Sie sich von Tatorten fern, die sie nichts angehen, und lassen Sie die Finger von der Frau ... Oder wollen Sie noch was dazu sagen?«

»Eigentlich nicht. Aber wenn Sie mir noch mal mit dem Finger im Gesicht rumfuchteln, breche ich Ihnen den Kiefer. Fahren Sie jetzt endlich Ihre Scheißkarre weg.«

Ich fuhr nach Hause und jätete den Gemüsegarten. Dann striegelte ich Beau, mistete seinen Stall aus und legte die Welsschnüre im Weiher aus, schaufelte mit einer Mistgabel den Dreck vom Hühnerhof und vergrub ihn eimerweise im Gemüsegarten, umfaßte den glatten Holzgriff immer fester, bis ich jede einzelne Schwiele spürte. Schließlich hatte ich die Nase voll, schmiß die Mistgabel in einen Heuballen und ging hinein.

Meine Handteller brannten, als wäre ein Schwarm Bienen darüber hergefallen, so als sehnten sie sich nach etwas Hartem, Rundem, das kühl auf der Haut lag, einen geriffelten Hahn hatte, den man mit einem satten Knacken spannen konnte.

Moon hatte gesagt, manche Menschen seien von Geburt an anders. Hatte er damit nur sich gemeint, oder bezog sich das auch auf Menschen wie mich und Urgroßpapa Sam?

Oder Darl Vanzandt?

Durch die offenen Vorderfenster drang das tiefe Röhren der Angeberauspuffrohre an seinem 32er Ford, dann ertönte ein Hupkonzert, begleitet von aufheulenden Motoren und dem Tuckern der gechopperten Harleys hinter ihm.

Er bog in die Auffahrt ein, allein. Der verchromte, aus der Haube ragende Motor war so fein eingestellt, daß man einen

Silberdollar auf die Zylinderköpfe hätte legen können. Seine Freunde fuhren an den Straßenrand, auf meinen Rasen, zerdrückten mit ihren Reifen meine Blumenbeete. Sie stellten ihre Motoren ab und lehnten sich an ihre Autos, ihre Pickups, Vans und Motorräder, so als wollten sie kundtun, daß sie sich auf einer öffentlichen Straße befanden und daher das Recht hatten, sich so zu benehmen, wie sie wollten.

Darl hatte eine tote Katze in der Hand, hielt sie am Schwanz und holte Schwung, ließ sie dann los und schleuderte sie an die Fliegengittertür.

Ich ging auf die Veranda, hatte mein Funktelefon am Ohr.

»Ich habe bereits die Polizei gerufen, Darl. Haun Sie sich lieber ins Heu«, sagte ich.

»Ich tret Ihnen in den Arsch. Glauben Sie mir etwa nicht, Sie mieser verlogener Drecksack? Kommen Sie raus, dann zeig ich Ihnen, was Sache ist«, sagte er.

Ich ging auf ihn zu. Seine weit auseinanderstehenden grünen Augen wirkten unstet, so als kämen viele Sachen gleichzeitig auf ihn zu. Schweißperlen standen auf seiner Oberlippe, die Nasenflügel waren aufgebläht und bleich. Sein Atem roch nach Bier, gegrilltem Fleisch und Zwiebeln.

»Ich will Ihnen nichts anhängen. Und Lucas ebensowenig. Gehen Sie heim«, sagte ich.

»Sie gehn mir tagtäglich auf den Geist. Sie verbreiten überall Lügen über mich.«

»Haben Sie und Ihre Freunde etwa eine fremde Katze umgebracht? Meint ihr, mit so was könnt ihr euch vor anderen Leuten aufspielen?«

»Ich hab keine Angst vor Ihnen.«

Ich baute mich zwischen ihm und der Straße auf, kehrte seinen Freunden den Rücken zu, so daß er sie nicht mehr sehen konnte.

»Diesmal kann Bunny Vogel Sie nicht raushauen«, sagte ich.

»Sie sind zugedröhnt, und Sie haben Schiß. Wenn Sie mich dazu zwingen, zeig ich den anderen, was für ein Schisser Sie sind«, sagte ich.

»Wenn ich Schiß hätte, wär ich nicht hier.«

»Sie haben Angst vor sich selbst, Darl. Ihre Leute wissen es. Und die Jungs da draußen ebenfalls, unterschwellig jedenfalls. Die haben doch alle bloß Mitleid.«

Er machte den Mund auf, wollte etwas sagen. Doch er brachte nur einen dumpfen, erstickten Laut hervor. Ich sah ihm an den Augen an, wie seine Entschlossenheit, der ganze Kampfesmut, den er im Chor der röhrenden Motoren auf der Fahrt hierher gefaßt hatte, mit einemmal dahinschmolz.

»Reden Sie mit Ihrem Vater. Lassen Sie sich von jemandem helfen. Aber machen Sie so was nie wieder«, sagte ich.

»Ich bin die ganze Woche krank gewesen. Ich hab die Grippe gehabt. Von Ihnen muß ich mir gar nix bieten –«

Ich packte ihn am Oberarm. Er fühlte sich schlaff an, weich und schwammig, so als hätten die vielen Pillen seine Muskeln zersetzt. Ich hielt ihm die Autotür auf, schob ihn hinein und schlug sie hinter ihm zu. Seine Augen glänzten feucht, er war kreidebleich und hatte rote Flecken im Gesicht.

»Wollen Sie, daß ein Polizist Sie heimfährt?« fragte ich.

Er antwortete nicht. Draußen war es eine ganze Weile still, nachdem ich wieder ins Haus gegangen war. Dann hörte ich, wie der Motor angelassen wurde und die Reifen über den Kies knirschten, als er zur Straße zurücksetzte. Die anderen schauten sich an, wußten nicht genau, was los war, dann folgten ihm ein paar, und einige kehrten um und fuhren in die Stadt zurück. Sie kamen mir alle so vor, als versuchten sie sich inmitten eines Vakuums ihr eigene Welt zu schaffen.

Der Country Club war seit seiner Gründung Anfang der vierziger Jahre ausschließlich für Weiße zugänglich – zunächst aufgrund der seinerzeit geltenden Gesetze zur Rassentrennung, danach aus Gewohnheit, Trotz und Sturheit. Auch in einer Zeit, in der die Städte mit Graffiti verschandelt wurden und Obdachlose und Geisteskranke die Straßen bevölkerten, war er eine Insel des Wohlstands und der Glückseligkeit geblieben.

Die Platzwärter sorgten dafür, daß der Rasen regelmäßig bewässert und mit flüssigem Stickstoff gedüngt wurde, damit die Fairways das ganze Jahr über smaragdgrün blieben, egal wie trocken oder kalt es war. Der Swimmingpool war kleeblattförmig angelegt, und die Menschen, die in das türkise, in der Sonne gleißende Wasser stiegen, strahlten förmlich vor Kraft und Gesundheit, so als wollten sie die alte Bücherweisheit bestätigen, wonach die Reichen ganz anders sind als wir Normalsterblichen.

Das Clubgebäude war blendend weiß, hatte eine runde Auffahrt, ein von Säulen gesäumtes Portal und ein verglastes Restaurant samt Terrasse, auf der man im Schatten der Palmen und Bananenstauden sitzen konnte, die in den Wintermonaten ins Treibhaus gebracht wurden. Auf der einen Seite war die Anlage durch eine undurchdringliche Hecke von der Außenwelt abgeschirmt, auf der anderen durch das Steilufer und den träge dahinströmenden grünen Fluß. Kriege und Wirtschaftskrisen mochten kommen und gehen, doch den Country Club von Deaf Smith würde das nicht berühren; er war ein Refugium, dessen Atmosphäre sich ebensowenig änderte wie die europäische Speisekarte im Restaurant.

Ich war dementsprechend gekleidet, trug meinen gestreiften beigen Anzug, glänzende Korduanstiefel, ein weiches blaues Hemd und eine bonbonrot gestreifte Krawatte. Doch gute Kleidung allein gab einem noch lange nicht die Gewähr, daß man im Post Oaks Country Club willkommen war.

Ich stand neben Jack und Emma Vanzandts Tisch. Hinter mir druckste der Oberkellner herum, eine Speisekarte in der

Hand. Jack und Emma aßen Krabbencocktail aus großen Gläsern, die in Silberschalen voller zerstoßenem Eis ruhten.

»Möchten Sie lieber draußen mit mir reden?« sagte ich zu Jack.

Er wischte sich mit der Serviette den Mund ab und schaute durch die hohe Glasdoppeltür auf das Übungsgrün, wo etliche Männer Putten trainierten. »Ist schon gut, André«, sagte er zum Oberkellner.

Dann warf er einen kurzen Blick auf den freien Stuhl ihm gegenüber, verlor aber kein Wort. Offenbar hieß das, daß ich Platz nehmen sollte.

»Danke, Jack«, sagte ich.

Der Raum war in goldenes und silbernes Licht getaucht, und Emmas schwarze Indianerhaare fielen in langen, dichten Flechten auf ihre bloßen Schultern. Ihr Rubinhalsband lag wie getrocknete Blutstropfen auf den fein modellierten Schlüsselbeinknochen.

»Ihr Sohn war heute draußen bei mir. Der Junge ist krank. Unternehmen Sie etwas mit ihm«, sagte ich.

»Und deshalb stören Sie mich beim Abendessen?« fragte Jack.

»Ich sag Ihnen mal, welches Menü derzeit auf den Straßen von Deaf Smith angeboten wird. Purple Hearts, Black Beauties, Rainbows, Muntermacher, Ballermänner, Yellow Jackets und bestes weißes Pulver, falls jemand auf Crack abfährt. Ich habe gehört, daß Darl alles nimmt. Wenn Sie nicht wollen, daß man Sie eines Nachts aus dem Bett klingelt, dann sorgen Sie zumindest dafür, daß er sich von meinem Haus fernhält.«

Er legte die Cocktailgabel neben den Teller und wollte etwas sagen. Doch Emma legte ihm die Hand auf den Unterarm.

»Tut uns leid, daß er Sie belästigt hat. Wenn es wieder vorkommt, rufen Sie Jack oder mich an. Möchten Sie sich etwas bestellen?« fragte sie.

»Beenden Sie das. Ihnen kann ich nichts vorwerfen. Genau wie der Sheriff. Aber der ist jetzt tot«, sagte ich.

Sie starrten einander an.

»Haben Sie das nicht gewußt?« fragte ich.

»Wir kommen gerade aus Acapulco zurück«, sagte Jack.

»Jemand hat sich von hinten mit einer Axt an ihn rangeschlichen«, erklärte ich.

»Das ist ja schrecklich«, sagte Emma.

»Er hatte allerhand Feinde. Jede Menge«, sagte Jack. Doch er wirkte in sich gekehrt, so als gingen ihm allerlei Gedanken durch den Kopf.

»Ich habe dem Sheriff gesagt, daß Darl meiner Meinung nach Jimmy Cole umgebracht hat. Ich weiß nicht, ob da irgendein Zusammenhang besteht oder nicht«, sagte ich.

Emma hatte die Augen geschlossen. Sie hatte schwarze Wimpern; ihre Lider wirkten wie Papier, das mit feinen grünen Äderchen gemasert war, und sie zuckten leicht, als ob grelles Licht hindurchdringe.

»Verlassen Sie unseren Tisch, Billy Bob«, sagte sie. »Bitte, bitte, bitte, verlassen Sie unseren Tisch.«

Später haderte ich mit mir. Darl sollte etwas mit dem Mord am Sheriff zu tun haben? Sehr unwahrscheinlich. Darl und seine Freunde fielen nicht über Leute her, die ihnen etwas anhaben konnten. Sie suchten sich die Schwachen und die Lahmen aus, die Außenseiter und Ausgestoßenen, letzten Endes also die Menschen, die ihnen am ähnlichsten waren.

Die Witwe des Sheriffs war eine vierschrötige, kräftige Frau, die Tochter eines Hufschmieds. Sie hatte tiefliegende, grüblerisch wirkende Augen und dunkle Haare, die sie wie einen Turban um den Kopf geschlungen hatte. Wie sie die ständige Untreue und die rauhbeinig polternde Art des Sheriffs ertragen hatte – ob aus Gottesfurcht oder weil sie scharf auf sein Geld war –, war uns allen ein Rätsel, denn sie hatte keinerlei Freunde, gönnte sich selbst überhaupt nichts, wenn man davon absah, daß sie einmal pro Woche die Kirche der Pfingstgemeinde in der Stadt aufsuchte. Aber inzwischen dachte keiner mehr darüber nach. Sie galt nur noch als das stumme Anhängsel des Sheriffs.

»Vermutlich hat es ein Verrückter getan, der aus einer Irrenanstalt ausgebrochen ist«, sagte sie, als wir in ihrer Küche standen.

»Wie kommen Sie darauf?«

»Weil Davis Love immer gesagt hat, wenn es mal dazu kommt, dann so«, meinte sie. (Davis Love war der Vor- und der Familienname ihres Gatten, und so hatte sie ihn immer angeredet.) »Er hat gesagt, wenn ihn mal jemand umbringt, dann ist es vermutlich ein Verrückter, weil keiner von denen, die er ins Gefängnis gebracht hat, ihn je wieder sehen will.«

Sie schaute mich unverhohlen und mit stechendem Blick an, damit ich auch bestimmt kapierte, was sie meinte.

»Hat er ihnen Dampf gemacht?« fragte ich.

»Sie haben sich lieber verzogen.«

Ich schaute aus dem Küchenfenster auf das sanft gewellte Weideland hinter dem Haus, die rot-weiß gestrichene Scheune, den vier Hektar großen Weiher voller fetter Barsche, auf die Araberpferde des Sheriffs, deren Umrisse grau und fließend wirkten, so als seien sie aus Speckstein geschnitzt.

»Mein herzliches Beileid«, sagte ich.

»Auch wenn man sich vielleicht den Mund über ihn zerrissen hat: Er hat sich vom Aufseher über Sträflingsbautrupps bis zum Sheriff hochgearbeitet, ohne daß ihm jemand dabei geholfen hat.«

Ich nickte, während sich meine Gedanken überschlugen, als mir mit einemmal wieder einfiel, was der Sheriff früher gemacht hatte.

»Er war ein außergewöhnlicher Mensch«, sagte ich.

Sie lächelte leicht, beinahe verkniffen, insgeheim aber auch voller Triumph darüber, daß sie mir dieses Eingeständnis abgerungen hatte. Dann sah ich es in ihren Augen: Sie verklärte ihn bereits, schrieb ihm Qualitäten zu, die er nie besessen hatte, denn für sie gehörte er schon der Vergangenheit an, und sie führte jetzt ein neues Leben als Witwe und Nachlaßverwalterin zugleich.

Ich hatte schlichtweg vergessen, daß der Sheriff nicht als kleiner Polizist, sondern als Aufseher eines Sträflingsbautrupps angefangen hatte – seinerzeit, als die Häftlinge aus dem Bezirksgefängnis Gräben und Abwasserschächte ausheben und Straßen teeren mußten. Ich kann mich noch daran erinnern, daß ich sie als kleiner Junge gesehen habe, mit gebeugtem Rücken, die Haut braungebrannt wie Kautabak, wie sie mit ihren Pickeln den Straßengraben umhackten, während die Wachmänner über ihnen standen und ihre mit einer eisernen Spitze versehenen Gehstöcke schwangen.

Moon war einer dieser Häftlinge gewesen.

Mit fünfzehn Jahren regelmäßig von zwei Wärtern im Bezirksgefängnis geschändet.

Wie waren seine Worte gewesen? *Die haben mir das Innerste nach außen gekehrt und sich dabei krankgelacht … Mich werdet ihr erst wieder los, wenn ihr kapiert habt, daß ihr euren eigenen Mist auskehren müßt.*

War die gräßliche Blutspur draußen im Blockhaus etwa nur ein Vorgeschmack auf die Lektion, die uns Garland T. Moon erteilen wollte?

An diesem Abend rief ich bei Mary Beth an, erreichte aber nur den Anrufbeantworter.

»Billy Bob hier. Ich wollte dich später zum Essen einladen –«, sagte ich, ehe sie den Hörer abnehmen konnte.

»Hi«, sagte sie.

»Bist du beim Secret Service?«

»Nein!«

»Ich bin heute morgen mit diesem Brian Wilcox zusammengerasselt. Was hat die Steuerfahndung mit dem Mord am Sheriff zu schaffen?«

»Frag Brian Wilcox.«

»Komm schon, Mary Beth.«

»Ich möchte nicht über ihn sprechen.«

Vom Fenster der Bibliothek aus sah ich, wie der Mond über den Hügeln aufging.

»Was ist mit dem Abendessen?« fragte ich.

»Das läßt sich machen.«

»Ich bin in ein paar Minuten da.«

»Nein, ich komme hin.«

»Stimmt was nicht?«

»Brian beobachtet manchmal das Haus. Er spinnt ...« Ehe ich etwas erwidern konnte, fügte sie hinzu: »Ich kümmere mich drum. Leg dich nicht mit ihm an ... Bis gleich.«

An diesem Abend ging ein kühler Wind, und die Wolken am Himmel wirkten wie aus Silber getrieben. Ich hörte, wie kleine Regentropfen auf das Dach und die Elefantenohren unter dem Fenster der Bibliothek fielen; der Frühling was dieses Jahr ungewöhnlich feucht. Ich ging hinaus zur Pferdekoppel und ließ Beau Melassekugeln aus der Hand fressen. Wenn er eine zerkaut hatte, senkte er den Kopf, schnupperte an der Brusttasche und an meinem Gesicht herum, bis ich ihm die nächste gab, die er wieder zwischen den Zähnen zermahlte, als wär's eine trockene Karotte. Ich streichelte seine Ohren, kraulte ihm die Mähne und betastete die trocknenen Wundränder an seinem Widerrist, dachte dabei über all die Scherereien nach, die ich mir eingehandelt hatte, seit ich Lucas Smothers verteidigte, und fragte mich, wer sich auf meinen Grund und Boden geschlichen und seine Wut an einem Pferd ausgelassen haben könnte.

Ich hörte, wie sich die Windmühlenflügel in der Dunkelheit drehten, wie der Chor der Ochsenfrösche im Weiher einsetzte. Ich stand mit dem Rücken zum offenen Scheunentor, und der Wind strich über mich und Beau hinweg, als ob wir in einem Tunnel stünden. Mit einemmal warf er den Kopf zurück, als ich ihm gerade eine Melassekugel hinhielt, schaute mich mit stierem Blick an, blähte die Nüstern und wich zum anderen Ende der Koppel zurück.

Ich drehte mich um und konnte gerade noch den Arm hochreißen, als mir ein Mann in Stiefeln und ausgebeulter Kleidung ein abgesägtes Poolqueue über den Schädel ziehen wollte. Ich hörte, wie das Holz auf den Knochen traf, dann kam mir der Erdboden entgegen, drückte mir die Luft aus der Lunge, und ich spürte, wie in meinem Ohr etwas schnappte, so als platze da etwas, wie unter Wasser, wenn der Druck so stark wird.

Ich war wieder auf allen vieren, als er zutrat, mir die runde Stahlkappe seines Stiefels mit voller Wucht in den Bauch rammte.

»Du stehst doch auf Lassotricks in Bars? Wie schmeckt dir das hier, du Arschgeige?« sagte er.

Dann trat ein zweiter Mann von der anderen Seite zu, traf mich am Hals, verlor das Gleichgewicht und trat noch einmal zu.

Mein Stetson lag neben mir am Boden, die Krone umgeknickt wie eine gebrochene Nase. Ich hörte, wie Beau sich gegen das Gatter warf, mit den Hufen auf dem trockenen Mist scharrte.

Ein dritter Mann war auf dem Hof. Er trug eine Khakihose und Schlangenlederschuhe und hatte ein gebogenes Messer mit gekrümmter Klinge, wie man sie zum Stutzen von Bananenstauden benutzt, in der offenen Hand. Er ließ es neben den Arbeitsstiefeln seines Begleiters zu Boden fallen.

Der Mann mit den Arbeitsstiefeln hob es mit der rechten Hand auf, packte mich mit der linken an den Haaren und riß meinen Kopf hoch.

»Wir schneiden dir die Ohren ab, bloß damit du weißt, was los ist«, sagte er.

Durch das Wasser, das Blut und den Dreck, der mir in den Augen klebte, sah ich für einen kurzen Moment im Mund des Mannes, der das Messer fallen gelassen hatte, etwas golden aufblinken.

Ich riß die Fäuste zwischen den Schenkeln des Mannes, der mich an den Haaren hielt, nach oben und rammte sie ihm in den Unterleib. Ich sah, wie er sich vornüberkrümmte, die Knie zusammenklemmte, die Schulter einzog, als hätte ihn jemand mit einem Brandeisen erwischt.

Dann fielen Autoscheinwerfer auf meine Auffahrt, kamen über den Hühnerhof näher und tauchten die Scheune und die Pferdekoppel in gleißendes Licht.

Die drei Männer blieben reglos stehen, wirkten wie erstarrte Gestalten im Schein einer Leuchtkugel. Ich rollte mich weg, rappelte mich auf und rannte in die Scheune, hielt die Arme über den Kopf, als ich sah, wie einer von ihnen eine Pistole anlegte, eine 22er vermutlich, und drei Schüsse abgab, die wie schwere Nägel irgendwo in der Dunkelheit ins Holz einschlugen.

Ich dachte, es wäre L. Q. Navarro, dessen Silhouette sich im gleißend grellen Licht abzeichnete – die hoch aufgeschossene Gestalt, der aschgraue, keck angekippte Stetson, der Waffengurt mit dem im Holster steckenden 45er Revolver.

Im nächsten Moment kauerte Mary Beth Sweeney neben mir, hatte ihre Neun-Millimeter hinten im Hosenbund stecken. Meine Nase war voller Blut, und ich atmete mühsam durch den

Mund. Sie fuhr mir mit der Hand über die Haare und wischte mir das Stroh und die Erde aus den Augen. Ich zuckte zurück, als sie mich anfaßte.

»O Billy Bob«, sagte sie.

»Wo sind sie?«

»Sie sind mit einem Geländewagen hinten über deine Felder abgehauen ... Komm, gehen wir rein. Ich ruf in der Zentrale an.«

»Nein, ruf Marvin Pomroy an.«

Ich hielt mich an den Brettern von Beaus Box fest und zog mich hoch. Die aufgeblendeten Scheinwerfer ihres Wagens schnitten nach wie vor durch die Scheune. Sie legte mir den Arm um die Taille und führte mich zur Hintertür, während der Wind an den Zweigen des Maulbeerbaums zerrte.

17

Ich stand ohne Hemd in meinem Schlafzimmer im zweiten Stock, hatte das schnurlose Telefon in der einen Hand und hielt mir mit der anderen ein mit Eis gefülltes Handtuch an den Kopf. Mein Hemd, dessen Kragen voller Blutflecken war, lag am Boden. Ich hatte ein Stechen im Kreuz, das ich nicht los wurde, egal, wie ich mich bewegte.

»Sie haben sie vorher noch nie gesehen?« fragte Marvin am Telefon.

»Nein ... ich glaube nicht.«

»Sind Sie sich etwa nicht sicher?«

»Der Typ, der zugeschaut hat, derjenige, der sein Messer fallen gelassen hat ... Vielleicht bilde ich's mir auch nur ein.«

»Wo haben Sie ihn schon mal gesehen?«

»Es ist, als ob man jemanden aus einem Traum kennt. Mir

geht's im Moment nicht allzu gut, Marvin. Ich melde mich später noch mal.«

»Ich postiere einen Deputy vor Ihrem Haus.«

»Nein, lassen Sie das.«

»Kein Vertrauen«, sagte er.

»Sie sind ein feiner Kerl, Marvin. Ich kümmere mich nicht um das Geschwätz der Leute.«

Ich hörte ihn lachen, bevor er auflegte.

Ich stellte das Telefon ab und legte es auf den Tisch am Fenster, wo Mary Beth saß und mich nachdenklich anschaute.

»Du meinst, du hast einen von den Kerlen schon mal gesehen?« fragte sie.

»L. Q. Navarro und ich sind drunten in Coahuila drei-, viermal hinter dem gleichen Dealer hergewesen. Ich hab ihn immer nur im Dunkeln gesehen. Manchmal seh ich nachts jemanden, der mich an ihn erinnert, so wie man manchmal im Traum Leute sieht. Ein Therapeut hat mir erklärt –«

»Was?«

»Daß es sich um eine ungesühnte Schuld handelt. Über so was lassen sich Therapeuten doch gern aus.«

»Ich mach mir Sorgen um dich.«

»Ich geh lieber unter die Dusche.«

»Du solltest ins Krankenhaus gehen.«

»Ich habe wegen diesen Typen heute nacht schon genug Zeit vergeudet. Warum gehst du nicht runter in die Küche und machst dir was zu essen?«

»Was zu essen?«

»Genau.«

»Ich faß es nicht.«

Nachdem sie hinuntergegangen war, stellte ich mich unter die Dusche, ließ mir das heiße Wasser über Gesicht und Haare laufen, stützte mich mit den Händen an den Kacheln ab und spülte das Blut und den getrockneten Schweiß ab.

Doch sobald ich die Augen schloß, hatte ich das Gefühl, daß der Boden der Duschkabine unter mir wegkippte, und ich sah grüne und rote Lichtstreifen, als ob Leuchtspurgeschosse über den Nachthimmel zuckten. Ich trocknete mich ab und zog meine Unterwäsche an, hielt mich mit einer Hand am Türgriff fest. Ich schaute durchs Fenster und sah, wie sich der Horizont hob und senkte, und ich hörte, wie jemand sagte: *Wir schneiden dir die Ohren ab, bloß damit du weißt, was los ist.* Dann torkelte ich gegen einen Sessel und ging zu Boden.

Mary Beth war neben mir, faßte mich unter dem Arm, zog mich hoch und half mir zum Bett. Ich ließ mich rücklings auf das Kissen fallen und zog mir die Decke über den Unterleib. Sie setzte sich auf den Rand der Matratze und schaute mir in die Augen. Der Himmel draußen vor dem Fenster war mit dichten schwarzen Wolken verhangen, hinter denen Blitze zuckten.

»Mir fehlt nichts«, sagte ich.

»Soll ich gehen?«

Ich wollte etwas sagen, aber sie sah es mir an den Augen an, beugte sich über mich, strich mir mit den Fingern über die Stirn und küßte mich sanft auf den Mund. Ihre Haarspitzen fielen mir auf die Wangen, und ich konnte ihr Shampoo riechen und die Hitze ihrer Haut. Ich hielt sie fest und küßte sie erneut. Sie streifte die Schuhe ab und legte sich neben mich, ihr Gesicht nur Zentimeter von meinem entfernt.

»Ich habe deine Akte gesehen. Jemand wie du kriegt immer etwas ab, Billy Bob«, sagte sie.

»Du *bist* beim FBI.«

Sie erwiderte nichts. Statt dessen schlang sie die Arme um mich und zog mich an sich, atmete an meine Wange, schmiegte sich an mich und hakte ihren Fuß um meinen Knöchel.

Ich wollte mich aufsetzen, mich herumdrehen, aber ich spürte, wie mir der Schmerz links und rechts entlang der Wirbelsäule bis in die Schenkel fuhr.

»Warte«, sagte sie. Sie stand auf, knöpfte ihre Bluse auf und ließ sie zu Boden fallen, öffnete dann ihre Jeans, schob sie über die Hüfte und zog sie aus. Hinter ihr sah ich die Wolken dahinrasen, sah, wie sie quecksilbrig aufleuchteten, wie sich die Blitze über den Hügeln entluden.

Sie wandte sich kurz ab, öffnete ihren BH und streifte das Höschen ab, setzte sich dann auf den Rand der Matratze, zog die Zudecke weg und legte sich neben mich. Ich versuchte mich auf die Seite zu drehen, damit ich sie ansehen konnte, aber wieder fuhr mir ein derart heftiger Schmerz vom Kreuz bis in die Beine, daß ich unwillkürlich den Mund aufriß.

»Beweg dich nicht«, sagte sie, spreizte die Beine, setzte sich auf mich und stützte sich links und rechts mit den Händen ab. Sie lächelte mich an. Die Sommersprossen auf Schultern und Brüsten wirkten wie kleine braune Blumen. Ich strich mit den Fingern über ihre Nippel und nahm sie in den Mund; dann spürte ich, wie sich in meinen Lenden alles ballte, wie mich eine Gier überkam, die ich nicht bezähmen konnte, so als träfe mich der Hitzeschwall eines glühenden Eisenstücks, wie ich mich mit aller Macht nach ihrem weichen, wunderschönen und gütigen Leib sehnte, der lange vor dem Höhepunkt Lust und Labsal spendete.

»Ich bin für dich da«, flüsterte sie, hatte die Lippen an meine Wange gelegt und gab sich mit einer Leidenschaft hin, die so echt und aufrichtig war, daß ich, wie alle Männer, insgeheim wußte, ich hatte sie nicht verdient.

18

Am nächsten Morgen stand ich in aller Frühe auf, drückte eine Eiskompresse an die Schwellung an meinem Kopf und fuhr zu einem Arzt, um mich wegen meines Kreuzes behandeln zu lassen. Er zeigte mir etliche Übungen, bei denen ich mich unter anderem auf den Boden legen und die Knie an die Brust führen oder mich auf einen Stuhl setzen, vornüberbücken und dabei den Bauch einziehen mußte. Ich staunte nicht schlecht, als ich feststellte, wie leicht sich der quälende Schmerz lindern ließ, zeitweise zumindest.

»Sobald der Schmerz wiederkehrt, machen Sie diese Übungen. Das wird schon wieder. Vermeiden Sie in nächster Zeit allzu heftige Bewegungen, vor allem aus dem Rücken heraus«, sagte der Arzt. Er holte einen Kugelschreiber aus der Brusttasche seines Hemds. »Soll ich Ihnen etwas verschreiben?«

»Nein, danke.«

»Es ist was Leichtes.«

»Ist es doch immer.«

»Sie sind eben nach wie vor ein eingefleischter Baptist, Billy Bob.«

Hinterher ging ich zum Fitneßstudio, setzte mich ins Dampfbad, duschte dann und suchte Marvin Pomroy in seinem Büro im Gerichtsgebäude auf.

»Wir haben die drei Typen zur Fahndung ausgeschrieben, aber allzu viele Anhaltspunkte hatten wir nicht«, sagte er.

»Hat man Moon schon wegen des Mordes am Sheriff vernommen?« fragte ich.

»Meiner Ansicht nach steht er nicht unter dringendem Tatverdacht.«

»Moon hat im alten Bezirksgefängnis gesessen, als der Sheriff Straßenbautrupps beaufsichtigt hat«, sagte ich. Marvin hatte seinen Drehstuhl zurückgekippt. Offensichtlich sah er keinerlei Zusammenhang. »Moon hat gesagt, zwei Wachmänner hätten ihn geschändet. Er hat gesagt, sie hätten ihn jeden Sonntagmorgen über ein Ölfaß gelegt.«

»Wollen Sie damit etwa sagen, daß der Sheriff pervers war?«

»Meines Wissens hat er nichts ausgelassen.«

»Wenn er dem ganzen Bezirk eines auswischen will, warum wartet er dann vierzig Jahre, bis er zurückkommt und seine Show abzieht? Ich glaube, der Sheriff wurde aus anderen Gründen umgebracht«, sagte Marvin.

»Ein Axthieb mitten ins Gesicht könnte aber durchaus auf einen Racheakt hinweisen.«

Aber ich merkte, daß er an etwas anderes dachte. Er nahm seine Brille ab und putzte mit einem Kleenex die Gläser. Er setzte sie mit ausdrucksloser Miene wieder auf, so als überlege er, ob er die Gefühle preisgeben solle, die er normalerweise für sich behielt. Seine Haare waren so tadellos gekämmt, daß sie wie Metallstreifen auf seinem Kopf lagen.

»Ich konnte letzte Nacht nicht schlafen«, sagte er. »Was diese Jungs mit Ihnen machen wollten … Ich würde sie mir am liebsten persönlich vornehmen.«

»Das ist nicht Ihre Art, Marvin.«

»Ich faß es nicht. Ich bin in einem Bezirk tätig, der vermutlich von der Dixie-Mafia beherrscht wird. Ich kann es bloß nicht beweisen.«

Ich ging über die Straße zu meiner Kanzlei und nahm die Post aus dem Eingangskorb im Foyer mit. Hier im Erdgeschoß mit seinen glatt verputzten Wänden und dem gefliesten Boden, auf dem irdene Blumentöpfe mit Hibiskuspflanzen standen, war es angenehm kühl. Zwischen den diversen Briefen und Rundschreiben befand sich ein brauner Umschlag ohne Poststempel, auf den mit Bleistift meine Adresse geschrieben war.

Aus irgendeinem Grund – vielleicht wegen des schmierigen Papiers, der ungelenken Buchstaben oder wegen der Fettflecken entlang der Klebelasche – ekelte ich mich beinahe davor. Ich nahm ihn ungeöffnet mit in mein Büro, hoffte, daß es sich bloß um einen der üblichen Briefe von einem Spinner handeln möge, einem unzufriedenen Mandanten oder einem Sträfling, der meinte, daß er für die Filmrechte an seiner Lebensgeschichte Millionen Dollar kassieren könnte. Dann riß ich ihn mit einem Finger entlang der Oberkante auf, so wie man einen alten Verband abzupft.

Ein Polaroidbild von Pete, aufgenommen auf dem Spielplatz der katholischen Grundschule, steckte drin. Auf dem mit Bleistift beschrifteten, aus einem billigen Notizblock gerissenen Blatt stand: »Das wurde heute morgen aufgenommen. Wenn wir ihn zurechtgestutzt haben, passen seine Einzelteile in Ihren Briefkasten.«

Ich rief die Rektorin der Schule an. Sie war die klassische Bürokratenseele; sie wollte nichts von irgendwelchen Schwierigkeiten wissen und betrachtete jeden, der sie damit konfrontierte, als Störenfried, der ihr nur das Leben schwermachen wollte.

»Ich habe Pete grade gesehen. Er ist im Speisesaal«, sagte sie.

»Ich hole ihn um drei ab. Lassen Sie ihn nicht nach Hause gehen«, erwiderte ich.

»Stimmt etwas nicht?«

»Möglicherweise will ihm jemand was antun.«

»Was geht hier eigentlich vor, Mister Holland?«

»Ich weiß es nicht genau.«

»Ich weiß sehr wohl, daß Sie das Schulgeld für ihn bezahlen und auch anderweitig für sein Wohlergehen sorgen, aber wir haben hier auch noch andere Kinder. Das klingt ja so, als ginge es um irgend etwas Persönliches.«

»Ich melde mich wieder«, sagte ich. Ich legte auf und wählte Temple Carrols Nummer.

»Wir müssen uns Roy Devins vornehmen«, sagte ich.

»Was ist passiert?«

Ich berichte ihr von den drei Männern, die mich am Abend zuvor zu Hause aufgesucht hatten.

»Die wußten, daß ich Devins mit dem Lasso aus einer Bar geschleift habe. Devins war mit Petes Mutter in der Kiste. Sie trinkt und läßt sich gelegentlich mit Bikern und Kiffern ein.«

»Hast du das Marvin erzählt?«

»Was soll der denn unternehmen? Fünfzig Prozent der Cops in diesem Bezirk sind gekauft. Der kann von Glück reden, daß ihn noch niemand ermordet hat.«

»Hör zu, rühr diesen Brief nicht an. Wenn wir darauf Fingerabdrücke finden, kann Marvin sie über AFIS laufen lassen. Ich melde mich wieder.«

Ich schloß die Jalousien, saß im Dämmerlicht da und versuchte nachzudenken. Es mußte sich um dieselben Männer handeln, die gemeint hatten, sie könnten Moon terrorisieren und ihn aus der Stadt vertreiben. Nur daß die Sache anders ausgegangen war und er Roy Devins verstümmelt hatte. Aber warum wollten sie Druck auf Moon ausüben? Weil er draußen auf der Hart-Ranch gewesen war? Und wer waren sie?

L. Q. Navarro saß in dem hirschledernen Lehnsessel in der Ecke, hatte einen Fuß auf den Papierkorb gelegt. Er warf ein ums andere Mal seinen Hut auf die Stiefelspitze, nahm ihn wieder in die Hand und warf ihn erneut.

»Wird Zeit, daß du zur Bank gehst«, meinte er.

»Ich dachte mir schon, daß du das sagst.«

»Willst du dir weiter bloß den Kopf zerbrechen?«

»Ich hab es aufgegeben, L. Q. Es hat dich das Leben gekostet.«

»Diejenigen, die ihr Heim und ihre Familie nicht beschüt-

zen, haben weder das eine noch das andere verdient. Das hast du immer zu mir gesagt.«

»Vielleicht will ich sehen, ob ich sie beschwichtigen kann. Vielleicht geht's mir eher darum.«

»Komm schon, mein Guter, du kannst den Jungen nicht im Regen stehenlassen, nicht nach einem Brief, in dem dir irgendwelches Geschmeiß damit droht, daß sie ihn umbringen. Wenn ich an deiner Stelle wäre, würd ich dem Kerl die Leber wegballern und nebenbei eine eiskalte Carta Blanca trinken ... Tut mir leid, meine Ausdrucksweise ist manchmal ein bißchen unbedacht.«

Ich ging hinunter zur Bank und dann in den Tresorraum, in dem sich die Schließfächer befanden. Ich trug meine gemietete Box in einen Besucherraum, stellte sie auf den Tisch und klappte den Deckel auf. Zwischen der Münzsammlung aus meiner Kindheit und der aus Illinois stammenden Taschenuhr meines Vaters lag L. Q. Navarros im Holster steckender Revolver. Der Stahl schimmerte glatt und glänzend wie Lakritze; die Griffschalen aus Elfenbein wirkten wie eingegossen, nicht wie angeschraubt, und im Laufe der Zeit hatten sie eine gelbliche Tönung angenommen, so als ob die Schwielen an L. Q. Navarros Hand abgefärbt hätten.

Ich zog den Hahn halb zurück, öffnete die Ladeklappe und drehte die Trommel, so daß ich die Lichtkringel sah, die sich in den leeren Patronenkammern spiegelten. Dann steckte ich die Waffe wieder ins Holster, packte sie in eine Papiertüte und kehrte in meine Kanzlei zurück.

Temple Carrol hatte angerufen und bei meiner Sekretärin eine Nachricht hinterlassen – Roy Devins, der Mann, den Garland T. Moon verstümmelt hatte, hatte sich aus dem Krankenhaus abgesetzt, ohne seine Rechnung zu bezahlen, und vermutlich mit einem Greyhound-Bus die Stadt verlassen.

Ich nahm L. Q.s Revolver an diesem Nachmittag mit nach Hause, legte ihn in die Schreibtischschublade in der Bibliothek und las dann in Urgroßpapa Sams Tagebuch.

14. August 1891

Letzte Woche sind die Rose vom Cimarron und ich mit der Santa Fe Railroad nach Denver gefahren und haben uns als Eheleute im Brown Palace Hotel eingemietet, einem Bauwerk, das selbst für diese moderne Zeit ein wahres Wunder ist. Jennie mochte sich gar nicht mehr beruhigen, als wir mit dem Aufzug zehn Stockwerke hochgefahren sind, und ich ehrlich gestanden auch nicht. Im Foyer standen lauter Topffarne, rote Samtsessel und kleine Sofas, die man aus England hergeschafft hat. Zum Abendessen gab es mit Reis gefülltes Präriehuhn. Man hat uns kleine Schalen zum Händewaschen gebracht, aber Jennie dachte, die wären für die Suppe. Später tranken wir Limonade mit Minzblättern, aßen Austern aus silbernen Eiskühlern und sahen uns den Auftritt der Sängerin Lillie Langtry an. Die Gäste waren allem Anschein nach größtenteils republikanische Geschäftsleute. Aber trotzdem waren es ganz ordentliche Kerle.

Wyatt und Morgan Earp, Dallas Stoudenmire, Johnny Ringo, Joe Lefores und dieser schwindsüchtige Trunkenbold namens Doc Holliday haben hier verkehrt und sind entweder hier gestorben oder in andere Städte weitergezogen, wo ihresgleichen noch gelitten wird. Die Straßen von Denver sind mit Gaslaternen beleuchtet, und Revolvermänner, Indianer oder räudige Goldsucher sind hier nicht willkommen. Ich glaube aber nicht, daß Jennie das einsieht. Denver stellt nicht die Zukunft dar. Es ist nur so, daß der Cherokee Strip und ihre Leute, vielleicht sogar meinesgleichen, für die Vergangenheit stehen.

Auf der Rückreise habe ich eine schreckliche Lektion gelernt. Die Brücke über eine Schlucht war bei einem Buschfeuer abgebrannt, so daß wir zwei Tage lang festsaßen. Wir gingen zu einem Lager der Tonkawa-Indianer, die im Winter fast verhungert wären, weil der Agent das Geld für ihre Lebensmittel unterschlagen hat. Jennie hat einen Karton Einmachgläser aus dem Zug besorgt und den Squaws gezeigt, wie man Konserven zubereitet. Sie sah richtig elegant aus in ihrem langen Kleid, während sie die Tomaten auf einem Steinofen gekocht und in die Gläser gegossen hat, in denen ein Löffel steckte, damit sie durch die Hitze nicht zerspringen. Ich dachte mir, daß wir vielleicht doch ein normales Leben führen könnten, droben in Wyoming oder Montana vielleicht, wo noch niemand von der Dalton- und der Doolin-Gang gehört hat.

Als wir zum Zug zurückkamen, fiel mir ein dunkler Fleck am Boden neben dem Holzofen auf. Allem Anschein nach hatte jemand versucht, ihn mit Sand von den Dielen zu schrubben. Ich fragte den Zugführer, wer da so geblutet habe. Er sagte, es sei die Frau von einem Vorstandsmitglied der Eisenbahngesellschaft gewesen, die tödlich getroffen wurde, als Eisenbahnräuber vor drei Wochen durch das Glasfenster geschossen hatten.

Später fragte mich Jennie, weshalb ich so nachdenklich sei. Das Geschmeiß, die Horde von Halbblöden, die unterhalb von unserem Haus wohnt, ist losgezogen und hat eine unschuldige Frau erschossen, sagte ich.

Sie schaute schmollend aus dem Fenster und sagte dann zu mir: Die Eisenbahn hat den Indianern das Land geraubt, deshalb tut sie mir überhaupt nicht leid.

Wenn der Herr mir damit die Augen öffnen wollte, so hat das Licht der Erkennntnis mir altem Mann doch zugleich auch tiefes Herzeleid zugefügt.

Ein Motorrad bog knatternd in meine Auffahrt. Ich schaltete das Licht auf der Veranda ein und trat hinaus. Lucas Smothers hockte auf einer alten, tiefliegenden Indian mit verbeulten roten Schutzblechen. Sein T-Shirt und die Jeans waren voller Öl und Schmierflecken. Er stellte den Motor ab und grinste mich an.

»Haben Sie so eins schon mal gesehen?« fragte er.

»Klar, das sind Sammlerstücke.«

»Ich will es restaurieren. Es hat einen Riß im Rahmen, aber den kann ich schweißen. Der Lehrer auf der High-School hat gesagt, ich darf nachmittags die Geräte in der Schulwerkstatt benutzen, wenn dort saubergemacht wird.«

»Wo hast du es her?«

»Von Darl Vanzandt.«

»Von Darl?«

Lucas wandte den Blick ab.

»Er hat gesagt, daß er in der Kirche gewesen ist und die schlimmen Sachen, die er getrieben hat, wiedergutmachen will. Was hätt ich denn sagen sollen? ›Ich will nichts mit dir zu tun haben‹?«

»Meiner Meinung nach will er dir nur schaden.«

»Indem er mir eine alte Maschine schenkt?«

»Jimmy Cole wurde draußen auf der alten Hart-Ranch ermordet. Du hast wahrscheinlich von Anfang an recht gehabt. Darl und seine Freunde sind auf ihn gestoßen, als er sich da draußen versteckt hat, und haben ihn umgebracht.«

Er drückte die Hand an die Stirn, verschmierte sich die Haare mit Motoröl.

»Alles, was ich mache, ist Murks. Jedesmal, wenn ich hier gewesen bin, komm ich mir hinterher doppelt beschissen vor«, sagte er mit glitzernden Augen.

»Laß die Maschine hier. Ich rufe seinen Vater an und lasse sie abholen.«

»Yeah, weil derjenige, den Sie gezeugt haben, als Ihnen der Pariser geplatzt ist, nicht auf sich selbst aufpassen kann. Trotzdem besten Dank«, sagte er.

Er ließ das Motorrad an, gab langsam Gas, bis das Geknatter in ein sattes Röhren überging, zog das Motorrad auf der kiesbestreuten Auffahrt herum und donnerte dann mit fliegenden Haare und wehendem T-Shirt auf die Bezirksstraße.

Da steht dir noch was bevor, Holland, dachte ich.

Am nächsten Morgen, als ich gerade zur Kanzlei fahren wollte, rief Mary Beth Sweeney an.

»Bunny Vogel ist letzte Nacht im Shorty's mit einem mexikanischen Biker aneinandergeraten«, sagte sie.

»Mit was für einem Biker?«

»Keiner weiß, wie er heißt. Er ist abgehauen, bevor ich dort war. Aber bei der Auseinandersetzung ging es offenbar um Roseanne Hazlitt.«

»Woher weißt du das?«

»Zwei Zeugen haben gesagt, daß der Mexikaner Bunny als ›Wichser‹ und ›Roseannes Zuhälter‹ bezeichnet hat. Dann sind sie übereinander hergefallen. Sie haben die halbe Veranda in Kleinholz verwandelt.«

»Wo steckt Bunny jetzt?«

»Ich habe ihn zwei Stunden eingebuchtet und ihn dann laufenlassen. Er muß dem Inhaber den Schaden ersetzen, jedenfalls die Hälfte davon.«

»Du machst dich gut als Polizistin, Mary Beth.«

»Ein guter Polizist hätte dafür gesorgt, daß er sich freiwillig zur Marineinfanterie meldet, bevor er in Huntsville landet. Bist du schon mal in Kalifornien gewesen?«

»Nein, warum?«

»Weil ich den Eindruck habe, daß die Kids mal dort waren und sich abgeguckt haben, wie man sein Leben verhunzt.«

Bunny wohnte im äußersten Westen des Bezirks in der Nähe eines Rangiergleises, das zu einer stillgelegten Konservenfabrik führte, und einer Reihe leerstehender, längst überwucherter Holzhütten, in denen in den vierziger Jahren Wanderarbeiter gewohnt hatten. Das mit uralten grauen Ziegeln verkleidete Holzhaus stand auf Bimssteinblöcken, doch der Boden war im Laufe der Zeit so stark durchgesackt, daß das Mauerwerk gerissen war und die darunter liegende Dachpappe zum Vorschein kam. Bunnys rotbrauner 55er Chevy mit den wulstigen weißen Ledersitzen stand davor. Auf dem trostlosen Hof wirkte die glänzende Karosse mit den grüngetönten Fenstern, in denen sich die Wolken spiegelten, wie ein Fremdkörper.

Bunny war hinten im Garten. Er hatte ein ärmelloses Sweatshirt an, Turnhosen und halbhohe Stollenschuhe und warf Footbälle durch einen alten Autoreifen, den er am Ast eines Zürgelbaums aufgehängt hatte.

»Ich habe gehört, daß Sie letzte Nacht eingebuchtet worden sind«, sagte ich.

»Man hört alles mögliche.« Er nahm einen neuen Football aus der orangen Kiste und warf einen scharfen Paß. Der Ball flog durch den Reifen, landete auf einem Grashügel und kullerte auf die Bahngleise zu.

»Wer war der Biker?«

»Bloß ein Schmalzkopf, der im Shorty's den großer Macker markiert hat, weil er gemeint hat, ich mach ihm Konkurrenz. Mach ich aber nicht. Aber der Mexenbeutel hat das gemeint.«

»Er hat Sie als Wichser bezeichnet?«

»Ja, ich glaube, das hat er gesagt.« Er warf die Haare zurück und schleuderte den nächsten Ball auf den Reifen. Diesmal prallte er am Rand ab.

»Es ist der gleiche Typ, der Roseanne von der Molkerei abgeholt hat, stimmt's? Derjenige, dem Sie sie wieder ausgespannt haben.«

»Schon möglich.«

»Irgendwas paßt da nicht, Bunny. Roseanne hat Ihnen an dem Abend, an dem sie überfallen wurde, eine geknallt. Meiner Meinung nach ging es dabei um etwas, für das Sie sich zutiefst schämen. Vielleicht hat es sogar etwas mit ihrem Tod zu tun.«

»Ich glaub, ich bin nicht schlau genug, Mister Holland. Ich steig da einfach nicht ganz durch.«

»Der Mexikaner hat Sie als Zuhälter bezeichnet.«

»Wenn man's Ihnen so erzählt hat...«

»Und danach sind Sie auf ihn losgegangen?«

»Hätten Sie das etwa nicht gemacht?« Er nahm den nächsten Football in die Hand, holte aus und warf ihn wieder in die orange Kiste. »Ich muß zur Arbeit. Gibt's sonst noch was?«

»Ja. Was hat Darl Vanzandt vor? Was will er mit Lucas anstellen?«

»Was die zwei machen, geht mich gar nix an.«

»Was denn?«

»Wie meinen Sie das?«

»Räumen Sie nur den Dreck weg, den der mißratene Balg der Familie Vanzandt hinterläßt?«

»So was laß ich mir von niemand bieten.«

»Von mir schon. Passen Sie gut auf, Bunny. Ich glaube, bevor das hier vorbei ist, legt Darl Sie noch schwer aufs Kreuz«, sagte ich und ging zu meinem Auto.

Ich schaute noch einmal durch die Windschutzscheibe, bevor ich zurücksetzte. Er hatte die Hände in die Hüften gestemmt und schaute mit verkniffenem Mund zu Boden. Dann trat er mit voller Wucht gegen die orange Kiste, daß die Bälle quer über den Hof flogen.

19

Petes Mutter arbeitete als Bedienung in einem Diner draußen beim Schlachthof. Die Männer, die sie in den Bars aufgabelte, verprügelten sie mitunter, manche stahlen ihr das Geld, und andere brachten sie um ihren Job. Letztes Jahr hatte man sie, nur mit einem Unterrock bekleidet, hinter einem Motel aufgegriffen und drei Tage lang zur Ausnüchterung geschickt. Als sie wieder rauskam, stauchte sie ein cholerischer, vor Selbstgerechtigkeit strotzender Richter, der nach Zigarren stank, im Gerichtssaal zusammen und verurteilte sie zu sechs Wochenenden Sozialdienst, was wiederum bedeutete, daß sie mit einer Horde straffällig gewordener Oberschüler den Müll am Straßenrand auflesen mußte.

Ich saß in ihrem Wohnzimmer und erklärte ihr, weshalb Pete eine Zeitlang bei Temple Carrol bleiben mußte. Sie trug ihre Dienstkleidung, hatte die Hände im Schoß gefaltet, preßte die Knie züchtig zusammen und schaute mich mit ausdrucksloser Miene an, so als könnte ich jederzeit von Rechts wegen über sie bestimmen. Sie hatte dunkle Ringe unter den Augen, und die Haare hingen lang, strähnig und farblos um ihr schmales Gesicht.

»Wieso nehmt ihr nicht einfach den Typ fest, der den Brief geschrieben hat?« fragte sie.

»Da waren keine Fingerabdrücke drauf. Wir wissen nicht, von wem er stammt.«

»Die Sozialarbeiterin will, daß er hier ist, wenn sie uns aufsucht. Ihr wollt ihn mir doch nicht für länger wegnehmen, oder? Ich will nämlich keinen Ärger mit dem Sozialamt kriegen.«

Am Freitag nachmittag schaute ich aus dem Fenster und sah, wie Darl Vanzandts kirschroter 32er Ford auf den Platz einbog. Das Dach war »gechoppert« – die Holme waren verkürzt, wodurch die Fenster aussahen wie Schießscharten an einem Maschinengewehrbunker –, so daß ich nur schwer erkennen konnte, wer der Beifahrer war, der seinen Arm über die Türkante hängen ließ. Dann fuhr der Wagen aus der gleißenden Spätnachmittagssonne in den Schatten, und ich sah das Profil von Garland T. Moon.

Sie hielten vor der mexikanischen Lebensmittelhandlung und gingen hinein. Moon kam allein wieder heraus, lehnte sich an den Wagen und aß mit einem Plastiklöffel das Eis aus dem Pappbecher, den er in der Hand hatte.

Ich ging quer über den Platz und blieb vor ihm stehen. Er trug eine hoch sitzende Bundfaltenkhakihose ohne Gürtel und ein ärmelloses geripptes Unterhemd, das wie angegossen saß.

»Was machen Sie mit dem Jungen da?« fragte ich.

Er leckte die Eiscreme vom Löffel ab. Ein Sonnenstrahl fiel quer über sein Gesicht, und sein eingesunkenes Auge tränte im gleißenden Licht.

»Er steht auf mexikanische Mädels. Ich hab ihn einer Freundin von mir vorgestellt, die auf der andern Seite der Grenze ein Haus hat«, sagte er.

»Halten Sie sich lieber an Ihresgleichen. Die Vanzandts sind eine Nummer zu groß für Sie.«

»Keiner von euch is mir ne Nummer zu groß, mein Junge. Wir zwei, er und ich, haben eine Abmachung getroffen.«

Ich sah, wie Darl sich beim Getränkeausschank hinten im Lebensmittelladen mit einer Gruppe Kids unterhielt, die drei, vier Jahren jünger waren als er. Die Mädchen trugen Ringe an der Nase, manche sogar an den Augenbrauen.

»Dealen Sie, Moon?« fragte ich.

»Ich? Mit Drogen hab ich nichts zu tun. Ich geh nicht mal in ne Drogerie. Tatsache«, erwiderte er. Er schob sich einen Löffel Eiscreme in den Mund. Weiße Tropfen hingen an seinen Lippen, als er grinste.

Ich fuhr zu Lucas Smothers und entdeckte ihn im Garten hinter dem Haus, wo er an seiner Indian arbeitete. Er hatte die Schutzbleche ausgebeult und frisch lackiert und montierte gerade einen neuen, mit Schafsleder bezogenen Sitz auf die Maschine. Der Wind war immer noch warm, und ich konnte das Wasser riechen, das gerade aus dem Bewässerungsgraben in die Gemüsebeete hinter der Scheune geleitet worden war.

»Weißt du, daß Darl sich neuerdings mit Garland Moon rumtreibt?« fragte ich.

Er legte den Schraubenschlüssel auf einen Lappen, den er am Boden ausgebreitet hatte.

»Mit Moon?« fragte er.

»Ganz recht.«

Er blickte ins Leere, ergiff dann den Schraubenschlüssel und machte sich wieder an die Arbeit.

»Wo finde ich den mexikanischen Biker, mit dem Bunny Vogel aneinandergeraten ist?« frage ich.

»Den Typ, der Roseanne manchmal von der Arbeit abgeholt hat?«

»Genau den.«

»Der soll angeblich ein Purple Heart sein. Das war mal ne Gang in Los Angeles. Heute nennen sich ein paar Mexikaner in San Antonio nach denen.«

»Kannst du mich mit ihm zusammenbringen?«

»Mit Gangs hab ich noch nie was zu tun gehabt, Mister Holland. Ich bin immer meine eigenen Wege gegangen. Auch wenn's nichts gebracht hat.«

»Warum könnte er Bunny als Zuhälter bezeichnet haben?«

»Das begreif ich überhaupt nicht. Bunny ist in Ordnung.«

»In Ordnung? Er macht den Handlanger für die Vanzandts, bloß weil er Angst hat, noch mal von vorne anzufangen. Wie bezeichnest du denn so was?«

»Man kann sich halt nicht immer aussuchen, was man machen will«, sagte er. Dann unterbrach er seine Arbeit und blickte mich an. »Genausowenig wie seinen Familiennamen.«

An diesem Abend gingen Mary Beth und ich ins Rialto am Rathausplatz und schauten uns einen Film an. Es war immer noch warm, als wir herauskamen, und man konnte die vereinzelten Regentropfen riechen, die von dem fast klaren Himmel fielen. Der Gehsteig schillerte im Licht der grün-rosa Neonreklame über dem Vordach, und die Kronen der Eichen auf dem Rasen vor dem Gerichtsgebäude raschelten im Wind und warfen tanzende Schattenmuster auf den angestrahlten Glockenturm.

Auf der Straße fuhr die übliche Auto- und Motorradkarawane vorbei, die jeden Freitag und Samstag abends durch die Stadt rollte. Rap-Musik dröhnte aus den Radios, und gelegentlich flog eine Bierflasche in hohem Bogen auf den Rasen vor dem Gerichtsgebäude.

Es waren keineswegs nur ungezogene Bälger, die nicht begreifen konnten, daß es auf dieser Welt Menschen gab, die von der Hand in den Mund lebten, deren Geld kaum bis zum nächsten Zahltag reichte, die sogar starben, wie bei der letzten Hitzewelle geschehen, weil sie ihre Häuser nicht entsprechend kühlen konnten.

Was mich vermutlich am meisten an ihnen störte, war ihre Heuchelei, die Art und Weise, wie sie die Verruchten und Hemmungslosen markierten, so als wollten sie bewußt das Schicksal schmähen, das sie auf Rosen gebettet hatte.

Aus irgendeinem Grund fiel mir ein viele Jahre zurückliegendes Erlebnis ein, als ich mit L. Q. Navarro unterwegs gewesen war. Wir hatten in Denver einen Häftling abgeholt, ihn mit seinen Fußfesseln an den hinten im Boden unseres Wagens eingelassenen D-Ring gekettet und fuhren zurück nach Texas, als L. Q. nördlich von Trinidad ein verwittertes Holzschild am Straßenrand sah.

»Ich möchte hier haltmachen«, sagte er.

»Was ist das?« fragte ich.

»Ich zeig dir mal, was es 1914 geheißen hat, Mumm zu haben«, sagte er.

Wir fuhren auf einer unbefestigten, von Piniennußbäumen gesäumten Straße durch das ausgebrannte Ödland in Richtung Westen auf die Berge zu, die purpurrot und feurig im Licht der untergehenden Sonne lagen, und hielten vor einem mit Maschendraht umgebenen Denkmal, das die United Mine Workers zu Ehren der streikenden Bergarbeiter und ihrer Familien errichtet hatten, die beim sogenannten Ludlow-Massaker erstickt oder von der Staatsmiliz und gedungenen Schergen der Rockefellers erschossen worden waren. Die Gewerkschaft hatte diese Gedenkstätte angelegt, nicht etwa der Staat oder die Bundesregierung. Das eigentliche Denkmal war eher schlicht – ein großer, mit einer Inschrift versehener und mit Statuen geschmückter Steinquader neben einer schweren Falltür, unter der eine Treppe in einen Kellerraum führte, von dessen Wänden der Mörtel bröckelte.

In diesem Gelaß waren elf Kinder und zwei Frauen ums Leben gekommen, als man die Zelte über ihnen in Brand gesteckt hatte. Den Namen nach zu schließen, die auf dem Denkmal eingraviert waren, waren es fast ausschließlich italienische und mexikanische Einwanderer gewesen.

»Leute, die nicht mal einen Sack voll Bohnen hatten, haben sich mit John D. persönlich angelegt«, sagte L. Q. »Der Streik wurde niedergeschlagen, und Rockefeller ist hierhergekommen, hat mit der Frau eines Bergarbeiters getanzt und für Schlagzeilen gesorgt.«

»Woher weißt du so viel darüber?« fragte ich.

»Da droben steht der Name meiner Urgroßmutter, mein Guter.«

Darl Vanzandts 32er Ford fuhr mit tuckerndem Zwillingsauspuff vorbei. Er ließ sich nicht anmerken, ob er Mary Beth und mich bemerkt hatte. Auf der anderen Straßenseite saß ein Mädchen in Shorts rittlings auf dem Rohr des Geschützes aus dem spanisch-amerikanischen Krieg und hatte die Hände um das Metall geschlungen.

»Worüber denkst du nach?« fragte Mary Beth.

»Über gar nichts. Ein großartiges Land«, sagte ich.

»Machst du dir Sorgen um Lucas?«

»Wenn's hart auf hart kommt, fahre ich mit dem Bengel da Schlitten. Und zwar die ganze Straße rauf und runter.«

Sie schob ihre Hand unter meinen Arm und drückte ihn an sich.

Am Samstag nachmittag gingen Mary Beth und ich mit Pete zum Rodeo auf dem Festgelände des Bezirks. Der Parkplatz stand voller Pickups und Pferdeanhänger, auf den Zuschauertribünen und Wegen drängten sich die Menschen, und ein dünner, bräunlicher Dunst stieg aus der Arena auf, während ein Trupp berittener Cowboys, über deren Köpfen die amerikanische und die texanische Flagge wehten, an den Tribünen vorbeizog und die Gondeln und Kabinen der Fahrgeschäfte durch die Luft sausten.

Wir kauften uns Zuckerwatte und Hot dogs und schlenderten an den Pferchen vorbei, an denen Jungs, die kaum die High-School hinter sich hatten, mit hautengen Jeans, weiten Chaps, breitkrempigen schwarzen Stetsons, Kunstseidenhemden, die in allen Regenbogenfarben schillerten, und auf Hochglanz polierten Gürtelschnallen in Grüppchen beisammenstanden oder auf den Gattern hockten.

Es waren Kids aus dem West End und Arbeiterjungen aus den umliegenden Bezirken, alle mit millimeterkurz gestutzten Haaren, den Nacken von der Sonne verbrannt. Sie warfen sich in Pose und kauten Red Man, schoben sich Priemtabak und

Kaugummis in den Mund, klopften Sprüche und gaben sich älter, als sie waren, aber niemand konnte behaupten, daß sie keinen Mut hatten.

Die Pferde, auf denen sie saßen, schnellten aus den Laufgattern, während der Reiter noch versuchte, die Sporen über den Widerrist zu bringen, die eine Hand hochreckte und dann derart zusammengestaucht wurde, daß man meinte, er breche sich jeden Moment das Steißbein.

Oder sie ritten wilde Bullen, die förmlich zwischen ihren Beinen explodierten, sobald das Gatter aufging, klammerten sich mit aller Kraft an dem mit scheppernden Kuhglocken behängten Haltegurt fest, während sie einen atemberaubenden Moment lang in der Luft hingen, ehe die Hufe wieder den Boden berühten und der Bulle die Muskeln anspannte, als wolle er ihre Eingeweide zu Brei zerstoßen.

Sie flogen kopfüber in den Staub, bekamen Tritte ab, wurden eingeklemmt, gegen das Gatter geschleudert, manchmal auch auf die Hörner genommen, die sich in Lunge und Nieren bohrten, und durch die Luft geschleudert wie Stoffpuppen, worauf die Clowns eingriffen, die Footballschuhe trugen, und dem Reiter mit Hilfe eines Gummifasses das Leben zu retten versuchten.

Die sind doch gar nicht so übel, hätte L. Q. vermutlich gesagt.

Als wir über das Gelände gingen, sahen wir inmitten der Buden, in denen man Indianerschmuck kaufen konnte, eine Bühne, auf der eine Countryband angetreten war. Ganz hinten stand Lucas Smothers mit seiner blitzenden und funkelnden zwölfsaitigen Gitarre, die er an einem mit Blumen bestickten Gurt um den Hals hängen hatte.

Soweit ich wußte, war es das erste Mal, daß er seit seiner Festnahme wieder öffentlich auftrat. Die Band legte mit dem »Orange Blossom Special« los, hängte »Bringing in the Georgia Mail« an und leitete dann zu Hank Snows »Golden Rocket« über. Lucas trat nach vorn, hielt seine Gitarre vor ein Mikrofon, das an einem kurzen Stativ angebracht war, und spielte ein Solo, das ebenso herrlich klang, wie es anzuschauen war. Seine linke Hand flitzte über den Steg, auf und ab, unentwegt, ohne auch nur einmal danebenzugreifen, während er mit dem Plektron die Saiten über dem Schalloch anschlug, Doppeloktavakkorde spielte, die sich anhörten, als spiele er Baßgitarre und Mandoline zugleich.

Keiner der anderen konnte ihm auch nur annähernd das Wasser reichen. Doch als er sein Solo beendete, mit dem auch der Song ausklang, gab es eher bescheidenen, gedämpften Applaus. Ich sah Lucas' ausdruckslose Miene, sah, wie er zwinkerte, mit einer Hand hinten an seiner Jeanstasche herumfummelte, als könne er seine Enttäuschung dort verbergen.

Doch der Bandleader, ein anständiger Mann aus Austin, kannte sein Publikum genau, und so etwas ließ er nicht durchgehen. Er griff zum Mikrofon und sagte: »Der Junge kann was, nicht wahr? Das war beinah besser als die Bratkartoffeln von meiner Mutter ...« Er streckte den Arm aus und deutete auf die Band. »Lucas Smothers aus Deaf Smith! Wie wär's, wenn ihr ihm und der ganzen Band mal tüchtig Beifall klatscht?«

Am lautesten applaudierte Darl Vanzandt, der weit hinten im Publikum stand und einen Klecks Zuckerwatte am Mundwinkel kleben hatte. Drei Mädchen, alle ein bißchen jünger als er, waren bei ihm. Als die Band eine Pause machte, tippte er dem einen Mädchen an die Schulter, worauf sie und ihre beiden Freundinnen zur Bühne gingen und aufgeregt auf Lucas einredeten.

»Worüber denkst du nach?« fragte Pete.

»Ach, nichts weiter«, sagte ich und strich ihm mit der Hand über den Stoppelkopf.

»Laß gut sein, Billy Bob. Er kommt schon klar«, sagte Mary Beth.

»Nein, kommt er nicht«, erwiderte ich.

Sie schaute mich an, folgte dann meinem Blick und sah Garland T. Moon, der auf einer zur Bühne führenden Laderampe saß, eine Eistüte in der Hand hatte, die er langsam zusammendrückte und oben ableckte. Darl Vanzandt zeigte ihm den hochgereckten Daumen.

Etwas später sah ich von der Tribüne aus, wie Moon den Mittelgang entlangspazierte, vor sich hin lächelte, beifällig das Publikum musterte, als wäre er einer von uns, ein Mitglied unserer Gemeinde, das den Tag genoß. Er kaufte sich bei einem fliegenden Händler eine weitere Tüte Erdbeereis und biß hinein wie ein hungriger Mann in eine frische Frucht. Er faßte einem kleinen Mädchen an die Zöpfe, drückte seinen Unterleib an eine Frau, trat einen Schritt zurück und schaute sie betont unterwürfig und um Verzeihung heischend an.

»Bin gleich wieder da«, sagte ich.

»Billy Bob?« sagte Mary Beth.

Moon verschwand durch den Seitenausgang der Tribüne und ging zu einem langen, flachen Betonbau, der bei Indianertreffen, Rodeos und Volksfesten als öffentliche Dusche und Männertoilette diente. Ein paar Jugendliche standen an den Urinalen, aber Garland T. Moon war nirgendwo zu sehen.

Ich ging über die am Boden ausgelegten Bretter an den Kabinen vorbei, bis ich unter einer Toilettentür ein Paar Cowboystiefel aus Plastik sah und jemanden lauthals husten hörte. Auf dem Lattenrost neben den Stiefeln lag eine zerplatzte Tüte Erdbeereis.

Ich hatte schon alles lebhaft vor Augen – wie ich ihm die Tür ins Gesicht knallte, die Faust mitten auf die Nase drosch, mit den Stiefeln auf ihn eintrat, wenn er am Boden lag.

Doch es kam alles ganz anders.

Als ich die Tür aufstieß, sah ich, daß es den Mann, den ich vor mir hatte, innerlich förmlich zerriß. Er war über die Toilettenschüssel gebeugt, stemmte sich mit beiden Händen an der Wand ab, würgte sich die Seele aus dem Leib und spie einen schwarzen Blutschwall aus.

»Halten Sie durch, Moon. Ich hole die Sanitäter«, sagte ich.

Der Sanitätswagen stand neben dem Eingang zur Arena. Ich lief neben ihm her, lotste ihn zu dem Betonbau und sah zu, wie die beiden Sanitäter Moon auf einer Bahre herauskarrten. Er hatte ein weißes Handtuch um den Hals, das sich ein ums andere Mal rot färbte, wenn er hustete.

»Kennen Sie den Mann?« fragte mich einer der Sanitäter.

»Eigentlich nicht«, sagte ich.

»Aber ja doch. Man könnte sagen, ich bin ein alter Freund der Familie«, sagte Moon.

»Sie sind alles andere als schlau, Moon«, erwiderte ich.

Er verzog das Gesicht, hob die Hand und packte mich mit erstaunlicher Kraft am Unterarm.

»Das hier ändert gar nix. Eines Tages erzähl ich Ihnen mal was. Danach kommen Sie sich vor wie ein Hund, der über Glasscherben läuft«, sagte er.

20

Am Montag morgen telefonierte ich mit Marvin Pomroy. Die Bäume auf dem Rasen vor dem Gerichtsgebäude auf der anderen Straßenseite standen grellgrün in der Sonne, und ich konnte einen Häftling in weißer Gefängniskluft sehen, der hinter einem Gitterfenster im obersten Stockwerk eine Zigarette rauchte.

»Der Arzt sagt, Moon sieht aus, als ob er innerlich von Ratten zernagt worden wäre. Haben Sie gewußt, daß ihm jemand eine Dose Rano in den Schlund gegossen hat, als er in jungen Jahren in Sugarland gesessen hat?« fragte Marvin.

»War Moon ein Spitzel?«

»Ich bezweifle es. Vermutlich hat er nicht gespurt. Aber das ist nicht der Grund für seine jetzigen Beschwerden. Er hat Magenkrebs.«

»Deshalb ist er zurückgekehrt, nicht wahr? Das ist sein letzter Auftritt«, sagte ich. »Ich hätte darauf kommen müssen.«

»Da komm ich nicht mit.«

»Er hat zu mir gesagt, daß er nicht trinkt. Dann hat er mir erzählt, daß er wegen Alkohol am Steuer vorbestraft ist.«

»Nächstes Mal lassen Sie ihn auf der Toilette liegen.«

Ich weiß nicht, inwieweit Garland T. Moon all das eingefädelt hatte, was sich am darauffolgenden Abend ereignete. Die Niedertracht, die Rachsucht und Grausamkeit, die dabei im Spiel waren, deuteten auf ihn hin. Aber sie waren auch bezeichnend für Darl Vanzandt. Die beiden hatten einander gefunden, und ich vermutete, daß sie sich auf Anhieb verstanden, genau wußten, was der andere plante und worum es ihm ging – so wie im Gefängnis, wo die krankhaften Triebtäter unter Hunderten von Mithäftlingen ihresgleichen auf den ersten Blick erkennen.

Ich erfuhr die Geschichte von verschiedenen Seiten, von Mary Beth, die auf den Notruf hin zuerst beim Country Club eingetroffen war, von Vernon Smothers und Bunny Vogel. Wenn man sich die ganze Geschichte anhörte, ging es einem so ähnlich wie Urgroßpapa Sam, als er einst geschrieben hatte, er schäme sich, der weißen Rasse anzugehören. Darl Vanzandt und Moon waren abartig. Aber was war mit den anderen los, die Bescheid wußten und trotzdem begeistert mitmachten?

Lucas hatte an diesem Tag mit seinem Vater auf dem Feld gearbeitet und ihm erklärt, daß er an diesem Abend vor einem

Baseballspiel draußen auf dem alten Trainingsgelände der Cardinals mit der Band spielen wolle. Vernon Smothers glaubte ihm nicht, war aber sowieso längst davon überzeugt, daß sein Sohn ihm nie die Wahrheit sagte. Er hatte sich längst damit abgefunden, daß ihr Zusammenleben von gegenseitigem Mißtrauen geprägt war, daher sagte er nichts, als Lucas um vier Uhr nachmittags staubig und verschwitzt vom Feld nach Hause ging, sich neben der Scheune bis auf die Unterhose auszog und in einer von der Windmühle gespeisten Wasserrinne die Holzböcke von der Haut zupfte.

Lucas ging hinein, duschte, zog eine frische Hose, ein Paar glänzende gelbe Stiefel und ein eng auf Taille geschnittenes Sportsakko an. Als er auf die Veranda trat, wehte ihm ein frischer, kühler Wind ums Gesicht, und der Spätnachmittag ließ sich verheißungsvoll an. Er setzte sich mit seiner zwölfsaitigen Gitarre auf die Treppe und wartete darauf, daß Bunny Vogel ihn abholte.

Bunny hatte ein paar Mädchen dabei, Mädchen, die Vernon Smothers noch nie gesehen hatte. Sie hatten sich schmale goldene Ringe durch Augenbrauen und Nasenflügel gestochen, waren zu dürr, zu unreif und alles andere als attraktiv, aber sie taten so, als wären sie es, trugen keine BHs, hatten die Blusen halb aufgeknöpft und redeten schrill und aufgeregt durcheinander, so als ob sie eine wilde Fete feierten.

Vernon verstand sie nicht. Aber wie sollte ich auch, dachte er, wenn ich nicht mal begreife, was in meinem eigenen Leben falschläuft. Vielleicht ist mit dem ganzen Land irgendwas faul, dachte er. Seinerzeit, in den sechziger Jahren, war alles zum Teufel gegangen. Es mußte an dem verfluchten Krieg liegen und an den Leuten, die ihn nicht mitmachen mußten.

Ein paar Minuten fand er diesen Gedanken ganz tröstlich. Er sah vom Fenster aus zu, wie sein Sohn in Bunnys Wagen wegfuhr.

Bunny, Lucas und die Mädchen fuhren zunächst zu einem Restaurant, das Bunnys Cousin gehörte. Sie saßen auf der überdachten Veranda hinter dem Haus, aßen Barbecuesandwiches und tranken Wodka-Collins mit zerstoßenem Eis, Kirschen und Orangenscheiben. Es hatte abgekühlt, und die Wiesen standen voller leuchtender Blumen und frischem Frühlingsgras. Der Inhaber goß ihnen Doppelstöckige ein, berechnete aber nur Einfache, und Lucas sah mit einemmal alles mit anderen Augen. Er hatte das Gefühl, als ob er Bunny und die Mädchen seit jeher kannte, so als ob sie alte Freunde wären, mehr miteinander gemein hätten, als er gedacht hatte. Und er genoß die Abendstimmung und freute sich seines Lebens.

»Du bist auf der Uni richtig klasse gewesen, Bunny«, sagte Lucas. »Ich meine, daß du immer noch Profi werden könntest. Garantiert.«

»Schnee von gestern, mein Junge«, sagte Bunny.

»Er ist kein Junge. Er ist ein ... Er ist ein ... Ich weiß nicht, was er ist«, sagte eins der Mädchen und kicherte vor sich hin. Sie trank einen Schluck aus dem Collins-Glas. Ihre Lippen wirkten rot und kühl, wie eine dunkle Kirsche, die jeden Moment zwischen den Zähnen zerplatzen könnte. »Du bist der beste Musiker im ganzen Bezirk, Lucas. Du hättest auf die East High gehen sollen. Mein Vater kennt Clint Black und George Strait.« Sie kniff die Augen zusammen, so als müsse sie erst mal nachdenken, was sie eigentlich sagen wollte.

»Ihm gehört das Studio, in dem Clint Black angefangen hat«, sagte ein anderes Mädchen.

»Ohne Scheiß?« sagte Lucas.

»Es hat ihm mal gehört, bis es ein paar Juden aus New York übernommen haben«, sagte die eine. Sie hatte blaue Augen, blonde lockige Haare, und ihr Gesicht war vom Alkohol gerötet; sie war wunderschön und wirkte sehr verletzlich, trotz aller Bitterkeit und bösen Worte.

»Clint Black ist hervorragend. George Strait ebenso«, sagte Lucas.

Bunny, dessen kupferrote Haare in der Abendsonne schimmerten, ließ den Blick über die Hügel schweifen. Er wirkte jetzt gedankenverloren. Die Mädchen schwiegen, so als warteten sie auf irgend etwas, und einen Moment lang wußte Lucas, daß sie sich nichts aus Country-Musikern machten und daß er sie nur langweilte, wenn er darüber sprach. Aber wieso hatten sie ihn dann darauf angesprochen?

»Sollten wir nicht allmählich zum Country Club fahren?« fragte er.

»Wir haben Zeit«, sagte das Mädchen, dessen Vater ein Aufnahmestudio besessen hatte. Wortlos hielt sie einem mexikanischen Kellner ihr Glas samt der unter den Daumen geklemmten Kreditkarte hin. Ebenso wortlos zeichnete sie die Rechnung ab, als er mit den Getränken zurückkehrte, und ließ sie auf den Tisch fallen.

Lucas schaute ständig auf die Uhr an der Wand, deren Zifferblatt von einer grünen Neonröhre eingefaßt war. Es war Viertel vor sieben; als er wieder hinschaute, seiner Meinung nach nur einen Moment später, standen die Zeiger auf 19 Uhr 25. Er ging auf die Toilette, wusch sich das Gesicht, trocknete sich ab und schaute in den Spiegel. Seine Augen waren klar, auch wenn er von der Arbeit auf dem Feld einen leichten Sonnenbrand hatte. Er feuchtete seinen Kamm an, fuhr sich damit durch die Haare und kehrte dann zurück. Er genoß den satten Klang, den seine Stiefel auf dem Steinboden erzeugten.

Bunny schaute auf seine Uhr. »Ich glaub, wir sollten uns allmählich ranhalten«, sagte er.

Lucas griff zu dem frischen Collins, der vor ihm stand, und trank ihn halb aus. Er war süß wie Limonade, kalt und süffig, schmeckte nur leicht nach Wodka. Die Mädchen musterten ihn, während er trank.

»Was ist los?« fragte er.

»Wir haben grade festgestellt, daß du süß bist«, sagte das dritte Mädchen.

»Ich mach mich jetzt auf die Socken«, sagte Bunny. »Kommt ihr mit oder nicht?«

»Darl kann stinksauer werden, wenn man ihn warten läßt«, sagte das blonde Mädchen.

»Darl?« fragte Lucas.

»Wir treffen uns mit ihm beim Drive-in. Wenn er nicht zu weggetreten ist«, erwiderte sie.

»Von Darl hat keiner was gesagt«, wandte Lucas ein.

»Er will dort hinkommen. Ist das vielleicht verboten?« sagte die Blonde. Sie stand auf. Sie wirkte jetzt aufgebracht, regelrecht wütend. »Jeder kann hingehn, wo er will. Er kann doch nichts dafür, daß er reich ist.«

»Ich hab nicht gesagt, daß er ...«, setzte Lucas an. Er stand auf, kam sich mit einemmal komisch vor, wie nach einer Prise erstklassigem Speed, so als stochere jemand mit einer weißen Nadel in seinem Gehirn herum. »Ich hab bloß gemeint ...«

Aber er wußte nicht mehr, was er gemeint hatte. Er ging hinter Bunny her, durch die Bar, hinaus auf den Parkplatz. Der Kies knirschte unter seinen Stiefeln, und der Wind wirkte mit einemmal regelrecht heiß und roch leicht nach Natronlauge.

Ein wenig später stießen sie rückwärts in eine freie Parkbucht vor dem Drive-in-Restaurant, unmittelbar neben Darls frisch gewienertem 32er Ford, und bestellten eine Runde Lone-Star-Bier. Lucas konnte Darls Nacken sehen; er war dick und ölig, mit Aknenarben übersät. Drei weitere Jungs waren bei ihm im Wagen. Sie hatten die Mützenschirme nach hinten geschoben, und ihre Oberkörper wirkten wie aufgebläht vom Bodybuilding und von den Anabolika. Einer von ihnen schnippte der Bedienung seine Zigarette an den Hintern.

Lucas trank die Flasche in einem Zug aus. Das Bier war

frisch und kühl und tat ihm gut. Aber er schwitzte jetzt, und sein Herz schlug viel zu schnell.

»Ich muß mal raus«, sagte er.

»Stimmt was nicht?« fragte Bunny.

»Ich weiß nicht. Ich muß mal raus. Ich krieg keine Luft. Hier drin isses heiß.«

Er öffnete die hintere Tür und stellte sich hinaus in den Wind. Dunkelroter Dunst hing jetzt über den Hügeln, und die Lichterketten über dem Parkplatz summten wie ein Schwarm aufgescheuchter Insekten.

Er ging zur Toilette, doch die Metalltür, die knallrot gestrichen war, war von innen verriegelt. Er schaute zu den geparkten Autos, auf die schwarzen und mexikanischen Köche, die er durch das Küchenfenster sehen konnte, auf die Bedienungen, die Metalltabletts voller Speisen und eisgekühlter Getränke herumtrugen. Sie wirkten alle so tüchtig, so gut organisiert, daß er sich vorkam wie ein Außenseiter, wie ein Clown, der durch eine gläserne Wand glotzt. Sein Gesicht prickelte, fühlte sich aber zugleich wie taub an. So betrunken, nein, so total abgefüllt war er seit der Nacht, in der Roseanne Hazlitt überfallen worden war, nicht mehr gewesen. Beim bloßen Gedanken daran brach ihm erneut der Schweiß aus.

Schließlich hatte er keine Lust mehr, noch länger darauf zu warten, daß jemand aus der abgeschlossenen Toilette kam, und ging zurück zu Bunnys Wagen, würdigte Darl und seine Freunde keines Blickes. Der Chevy und der Ford, beide mit Angeberauspuffrohren bestückt, tuckerten im Leerlauf vor sich hin.

»Hey, wie läuft's, Mann?« fragte Darl.

»Hi, Darl«, sagte Lucas.

»Willst du mit uns fahren?«

»Bunny nimmt mich mit. Trotzdem besten Dank.«

»Klasse Klamotten, Mann. Auf so was stehn die«, sagte Darl.

Auf dem Rücksitz lachte jemand und warf dann ein angebissenes Fischsandwich aus dem schmalen Fensterschlitz.

Darl grinste Lucas an, als er vom Parkplatz losfuhr. Sobald er auf dem Highway war, drückte er aufs Gas, so daß sich das Heck des Ford ein Stück absenkte und die Reifen qualmend durchdrehten.

Lucas wollte die hintere Tür des Chevy aufmachen. Bunny drehte sich um und schaute ihn an, biß sich auf die Unterlippe.

»Du mußt das nicht machen, Kleiner. Die meisten Leute, die im Country Club verkehren, sind eh Pfeifen. Vielleicht sollten wir die Sache einfach abblasen«, sagte Bunny.

Die Mädchen saßen mit ausdrucksloser Miene da, starrten auf ihre Zigaretten, warteten, so als wüßten sie nicht recht, auf wessen Seite sie sich schlagen sollten.

»Mir fehlt nichts. Ich besorg mir da draußen einen Kaffee. Is ja kein großes Konzert, bloß ein, zwei Sets«, sagte Lucas. Er ließ sich in die wulstigen weißen Lederpolster sinken und versuchte den metallischen Geschmack in seinem Mund mit dem letzten Schluck aus einer Flasche Lone Star wegzuspülen, die ihm eins der Mädchen reichte.

Bunny saß eine ganze Weile reglos da und biß ein Stück Haut von seiner Daumenkuppe ab. Dann legte er den Gang ein und fuhr von dem hell erleuchteten Parkplatz auf den dunklen Highway.

Als sie beim Country Club eintrafen, waren Lucas' Haare klatschnaß vor Schweiß; seine Zunge kam ihm viel zu groß vor, und seine Hände fühlten sich an wie zwei Bratpfannen.

Er sah die von Säulen gesäumte Veranda am hinteren Fenster von Bunnys Chevy vorbeihuschen, dann den kleeblattförmigen Swimmingpool. Die Stimmen um ihn herum hallten wie ein Höllenchor. Darl Vanzandts Ford und zwei weitere Autos, in denen ebenfalls Kids saßen, standen unter der immergrünen

Eiche, knapp außerhalb des Lichtscheins, der von der angestrahlten Terrasse fiel, auf der Leute in Abendkleidung zu Orchestermusik tanzten. Bunny fuhr langsam vor, drehte sich um und schaute Lucas an.

»Ist dir schlecht?« fragte er.

Aber Lucas konnte nicht antworten.

Bunny schlug mit der flachen Hand aufs Lenkrad. »O Mann, wo bin ich da bloß reingeraten?« sagte er.

Dann stand Darl am Fenster. Seine Freunde waren hinter ihm. Ihre Zigaretten funkelten in der Dunkelheit wie Glühwürmchen. Einer von ihnen hatte einen mit einem Deckel verschlossenen Eimer in der Hand.

»Wieviel Acid habt ihr ihm gegeben?« fragte der Junge mit dem Eimer.

»Ich hab ihm gar nix gegeben«, sagte Bunny.

»Holt ihn raus«, sagte Darl.

»Laß es sein, Darl. Der ist echt fertig«, sagte Bunny.

»Smothers is n Pisser. Also kriegt er auch, was n Pisser verdient«, sagte Darl.

»Komm schon, denk drüber nach. Dein alter Herr macht dir die Hölle heiß«, entgegnete Bunny.

»Hier sind zwanzig Dollar. Fahr runter nach San Antonio und laß dir einen blasen. Danach geht's dir besser«, sagte Darl. Er stützte sich jetzt auf die Türkante und strich mit den beiden zusammengefalteten Zehndollarscheinen über Bunnys Kinnlade.

Bunny schob seine Hand weg.

»Ich mach da nicht mit«, sagte er.

»Das fällt dir aber reichlich spät ein, Bunny«, sagte der Junge mit dem Eimer. Dann fügte er mit tieferer Stimme hinzu: »Ich mach da nicht mit. Ich hab meine Scheißprinzipien.«

»Soll ich dir den Arsch aufreißen?« erwiderte Bunny.

»Du mußt ja nicht dabeisein. Mach den Kofferraum auf«, sagte Darl.

Zwei von Darls Freunden zogen Lucas an den Armen vom Rücksitz und hielten ihn wie einen Gekreuzigten. Bunny schniefte laut und zog dann den Hebel unter dem Armaturenbrett. Darl griff in den Kofferraum, holte den Koffer mit Lucas' zwölfsaitiger Gitarre heraus und schlug den Deckel wieder zu.

»Danke fürs Herschaffen. Ich nehm's dir nicht übel. Du hast keinen Zoff mit ihm. Ich schon«, sagte Darl.

Bunny ließ seinen Wagen an und setzte auf dem Rasen in Richtung Auffahrt zurück. Er hatte die Scheinwerfer ausgeschaltet, konnte aber dennoch die schattenhaften Gestalten von Darl und seinen Freunden sehen, die Lucas die Kleidung auszogen. Sie wirkten wie mittelalterliche Grabräuber, die einen Leichnam plündern. Das Mädchen, das neben Bunny im Wagen saß, schaltete das Radio ein, drehte den Ton lauter und fing an, frisches Make-up aufzulegen.

»Er gibt dir Geld, damit du dir einen blasen läßt. Das ist ja widerlich«, sagte sie.

»Stell dich nicht so blöd an«, sagte er; dann packte ihn eine ohnmächtige Wut, und er ergriff das Lenkrad so fest, daß ihm die Hände brannten.

»Los, fahren wir zurück zum Drive-in. Ich muß mal pinkeln«, sagte ein Mädchen auf dem Rücksitz.

Bunny hätte am liebsten das Gaspedal durchgedrückt und wäre mit dem Chevy quer über den Rasen, durch die Hecken und Blumenbeete zur Auffahrt gerast. Doch er starrte immer noch wie benommen auf das, was sich vor seinen Augen abspielte, fragte sich auch jetzt noch, wie er hinterher dazu stehen sollte, und womöglich auch, wer oder was er überhaupt war.

Lucas saß jetzt auf dem Hintern, ohne Hemd und mit heruntergezogener Hose. Darl, die drei Jungs, die bei ihm gewesen waren, und die Kids aus den anderen Autos, umringten ihn. Doch Bunnys Blick fiel auf eine weitere Gestalt, einen älteren

Mann, dessen blasse Haut fahl schimmerte, wie mit einer Glyzerinschicht überzogen. Abseits von den anderen, unter den Ästen einer Sumpfkiefer, so daß sein Gesicht im Halbschatten lag, stand Garland T. Moon, hatte eine Zigarette in der hohlen Hand wie ein Soldat, der beim Wacheschieben heimlich raucht. Er hatte die Mundwinkel verzogen, so als würde er grinsen.

Zwei der Jungs mit den nach hinten geschobenen Mützenschirmen zerrten Lucas hoch. Darl hängte ihm die Gitarre um den Hals, während ein anderer Junge ihm seinen Gürtel um die Knöchel schlang. Dann zogen sie den Gummibund seiner Boxershorts weit auf, kippten ihm eine Mischung aus Matsch, Stroh und Gülle über Hintern und Unterleib und schleiften ihn zu der Terrasse.

Die beiden Jungs, die Lucas hielten, zögerten, blieben unschlüssig stehen, als die Blechbläser und Saxophone loslegten.

»Nein, nein, meine Hübschen, auf geht's«, sagte Darl.

Seine Worte, der Zynismus, der darin mitschwang, der teils fordernde, teils verächtliche Unterton, den er anschlug, schienen die Jungs wieder aufzumuntern, die einen Moment lang gezaudert hatten wie Motten, ehe sie sich in die Flamme stürzen. Sie schleppten Lucas, dessen Füße über die Steinplatten schleiften, der kaum mehr den Kopf geradehalten konnte, kreidebleich war und aussah, als sei er seiner Sinne nicht mehr mächtig, auf die Terrasse, zwischen Tanzfläche und Orchesterpodium.

Er versuchte sich aufzurappeln, als sie losließen und davonrannten. Doch er geriet ins Straucheln, schlug mitsamt seiner Gitarre auf die Steinplatten. Seine Haut war schweißnaß und voller Schmutz, so feucht, daß sie im Schein der Strahler förmlich flimmerte, das Gesicht teigig und verquollen, der Mund verständnislos aufgesperrt. Er stützte sich auf die Ellbogen und stierte zu den tanzenden Paaren.

Doch so leicht ließen sich das Management und die Mitglieder des Post Oaks Country Clubs nicht aus der Ruhe bringen. Die Band spielte weiter, als sei nichts geschehen, die Leute auf der Tanzfläche warfen allenfalls einen beiläufigen Blick auf Lucas, und ein Wachmann, begleitet von einem Kellner, hüllte ihn in ein Tischtuch und brachte ihn weg wie einen Sack Müll.

Aber später, als Lucas auf einer Bank in dem Aluminiumschuppen saß, in dem die Gartengeräte des Clubs aufbewahrt wurden, und sich in einen Sack übergab, in dem einst Unkrautvertilger gewesen war, lernte er das Management von einer anderen Seite kennen. Der Geschäftsführer war kahlköpfig und untersetzt, hatte eine dunkle Hose und ein weinrotes Sportsakko an. Links und rechts von ihm standen zwei Wachmänner.

»Willst du mir etwas weismachen, daß Jack Vanzandts Sohn dahintersteckt?« sagte er.

»Ja, Sir, ganz genau. Darl hat das alles angerichtet.«

Der Geschäftsführer hielt Lucas den Finger unter die Nase. »Hör mal zu, du Widerling, wenn du weiterhin solche Lügen verbreitest, laß ich dich einsperren«, sagte er. »Und wenn der Polizeiwagen kommt, läßt du dich heimbringen. Und du verlierst kein Wort über das hier. Und laß dich hier nie wieder blicken.«

»Es war Darl. Ich erzähl das jedem, dem ich will. Es war Darl, Darl und kein andrer. Wie finden Sie das, Sir?« Lucas konnte kaum geradeaus schauen, und er hatte einen ekelhaften Geschmack im Mund.

»Schafft ihn raus. Und spritzt die Bank ab«, sagte der Geschäftsführer.

Bunny berichtete mir das Ganze tags darauf, als wir mittags auf dem Hof hinter seinem Haus standen. Er polierte die Motorhaube seines Wagens, während er mit mir redete, ließ die Muskeln spielen und sprach sachlich und nüchtern, so als sei er nur Augenzeuge gewesen, habe mit der Sache an sich aber nicht das geringste zu tun.

Danach schwieg er und fuhr mit dem Lappen über die dünne trockene Wachsschicht auf der Haube. Schließlich wandte er den Kopf, so daß ihm die Haare ins Gesicht fielen, und schaute mich an.

»Hat's Ihnen die Stimme verschlagen?« fragte er.

»Er hat zu mir gesagt, daß Sie in Ordnung seien. Ich dachte, das interessiert Sie vielleicht.«

»Wer hat das gesagt?«

»Der Junge, den Sie da hingeschafft haben.«

Er lief feuerrot an. Ich wandte mich ab und wollte weggehen.

»Mag ja sein, daß ich ihn da hingelockt habe, aber eins haben Sie mich noch nicht gefragt«, rief er mir hinterher.

»Und das wäre?«

»Wieso er überhaupt da hingewollt hat. Weil Darl nämlich die Mädchen beauftragt hat, daß sie ihm sagen sollen, Sie wären dort. Womöglich bin ich also nicht der einzige, wegen dem der Junge in die Scheiße geraten ist.«

21

Anschließend fuhr ich zu Jack Vanzandts Büro. Seine Sekretärin teilte mir mit, daß er bereits Feierabend gemacht habe. Sie widmete sich wieder ihrer Arbeit, schaute angestrengt auf einen Computerausdruck, als wäre ich nicht mehr da.

»Was hatte er vor?« fragte ich.

»Er wollte mit dem Boot raus, glaube ich.«

»Zum Jachthafen?«

»Keine Ahnung.«

»Wissen Sie, ob er Darl mitgenommen hat?« fragte ich.

Sie starrte nachdenklich vor sich hin. »Davon hat er meines Wissens nichts gesagt«, meinte sie.

»Ich möchte ein paar Takte mit ihnen reden. Mit beiden. Würden Sie so nett sein und Jack ans Telefon holen?«

Sie nahm die Brille ab, die an einer blauen Samtkordel um ihren Hals hing.

»Bitte, Mister Holland. Ich bin bloß die Sekretärin«, sagte sie und warf mir einen flehentlichen Blick zu.

»Verzeihung«, sagte ich.

Sie schaute mich lächelnd an.

Der See, an dem Jack für gewöhnlich sein Boot liegen hatte, zog sich in einer Talsenke zwischen bewaldeten Hügeln dahin, die zum Wasser hin steil abfielen. Die mit dunklen Flechten überwucherten Felsklippen im Westen lagen bereits im Schatten, doch draußen auf dem See, in der Sonne, fuhr ein Boot mit einem riesigen Segel hart am Wind, schnitt durch die tiefblaue Dünung, daß die Gischt wie Kristallnadeln über den Bug spritzte.

Jack Vanzandt stand mit blanker Brust am Steuer, braungebrannt, muskulös, mit einer stramm sitzenden weißen Hose.

Ich wartete am Bootsanleger auf ihn, am Holztisch neben einer Grillbude, in der ein Schwarzer Steaks briet. Jack störte sich offenbar nicht daran, daß ich hier war. Genaugenommen schien er überhaupt keine Notiz von mir zu nehmen. Er unterhielt sich mit seinen beiden Gästen, die vor der Kabine saßen und Cocktailgläser mit tropischen Drinks in der Hand hatten, einem mexikanischen Drogenfahnder namens Felix Ringo und einem gewissen Sammy Mace, der aus Houston stammte.

Jack sprang von seinem Boot, schlang das Tau um einen Poller und kam auf mich zu. Er schaute mich mit ausdrucksloser Miene an, musterte mich aber von Kopf bis Fuß.

»Wollen Sie hier Rabatz machen?« fragte er.

»Könnte schon sein.«

»Lieber nicht.«

»Ihr Sohn ist ein Feigling und ein Sadist. Aber das wissen Sie wahrscheinlich schon. Ich sollte Ihnen bloß sagen, daß er sich neuerdings mit Garland T. Moon herumtreibt.«

»Wollen Sie was essen, oder wollen Sie mich weiter beleidigen?«

Felix Ringo und der Mann, der sich Sammy Mace nannte, standen am anderen Ende des Bootsstegs und sahen zu, wie ein gelbes Wasserflugzeug tief über die Hügel einschwebte und auf dem See niederging.

»Sammy Mace hat beste Beziehungen zum Mob, Jack«, sagte ich.

»Und warum sitzt er dann nicht in Huntsville? Schaun Sie, mir ist bei alldem, was Darl angestellt hat, auch nicht ganz wohl zumute. Deshalb wollte ich ein bißchen was wiedergutmachen.«

»Aha?«

»Felix Ringo ist ein alter Freund, den ich aus Fort Benning kenne. Er hat jede Menge Kontakte zu unseren lateinamerikanischen Mitbürgern. Er hat jemanden gefunden, der Lucas entlasten könnte.«

Ich antwortete nicht, schaute ihm nur in die Augen.

»Los, essen Sie was mit uns. Lassen wir doch diesen Blödsinn«, sagte er.

»Wen hat er gefunden?« fragte ich.

»Einen Biker. Er gehört einer Gang an, die sich die Purple Hearts nennen. Er ist ein-, zweimal mit Bunny Vogel aneinandergeraten.«

Dann kamen Felix Ringo und Sammy Mace zu der Bude, nickten mir beide lächelnd zu, während der Schwarze die Steaks auf Metalltellern anrichtete. Emma Vanzandt, die eine Sonnenbrille aufhatte, trat aus der Kajüte des Bootes und schüttelte ihre Haare aus.

Sammy Mace war jetzt über fünfzig. Er hatte die silbergrauen Haare glatt zurückgekämmt und trug eine viereckige randlose Brille, wirkte geradezu vornehm, fast wie ein Intellektueller. Bis auf den Blick, der ganz und gar nicht zu dem Lächeln paßte. Er musterte mich und kniff kurz die Augen zusammen, als er mich wiedererkannte.

»Sie waren doch Streifenpolizist in Houston? Später, als Texas Ranger, hatten Sie dann irgendwelchen Ärger.«

»Gutes Gedächtnis, Sammy«, sagte ich.

»Erinnern Sie sich noch an mich?«

»Na klar. Sie haben in Houston einen Polizisten umgebracht.«

»Hey«, sagte er wie im Spaß und hob die Hände, als wolle er einen Schwarm Bienen abwehren. »Ich habe auf jemand geschossen, der mitten in der Nacht durch mein Schlafzimmerfenster eingedrungen ist, ohne mir seine Dienstmarke zu zeigen, und das in einer Gegend, in der die Kannibalen alte Leute in der Kirche überfallen.«

»Was is mit dem Typ?« sagte Felix Ringo.

»Gar nichts. Billy Bob ist in Ordnung. Er will bloß ein paar Sachen geregelt kriegen«, erwiderte Jack.

»Machen Sie's gut, Jack«, sagte ich.

Ich ging hinunter zum Bootsanleger, wo mein Wagen stand. Ein warmer Wind wehte mir um den Rücken, und das Wasser leckte über die Kieselsteine und den Sand bis aufs Gras. Ich hörte Jacks Schritte hinter mir.

»Der Junge kommt zu Ihnen in die Kanzlei. Er heißt Virgil Morales«, sagte er.

»Warum tun Sie das?« fragte ich.

»Weil Sie Ihre Probleme ständig auf Darl abwälzen. Machen Sie's sich nicht unnötig schwer. Lassen Sie sich einen Gefallen tun.«

»Ist Sammy Mace mit von der Partie?«

»Dem gehört die größte Computerladenkette von ganz Südtexas. Ich habe in Vietnam Dörfer in Brand gesetzt, Sie haben in Mexiko Menschen umgebracht. Warum steigen Sie nicht endlich runter von Ihrem hohen Roß?«

Als ich wegfuhr, sah ich, wie Felix Ringo eine Zigarette in eine goldene Filterspitze steckte, dann innehielt und aufstand, als Emma Vanzandt zu ihnen an den Tisch kam. Der schwarze Koch holte eine kalte Weinflasche aus dem Eiskübel, schlang ein Tuch darum und füllte die Kelchgläser auf dem Tisch. Seine Gäste schnitten ihre Steaks an und speisten genüßlich und in aller Gelassenheit.

Ich hätte Jack Vanzandt am liebsten den Kopf abgerissen.

Nach dem Abendessen suchte ich das alte Familienalbum meiner Mutter heraus und blätterte durch die spröden Seiten mit den vierzig Jahre alten Fotos. Am Kopf jeder Seite hatte meine Mutter, ganz die Bibliothekarin, jeweils das Jahr vermerkt, in dem die Bilder aufgenommen worden waren. Unter der Jahreszahl *1956* befanden sich fünf Schwarzweißfotos von meinem Vater bei der Arbeit und auf einem Betriebsausflug. Auf dem einen Bild stand er lächelnd und mit hochgeschobener Schweißerschutzhaube an einer Pipeline, hinter ihm ein halbwüchsiger Junge in einer gestreiften Latzhose und mit einer elektrischen Stahlbürste, mit der die Schweißnähte blank poliert wurden. Auf einem anderen Foto saß mein Vater mit einer Reihe hager wirkender Arbeiter und deren Frauen an einem Picknicktisch. Inmitten der Erwachsenen war wieder der gleiche halbwüchsige Junge mit dem Bürstenschnitt, den Segelohren und dem breiten, verstockt wirkenden Gesicht, das ganz und gar nicht zu den grinsenden Mienen der anderen paßte.

Am nächsten Morgen suchte ich Marvin Pomroy in seinem Büro auf und ließ mir Garland T. Moons Akte vorlegen. Das erste von etlichen erkennungsdienstlichen Fotos war mit einer Büroklammer an das zweite Blatt geheftet. Ich zog es heraus und legte es mitsamt den beiden Fotos aus dem Album meiner Mutter auf Marvins Schreibtisch.

»Dieses Polizeifoto wurde aufgenommen, als Moon siebzehn war. Schaun Sie sich mal den Jungen auf den Aufnahmen von meinem Vater an«, sagte ich.

Marvin stützte sich mit den Ellbogen auf die Schreibunterlage, rückte seine Brille zurecht, legte die Finger an die Schläfen und betrachtete die Bilder.

»Sie haben's auf den Punkt getroffen. Er hat Ihren alten Herrn gekannt. Aber ich weiß nicht, inwiefern das eine Rolle spielt«, sagte er.

»Meiner Meinung nach ist er irgendwie zwanghaft auf meinen Vater fixiert.«

»Na und? Jack the Ripper war möglicherweise Chirurg oder Freimaurer, vielleicht sogar ein Enkel der Königin. Entscheidend ist doch, daß er Huren umgebracht und ausgeweidet hat.«

»Sie können einen wirklich aufmuntern, Marvin. Sie sollten sich einen weißen Stehkragen besorgen und den Anwalt der kleinen Leute spielen«, sagte ich.

»Wir sind hier nicht in Mexiko. Halten Sie sich von Moon fern, Billy Bob.«

»Könnten Sie sich etwas deutlicher äußern?«

»In Deaf Smith wird nicht Wilder Westen gespielt. Wenn Sie hier ihre tolldreisten Rangermethoden durchziehen, landen Sie selber vor Gericht.«

Ich nahm die Fotos meines Vaters von seinem Schreibtisch und steckte sie in die Brusttasche meines Hemds.

»Sammy Mace ist in der Stadt. Gluckt mit Jack Vanzandt und Felix Ringo zusammen. Ich würde da ein Auge drauf haben«, sagte ich und ging, ohne die Tür zu schließen.

Als ich an diesem Nachmittag vom Fenster meiner Kanzlei auf die Straße schaute und mich fragte, wie ich Lucas vor den Mühlen der Justiz bewahren könnte, hielt unten am Straßenrand ein junger Mexikaner mit seiner Harley und ging durch den Torbogen in das Gebäude. Eine Minute später summte mich meine Sekretärin an, worauf ich die Tür zu meinem Büro öffnete.

»Sie sind Virgil Morales?« sagte ich.

Er war groß, hatte keinerlei Knast- oder Bikertätowierungen auf den Armen. Die schwarzen Indianerhaare waren im Nacken leicht gelockt. Er hatte ein Gesicht wie ein Fotomodell, wenn man von dem leicht herabhängenden Lid am einen Auge absah.

»Woher wissen Sie das?« fragte er.

»Ach, man hört dies und das.« Ich grinste. »Was hat Sie dazu bewogen, mich aufzusuchen?«

Er schaute auf die Glasvitrinen mit den Schußwaffen meines Urgroßvaters.

»Ich will der Gerechtigkeit dienen«, erwiderte er.

»Gut fürs Gewissen, nehme ich an.«

»Drunten in San Antonio sind ein paar alte Verfahren gegen mich wieder aufgerollt worden. Mister Ringo sagt, er kann das regeln.«

»Was für Verfahren?«

»Wegen Besitz von Marihuana und ein bißchen Koks. Ich bin auf Bewährung, und mein Bewährungshelfer kann mich jederzeit wieder in den Knast bringen. Womöglich krieg ich auch noch was extra draufgebrummt.«

»Durchaus nachvollziehbar«, sagte ich.

»Wenn die einen mal am Wickel haben, setzen sie einem ständig zu. Das is, als ob sie bloß so und so viele Namen in ihrem Computer haben und deshalb die Jungs, die sie haben, immer wieder durch die Mangel drehn.«

»Was haben Sie mir zu bieten, Virgil?«

Er trug ein ärmelloses rotes T-Shirt, Jeans und auf Hochglanz polierte halbhohe Lederstiefel. Er setzte sich hin und rieb sich die Unterarme.

»Zu dem Abend, an dem Roseanne umgebracht worden ist? Ich hab auf dem Picknickplatz haltgemacht«, sagte er. »Lucas war so besoffen, daß er in seinem Pickup eingeknackt is. Roseanne wollte, daß ich sie heimbringe. Ich wünschte, ich hätt's getan. Aber Lucas hat sie nie und nimmer umgebracht.«

»Hat das sonst noch jemand gesehen?«

»Ja, ein Mädchen aus Austin, vom College. Sie is auf meiner Maschine mitgefahren. Deswegen konnt ich ja Roseanne nicht mitnehmen. Vielleicht können Sie die ausfindig machen.«

Ich nickte, während er erzählte. Er ließ den Blick durch mein Büro schweifen und kniff sich ab und zu in den Oberschenkel, knapp unterhalb des Schritts. Ich hatte das Gefühl, daß er auch eine glühende Zigarette vertilgen könnte, ohne mit der Wimper zu zucken.

»Warum haben Sie das nicht längst jemandem erzählt?« fragte ich.

»Weil ich im Knast gewesen bin.«

»Sie sind doch neulich mit Bunny Vogel aneinandergeraten. Da waren Sie nicht im Knast.«

»Ich bin grad rausgekommen. Wenn Sie nichts von mir wissen wollen, hau ich wieder ab. Wo stammen die alten Knarren her?«

»Draußen beim Shorty's haben Sie Bunny als Zuhälter bezeichnet. Wie kommen Sie dazu?«

»Kann ich mich gar nicht mehr dran erinnern.«

»Andere aber.«

Er schüttelte nachdrücklich den Kopf. »Fällt mir beim besten Willen nicht mehr ein. Vielleicht war ich bloß stinkig. Bunny und ich haben mal ein bißchen Zoff wegen Roseanne gehabt.«

»Hat er sie Ihnen ausgespannt?«

Virgil zuckte mit den Achseln. »Ja, so ungefähr. Ich hab aber nach wie vor auf sie gestanden. Sie war n prima Mädel. Viel zu gut für die reichen Kids.«

Ich versuchte seine Miene zu deuten, seinen Tonfall, und stellte fest, daß die letzte Aussage offenbar ehrlich gemeint war.

»Wie alt sind Sie, Virgil?«

»Einundzwanzig.«

»Ich glaube, Sie haben schon allerhand hinter sich.«

»Bestellen Sie Mister Ringo, daß ich Ihnen weitergeholfen hab?«

Ich schob ihm einen gelben Notizblock und einen Stift zu.

»Schreiben Sie das alles auf, ja?« sagte ich.

Als er aufbrach, ging ich ans Fenster und sah zu, wie er seine Harley anwarf, aufröhren ließ, daß der Lärm zwischen den Häusern widerhallte, und davondonnerte. Als ich mich umdrehte, saß L. Q. Navarro in dem Hirschledersessel, hatte sein Rangerblatt in der Hand und warf die Karten in die Krone seines Huts.

»Glaubst du ihm?« fragte er.

»Er kann Marvins Anklage erschüttern.«

»Der Junge ist mit allen Wassern gewaschen, mein Guter.«

»Ganz genau. Weshalb sollte er sich also wegen eines mickrigen Drogenvergehens auf einen Meineid in einem Mordprozeß einlassen?«

»Im Bezirksgefängnis kann's dir genauso dreckig gehn wie in Huntsville.«

»L. Q., du kannst einfach jeden in Grund und Boden reden.«

Er senkte den Kopf und grinste, wie immer, wenn er sich entschlossen hatte nachzugeben, und schnippte mit zwei Fingern den Joker in seinen Hut.

Die Sonne stand rot und glühend über den Hügeln vor dem Fenster in meiner Bibliothek, und die Weiden am Rand des

Weihers wiegten sich im Wind. Mary Beth und Pete hatten in der Küche Sandwiches fürs Abendessen zubereitet. Ich hörte sie nicht kommen.

Sie sah das in den Gürtel eingeschlagene Holster mit L. Q.s Revolver auf dem Schreibtisch liegen, daneben das Tagebuch von Urgroßpapa Sam. Ich hatte die alten Patronen aus den Lederschlaufen genommen und sie durch neue Remington-Munition ersetzt. Danach hatte ich den Revolver zerlegt, gereinigt, sämtliche Federn und beweglichen Teile geölt und eine Bürste durch den Lauf gezogen, bis die Züge wieder silbern schimmerten.

»Ich dachte, du hast keine Schußwaffen im Haus«, sagte sie.

»Der hat L. Q. Navarro gehört«, erwiderte ich.

»Aha.«

»Ich habe ihn in einem Schließfach aufbewahrt. Ich hatte Angst, er könnte rosten.« Ich legte ihn mitsamt dem Munitionskarton, der Laufbürste und dem Ölkännchen in die Schreibtischschublade und schloß sie ab.

Sie ging zum Fenster und betrachtete den Sonnenuntergang.

»Geht es um Moon?« fragte sie.

»Es gibt manchmal Sachen, die will man gar nicht so genau wissen.«

»Eine windelweiche Antwort.«

Sie verzog sich wieder in die Küche.

Anschließend gingen wir zum Weiher, breiteten ein kariertes Tischtuch im Gras aus und richteten die Sandwiches und die russischen Eier auf Papptellern an. Pete griff sich eine Handvoll Köderwürmer aus einer Kaffeedose, zog sie auf die Angelhaken und legte seine drei Ruten im Schilf aus. Die Sonne ging hinter den Hügeln unter, und die Dämmerung brach an, doch am Wasser war es nach wie vor warm und schwül, und es wimmelte von Insekten.

»Du mußt ein bißchen zurückstecken«, sagte sie.

»Vor jemandem wie Moon?« fragte ich.

»In jeder Hinsicht. Du kommst den Bundesbehörden zu sehr ins Gehege.«

Sie blickte hinaus aufs Wasser, schaute mich nicht ein einziges Mal an. Sie schob die Daumen in die Taschen ihrer Reithose.

Ich legte ihr die Hand auf den Rücken, spürte die Hitze, die sie ausstrahlte.

»Diese Typen haben Pete bedroht. Sie wollten mich fertigmachen«, sagte ich.

»Meinst du etwa, das ist mir nicht bewußt?«

»Wir gehen miteinander, und ich habe nach wie vor keine Ahnung, wer du überhaupt bist«, sagte ich.

Sie ging nicht darauf ein.

»Mary Beth?« sagte ich.

»Vielleicht weißt du selber nicht, wer du bist, Billy Bob«, erwiderte sie. Sie drehte sich um und schaute mir ins Gesicht. Ihr Hals war rot angelaufen. »Ich weiß, was ihr in Mexiko gemacht habt. Der Mann, den du so verherrlichst, war nichts weiter als ein Henker von eigenen Gnaden. Willst du etwa auch so werden?«

»Er war ein tapferer Mann, Mary Beth. Du solltest so was nicht einfach so dahinsagen.«

Sie klappte den Weidenkorb auf, holte die Aluminiumbecher für die Limonade heraus und füllte einen nach dem anderen. Dann hielt sie inne und schob sich eine Haarsträhne aus den Augen.

»Entschuldige bitte, daß ich mich über deinen Freund ausgelassen habe. Sag Pete noch gute Nacht von mir«, sagte sie und ging zu ihrem Auto.

Am nächsten Morgen fuhr ich um halb sieben zum Fitneßstudio, legte mich auf die gekachelten Stufen im hinteren Bereich des Dampfbads und begann mit einer Reihe von Übungen, die mir der Doktor für meinen Rücken empfohlen hatte. Die Temperatur war auf vierundfünfzig Grad eingestellt, und Dampfwolken zogen durch den Raum, in dem sich außer mir niemand aufhielt.

Dann ging die Tür auf und wieder zu, und Sammy Mace und Felix Ringo kamen herein und setzten sich nackt auf die Stufen. Sie achteten nicht auf mich. Felix Ringo erzählte eine Geschichte und fuchtelte dabei mit den Händen herum, als drehte er die Pedale eines auf dem Kopf stehenden Fahrrads.

»Du mußt es ganz schnell machen, Mann. Die Drähte sind bereits an den Typ angeschlossen, und der Typ fängt an zu zucken und zu zappeln, und die Worte sprudeln nur so aus ihm raus. Je schneller du drehst, desto schneller bewegt er den Mund«, sagte Ringo kichernd. »Der Typ hat gesagt, daß er auf gar keinen Fall jemand verrät, hat die Leute angespuckt und so getan, als ob's ihm wurscht is, als wir ihn in den Keller gebracht haben. Die haben das verdient, Mann, wenn du siehst, was die für Sachen gemacht haben.«

Er fuhr mit seiner Geschichte fort, beugte sich nach vorn und schaute Sammy Mace von der Seite an, um zu sehen, wie der drauf reagierte. Sammy legte Ringo zwei Finger auf den Arm und warf einen Blick zu mir. Dann schlang er sich ein Handtuch um den Unterleib, stieg die Stufen herunter und setzte sich neben mich. Sein Gesicht war rot angelaufen, glänzte vor Schweiß, war erhitzt vom Dampf und von der Boshaftigkeit, die ihn umtrieb, kurzum, er wirkte wie jemand, für den Gefühle wie Gier, Wut oder Rachsucht jederzeit gegeneinander austauschbar sind. Er musterte mich prüfend, warf einen kurzen Blick auf meinen Unterleib, fixierte meinen Mund und schaute mir dann in die Augen.

»Sie sind hier Anwalt, was?«

»Sie haben's erfaßt.«

»Mir gefällt's hier. Es ist so sauber. Hat Ihnen der Biker, den Felix aufgetan hat, weitergeholfen?«

»Läßt sich jetzt noch nicht sagen, Sammy.«

Seine Augen waren fast schwarz, die Brauen silbergrau. Er schaute mich unverwandt an, versuchte festzustellen, worauf ich hinauswollte, welche Lügen ich ihm auftischte.

»Jack Vanzandt war im Krieg Kundschafter, ein echter Held. Er sollte längst Gouverneur von Texas sein. Warum wollen Sie seiner Familie was anhängen?« fragte Sammy.

»Ist ein schöner Tag heute. Ich glaube, ich geh wieder raus«, meinte ich und wollte aufstehen.

»Ich rede mit Ihnen«, sagte er und legte mir den Finger ans Brustbein. »Sie haben mich vor meinen Freunden auf diese Sache mit dem toten Polizisten angesprochen. Ich hab's durchgehen lassen. Aber das heißt nicht, daß ich es vergessen habe.«

»Wohnen Sie noch in River Oaks?«

»Und wenn?«

»Das ist vermutlich die reichste Wohngegend in den Vereinigten Staaten. Der Polizist hatte eine Frau und vier Kinder. Sorgen Sie für die, Sammy?«

Ich ging an ihm vorbei, verließ das Dampfbad und stellte mich unter die Dusche. Ich ließ mir das heiße Wasser ins Gesicht, über den Kopf und die Schultern laufen. Doch das Zusammentreffen mit Felix Ringo und Sammy Mace war noch nicht vorüber. Sie standen am anderen Ende des Duschraums, schrubbten sich unter der Brause, während ihnen der Seifenschaum über die braungebrannte Haut rann – Männer, die genau wußten, daß die Jugend verging, nicht aber Reichtum und Macht.

Ich wollte vorbeigehen, ohne sie eines Blickes zu würdigen oder mich noch einmal mit ihnen einzulassen. Doch aus dem Augenwinkel bemerkte ich etwas, das ein Bild heraufbeschwor, wie aus einem Traum, eine Erinnerung an etwas, das

L. Q. Navarro gesagt hatte. Felix Ringo hatte auf der rechten Seite, tief unten am Rücken, eine etwa fünfzehn Zentimeter lange Narbe, dick wie ein Regenwurm, wulstig und an den Rändern, wo die Wunde genäht worden war, von Einstichlöchern gesäumt.

Ich ging in den Umkleideraum und schloß meinen Spind auf. Felix Ringo folgte mir und trocknete sich mit einem zusammengeknüllten Handtuch die Haare. Sein Körper glänzte im Schein der erleuchteten Spiegel entlang der Wand. Er rieb sich die Achselhöhlen mit einem Deostift ein.

»Ich hab gehört, daß Ihre Privatdetektivin den Jungen überprüft hat, den ich zu Ihnen geschickt habe«, sagte er.

»Schon möglich.«

»Der Junge is ein guter Zeuge. Sie wittern ständig bloß Fallen. Vermasseln Sie's nicht.«

»Wer hat Ihnen ein Messer in die Niere gerammt?« fragte ich.

Er schaute mich mit funkelnden Augen an, die mich an ein brennendes Streichholz hinter braunem Glas erinnerten.

22

Am Freitag nachmittag kam Temple Carrol in die Kanzlei und bat mich, sie zu dem mexikanischen Lebensmittelladen auf der anderen Seite des Platzes zu begleiten. Der Wind war warm, selbst im Schatten der Bäume vor dem Gerichtsgebäude. Wir nahmen unter den Ventilatoren bei der alten Sodazapfsäule Platz und bestellten uns Tacos und Eistee. Während sie aß, las sie aus einem Notizbuch vor, das sie neben dem Ellbogen liegen hatte.

»Virgil Morales hat, was seine Person angeht, die Wahrheit gesagt«, meinte sie. »Treibt sich mit einer Bande Biker rum, die sich die Purple Hearts nennen, war seit seinem dreizehnten Lebensjahr wiederholt in Jugendhaft und zweimal wegen Drogenbesitzes und Kneipenschlägereien im Bezirksgefängnis. Außerdem sind drei Vaterschaftsklagen gegen ihn anhängig. Mit anderen Worten: der typische mexikanische Gangster, der nichts in der Birne hat, aber meint, daß er jeden Moment entdeckt wird und in Hollywood große Karriere macht.«

Der Deckenventilator blies ihr eine Haarsträhne ins Gesicht.

»Wie würde er sich deiner Meinung nach bei einem Lügendetektortest machen?«

»Ein Junge, der sich vermutlich einen Joint dreht, wenn die Welt untergeht? Was meinst du denn?«

»Was ist mit dem Mädchen, das er angeblich dabeihatte?«

»Sie wohnt in Austin, insoweit stimmt das. Aber sie ist keine Studentin, sondern Bedienung in einem Ratskeller in der Nähe der Uni. Jedenfalls war sie einmal auf Entzug, hat tätowierte Drachen auf der Schulter und fährt auf Biker ab. Du solltest eventuell einen Sprachlehrer für sie engagieren.«

»Wieso das?«

»Jedes dritte Wort, das sie sagt, reimt sich auf *heiße.*«

»Sagt sie das gleiche aus wie Virgil?«

»Sie sagt, Lucas hat in seinem Pickup geschlafen, und Roseanne Hazlitt hat sich im Gebüsch übergeben. Sie sagt, sie hätten versucht ihn aufzuwecken, aber es ging nicht.«

»Lucas hat geschlafen, als der erste Streifenwagen am Tatort eintraf«, sagte ich. »Wenn man im Vollrausch ist, wacht man nicht einfach auf, bringt jemanden um und schläft anschließend weiter. Hervorragende Arbeit, Temple.«

Sie antwortete nicht. Mit ausdrucksloser Miene schaute sie zu der mit Fliegengitter bespannten Ladentür.

»Stimmt was nicht?« fragte ich.

»Die Sache stinkt. Meiner Ansicht nach war das alles zu einfach.«

»Die beiden erzählen die gleiche Geschichte. Warum sollte das Mädchen wegen Lucas einen Meineid riskieren?«

Sie schüttelte den Kopf. »Diese Sache betrifft dich persönlich, Billy Bob. Du siehst das nicht aus dem richtigen Blickwinkel. »Wie soll ich es bloß ausdrücken?«

»Komm schon, Temple. Stell dich nicht so an.«

»Was ist mit dieser Sweeney? Du weißt, daß sie eine Art Undercover-Agentin ist. Wenn das FBI oder wer immer auch dahintersteckt hier fertig ist, haut sie wieder ab, und du und ich und Pete und Lucas hocken nach wie vor am gleichen Ort zusammen. Bloß daß keiner von uns mehr weiß, wer wirklich seine Freunde sind.«

»Das stimmt nicht. Du weißt, wieviel Hochachtung ich vor dir habe.«

»Weißt du, welches Wort das Mädchen aus Austin ständig gebraucht? *Scheiß.* Jawoll, genau das isses, *Scheiß.* Wie in *scheiß drauf.*«

Ich nahm die Rechnung und zahlte vorne an der Kasse. Als ich zum Tisch zurückkehrte, war Temple weg.

Ich konnte in dieser Nacht nicht schlafen. Ich ging im Bademantel nach unten, schaltete die Schreibtischlampe in der Bibliothek an und las, während draußen Wetterleuchten über den Himmel zuckte, in Urgroßpapa Sams Tagebuch.

26. August 1891

Ich bin zu der Überzeugung gelangt, daß man der Rose vom Cimarron keine Vorwürfe wegen der Verbrechen machen sollte, die ihre Sippschaft begangen hat. Sie ist unter Menschen groß geworden, die man kaum als solche bezeichnen mag, und nur durch Gottes Gnade hat sie sich ihre Lauterkeit bewahrt. Doch das heißt nicht, daß ich Gesellen wie Blackface Charley Bryant und seinesgleichen erdulden muß, die meinen, sie müßten ihre Männlichkeit beweisen, indem sie unbewaffnete Menschen mit dem Revolver in Schach halten, nur weil vermutlich ihr Zipfel ein bißchen zu kurz geraten ist.

Diese Horde mörderischer Spitzbuben bestiehlt sich nicht nur untereinander, was das Zeug hält, sie stecken sich durch ihre Squaws auch immer wieder gegenseitig mit ihren Krankheiten an. Manche mögen zu ihrer Verteidigung einwenden, daß sie nur Opfer der Eisenbahngesellschaften oder einer korrupten Besatzungsregierung wären. Aber ich war dabei, als die Jungs vom vierten Texas-Regiment bei Gettysburg diesen Höhenzug hinaufmarschiert sind, hinein ins Feuer der Unionsartillerie, in zerlumpten Uniformen und ohne Schuhe an den Füßen. Im Lager konnte man trotzdem seine Golduhr über Nacht an einen Baum hängen, und am nächsten Morgen hat sie über einem in der Sonne geglitzert.

Derlei Gedanken treiben mich um. Sie haben sich in mir aufgestaut wie der Dampf in einer Teekanne, in deren Schnabel ein Korken steckt.

Der Gestank von dieser Bande hat sämtliches Wild vertrieben, und die Schweine sind ihnen mittlerweile davongelaufen, weil es ihnen zu lästig war, sie im Pferch zu halten. Daher stehlen sie fremde Rinder, und wenn sie keine finden, schießen sie wilde Pferde und essen das Fleisch. Sie legen sich mit einer alten Sharp-Büffelbüchse mit hochklappbarem Visier oben am Steilufer auf die Lauer und bringen sie um, wenn sie am frühen Abend zur Tränke am Cimarron kommen. Für jemanden, der Pferde liebt und ihnen gern zuschaut, ist das ein herzzerreißender und ekelerregender Anblick.

Endgültig aber hat es mir gereicht, als ich eines Tages aus dem Fenster unserer Hütte geschaut habe und da draußen die größte Sau stand, die ich je gesehen habe, eine Schulterbreite von anderthalb Ellen, und sämtliche Kartoffeln ausgegraben und unsere Tomatenstauden zertrampelt hat. Ich habe ihr ein Seil übergeworfen, sie hinter meinem Pferd her zu Blackface Charleys Höhle geführt und ihm und den drei anderen erklärt, daß sie mir eine ganze Gemüseernte schulden, und die sollten sie mir besser aus ihrem eigenen Garten ersetzen, statt sie irgendwo zu stehlen.

Charley sagte, da ich das Schwein gefüttert hätte, gehöre es jetzt mir, und damit wären wir quitt. Auf der einen Seite, dort wo er sich verbrannt hat, als sein Revolver nach hinten losgegangen ist, runzelt sich sein Gesicht wie trockene Schlangenhaut, wenn er lächelt.

Gestern abend sind zirka acht von ihnen zu Pearl Youngers Freudenhaus nach Fort Smith geritten. Ich habe fortwährend auf die Erdlöcher geschaut, zu dem Unrat am Flußufer, auf die Squaws, die lange Flechsen vom Kadaver eines gehäuteten Pferdes geschält haben, und zu guter Letzt habe ich meine 36er Navy-Colts umgeschnallt und bin mit einem großen Kanister voller Petroleum hinabgestiegen. Einer der Doolin-Jungs hat gemeint, er müßte mir Einhalt gebieten, so daß ich ihm einen Hieb mit dem Revolver verpassen mußte und ihn dann auf dem Hosenboden die Böschung hinabgezerrt und in den Fluß geschmissen habe, gleichwohl ich das nicht beabsichtigt hatte. Die Squaws saßen die ganze Zeit da, schauten sich alles an und hatten ihren Spaß dabei. Binnen zehn Minuten quoll aus vier der Höhlen schwarzer Qualm und stieg in dichten Säulen zum Himmel auf. Das Sackleinen, die Decken und das Stroh wurden von der Hitze verzehrt, man konnte hören, wie drinnen die Munition hochging, wie Whiskeyflaschen und Einmachgläser zerplatzten. Jennie stand in einem Hirschlederkleid oben auf dem Hügel und schaute mir zu, als ob ich den Verstand verloren hätte.

Als ich wieder nach oben kam, war sie nirgendwo zu sehen. Ich konnte mir denken, daß es nicht leicht für sie gewesen ist, als sie zusehen mußte, wie ich ihre Sippschaft ausgeräuchert habe. Aber ich wollte ihr erklären, daß ich nicht einen einzigen Schuß aus meinen Navy-Colts abgefeuert hatte, was vor meiner Berufung gewiß nicht der Fall gewesen wäre. Doch dann sah ich sie ohne Sattel durch ein Sonnenblumenfeld reiten, in ihrem alten Hirschlederkleid, unter dem sie nichts anhatte. Ihre Haut schimmerte im Zwielicht wie eine frische Rose, und sie lächelte mir zu, und einmal mehr wurde mir bewußt, daß sie die schönste Frau war, die einem Mann jemals zuteil werden konnte.

Meine heftige Art mochte ich abgelegt haben, auch meinen Hang zur Gewalt, doch der Liebe Glut und die brennende Sehnsucht nach der Rose vom Cimarron vermag ich nicht zu bezähmen – und wenn mir auch die ewige Verdammnis dafür droht.

Nun gut. Ich nehme an, daß unser aller Geschichte weitergehen wird.

Während ich im Tagebuch meines Urgroßvaters las, parkte im schwarzen Wohnviertel von Deaf Smith ein ehemaliger Schulhausmeister, der jetzt in Rente war, seinen Wagen vor der Tür und ging mit seiner Frau ins Haus. Es war ein Honda, den sie sich vor drei Jahren gebraucht über eine Finanzierungsgesellschaft gekauft und für den sie eine Woche zuvor die letzte Rate abbezahlt hatten.

Die Diebe, die ihn in dieser Nacht klauten, stemmten die Tür auf, knackten die Lenkradverriegelung und schlossen die Zündung kurz. Es dauerte keine drei Minuten. Als der Hausmeister, der durch das Badezimmerfenster hörte, wie das Lenkradschloß geknackt wurde, nach unten kam, sah er nur noch, wie der Honda über die Kreuzung an der nächsten Querstraße davonraste, gefolgt von einem anderen Wagen, seiner Beschreibung nach von einem »aufgemotzten Auto, das rot geglänzt hat wie ein kandierter Apfel«.

Die Diebe hielten auf dem mit Gras bewachsenen Bankett neben dem vierspurigen Highway, gossen eine Flasche Feuerzeugbenzin über die Sitze und warfen ein brennendes Windlicht durch das offene Fenster. Die Flammen züngelten in allen Regenbogenfarben über die Polster, dann fachte der Wind das Feuer an, so daß es über das Dach hinausschlug, während der Innenraum verglühte und die Windschutzscheibe zerbarst.

Die Diebe standen unterdessen auf einem Fußgängerüberweg, tranken ihre Bierflaschen aus, ließen einen Joint kreisen und sahen zu, wie der Honda hundert Meter weiter nördlich abbrannte. Einer von ihnen pinkelte an einen der Stützpfeiler der mit Maschendraht gesicherten Überführung. Dann zertrennten sie mit Bolzenschneidern das Drahtgitter auf der Nordseite und rollten es ein Stück weit auf, so daß man aus Richtung Süden nichts davon sah.

Mary Beth fuhr, wenn sie Nachtdienst hatte, immer gegen 23 Uhr in dieser Gegend Streife. Für gewöhnlich schaute sie bei dem Drive-in-Restaurant am Stadtrand vorbei, auf dem Parkplatz vor dem Shorty's, dem Picknickgelände, auf dem Roseanne Hazlitt überfallen worden war, und machte an der Bezirksgrenze kehrt, unmittelbar nördlich der Überführung.

Um 22 Uhr 16 zeigte der Hausmeister im Ruhestand den Diebstahl seines Wagens an. Um 22 Uhr 49 meldete ein anonymer Anrufer, daß ein brennendes Autowrack neben dem Highway liege. Zwei Minuten später raste sie mit Blaulicht und Sirenen in Richtung Überführung.

Als sie von Süden aus näher kam, sah sie drei Gestalten hinter dem Maschendrahtzaun – vermutlich Teenager, die auf die

Überführung gestiegen waren, damit sie das Feuer besser sehen konnten, das sich inzwischen von dem gestohlenen Wagen auf das angrenzende Feld ausgebreitet hatte.

Sie sah, wie die drei Gestalten kehrtmachten und zur anderen Seite der Überführung davonrannten, als das blau-weiß-rote Blinklicht von den Stützmauern links und rechts von ihr zurückgeworfen wurde. Dann kam von oben etwas auf sie zugeflogen, aus der Dunkelheit, ein Schatten nur, der aus dem Nichts zu kommen schien.

Die Autodiebe hatten den gut dreißig Kilo schweren Betonblock vermutlich aus den Überresten eines abgerissenen Hauses geborgen. Er war rechteckig und hatte scharf gezackte Kanten, aus denen verbogene Armierungseisen ragten.

Er schlug mitten auf der Windschutzscheibe auf, zerfetzte das Armaturenbrett, riß die großkalibrige Schrotflinte aus der Halterung und bohrte sich wie eine Kanonenkugel in einem Hagel aus Glas- und Plastiksplittern in die Maschendrahttrennwand zwischen der vorderen Sitzbank und dem Fond.

Der Streifenwagen brach aus, schlitterte mit quietschenden Reifen quer über die Straße, so daß ein nachfolgender Sanitätswagen ins Schleudern geriet, als er ihm ausweichen wollte, und auf dem Mittelstreifen landete.

Als der erste Sanitäter zum Streifenwagen kam und die Tür aufriß, kullerte ihm Mary Beths blutiger Diensthut entgegen und landete im Gras.

23

Am nächsten Morgen stieg ich im vierten Stock des Krankenhauses aus dem Fahrstuhl und wollte mich durch den Wartebereich zum Schwesternzimmer begeben. Zur gleichen Zeit kamen Brian Wilcox und zwei weitere Bundesagenten um die Ecke.

»Ich kann's nicht glauben. Wie die Fliege aus der Scheiße, egal, wohin ich gehe«, sagte er.

»Ich habe heute keine Lust, mich mit Ihnen anzulegen, Brian.«

»Wie kommen Sie dazu, mich beim Vornamen anzureden?«

Er trug einen blauen Anzug und ein weißes Hemd. Seine Haare, die stellenweise grau meliert waren, schimmerten stumpf wie Metall. Er stand plattfüßig vor mir, massig und schwergewichtig, um die Schulter so breit, daß sein Anzug kaum paßte. Das gespaltene Kinn, die parfümierten, glatt rasierten Wangen, das ganze tadellose Äußere, das er wie eine Uniform zur Schau stellte, das alles paßte nicht zu dem Ausdruck in seinen Augen.

»Lassen Sie mich bitte vorbei«, sagte ich.

»Sie liegt da drin, weil diese Kids sich an sie gehalten haben, um Sie zu treffen.«

»Wenn es so ist, hat Garland T. Moon sie dazu angestiftet.«

»Das läuft aufs gleiche raus. Weil Sie nicht von ihm ablassen können. Aber andere Leute müssen die Suppe auslöffeln.«

»Moon ist draußen auf der alten Hart-Ranch auf irgendwas gestoßen. Er weiß bloß nicht genau, um was es sich handelt. Aber das wissen Sie vermutlich alles. Machen Sie Ihre Mätzchen mit jemand anderem.«

Ich wollte an ihm vorbeigehen, doch er packte mich am Arm. Ich stieß seine Hand weg und spürte, wie ich ihn mit den Fingern versehentlich an der Brust traf. Sein Gesicht lief rot an, und er packte mich erneut, diesmal mit beiden Händen, reckte das Kinn vor und bleckte die Zähne. Ich stieß ihn weg und trat einen Schritt zurück, hob den Arm und deckte mein Gesicht, dann drückten ihm die beiden anderen Agenten die Hände an die Brust und drängten ihn zur Seite.

»Haun Sie ab«, sagte der eine nach hinten gewandt.

»Ich bin mir keiner Schuld bewußt.«

»Täuschen Sie sich mal nicht, Mann«, erwiderte er.

Mary Beth hatte ein Kissen im Kreuz und saß aufrecht im Bett, als ich in ihr Zimmer kam. Ihr rechter Arm war bandagiert, und die Haut zwischen dem Klebeverband war rot und lila verfärbt und dick geschwollen, so als hätte sie eine Wespe gestochen. Sie hatte die Haare mit einem Band hochgerafft, damit sie nicht auf den Gazebausch über der Wunde fielen, wo ihr ein Armierungseisen die Kopfhaut fast bis auf den Knochen aufgerissen hatte.

»Gut siehst du aus«, sagte ich.

»Ganz bestimmt.«

»Wann darfst du wieder nach Hause?«

»Heute. Ich habe nicht allzuviel abgekriegt.«

Sie war ungeschminkt, und ihr Gesicht wirkte im gedämpften Sonnenlicht, das durch das Fenster fiel, wie versteinert, so als wolle sie die Gedanken verbergen, denen sie sich selbst noch nicht gestellt hatte.

»Hast du letzte Nacht geschlafen?« fragte ich.

»Ja, ein bißchen.«

»Als ich angeschossen worden bin, habe ich ständig Mündungsfeuer gesehen, sobald ich die Augen zugemacht habe. So was dauert eine Zeitlang.«

Sie ließ den Blick über mein Gesicht wandern und schaute mich dann eindringlich an.

»Was ist los?« fragte ich.

»Neulich hast du gesagt, du wüßtest nicht, wer ich bin«, sagte sie. »Mein Vater war Motorradpolizist in Oklahoma und Sheriff in Kentucky. Er war ein anständiger Mann, aber Sexualstraftäter hat er bis aufs Blut gehaßt. Er hat zwei umgebracht, als sie bereits in Gewahrsam waren.«

»Und die haben keinen Fluchtversuch unternommen?«

»Wie oft kommt es denn vor, daß ein Polizist auf einen Flüchtigen schießen muß? Und dann gleich zweimal, bei verschiedenen Anlässen?«

»Das muß doch ewig lange her sein, Mary Beth.«

»Er hat diese Männer gehaßt, weil ein Abartiger bei uns zu Hause von hinten durchs Fenster eingestiegen ist, als ich drei war.«

Ich wandte den Blick ab.

»Er kam ums Leben, als er hinter einem Frauenschänder her war. Ist in ein Haus eingedrungen. Bei Nacht, ohne Unterstützung, hatte ein ›Weggeworfene‹ um den Knöchel geklebt. Du kannst dir wohl denken, was er vorhatte«, sagte sie.

»Machst du dir Vorwürfe?«

Sie dachte darüber nach. »Nein«, sagte sie. »Aber ich werde mich nicht von dir dazu benutzen lassen, Garland T. Moon oder Darl Vanzandt aus dem Verkehr zu ziehen – oder wen immer du im Sinn hast.«

»Ich bin gerade Brian Wilcox über den Weg gelaufen. Wenn der die Kavallerie sein soll, werden wir meiner Meinung nach garantiert alle mit Pfeilen gespickt.«

Sie mußte unwillkürlich lächeln. Ich setzte mich auf die Bettkante und ergriff ihre Hand. Ich strich über die Sommersprossen in ihrem Gesicht. »Pete und ich fahren dich heute nach Hause, und später bringen wir dir was zum Abendessen vorbei«, sagte ich.

Sie ließ den Kopf auf das Kissen sinken und drückte meinen Oberarm.

Der Mann, der für den ermordeten Sheriff nachgerückt war, hieß Hugo Roberts. Wenn man ihn fragte, womit er in den letzten dreißig Jahren seine Brötchen verdient habe, antwortete er für gewöhnlich: »Ich hab nicht viel Zeit fürs Private übrig gehabt.« Er hatte Sträflingsbautrupps beaufsichtigt, war Deputy Sheriff gewesen, Streifenpolizist, Gerichtsdiener, Gefängniswärter und hatte sich, wie manche behaupteten, einst in Utah freiwillig zu einem Erschießungskommando gemeldet. Er war hager, aber trotzdem eine Figur wie eine Birne und rauchte ununterbrochen, obwohl er bereits einen Lungenflügel verloren hatte und beim Sprechen keuchte, als ob er im anderen ein Loch hätte.

Er hockte vornübergebeugt auf der Schreibtischkante im Büro seines Vorgängers, hatte die schmalen Schultern hochgezogen, so daß ihm der Zigarettenqualm um den Kopf zog, und schnippte die Asche in den Spucknapf.

»Hab ich Darl Vanzandt eingelocht? Pißt der Hund die Wand an? Liest meine Frau jede Nacht die Bibel und steckt mir hinterher, daß ich schuld bin, daß unsere Kinder so häßlich sind?« sagte er. »Ja, verflucht noch mal. Was wollen Sie sonst noch wissen, Billy Bob?«

»Wo steckt Darl jetzt?«

»Ich hab den kleinen Sausack erschießen lassen.«

»Machen Sie mal halblang, Hugo.«

»Wir haben lediglich n paar Roofies bei ihm gefunden. Und soweit ich weiß, sind die nicht mal verboten.«

»Roofies?«

»Rohypnol. Zehnmal so stark wie Valium. Kommt aus dem Ausland. Ist gegen Schlaflosigkeit. Taucht ab und zu bei Sexualdelikten auf, wenn einer seine Freundin vergewaltigt. Wie lange sind Sie schon aus dem Polizeidienst raus?«

»Ist er oben?«

»Hören Sie doch auf, Billy Bob. Heut früh um sechs war sein alter Herr mit seinem Anwalt hier. Ich konnte ihm nix nachweisen. Der Schwarze, dem das gestohlene Fahrzeug gehört hat, hat weder die Autonummer erkannt, noch ein Gesicht gesehen ... Schaun Sie, ich bin mir selber nicht sicher, ob es Darl gewesen ist. Hier in der Gegend gibt's jedeMenge aufgemotzter Autos, die rot gespritzt sind.«

»Wie viele davon gehören jemandem wie Darl Vanzandt?«

Er spie aus und wischte sich mit dem Handteller den Mund ab.

»Den Unterschied zwischen *Mutmaßung* und *Beweis* sollte ich einem Anwalt eigentlich nicht erklären müssen«, sagte er.

»Ich glaube, die Bezirksverwaltung hat den richtigen Mann für diesen Posten gefunden, Hugo.«

»Die Klimaanlage hier drin taugt in etwa soviel wie ein Eiswürfel auf der Herdplatte. Sorgen Sie dafür, daß die Tür richtig einschnappt, wenn Sie rausgehn«, sagte er.

Die gleißend weiße Sonne stand senkrecht am Himmel, als ich mittags nach Hause kam. Ich ging in die Bibliothek und holte L. Q.s Revolver aus der Schreibtischschublade. Ich öffnete die Ladeklappe, zog den Hahn zurück und drehte die Trommel, bis die ungeladene sechste Bohrung unter dem Hahn lag.

Urgroßpapa Sam hatte seine 36er Navy-Colts umgeschnallt, als er zum Ufer des Cimarron hinuntergegangen ist und die Dalton-Doolin-Gang ausgeräuchert hat, und er mußte nicht einen einzigen Schuß abfeuern, sagte ich mir.

»Grundverkehrte Einstellung, mein Guter«, sagte L. Q. Navarro hinter mir.

»Na schön, von mir aus«, antwortete ich.

»So was trägt man nicht, weil's schick aussieht. Dem andern Typ muß klar sein, daß du es kaum abwarten kannst, ihn zu benutzen. Ansonsten ist das Ding so nutzlos wie das Euter von 'ner Sau.«

Ich setzte den Hahn wieder ab, arretierte die Trommel und schob die Waffe in das Holster.

»Weißt du, was dir wirklich zu schaffen macht?« fragte er.

»Warum verrätst du's mir nicht, L. Q.?«

»Es geht gar nicht darum, daß ich aus Versehen erschossen wurde. Aber du glaubst, es wäre nicht passiert, wenn wir nicht da drunten in Coahuila gewesen wären und uns die Drogenhändler vorgeknöpft hätten.«

Ich kehrte ihm den Rücken zu. Der Himmel draußen war heiß und gleißend, und graue Staubwolken trieben über die Felder.

»Hey, ich war doch derjenige, der Blut sehen wollte, mein Guter, nicht du. Ich hab sie doch für mein Leben gern aus den Mohnfeldern aufgescheucht und ihnen eins auf den Pelz gebrannt, wenn sie davongelaufen sind. Es hätte genausogut dich erwischen können«, sagte er.

»Der neue Sheriff ist korrupt.«

»Das ist so, als ob du in den Puff gehst und feststellst, daß dort lauter Nutten sind.«

»Das war doch eine ganz klare Sache in Coahuila. Wir gegen die anderen, und bei Sonnenaufgang haben wir zusammengezählt«, sagte ich.

L. Q. antwortete nicht. Ich drehte mich um und schaute ihn an. Er stand da, hatte einen Arm auf das Bücherregal gestützt und betrachtete seine Füße, so daß sein Gesicht durch den Stetson verdeckt wurde.

»Du bist doch normalerweise nicht um ein Widerwort verlegen«, sagte ich mit heiserer Stimme, denn ich wußte genau, was jetzt kam.

»Wir haben da drunten unsere Zukunft verpfändet, weil nur das Jetzt und Heute gezählt hat. Bei dem Gedanken daran komm sogar ich mir manchmal vor, als ob ich ein Stück Stacheldraht schlucken müßte«, erwiderte er.

Er ging zur Tür, hatte mir den Rücken zugewandt und die Hände in die Hüfte gestemmt, so daß seine Jackenschöße weit abstanden. Ich hob die Hand und wollte etwas sagen, doch er war schon im Flur, und ich hörte nur noch, wie der Wind die

Tür aufstieß und durchs Haus zog, daß die Dielen und Balken knarrten.

Ich parkte mit meinem Avalon hinter dem Blechschuppen, in dem Garland T. Moon als Schweißer arbeitete, und trat durch die rückwärtige Tür ein. Drinnen herrschte eine geradezu betäubende Hitze. In der einen Ecke loderte ein Propangasbrenner, über dem ein Tiegel mit geschmolzenem Aluminium hing. Moon trug Sandalen ohne Socken und eine fleischfarbene Turnhose. Er hatte sich über einen Schraubstock gebeugt und durchtrennte mit dem Schneidbrenner ein Winkeleisen, während ihm der Schweiß in Strömen über den Rücken rann.

Er hörte mich kommen, drehte das Brenngasventil ab und zog mit dem Daumen die schwarze Schutzbrille ab. Dunkle Rußflocken lösten sich von Kopf und Schultern. Er schaute auf meine Taille, zupfte sich an der Nase.

»Wollen Sie mich über den Haufen schießen?« fragte er.

»Womit halten Sie diese Kids bei der Stange?«

»Kann ich Ihnen gern verraten. Dope und Mösen. Die Gummis kriegen sie heutzutage schon vom Schularzt. Ich hab sie sozusagen lediglich mit ein paar reiferen Mexikanerinnen bekannt gemacht.«

»Sie sind von Grund auf schlecht.«

»Ohne Knarre traun Sie sich so was wohl nicht zu sagen?« Er lachte leise vor sich hin und wischte sich die Hände an einem öligen Lappen ab. Seine Bauchmuskeln wirkten hart wie Wellblech. »Oder is Ihnen der Kamm geschwollen, weil die Jungs Kuhscheiße über Ihren Sohn geschüttet haben?«

»Letzte Nacht hätten sie beinahe einen Deputy Sheriff umgebracht.«

Er griff zu einer warmen Sodaflasche, die auf der Werkbank stand, trank in langen Zügen und schaute durch die offene Tür auf den Fluß hinaus, als ob ihn das alles nichts anginge.

»Nach Ansicht der Ärzte müßte ich schon seit acht Jahren tot sein. Die haben gesagt, der Krebs frißt mich regelrecht auf. Ich kann den Tod förmlich riechen, wenn ich schlafe. Aber wenn's jemand andern vor mir trifft, isses mir noch lieber«, sagte er. Er wischte sich mit dem Lappen die Achselhöhlen aus und warf ihn auf den Boden.

Ich schaute ihn von der Seite an, musterte das eingesunkene blaue Auge, die vorgewölbten Brauen, die wie ein Erbteil aus uralter Zeit wirkten. Mein Handballen lag auf dem Kolben von L. Q. Navarros Revolver. Ich zog ihn aus dem Holster, faßte ihn an der Trommel und legte ihn auf die Werkbank.

»Nehmen Sie ihn«, sagte ich.

Er zündete sich eine Zigarette an, zupfte sich einen Tabakfaden von der Lippe und schnippte ihn weg.

»Mir kann keiner mehr was antun, mein Junge. Ich lebe hier drin«, sagte er und deutete auf seine Schläfe. »Ich hab das gelernt, als mir ein drei Zentner schwerer Schwarzer eine Socke in den Mund gestopft und mich in die Kunst der Liebe eingeführt hat.«

Ich zog ein Foto aus der Brusttasche meines Hemds und hielt es ihm hin.

»Sind Sie der Junge in der Latzhose?« fragte ich.

Er nahm es mir aus der Hand und betrachtete es lächelnd. Dann legte er es auf den Revolver, zog an der Zigarette und warf mir einen schelmischen Blick zu.

»Mein Vater hat Ihnen doch das Schweißen beigebracht, stimmt's?« sagte ich.

»Er war nicht schlecht. Aber ich bin besser.«

»Meiner Meinung nach müssen Sie dem tiefsten Schlund der Hölle entsprungen sein.«

»Das ist der erste vernünftige Satz, den Sie heut von sich geben.«

Ich holte mein Jagdmesser mit dem Horngriff heraus und

klappte es auf. Vor zwei Tagen hatte ich die fünfzehn Zentimeter lange Klinge am Schleifstein in der Scheune gewetzt und an einem alten Sattelseitenblatt abgezogen, so daß die blank polierte Schneide wie Damaszenerstahl schimmerte.

Ich nahm das Foto und schnitt es in der Mitte durch.

»Mein Vater war ein anständiger Mann. Sie sind ein Deckskerl, Moon. Sie hatten früher nicht mehr mit ihm gemein als mit uns hier und heute«, sagte ich.

Ich nahm die Hälfte des Fotos, auf der ein Junge zu sehen war, der sich zu diesem Mann ausgewachsen hatte, und warf sie in den Schmelztiegel. Sie kräuselte sich zusammen, verglühte zu Asche und stieg auf wie ein schwarzer Schmetterling.

Dann schlug ich mit der Rückhand zu, traf ihn mit meinem Ring am Mund und spürte, wie seine Lippe platzte.

Moon grinste und spie das Blut in den Schmelztiegel. Er betastete seinen Mund. »Jemand, der so einen Haß im Leib hat, hat viel mehr mit mir gemein, als er glaubt«, sagte er.

24

Virgil Morales, Mitglied der Purple Hearts aus San Antonio, der andere Leute gern als »Wichser« bezeichnete, saß mit seiner Freundin aus Austin in meinem Büro, schaute auf seine Uhr und wartete darauf, daß ich mein Telefonat beendete. Die Freundin hieß Jamie Lake, und auf ihrer sonnengebräunten Schulter waren links und rechts geflügelte Drachen tätowiert. Außerdem roch sie, als hätte sie bei geschlossenem Autofenster einen Joint geraucht.

Temple Carrol lehnte mit verschränkten Armen an einem Tisch hinter ihnen und schaut Jamie Lake an, als sei diese einem Loch im Raum-Zeit-Kontinuum entsprungen.

Ich beendete das Gespräch mit meinem Freund, den ich dafür bezahlt hatte, daß er mit den beiden einen Lügendetektortest durchführte.

»Seiner Ansicht nach deutet alles darauf hin, daß Sie die Wahrheit sagen«, sagte ich zu Virgil.

»Und darüber soll ich mich jetzt wohl freuen?« erwiderte er.

»Die Testergebnisse sind nicht immer eindeutig. Ihre schon«, sagte ich.

»Das hört man doch gern. Wann sollen wir wieder herkommen?«

»In zehn Tagen werden die Geschworenen ausgewählt.«

»Ich hab das schon mal mitgemacht. Is nicht unhöflich gemeint, aber ich hab keine Lust, jeden Morgen um halb acht hierherzufahren, mich auf eine Bank im Flur zu hocken und mit meinem Pimmel zu spielen, bis jemand einfällt, daß ich als Zeuge geladen bin.«

»Wie wär's, wenn ich jemanden zu Ihnen schicke? Ist Ihnen das recht?« fragte ich.

Er streckte ein Bein aus und rieb sich innen am Schenkel. »Jo, das is wahrscheinlich am besten. Aber rufen Sie vorher an, okay?«

Jamie Lake saß mit offenem Mund da und kaute einen Gummi. Sie hatte lange dunkelblonde Haare und ein schmales Gesicht, das leicht verkniffen wirkte. »Wieso komm ich mir hier bloß vor wie der letzte Arsch?« sagte sie.

»Mein Freund, der Mann, der den Lügendetektortest durchgeführt hat, sagt, daß er sich bei Ihnen nicht ganz schlüssig war. So was kommt vor.«

»Ja? Tja, ich glaub Ihnen kein Wort. Meiner Meinung nach hat Ihr Freund bloß versucht, mir in den Ausschnitt zu glotzen«, sagte sie.

»Schon möglich.«

»Dann rufen Sie den Scheißer doch mal an. Ich hab ihm die

Wahrheit gesagt. Ich bin doch nicht extra hierhergekommen, um mir euern Quatsch anzuhören.«

Temple, die nach wie vor hinter ihnen stand, legte den Kopf schief und schaute mich an.

»Mein Freund meint, daß Sie vor dem Test womöglich mit einigen Pharmazeutika in Berührung gekommen sind«, sagte ich.

»Sie haben von uns beiden Urinproben machen lassen. Bestellen Sie dem Arschloch, daß ich n IQ von hundertsechzig habe und mir alles merke, was ich seh, wie mit ner Kamera. Und bestellen Sie ihm außerdem, daß er meiner Meinung nach n Spanner is.«

»Ich werde es weitergeben«, erwiderte ich.

»Kriegen wir ein bißchen Geld für Sprit und was zu essen« fragte Virgil.

»Na klar. Liegt bei der Sekretärin. Ihr seid eine große Hilfe gewesen«, sagte ich. Ich schaute Jamie Lake nicht an.

»Leck mich am Arsch«, sagte sie.

In diesem Augenblick meldete sich meine Sekretärin über die Gegensprechanlage.

»Billy Bob, Lucas Smothers ist hier«, sagte sie, und ehe ich etwas erwidern konnte, öffnete Lucas die Innentür zum Büro und kam herein.

»Tut mir leid. Ich hab nicht gewußt, daß Sie jemand hier haben«, sagte er.

»Ist schon gut«, erwiderte ich.

Jamie Lake schaute Lucas an, als wolle sie ihn mit ihren Blicken ausziehen. Dann wandte sie sich an mich.

»Fragen Sie ihn mal, wann er dieses Hemd noch angehabt hat«, sagte sie.

»Wie bitte?« sagte ich.

»In der Nacht auf dem Picknickplatz, als wir ihn gesehen haben. Das war alles, was er angehabt hat. Seine Hose hat um die Knie gehangen, und er war weggetreten und hat das blau-weiß karierte Hemd mit den kleinen goldenen Tröten auf der Schulter angehabt. Er war weggetreten, hatte die Unterhose runtergezogen, und sie hat ins Gebüsch gekotzt«, sagte sie.

Lucas' Gesicht lief dunkelrot an.

»Ja, sie hat recht. Aber ich versteh nicht, worum es geht«, sagte er.

Temple trat hinter Jamies Stuhl, legte ihr die Hand auf die Schulter und strich mit den Fingern über die Drachentätowierung.

»Komm, Kleine, wir unterhalten uns mal über langärmlige Blusen. Was für welche trägst du, medium oder eher größer?« fragte sie.

Als Jamie und Virgil weg waren, nahm Lucas vor meinem Schreibtisch Platz.

»Es geht um meinen Vater. Normalerweise trinkt er nicht. Aber letzte Nacht hat er draußen am Wasserbecken bei der Windmühle gesessen und sich fast n halben Liter Whiskey reingekippt«, sagte er.

»Die Sache setzt ihm ziemlich zu«, erwiderte ich.

»Darum geht's nicht.« Er drehte sich um und schaute Temple an.

»Schieß los. Hier dringt nichts nach draußen«, sagte ich.

»Er wollte nicht reinkommen. Er hat da draußen auf der Erde geschlafen. Heut morgen hat er geduscht und ein paar Aspirin geschluckt, und ich hab was zum Frühstück gemacht, und er hat sich hingesetzt und gegessen, als ob's ein Stück Pappkarton wäre.«

Ich wartete. Lucas zupfte an seinem Hemdsärmel und schniefte, als ob es im Zimmer zu kalt wäre.

»Er hat gesagt, daß er mit Vanzandt abrechnen will. Ich sage: ›Meinst du Darl, wegen dem, was er im Country Club gemacht hat?‹

Und er sagt: ›Darl macht so was bloß, weil ihn sein Vater läßt. Sein Vater kommt immer wieder davon, weil er reich is. So funktioniert das in diesem Bezirk.‹

Ich sag: ›Es liegt an Darl. Irgendwas stimmt mit dem nicht. Sein Vater kann nichts dafür.‹

Und er sagt: ›Du bist ein braver Junge, mein Sohn. Ich bin stolz auf dich. Jack Vanzandt kann sich auf was gefaßt machen.‹

So was hat mein Vater noch nie gesagt, Mister Holland. Seine Pistole, die, die er vom Militär mitgebracht hat – ich hab nachgeschaut, und sie war nicht mehr in seiner Kommode.«

»Ich glaube nicht, daß dein Vater jemanden umbringt, Lucas.«

Wieder schaute er nach hinten.

»Möchtest du, daß ich gehe?« fragte Temple.

Ich hob die Hand. »Fahr fort, Lucas«, sagte ich.

»Er hat's im Krieg gemacht. Bei nem Lieutenant, der ständig seine Leute in den Tod geschickt hat. Mein Papa hat eine Handgranate in sein Zelt geschmissen.«

»Wo ist dein Vater jetzt?«

»Läßt sich drunten an der Straße die Haare schneiden.«

Ich zwinkerte ihm zu.

Doch meine Zuversicht war nur gespielt. Weder ich noch irgend jemand anders in Deaf Smith hatte auch nur den geringsten Einfluß auf Vernon Smothers. Seiner Meinung nach war Unversöhnlichkeit eine Tugend, barsches und rüpelhaftes Benehmen ein Zeichen von Stärke, Vernunft das Mittel, das die Reichen einsetzten, damit sich die Armen in ihr Los fügten, und Bildung bedeutete nichts anderes, als daß man Bücher las, in denen die Mächtigen und Erfolgreichen ihre historischen Lügen verbreiteten.

Ich war regelrecht erleichtert, als ich im Friseursalon erfuhr, daß Vernon schon wieder gegangen war. Doch dann fügte der

Friseur hinzu: »In die Kneipe gleich nebenan. Und bestellen Sie ihm, daß er da auch bleiben soll, ja?«

In der Taverne war es kühl und dunkel. Ein paar Poolspieler lieferten sich lautstark einen Wettkampf, und am anderen Ende des langen Holztresens saß Vernon Smothers über einen Teller gebeugt, schälte ein hart gekochtes Ei und hatte eine Tasse Kaffee neben sich stehen.

Betrunken wäre er mir fast lieber gewesen. Er hatte einen weißen Strohhut auf und wirkte geradezu trügerisch gelassen, so wie man vermutlich aussieht, wenn man am Rande eines Nervenzusammenbruchs steht – mit wissendem, resolutem Blick, so von seiner persönlichen Meinung überzeugt, daß nichts und niemand etwas daran ändern konnte.

Ich winkte den Barkeeper weg und blieb neben ihm stehen.

»Wir haben zwei Zeugen gefunden, Vernon. Ich glaube, Lucas kommt davon.«

»Willst du ein Ei?«

»Jack Vanzandt hat vor Gericht nichts zu melden.«

»Hat er doch, verflucht noch mal.«

»Vertraust du mir etwa nicht?«

»Ich hab den Leuten vertraut, die mich nach Vietnam geschickt haben. Ich bin auf nem Truppentransporter heimgekommen, unter der Golden Gate Bridge durch. Die Leute droben auf der Brücke haben Papiertüten voll Scheiße auf uns geworfen.«

»Ich bin, ehrlich gesagt, der Meinung, daß dir was anderes gar nicht recht gewesen wäre«, sagte ich und ging an der glänzenden Bar entlang und hinaus in die Sonne.

Diesen billigen Einwand sollte ich noch bitter bereuen.

Ich überquerte die Straße, begab mich ins Gerichtsgebäude und öffnete die Tür von Marvin Pomroys Büro. Er sprach gerade mit seiner Sekretärin.

»Haben Sie Zeit für eine Erklärung meinerseits?« fragte ich.

»Kein Kuhhandel mehr. Sie haben schon alles herausgeschlagen, was zu holen ist«, sagte er.

»Ich werde die Einstellung des Verfahrens beantragen.«

»Das muß ich hören. Ich habe den ganzen Tag noch nicht gelacht«, erwiderte er.

Ich folgte ihm in sein Arbeitszimmer.

»Ich habe zwei Zeugen an der Hand, die gesehen haben, daß Lucas schon eingeschlafen war, als Roseanne Hazlitt noch lebte«, sagte ich.

»Penner?«

»Ein mexikanischer Biker aus San Antonio, der gerade einen Lügendetektortest bestanden hat, und eine Braut, die mich an eine laufende Kettensäge erinnert hat. Inwieweit wird übrigens die lateinamerikanische Bevölkerung bei der Auswahl der Geschworenen berücksichtigt?«

Marvin lehnte sich in seinem Drehsessel zurück und dehnte mit den Daumen seine roten Hosenträger.

»Sie sind ziemlich von sich überzeugt, was?« sagte er.

»Es gibt berechtigte Zweifel an der Schuld meines Mandanten. Jemand, der so betrunken war, daß drei Leute ihn nicht wachgekriegt haben, kommt nicht plötzlich zu sich, vergewaltigt jemanden und schlägt ihn tot.«

»Wer sagt das?« Aber er schaute jetzt ins Leere und klang ganz und gar nicht mehr so überzeugt.

»Warum lenken Sie nicht ein?« fragte ich.

»Weil die Anklagevertretung der Anwalt des Opfers ist, Billy Bob, eines toten Mädchens in diesem Fall, das nicht mehr für sich selbst sprechen kann. Ich vertrete ihre und die Interessen der Allgemeinheit. Um mich geht es dabei überhaupt nicht.«

»Lucas Smothers ist ebenfalls ein Opfer.«

»Nein, er ist Ihr Sohn. Und das ist von Anfang an der Knackpunkt gewesen. Er hat nach Strich und Faden gelogen, als er uns erklärt hat, daß er sie kaum kannte. Wie kommen Sie denn darauf, daß er jetzt die Wahrheit sagt? Schaun Sie sich noch mal die Fotos aus dem Leichenschauhaus an. Meinen Sie etwa, sie hat sich selber so zugerichtet?« Dann lief er rot an und rieb sich mit dem Finger über die Stirn.

»Sie werden den Prozeß verlieren«, sagte ich.

»Na und? So was kann vorkommen. Sagen Sie mal, wie sieht denn das Vorstrafenregister von diesem mexikanischen Biker aus? Oder fährt er mit seinem Bock nur zur Messe und wieder zurück?«

Pete und zwei seiner Freunde waren an diesem Abend vorbeigekommen und wollten auf Beau reiten. Ich sah sie alle drei hintereinander auf Beaus Rücken hocken, sah, wie sie am Ufer des Weihers entlangtrabten und dann auf der abschüssigen Weide verschwanden, die zum Fluß hinabführte. Eine halbe Stunde später hörte ich Beaus Huftritte draußen bei der Windmühle und dann auf dem hölzernen Scheunenboden. Ich ging hinaus auf den Hof.

»Seid ihr etwa schon wieder zurück?« fragte ich.

»Da draußen bei dem untergegangenen Auto ist ein Angler. Er steht mit seinem Anzug mitten im Wasser«, sagte Pete.

Ein Junge und ein Mädchen in Petes Alter saßen hinter ihm. Sie schauten ständig nach hinten, durch das offene Scheunentor.

»Was für eine Haarfarbe hat er?« fragte ich.

Pete schwang ein Bein über Beaus Widerrist, sprang zu Boden und kam auf mich zu, so daß die anderen seine Miene nicht sehen konnten. Er ging weiter, bis wir draußen auf dem Rasen im Garten standen, außer Hörweite seiner Freunde.

»Rote Haare. Wir haben Beau gerade getränkt. Juanita war droben am Ufer und hat Blumen gepflückt. ›Is das deine Freundin?‹ hat der Mann, der im Wasser stand, mit einemmal gefragt. ›Ich hab keine Freundin‹, hab ich gesagt.

›Ein properes kleines Ding‹, sagt er. ›Wenn du sie nicht nimmst, kommt dir jemand anders zuvor.‹

Ich hab gesagt, daß ich nicht weiß, was er damit meint und es auch nicht wissen will. Ich hab ihm gesagt, daß ich wieder nach Hause gehe. Und er sagte: ›Wenn sie erst mal bluten, kannst du sie auch bumsen.‹

Und dazu der Gesichtsausdruck. Er hat ständig zu Juanita geglotzt. Ich hab noch nie erlebt, daß ein Erwachsener ein Kind so anschaut.«

Ich legte ihm die Hand auf den Hinterkopf.

»Geht rein und eßt ein Pfirsicheis«, sagte ich.

Ich fuhr mit dem Avalon auf dem Feldweg am Weiher vorbei und dann quer über die Weide bis zum Steilufer über dem Fluß. Etwa anderthalb Meter weit draußen, so daß ihm das Wasser bis zur Taille reichte, stand Garland T. Moon in seinem blauen Sergeanzug, aber ohne Hemd. Er hatte eine billige Rute in der Hand und warf gerade den Angelhaken in die Strömung.

Ich stieg aus dem Avalon und schaute vom Steilufer aus zu ihm hinab. In der untergehenden Sonne wirkte seine Haut wie in Jod getaucht.

»Das ist ein öffentliches Gewässer. Jedenfalls laut der Gesetze des Staates Texas«, sagte er. An seiner Unterlippe, dort, wo ich ihn getroffen hatte, war ein brauner, dreieckiger Grind.

»Ich lasse Sie trotzdem festnehmen.«

Er leckte über die verschorfte Stelle, ehe er antwortete. »Ich dachte, es interessiert Sie vielleicht, daß ich mir einen Anwalt aus Dallas besorgt habe, einen Bürgerrechtler.«

»Wissen Sie, wer Sammy Mace ist?« fragte ich.

»Ein Schmalzkopf aus Houston?«

»Er ist hier in der Stadt. Ich glaube, Sie sind ihm geschäftlich in die Quere gekommen. Aber vielleicht irre ich mich auch.«

Er holte den Haken aus dem Wasser und warf ihn in hohem Bogen wieder in die Strömung.

»Bevor Sie mir eine geknallt haben, haben Sie gesagt, Ihr Vater wär ein anständiger Mann gewesen. Dieser ›anständige‹ Mann hat mich von der Arbeitsstelle davongejagt. Sechzehn Jahre war ich alt, als er mich mit seinem Pickup raus zum Highway gebracht und mir gesagt hat, ich soll aussteigen. Ich hatte keine Unterkunft, kein Essen, keine Angehörigen, rein gar nix.«

»Wenn er Sie davongejagt hat, haben Sie ihn vermutlich bestohlen oder etwas noch Schlimmeres angestellt. Vermutlich war es etwas Schlimmeres.«

Er schwieg eine ganze Weile, lächelte nur vor sich hin. »Haben Sie sich schon mal gefragt, warum Ihr Vater einem straffälligen Jungen wie mir geholfen hat?«

»Er war gut zu Tieren und allerlei Lumpenpack. Das war so seine Art, Moon.«

»Ich hab rötere Haare als Sie, aber das kommt vielleicht daher, daß meine Mutter rothaarig war. Denken Sie mal nach, mein Junge. Hat Ihr Papa zirka fünfzehn Jahre vor Ihrer Geburt an einer Pipeline in der Nähe von Waco gearbeitet?«

Ich stieg in den Avalon, fuhr zum Haus zurück und rief die Polizei. Mittlerweile war mir speiübel.

Als ein Streifenwagen mit einem Deputy am Steuer eintraf und ich mit ihm zum Fluß fuhr, war Moon verschwunden.

»Stimmt was nicht, Billy Bob?« fragte Pete, als ich in die Küche kam.

»Nein, mein Freund. Alles in bester Ordnung.«

Laß dir von Moon keinen Tort antun, sagte ich mir. Damit macht er sich die Menschen gefügig. Er sorgt dafür, daß sie sich selber hassen.

»Willst du ein Eis?« fragte Pete.

»Heute nicht.«

Er schaute mich nach wie vor verwundert an. Dann hörte ich Temples Wagen in der Auffahrt, und im nächsten Moment stürmte Pete durch die Fliegengittertür hinaus und ließ sich wieder zu ihr nach Hause bringen.

Es ist eine Situation, vor der sich jeder anständige Polizist fürchtet. Sie kommt unerwartet, wie aus heiterem Himmel, und plötzlich steckt man mittendrin. Später, wenn man das ganze Geschehen noch einmal vor seinem inneren Auge ablaufen läßt, sich zu rechtfertigen versucht, sich fragt, ob es Alternativen gegeben hätte, bleibt man immer wieder beim letzten Bild hängen, dem einzigen, das zählt und bei dem einem klar wird, wozu man wirklich fähig ist.

Mary Beth trat nach nur zweitägiger Pause wieder zum Dienst an.

In dem Anruf, der bei der Polizei einging, war von einem Ruhestörer die Rede, der sich unbefugt auf dem Gelände des Skeet-Clubs herumtrieb – ein Vorfall, bei dem es normalerweise genügte, wenn man einen Streifenwagen hinschickte, dem Betreffenden gut zuredete, ihn möglicherweise vom Grundstück geleitete und allenfalls vierundzwanzig Stunden lang einsperrte.

Vernon Smothers suchte Jack Vanzandt zunächst in seinem Büro, dann zu Hause, am Jachthafen und im Country Club. Am späten Nachmittag traf er beim Skeet-Club ein und parkte bei dem Pavillon, vor einer Reihe von Wurfgeräten, mit denen die Tontauben in Richtung der Bäume im Hintergrund geschleudert wurden.

Bunny Vogel sah ihn zuerst, sah seine wild entschlossene Miene, aus der Wut und Angst zugleich sprachen, und ging ihm vom Pavillon aus entgegen.

»Sind Sie heute abend hier zu Gast, Mister Smothers?« fragte Bunny.

Vernons Khakihose und sein Drillichhemd waren sauber und frisch gebügelt. Er hatte seinen weißen Strohhut schief nach hinten geschoben und schaute Bunny mit starrem Blick an. Ein heißer trockener Geruch schien von seiner Haut und Kleidung aufzusteigen.

»Sie müssen Mitglied oder geladener Gast sein, Mister Smothers. Sie können ja rüber zum Clubhaus gehen und zusehen, ob Sie Mitglied …«

»Da drüben seh ich Emma Vanzandt. Wo ist ihr Mann?« fragte Vernon.

»Sir, meiner Meinung nach ist das keine gute Idee. Was mit Lucas passiert ist, tut mir leid. Ich mein, mir tut's leid, daß ich mit dabeigewesen bin …« Er hob die Hände, ohne den Satz zu beenden.

Jack Vanzandt, Sammy Mace und ein Mann, der etwa um die Vierzig war, dicke Lippen und einen Pferdeschwanz hatte und eine starke Brille trug, kamen aus dem flachen grünen Gebäude, das als Clubhaus diente, und gingen auf den Pavillon zu. Jack hielt eine aufgeklappte doppelläufige Schrotflinte in der Armbeuge.

Vernon legte eine Hand auf Bunnys Schultern und schob ihn beiseite, als stoße er eine Tür auf.

»Ich bin heut nicht auf Stunk aus, Mister Smothers. Aber ich hab meine Vorschriften, was –«, setzte Bunny an.

Doch Vernon ging bereits weiter, als sei er Luft für ihn.

Jack, Sammy Mace und der Mann mit dem Pferdeschwanz setzten sich zu Emma Vanzandt. Keiner von ihnen achtete auf Vernon Smothers, bis er nur mehr anderthalb Meter von dem Holztisch entfernt war.

»Wie geht's, Vernon?« fragte Jack.

»Ihr Sohn und seine Freunde haben mein Haus verschandelt und meinen Sohn lächerlich gemacht«, sagte Vernon.

»Das glaube ich nicht«, sagte Jack.

»Fragen Sie Bunny Vogel. Er is der kleine Judas, der Darl dabei geholfen hat.«

Jack stieß den Atem aus.

»Hier ist nicht der richtige Ort dafür. Kommen Sie in mein Büro«, sagte er.

»Ich weiß genau, was für einer Sie sind, Jack Vanzandt. Der Mann neben Ihnen is ein elender Krimineller«, sagte Vernon.

»Hey! Das hier ist ein Privatclub. Achten Sie auf Ihre Ausdrucksweise«, sagte Sammy Mace.

»Stehn Sie auf, Jack«, sagte Vernon.

Der Mann mit dem Pferdeschwanz legte die Hand auf Jacks Unterarm. »Ist schon gut. Ich bringe den Typ zu seinem Auto. Ist das Ihr Pickup da drüben, Großer?« fragte er.

»Nein«, sagte Jack. »Hören Sie zu, Vernon. Junge Leute geraten nun mal in Schwierigkeiten. Daran ändert sich auch nichts, wenn sich die Eltern streiten. Und jetzt –«

Vernon holte aus und verpaßte Jack eine Ohrfeige.

»Sie sind kein Kriegsheld. Sie sind bloß ein reicher Mann, der sich die richtigen Leute gekauft hat«, sagte er.

»Jack, mach Schluß damit«, sagte Emma.

Doch Bunny Vogel hatte bereits bei der Sheriffdienststelle angerufen, und Mary Beth war mit ihrem Streifenwagen nur zweihundert Meter vom Skeet-Club entfernt, als sich die Zentrale über Funk meldete.

Sie bog vom Highway ab und fuhr quer über das Gras, bis kurz vor den Pavillon, stieg aus dem Streifenwagen und schob den Schlagstock in den Haltering an ihrem Gürtel.

Sie ging direkt auf den Störenfried zu, auf Vernon Smothers.

»Sie halten sich hier unbefugt auf, Sir. Nein, darüber gibt's nichts zu diskutieren. Steigen Sie in Ihren Pickup und fahren Sie wieder runter zur Straße«, sagte sie.

»Hey, die Marines sind hier«, sagte Sammy Mace.

»Mund halten«, erwiderte Mary Beth.

»*Was?*« sagte Sammy.

»Rein in den Wagen, Mister Smothers«, sagte Mary Beth.

»Hey, was haben Sie grade zu mir gesagt?« fragte Sammy Mace.

»Ich habe gesagt, Sie sollen sich da raushalten, es sei denn, Sie wollen ins Gefängnis«, erwiderte sie.

Sammy breitete die Arme aus und schaute den Mann mit dem Pferdeschwanz erschrocken an.

»Glaubst du, die Braut meint's ernst?« fragte er.

»Letzte Chance«, sagte Mary Beth.

»Sie haben kein Recht, sich hier so aufzuführen. Wir belästigen niemand«, sagte der Mann mit dem Pferdeschwanz.

»Ich will hier weg, Jack. Auf der Stelle«, sagte Emma.

Mary Beth legte die Hand um Vernons Arm.

»Kommen Sie mit, Sir«, sagte sie.

Doch sie wußte, daß es jetzt jeden Moment drunter und drüber gehen konnte, so wie im Traum, wenn man im Auto über Schründe und Schroffen dahinrast.

Sammy Mace baute sich hinter ihr auf und stieß ihr den Finger zwischen die Schulterblätter.

»So laß ich mich von keiner Fotze anreden. Hey, haben Sie gehört? Ich rede mit Ihnen. Drehn Sie sich um, und schaun Sie mich an«, sagte Sammy und stupste sie erneut mit dem Finger an.

Sie holte den Schlagstock aus dem Haltering und zog ihn Sammy über den linken Arm. Aus zehn Metern Entfernung, sagte Bunny Vogel, habe er gehört, wie der Knochen brach.

Sammy wurde blaß vor Schreck und Schmerz. Er drückte den Arm an die Brust; sein Mund zuckte. Dann streckte er dem Mann mit dem Pferdeschwanz die wie eine Klaue gekrümmte rechte Hand hin.

»Gib sie mir!« sagte er.

Mary Beth stieß Vernon Smothers weg.

»Runter mit euch, Gesicht auf den Boden! Macht schon, alle beide, sofort!« sagte sie zu Sammy und dem Mann mit dem Pferdeschwanz.

Dann sah sie, wie Sammy auf seinen Freund zustürzte und eine 25er Automatik aus dem kleinen Holster unter dessen Jacke ziehen wollte. Wieder schlug sie mit dem Stock zu, traf Sammy diesmal seitlich am Gesicht und zertrümmerte ihm den Unterkiefer. Er verharrte wie angewurzelt , schräg vornübergebeugt, und aus seinem Mund quoll scharlachrotes Blut. Seine zerbrochene Brille lag im Gras.

Sammy sank auf die Knie, griff dann nach ihren Beinen und der Neun-Millimeter in ihrem Hüftholster, während der Mann mit dem Pferdeschwanz sie erst wegstieß und dann wie betäubt zusah, als seine 25er Automatik aus dem Holster fiel und in Sammys Schoß landete.

Der Mann mit dem Pferdeschwanz versuchte sich loszureißen, zurückzuweichen, während Sammy ohnmächtig am Abzug der Automatik riß und verzweifelt mit der Sicherung kämpfte.

Mary Beth nahm ihre Neun-Millimeter mit beiden Händen und legte auf Sammy Mace an, schoß aber beim erstenmal etwas zu hoch und traf den Mann mit dem Pferdeschwanz in den Unterleib. Er torkelte zurück, riß den Kopf hoch und griff sich mit beiden Händen in den Schritt.

Die zweite Kugel drang in Sammys Auge ein und riß ihm den halben Hinterkopf weg.

Mit einemmal herrschte ringsum Totenstille. Nur die amerikanische Flagge auf dem Pavillon knatterte im Wind.

25

Es war heiß in dieser Nacht, und auch am Morgen war die Luft stickig wie in einer Backstube. Ich holte mir eine Handvoll Melassekugeln aus der Sattelkammer, gab sie Beau in der Koppel zu fressen, ging dann hinunter zum Fluß und sah zu, wie der Himmel heller wurde. Das Wasser war dunkelgrün und schäumte um die abgestorbenen Seidenholzbäume, die sich am Ufer verheddert hatten, und zwischen den von der Strömung unterspülten Stämmen hörte ich die Brassen springen.

Ich versuchte vergeblich, einen klaren Gedanken zu fassen. Ich war gestern bis elf Uhr nachts bei Mary Beth gewesen. Der Mann mit dem Pferdeschwanz hatte noch drei Stunden gelebt und war auf dem Operationstisch gestorben. Er hieß Sixto Dominique, war nur einmal wegen Erpressung vorbestraft und vom Gouverneur von Florida begnadigt worden. Seine Brieftasche enthielt unter anderem einen Waffenschein für die 25er Automatik.

»Die haben gedacht, sie könnten die Sau rauslassen«, sagte ich zu ihr. »Sie haben es verdient.«

»Ich hätte mir Vernon Smothers greifen, ihn zum Streifenwagen bringen und Verstärkung anfordern sollen«, sagte sie.

»Hör mal zu, Mary Beth, du bist Polizistin. Wenn ein Penner handgreiflich gegen dich wird, wenn du im Dienst bist, drischst du gegen den härtesten Gegenstand weit und breit.«

»Ich hab's verpatzt.«

Ich bot ihr an, bei ihr zu bleiben.

»Besten Dank. Aber ich muß heute nacht ein paar wichtige Telefongespräche führen«, sagte sie. Ihr Gesicht war bleich wie ein Wachstuch, und die Sommersprossen wirkten im hellen Licht in ihrer Wohnung geradezu unnatürlich, wie aufgemalt.

»Rühr weder Kaffee noch Alkohol an«, sagte ich. »Und laß

dich nicht auf die Gedanken ein, die dir mitten in der Nacht durch den Kopf gehen.«

»Ist es dir genauso gegangen?«

»Ja, beim ersten Mal schon.«

»Beim *ersten* Mal?« sagte sie.

Ich wandte mich ab, damit sie nicht sah, wie ich schlucken mußte.

Jetzt, am nächsten Tag, hockte ich da, hatte die Stiefelabsätze ins Gras gegraben und ließ Kieselsteine über das Wasser hüpfen, über das versunkene Auto hinweg, in dem einst zwei Mitglieder der Karpis-Barker-Gang gestorben waren, an deren Namen sich keiner mehr erinnern konnte, die irgendwo auf einem Armsünderfriedhof begraben waren – Männer, die gemeint hatten, sie könnten sich mit einem flammenden Fanal für alle Ewigkeiten ein Denkmal setzen.

Aber was beschäftigte mich daran so? Was verbarg sich dahinter?

Ich kannte die Antwort, konnte mich aber nicht so leicht damit abfinden.

Ich hatte mein ganzes Leben mit Halbheiten zugebracht. Ich war Streifenpolizist gewesen, Texas Ranger, Bundesanwalt, und jetzt war ich Strafverteidiger in einer Kleinstadt, aber ich vertrat keine Drogendealer und kam mir dabei erhaben vor, besser als die anderen Anwälte, die sich keine solchen Einschränkungen auferlegten. Ich hatte weder Frau noch Kinder, hatte mich damit abgefunden, daß gewisse Lebensabschnitte irgendwann zu Ende waren, während andere Menschen sich auf den Beginn eines neuen freuten, und mir war plötzlich klar, daß es wieder einmal soweit war.

Die Sonne ging am Horizont auf und brannte mir auf den Rücken, als ich zum Haus zurückging. Mein Blick fiel auf die Scheune, den Hof, die Auffahrt, das Portal und auf die zwei schwarzen Limousinen, die dort nichts verloren hatten.

Ich ging durch die Hintertür und die Küche nach vorn, in den Wohnbereich, wo Brian Wilcox und fünf weitere Steuerfahnder gerade alles auseinandernahmen.

»Was zum Teufel treiben Sie hier?« fragte ich.

Wilcox stand mitten in der Bibliothek. Rundum lagen aufgeschlagene Bücher am Boden.

»Zeig ihm den Durchsuchungsbefehl«, sagte er zu dem Mann neben ihm, der mir den Wisch kurzerhand zuwarf.

»Ihr Durchsuchungsbefehl ist mir vollkommen egal. Sie haben hier von Rechts wegen nichts verloren«, sagte ich.

»Halten Sie den Mund, und gehen Sie uns aus dem Weg«, sagte der Mann neben ihm. Er hatte eine Sonnenbrille auf, kurz gestutzte Haare, und sein Gesicht glänzte vor Schweiß.

»Kommen Sie, Wilcox. Sie sind doch ein Pilot. Ihr brüstet euch doch immer damit, daß keiner was von euch mitkriegt«, sagte ich.

»Sie behindern eine Ermittlung der Bundesbehörden«, erwiderte Wilcox.

»Was mache ich?«

»Meiner Meinung nach ermitteln Sie neben uns her. Das heißt, daß Sie womöglich im Besitz von Beweisen für eine Straftat sind. Daher der Durchsuchungsbefehl. Ob Ihnen das paßt oder nicht, ist mir scheißegal«, sagte Wilcox.

Ich ging zu meinem Schreibtisch, suchte eine Karteikarte heraus und wählte die Nummer.

»Ich hoffe, Sie rufen den Richter an. Der ist Halbindianer. Hört auf den Spitznamen Big Whiskey John. Um diese Tageszeit ist er bestens gelaunt«, sagte Wilcox.

»Billy Bob Holland. Ich habe sechs Steuerfahnder hier, die gerade mein Haus auseinandernehmen«, sagte ich. »Ein gewisser Brian Wilcox leitet die Aktion. Er hat mir eben erklärt, daß er auf meine Meinung scheißt. Entschuldigung, ich muß Schluß machen. Oben ist gerade irgendwas zu Bruch gegangen.«

Der Agent mit der Sonnenbrille nahm das Tagebuch meines Urgroßvaters aus einem Sessel und warf es mir zu. »Sieht aus wie ein altes Schriftstück. Passen Sie drauf auf«, sagte er und fegte die nächste Reihe Bücher vom Regal.

»Ich habe gerade bei der Zeitung angerufen«, sagte ich zu Wilcox. »Sie gehört einem alten Freigeist, der der Meinung ist, daß Fluorbeigaben im Trinkwasser verfassungswidrig sind. Habt ihr noch euren eigenen Ausschnittdienst?«

»Sie kommen sich wohl ungerecht behandelt vor, was? Sie haben uns um acht Monate Arbeit gebracht. Ganz recht, wir waren nämlich grade drauf und dran, Sammy Mace auffliegen zu lassen, als Sie aufgekreuzt sind. Samt Ihrer Süßen, die grade von ihren Leuten aus dem Verkehr gezogen worden ist.«

Er musterte mich, wartete auf meine Reaktion und verzog dann die Mundwinkel zu einem Lächeln.

»Ihre Leute?« sagte ich wie benommen.

»Rufen Sie in ihrem Apartment an. Die ist weg, mein Bester. Ist heute morgen mit einem Flieger abgeholt worden. Eine interne Untersuchung hätte sie nämlich nicht überstanden«, sagte er.

Ich fing an, die Bücher aufzuheben, die am Boden lagen, und auf meinem Schreibtisch zu stapeln, kam mir vor wie in Trance.

»Sie sind doch Polizist gewesen« sagte Wilcox. »Man setzt nicht den Schlagstock ein, wenn man jemand zur Räson bringen will. Außerdem schlägt man damit nicht über Schulterhöhe zu. Die hätten sie drangekriegt, und ihre Leute wären mit reingezogen worden.«

»Ich kann das hier nicht verhindern. Aber irgendwann werde ich Sie dafür zur Rechenschaft ziehen«, sagte ich.

»Na klar, das wird uns noch schwer zu schaffen machen«, erwiderte Wilcox.

Der Mann mit der Sonnenbrille nahm sich meinen Schreibtisch vor. Er holte das Holster mit L. Q. Navarros Revolver heraus, öffnete die Ladeklappe und musterte die Messingfassung der Patrone, die darunter steckte.

Ich packte ihn am Handgelenk.

»Der hat einem Freund von mir gehört. Er ist jetzt tot. Lassen Sie lieber die Finger davon, ja?« sagte ich und drückte zu, bis ich sah, wie seine Lippen sich teilten und ein Ausdruck in seine Augen trat, den auch die Sonnenbrille nicht verbergen konnte.

»Wir sind hier fertig«, sagte Wilcox und hob beschwichtigend die Hand. »Daß wir uns nicht mißverstehen, Holland. Wenn Sie noch einmal einen Bundesagenten anrühren, hau ich Ihnen den Arsch voll, daß es raucht.«

Ich wartete auf ihren Anruf, doch sie meldete sich nicht.

Ich arbeitete an diesem Tag lange in der Kanzlei. Durch die Jalousien konnte ich die Kronen der Eichen und die Sonne sehen, die wie ein Leuchtfeuer hinter dem Gerichtsgebäude stand. Kurz nach sieben kam Temple Carrol vorbei.

»Ich spendier ein Bier«, sagte sie.

»Ich muß noch was tun.«

»Na klar.« Sie setzte sich hin und legte ein Bein auf die Schreibtischkante. Sie schob ihre kastanienbraunen Haare aus dem Nacken. »War ein heißer Tag heute.«

»Ja, es wird allmählich wärmer.«

»Sie hat die Kurve gekratzt, was?«

»Ich weiß es nicht, Temple. Ich erfahre nicht alles.«

»Wollen wir über die Arbeit reden, oder soll ich abhaun?«

Ich schob eine Niederschrift beiseite, die ich gerade gelesen hatte, und wartete.

»Ich war mit Jamie Lake ein paar Kleider einkaufen, damit sie wenigstens halbwegs menschlich aussieht«, sagte sie. »Zuerst hat sie sich die durchsichtigen Dinger angeschaut, worauf ich gesagt hab: ›Jamie, mag sein, daß es ein Vorurteil ist und so weiter und so fort, aber Tätowierungen kommen bei Geschworenen nun mal nicht besonders gut an.‹

›Oh, ich kapier's‹, sagte sie. ›Vornehme Leute sagen die Wahrheit. Und wer im Wohnwagen haust, lügt. Wow! Sagen Sie mal, zu welcher Sorte hat der verklemmte Lügendetektorfuzzi gehört, der mir ständig auf die Möpse geglotzt hat?‹

›Wir halten uns an das, was funktioniert, Kleines‹, sag ich.

Sagt sie: ›Es geht doch nix übers Süßholzraspeln, stimmt's? Ich hab mal zu nem Drogenfahnder gesagt: ›Jesses, Officer, ich hätt's doch nicht geraucht, wenn ich gewußt hätte, daß es gesundheitsschädlich ist.‹ Danach war er so was von höflich. Er hat ihn sogar selber aus der Hose geholt.‹

Billy Bob, die Kleine ist total durchgeknallt.«

»Das ist der Großteil unserer Mandanten. Deswegen geraten sie ja ständig in Schwierigkeiten«, sagte ich.

»Es geht noch weiter. Inzwischen war sie richtig kiebig geworden. Und sie holt ihre MasterCard raus und kauft sich für vierhundert Dollar Klamotten, die ich mir nicht leisten könnte.«

»Das muß nicht heißen, daß sie Dreck am Stecken hat.«

»Genau, und Jack Vanzandt und der Schmalzkopf, dieser Felix Ringo, haben sie aus lauter Menschenfreundlichkeit zu uns geschickt.«

Ich rieb mir die Stirn und schaute auf den orange glühenden Sonnenuntergang über den Bäumen. Spottdrosseln schwirrten um den Glockenturm auf dem Gerichtsgebäude.

»Ja, dieser Ringo paßt nicht dazu. Er ist ein Freund von Jack, er hat sich mit Sammy Mace rumgetrieben, und gleichzeitig hat er Beziehungen zur Bundespolizei«, sagte ich.

Mit einemmal merkte ich, wie müde ich war. Ich versuchte einen klaren Gedanken zu fassen, konnte es aber nicht. Ich spürte ihre Blicke.

»Geh mit mir zu Abend essen«, sagte sie.

»Ich werde Darl Vanzandt als Zeugen aufrufen«, sagte ich.

Mary Beth rief auch an diesem Abend nicht an. Morgens fuhr ich in die Kanzlei und ging dann zu dem Ramschladen der Baptistenkirche, in dem Emma Vanzandt ehrenamtlich arbeitete.

Sie stand an einem langen Holztisch hinten im Lager und sortierte gespendete Kleidung. Sie trug eine maßgeschneiderte Jeans, rote Pumps und eine weiße Seidenbluse mit roter Perlenstickerei. Sie blickte nicht einmal auf, als ich zu ihr hinging.

»Jack und Felix Ringo haben mir ein paar Zeugen besorgt, die fast zu gut sind, um wahr zu sein«, sagte ich.

»Na, ist doch großartig«, erwiderte sie.

»Meiner Meinung nach hat Jack das möglicherweise getan, damit ich Ihren Sohn nicht behellige.«

Sie schaute mir ins Gesicht und bildete mit dem Mund lautlos das Wort *Stiefsohn*.

»Entschuldigen Sie, Ihren Stiefsohn, Darl.«

»Wieso erzählen Sie mir das?«

»Weil ich Darl trotzdem noch in den Zeugenstand zitieren werde.«

»Würden Sie so freundlich sein und mir klar und deutlich sagen, worauf Sie hinauswollen.«

»Darl war an dem Abend, an dem Roseanne Hazlitt überfallen wurde, draußen beim Shorty's. Er ist geistig zurückgeblieben und schon früher wegen Gewalttätigkeit aufgefallen. Er hat Frauen zusammengeschlagen. Bei der geringsten Provokation rastet er aus. Alles Weitere können Sie sich denken, Emma.«

»Ah, und damit haben wir unser Gewissen erleichtert, was? Den Gefallen, den Jack Ihnen getan hat, nehmen Sie an, aber weil Sie ja beweisen müssen, daß Sie ein ehrenwerter Mann sind, zitieren Sie einen Schwachsinnigen vor Gericht und heizen ihm vor den ganzen Negern und Mexikanern auf der Geschworenenbank ein, daß ihm das Wasser im Arsch kocht.«

Eine Frau, die vorn am Ladentisch gerade beim Bezahlen war, drehte sich mit offenem Mund um.

»Richten Sie es Jack aus.«

Ich verließ den Laden. Dann hörte ich sie hinter mir. In der Sonne wirkte ihr Make-up wie eine rosigweiße Maske, die sie über das Gesicht gezogen hatte. Sie hatte die Haare straff nach hinten gerafft, und ihre Augen funkelten, sei es aus Wut, wegen der Aufputschpillen – oder was immer es auch sein mochte, das sie umtrieb.

»Sie sind ein Dummkopf«, sagte sie.

»Warum?«

Sie hatte die dick geschminkten Lippen leicht geöffnet und schaute mich einen Moment lang an, als wolle sie mir etwas sagen, mich auf ewig zu ihrem Mitverschworenen machen, zum Mitwisser eines Geheimnisses, in das sie bislang niemanden eingeweiht hatte.

»Bunny Vogel«, sagte sie.

»Was?«

Im nächsten Moment war alles wieder vorbei.

»Ich wünschte, ich wäre ein Mann. Ich würde Sie so verprügeln, daß Sie nicht mehr wissen, wo oben und unten ist. Ich hasse Sie von ganzem Herzen, Billy Bob«, sagte sie.

Mein Vater hatte dreißig Jahre Pipelinerohre zusammengeschweißt und repariert, aber er hatte immer im Auftrag der gleichen Firma gearbeitet, einem Unternehmen in Houston, das für den ganzen Staat zuständig war. Ich rief in der Verwaltung an und fragte die zuständige Frau in der Lohnbuchhaltung, ob sich anhand der Gehaltsunterlagen feststellen ließe, daß mein Vater Ende der dreißiger, Anfang der vierziger Jahre in der Gegend von Waco gearbeitet habe.

»Meine Güte, das ist lange her«, sagte sie.

»Es ist wirklich wichtig«, erwiderte ich.

»Viele unserer alten Unterlagen sind mittlerweile per Computer erfaßt, aber Personalakten über Angestellte, die vor fünfzig Jahren bei uns waren, das ist was ganz anderes –«

»Das verstehe ich nicht.«

»Das Unternehmen muß natürlich wissen, wann und wo es welche Rohre verlegt hat. Aber in den dreißiger Jahren wurden allerhand Leute tageweise eingestellt und bar ausbezahlt. Arbeitslose Jugendliche, Tippelbrüder, es war ein ständiges Kommen und Gehen.«

Und die Firma mußte weder Sozialabgaben noch Gewerkschaftsbeiträge abführen, dachte ich.

»Können Sie feststellen, ob Ihre Firma etwa um das Jahr 1940 in der Nähe von Waco eine Pipeline gebaut hat?« fragte ich.

»Das dürfte weitaus leichter sein. Kann ich Sie zurückrufen, wenn ich etwas mehr Zeit habe?« erwiderte sie.

Ich gab ihr die Nummer meiner Kanzlei und fuhr über Mittag nach Hause. Das Licht an meinem Anrufbeantworter in der Bibliothek blinkte. Ich drückte auf die Wiedergabetaste und versuchte meine Erregung zu unterdrücken.

»Ich bin's, Billy Bob. Tut mir leid, daß ich so sang- und klanglos abgereist bin. Eigentlich sollte ich dich nicht mal anrufen. Ich versuch's später noch mal«, ertönte Mary Beths Stimme.

Danach kam die Zeitansage. Ich hatte sie um eine Viertelstunde verpaßt.

Ich bereitete mir ein Sandwich und etwas Kartoffelsalat zu und setzte mich mit einem Glas Eistee auf die hintere Veranda. Schatten fielen auf die Felder, die Luft war warm und schmeckte nach Regen, und ich konnte die Kühe riechen, die bei der Windmühle meines Nachbarn zur Tränke gingen. Auf der andern Seite des Weihers, hinter den Weiden, die sich im

Wind wiegten, dort, wo einst der Chisholm Trail über das Anwesen meiner Familie geführt hatte, waren die Wagenspuren und Hufabdrücke, die sich tief in die ausgedörrte Erde gegraben hatten. Manchmal glaubte ich, daß Urgroßpapa Sam immer noch irgendwo da draußen war, mit seinen Chaps und dem Schlapphut, ein Halstuch gegen den Staub ums Gesicht gebunden, und seine Rinder vom Flußufer fernzuhalten versuchte, wenn der Blitz sie scheu machte und sie lauter als jeder Donnerhall über die Prärie preschten.

Ich wünschte, ich hätte damals gelebt, zu einer Zeit, als man Männer wie Garland T. Moon kurzerhand am nächsten Baum aufknüpfte, als es noch keine Bundespolizisten gab, in die man sich verliebte und die sich dann ohne jede Erklärung um vier Uhr morgens mit einem Flugzeug absetzten.

Ich wußte, daß ich mich in Selbstmitleid erging, aber es war mir egal. Ich ging in die Bibliothek, nahm Urgroßpapa Sams Tagebuch und las darin, während ich mein Abendbrot aß.

28. August 1891

Vielleicht hätte ich die vier Höhlen lieber nicht ausräuchern sollen. Jetzt, da die Bande von Pearl Youngers Freudenhaus zurückgekehrt ist, meinen die Dalton-Brüder anscheinend, sie müßten zeigen, wer der Herr im Hause ist. Zu allem Überdruß hat mir Emmett Dalton, der einzige von ihnen, der halbwegs bei Verstand ist, berichtet, daß das Bundesgericht droben in Wichita einen Haftbefehl gegen mich erlassen hat, weil ich neuerdings als Spießgeselle von Eisenbahnräubern und Mördern gelte.

Meines Wissens handelt es sich um den gleichen Richter, der Albert Packer, dem Kannibalen von Colorado, vorgehalten hat, daß es in dem Gebirge, wo Packer im Winter eingeschneit war, nur sieben gute Demokraten gegeben hätte, und Packer habe fünf davon verspeist. Ich wünschte jetzt, Packer wäre mit Messer und Gabel vor Gericht erschienen und hätte sich den sechsten einverleibt.

Der Cimarron ist mittlerweile ausgetrocknet, bis auf ein paar schlammige Rinnsale, und Aasvögel hocken auf den Rippen der wilden Pferde, die die Daltons und die Doolins abgeschossen und am Ufer ausgeweidet haben. Die Hügel sind orangefarben und bis hinauf nach Kansas von der Sonne versengt, und dicke Wolken aus Staub und Steinkraut, die einem die Haut von den Knochen schmirgeln, ziehen über das Land.

Die Mohnkapseln auf den Feldern sind hart und trocken, und sie rasseln und zischen wie Schlangen, wenn ich hinunter zum Fluß reite und Wasser für unseren Garten schöpfe. Wenn ich abends die Glühwürmchen in den Bäumen sehe und die Zikaden zirpen höre, frage ich mich, wie es mich so weit weg verschlagen konnte von der Golfküste von Texas, wo es stets nach Regen und Blumen duftet. Als Kind hatte ich immer das Gefühl, daß alles zu Ende geht, daß die Sünden der Welt den Himmel in Flammen setzen. Ich konnte mir als Kind nie erklären, warum das so war. Aber genau diese Gefühle sind es, die in mir stets den Wunsch nach Whiskey geweckt haben.

Ich weiß, wenn ich am Cimarron bleibe, werde ich bestimmt niedergeschossen oder einmal mehr gezwungen sein, andere Männer zu töten. Jennie weckte mich letzte Nacht auf, als sie draußen am Abort Geräusche hörte. Es waren nur Schweine, doch sie fing an zu weinen und sagte, sie hätte gehört, was ihre Verwandten redeten, und daß sie um mein Leben fürchte. Niemals zuvor habe erlebt, daß sie weint.

Doch davonlaufen ist feige, insbesondere vor dem Pack da drunten in den Erdhöhlen. Wir haben das nicht getan, als wir mit Granny Lee marschiert sind, und verdammt will ich sein, wenn ich's jetzt tue.

Das sind hochmütige Gedanken. Gott möge sie mir vergeben. Ich komme mir verloren und verlassen vor, und um eines bloßen Regentropfens willen würde ich in das schlimmste Unwetter der Welt hineinreiten.

Mary Beth meldete sich an diesem Tag nicht wieder. In dieser Nacht träumte ich von einem Picknickplatz voller Kinder. Ein grüner Fluß schlängelte sich zwischen den Pappeln hinter ihnen hindurch, und am Himmel über ihnen spannte sich ein Regenbogen. In ihrer Mitte stand ein bocksfüßiger Satyr, dessen sehnige Arme weiß wie Milch waren und der ein Bündel Luftballons an Schnüren in der einen Hand hielt. Zuerst konnte ich sein Gesicht nicht sehen, doch dann drehte er sich um, grinste, und der Schorf an seiner Lippe glänzte wie Plastik. Die Kinder rannten auf die Ballons zu und tollten um seine Schenkel wie körperlose Gestalten in einem Mahlstrom.

26

Am nächsten Morgen fuhr ich zu Bunny Vogels Haus. Sein Vater kam barfuß und ohne Hemd auf die Veranda. Er war ein linkischer, hünenhafter Mann, der eine Zigarette in seiner großen, teigigen Hand hielt.

»Sind Sie der Anwalt, der schon öfter dagewesen is? fragte er.

»Ganz recht.«

»Er ist schwimmen gegangen. Am Badestrand droben am Fluß«, sagte er. »Wollen Sie da hin?«

»Ich denke schon.«

»Bestellen Sie ihm, daß er weggegangen is, ohne das Drecksieb auszuputzen. Jetzt steht das Spülbecken voller schwarzer Brühe. Das ganze Haus stinkt, als ob 'n Elefant reingefurzt hat.«

Ich fuhr zu dem schmalen Streifen Sandstrand, den der Bezirk an der Biegung des Flusses angelegt hatte. Bunnys rotbrauner 55er Chevy stand weiter hinten unter den Bäumen. Der glänzende Lack und die grüngetönten Fenster waren mit Kiefernnadeln übersät. Eine pummlige Mexikanerin in einem schwarzen Badeanzug saß an einem Picknicktisch und sah Bunny zu, der die Füße auf dem Tisch liegen hatte und mit den Armen auf der Bank Liegestütze machte. Er trug nur eine lavendelfarbene Turnhose, und sein Trizeps und die Rückenmuskeln zeichneten sich hart wie Eisen unter der Haut ab.

Als er mich sah, lief er rot an, setzte sich auf die Bank, wischte den Sand von den Füßen und zog seine Gummilatschen an. Die langen bronzefarbenen Haare hingen über den entstellten Unterkiefer herab.

»Ich stoße bei meinen Prozeßvorbereitungen immer wieder auf Ihren Namen«, sagte ich.

»Interessiert mich nicht«, entgegnete er.

Ich schaute zu dem Mädchen und wartete, daß er mich vorstellte. Als er es nicht machte, wurde mir klar, daß er nicht deshalb rot angelaufen war, weil ich ihn dabei ertappt hatte, wie er bei einem Mädchen Eindruck schinden wollte.

»Ich heiße Billy Bob Holland. Wie geht's Ihnen?« fragte ich.

»Schön, Sie kennenzulernen«, sagte sie. Eine Goldkrone blinkte hinten in ihrem Mund.

»Oh, entschuldigen Sie, das ist Naomi. Wir wollten grade schwimmen gehen«, sagte er und deutete ins Leere, so als schulde er mir eine Erklärung.

»Genau das mach ich jetzt auch«, sagte sie und nahm ihr Handtuch.

»Du mußt nicht weggehn, Naomi«, sagte Bunny.

Sie lächelte und ging ins Wasser. Hinten an den Schenkeln, unter dem Beinansatz des Badeanzugs, hatte sie leichte Speckwülste. Sie beugte sich vornüber und spritzte sich eine Handvoll Wasser über Schultern und Arme. Bunny betrachtete sie mit verkniffenem Mund, und ich sah ihm an, daß er am liebsten hinaus in die Sonne wollte, weg von dem Gespräch, das ihm bevorstand.

»Ich werde Sie beim Prozeß gegen Lucas als Zeugen aufrufen«, sagte ich.

»O Mann, sagen Sie mir so was nicht.«

»Sie werden jede Menge Gesellschaft haben – Darl Vanzandt, Virgil Morales, eine Motorradbraut namens Jamie Lake, ein alter Schwarzer, der gesehen hat, wie Roseanne Hazlitt Ihnen eine Ohrfeige gegeben hat.«

»Morales? Der Pfefferfre ... der Junge von den Purple Hearts? Was hat der denn damit zu tun?«

»Warum hat Roseanne Sie geschlagen? Warum hat Morales Sie als Zuhälter bezeichnet, Bunny?«

Bunny legte die Fingerspitzen an die Schläfen.

»Sie haben keine Ahnung, was Sie da machen. Sie machen mir das ganze Leben kaputt, Mister Holland.«

»*Ihr* Leben? Was ist mit dem Mädchen, das jetzt auf dem Friedhof liegt? Was ist mit Lucas Smothers' Leben?«

Über seiner linken Brustwarze war ein kleines Herz auftätowiert.

»Ich hab das alles nicht gewollt. Wer will denn schon, daß so ein Zeug passiert«, sagte er.

»Emma Vanzandt hat mich gestern als Dummkopf bezeichnet. Als ich sie gefragt habe, warum, hat sie Ihren Namen erwähnt. So als ob Sie ein Schlüssel wären, mit dem ich nichts anzufangen weiß.«

»Emma hat das gemacht?« Er drehte sich um und starrte mich hitzig an. »Das Miststück hat das wirklich gemacht?«

»Das paßt nicht zu Ihnen, Bunny.«

»Ja, was denn? Menschlicher Dildo etwa?«

Er schaute mich an, als warte er darauf, daß ich es endlich kapierte. Ich ließ mir keine Regung anmerken.

»Reiche Frau erwischt ihren Mann beim Fremdgehn, und wie zahlt sie's ihm heim? Sie schnappt sich einen jungen Kerl, der's ihr tüchtig besorgt.«

»Sie und Emma?«

»Es war eine einmalige Sache. Sie ist hundert Meilen weit zu nem Motel gefahren, das genau zwischen zwei Ölbohrtürmen liegt. Die Wände haben gewackelt, als ob sie jeden Moment einfallen. Ich glaube, sie war mit Speed zugedröhnt. Sie wollte ihn mitten drin anrufen, in einem bestimmten Moment. Ich mußt's ihr ausreden.«

Er schaute auf den Fluß, zu der jungen Mexikanerin, die mitten im gleißenden Sonnenschein stand, der sich auf dem Wasser spiegelte. Nach einer Weile sagte er: »Sie ist ein nettes Mädchen. Naomi, mein ich. Sie weiß nichts davon. Sie hält mich für einen scharfen Typ, weil ich auf der Uni Football gespielt habe.«

»Vielleicht sind Sie besser, als Sie meinen«, sagte ich.

»Nein, ich weiß genau, was ich bin. Ich schiebe die Schuld immer auf die Vanzandts, aber die haben genau gewußt, nach was für einem Mensch sie Ausschau halten müssen.«

»Sie sind noch jung. Sie haben nichts getan, was sich nicht ungeschehen machen ließe.« Als er nicht antwortete, sagte ich: »Oder doch?«

Er schaute auf seine Füße, hatte die Finger in die bronzefarbenen Haare geschoben, so daß sie wie weiße Schlangen wirkten. Als ich zum Wagen ging, fiel mir ein, daß ich vergessen hatte, ihm die Nachricht von seinem Vater auszurichten. Aber ich hatte das Gefühl, daß Bunny heute nicht noch mal daran erinnert werden wollte, wer oder was er war.

Ich erkannte sie fast nicht, als sie mittags in meiner Auffahrt aus dem Taxi stieg. Sie trug ein ultramarinblaues Kostüm, Stöckelschuhe, eine weiße Bluse und eine beige Umhängetasche. Aber aus irgendeinem Grund sah ich nach wie vor die große Frau mit brauner Uniform und Diensthut vor mir, die eine natürliche Eleganz ausstrahlte. Ich öffnete die Seitentür und trat unter das Vordach.

»Holla«, sagte ich.

»Selber holla.«

»Du hast dich ja verändert.«

»Soll das eine Begrüßung sein?«

»Komm rein.« Ich öffnete die Fliegengittertür.

Sie zögerte. »Ich möchte dich nicht stören.«

Wir schauten einander an, als wären wir uns gerade an einer Bushaltestelle begegnet.

»Ich weiß nicht, was ich sagen soll, Mary Beth. Ich habe eine telefonische Nachricht erhalten. Ansonsten war Brian Wilcox der einzige, von dem ich etwas über dich erfahren habe.«

»Brian?«

»Er hat sich einen Durchsuchungsbefehl besorgt und mein Haus auf den Kopf gestellt.«

Sie wandte den Blick ab, wirkte gedankenverloren.

»Ich dürfte eigentlich gar nicht hier sein. Meine Leute wollen mit dem Sheriff einen Deal arrangieren.«

»Deine Leute?«

»Ja.«

Der Wind zerrte an den Locken in ihrem Nacken. Ich hörte das Blechdach der Scheune in der Hitze knacken, so als würden Drähte reißen.

»Will dir die hiesige Polizei wegen der Schießerei etwa Scherereien machen?« fragte ich.

»Dadurch sind sie fein raus. Und ich habe ihnen die Gelegenheit dazu gegeben.«

»Sammy Mace war ein Polizistenmörder. Er hat es darauf angelegt«, sagte ich.

»Können wir reingehen, Billy Bob. Wir waren heute morgen in Denver. Ich bin zu dick angezogen.«

Sie setzte sich an den Küchentisch. Ich goß ihr ein Glas Eistee ein. Ich ließ mir kaltes Wasser über die Hände laufen, ohne zu wissen, warum. Das Scheunendach draußen gleißte in der Sonne wie ein Spiegeltelegraph.

»Meine Dienststelle steht für alles gerade. Ich habe Mist gebaut, aber die stehen trotzdem für alles gerade«, sagte sie.

»Ein gestandener Haufen. Handelt es sich um die DEA?« fragte ich.

Ich sah, wie sich ihr Rücken straffte. Sie blickte aus dem Fenster, hatte die Hand auf einer Papierserviette liegen.

»Ich war der Meinung, daß ich herkommen sollte. Aber ich weiß nicht mehr, was ich sagen soll, Billy Bob.«

»Können wir zusammen essen gehen? Können wir eine Zeitlang zusammensein, ohne uns über irgendwelche Verpflichtungen gegenüber einer Regierungsbehörde zu unterhalten? Meinst du etwa, du schuldest Typen wie diesem Brian Wilcox etwas?«

»Darum geht es doch gar nicht. Nur weil du aus dem Dienst ausgeschieden bist, heißt das noch lange nicht, daß andere –« Sie beendete den Satz nicht. Sie ließ beide Hände in den Schoß sinken, legte dann eine auf ihre Umhängetasche.

Ich machte den Kühlschrank auf und wollte den Krug mit dem Eistee herausholen. Ich schloß die Tür wieder und blieb wie benommen mitten im Zimmer stehen, hatte genau die falschen Worte auf der Zunge.

»Ein englischer Schriftsteller, E. M. Forster hieß er, hat einmal gesagt, wenn er zwischen dem Dienst an seinem Vaterland und seinen Freunden wählen müßte, hoffte er, daß er den Mut habe, sich für seine Freunde zu entscheiden«, sagte ich.

»Ich glaube, das haben wir im Englischunterricht nicht durchgenommen«, erwiderte sie und stand auf. »Kann ich mir von hier aus ein Taxi rufen? Ich hätte den Fahrer bitten sollen, daß er wartet.«

»Entschuldige bitte. Geh nicht einfach so weg.«

Sie schüttelte den Kopf, ging dann in die Bibliothek und telefonierte. Ich vertrat ihr den Weg, als sie zur Haustür gehen wollte.

»Du hältst dich für einen Versager. Du hast Jura studiert. Du warst Texas Ranger und Bundesanwalt. Du kannst doch wieder Ordnungshüter werden, jederzeit, wenn du willst«, sagte sie.

»Dann bleib hier. Ich bestelle das Taxi ab.«

Ich legte ihr die Hand auf den Arm. Sah, wie sie zögerte, hin und her gerissen war, sich nicht entscheiden konnte, sah, wie sie schluckte.

»Ich gehe jetzt lieber. Ich rufe dich später an«, sagte sie.

»Mary Beth –«

Sie ging mit hochroten Wangen aus der Tür, tastete mit den Händen hinter sich nach dem Knauf, damit sie sich nicht umdrehen und mir ins Gesicht schauen mußte.

Doch am Montagmorgen war immer noch kein Anruf eingegangen. Statt dessen hielt ein verbeulter Spritschlucker vor meiner Kanzlei, und eine Frau mit platinblonder Perücke, Sonnenbrille und einem geblümten Sommerkleid stieg aus, schaute wie aus alter Gewohnheit einmal nach links und rechts und ging dann ins Foyer im Erdgeschoß.

Eine Minute später meldete sich meine Sekretärin.

»Eine Miss Florence LaVey ist da. Unangemeldet«, sagte sie.

»Wer ist das?«

»Sie hat gesagt, Sie wüßten, wer sie ist.«

»Ne. Aber schicken Sie sie trotzdem rein.«

Die innere Tür ging auf, und die Frau mit der platinblonden Perücke stand im Durchgang. Sie ließ die Sonnenbrille von den Fingern baumeln und schaute mich erwartungsvoll an, so als müßte ich sie jeden Moment wiedererkennen.

»Kann ich Ihnen behilflich sein?« frage ich. Dann bemerkte ich, daß ihr eines Auge braun war, das andere blau.

»Bei dem Namen geht Ihnen wohl kein Licht auf, was? San Antonio? Die White Camelia Bar?«

»Vermutlich bin ich heute morgen ein bißchen schwer von Begriff.«

»Ich weiß, was Sie meinen. Ich bin am Sonntag abend auch immer angeschickert. Muß meiner Meinung was damit zu tun haben, daß ich unter Pflingstlern aufgewachsen bin ... Probiern wir's noch mal ... Es geht um einen widerlichen kleinen Sack namens Darl Vanzandt.«

»Sie sind die Frau, die er verprügelt hat. Sind Sie Kellnerin?«

»Hosteß, Schätzchen.« Sie zwinkerte, setzte sich hin und schlug die Beine übereinander. Sie klappte eine Puderdose auf und betrachtete sich. »Dem würd ich liebend gern ein paar Bambussplitter unter die Fingernägel treiben.«

»Sein Vater sagt, Sie und Ihr Zuhälter hätten versucht, ihn auszunehmen.«

Sie befeuchtete eine Fingerspitze, wischte sich irgendwas vom Kinn und klappte die Puderdose wieder zu.

»Sein alter Herr hat mir zehntausend Dollar gegeben, damit er und sein Sohn alle möglichen Lügen über mich erzählen können. Interessiert's Sie, was wirklich passiert is?«

»Es nützt aber nicht viel, wenn Sie Geld genommen und dafür auf eine Anzeige verzichtet haben.«

»Mir geht's nicht um das, was der kleine Scheißer mit mir gemacht hat. Ich hab in der Zeitung gelesen, daß ein Mädchen totgeschlagen worden is. Aber ich hab erst keinen Zusammenhang gesehn. Letzte Nacht sind dann er und dieser Ex-Sträfling namens Moon in die neue Bar gekommen, in der ich jetzt arbeite. Der kleine Stinker hat von nem Prozeß erzählt, von dem Mädchen, das vergewaltigt worden is und dem man den Schädel eingeschlagen hat, und daß ihm irgendein Anwalt die Sache unterjubeln will. Ich steh hinter der Bar und warte ständig, daß er draufkommt, wer ich bin. Aber von wegen.«

»Ja?«

»Lassen Sie das Mädchen wieder ausgraben. Stellen Sie fest, ob sie auf Roofis war.«

»Sie meinen damit Ro–«

»Sie ham's kapiert. Rohypnol. Das benutzt der kleine Vanzandt nämlich immer. Der schnappt sich ein Mädchen und wirft es ihr ins Getränk, damit er mit ihr machen kann, was er will.« Sie setzte ihre Sonnenbrille auf, nahm sie dann wieder ab. »Ich wünschte, ich hätt ihn nach Huntsville gebracht, in den Ellis-Block. Wenn die farbigen Jungs draußen vom Feld kommen, sind sie immer dankbar für alles, was weiß is und glitscht.«

»Ich habe den Autopsiebericht gesehen. Sie war mit Alkohol abgefüllt, hatte aber keinerlei Drogen intus.«

Sie strich mit ihrem langen Daumennagel über eine Schwiele. »Er hat sich auf meine Brust gehockt und mir ins Gesicht gespuckt. Er hat mir die Lippen aufgeschlagen. Ich hab's seinem alten Herrn erzählt. ›Zehntausend sind das Äußerste‹, hat er gesagt.«

»Die Vanzandts haben eben ihre eigene Art«, sagte ich zerstreut.

Sie stand auf.

»Pfeifen Sie auf das Dope. Entweder hat der Bengel sie alle gemacht, oder ihr seid echt bös dran.«

»Wie meinen Sie das?«

»Zwei von der Sorte in einer Stadt. Auch wenn das hier vielleicht ein Dreckskaff is, aber so was hat's nicht verdient«, sagte sie.

Kurz vor der Mittagspause rief die Frau aus der Lohnbuchhaltung der Pipelinefirma in Houston an, für die mein Vater einst gearbeitet hatte.

»Ende der dreißiger Jahre und während des Krieges haben wir keine Aufträge in der Gegend von Waco ausgeführt. Was natürlich nicht heißen muß, daß Ihr Vater nicht dort war«, sagte sie.

»Nun ja, das hat mir trotzdem weitergeholfen«, erwiderte ich.

»Einen Moment mal. Ich hab noch ein paar andere Sachen überprüft. Ich weiß nicht, ob Sie damit etwas anfangen können.«

»Bitte, fahren Sie fort.«

»Ihr Vater war von 1939 bis 1942 ständig für uns in Osttexas tätig. Dann wurde er offenbar zum Militär eingezogen. Meines Erachtens ist es so gut wie ausgeschlossen, daß er gleichzeitig für eine andere Firma im Raum Waco gearbeitet hat. Hilft Ihnen das weiter?«

»Ich kann Ihnen gar nicht sagen, wie sehr.« Ich bedankte mich noch einmal und wollte bereits auflegen. »Eins interessiert mich noch«, sagte ich dann. »Bloß aus Neugier. Aber könnten Sie vielleicht feststellen, ob in Ihrem Computer auch ein Mann namens Garland T. Moon erfaßt ist?«

»Moment. Mal sehen. Wann soll er für uns tätig gewesen sein?«

»Mitte der fünfziger Jahre.«

Ich hörte, wie sie etwas in einen Computer eintippte, dann nahm sie den Hörer wieder zur Hand.

»Ja, wir haben einen G. T. Moon in unseren Unterlagen. Aber nicht während der fünfziger Jahre. Er hat 1965 als Schweißer an einer Erdgaspipeline drunten an der Matagorda Bay gearbeitet. Ist das der Mann, den Sie meinen?... Hallo?«

Ich habe keine Ahnung, ob ich ihr geantwortet habe oder

nicht. Ich weiß nur noch, daß ich den Hörer auflegte, daß meine Hand einen fetten Schweißabdruck auf dem Plastik hinterließ, daß sich mein ganzes Gesicht zusammenkrampfte.

Mein Vater war 1965 an der Matagorda Bay in die Luft geflogen, als er ein leckes Verbindungsstück an einer Pipeline geschweißt hatte.

27

Ich ging zu dem einstöckigen Sandsteinbau auf der anderen Straßenseite, in dem jetzt der neue Sheriff seines Amtes waltete. Hugo Roberts hockte in seinem verqualmten Büro und hatte einen Fuß auf dem Schreibtisch liegen.

»Sie wollen die Akte von Garland T. Moon? Hat Marvin Pomroy die nicht?« fragte er.

»Sie ist wieder ins Archiv gewandert.«

»Für was wollen Sie die?«

»Reine Neugier. Ich dachte, Sie wären vielleicht auch dran interessiert. Immerhin hat er womöglich Ihren Vorgänger umgebracht.«

Er nahm den Fuß vom Schreibtisch.

»Verdammt noch mal, Billy Bob, jedesmal wenn ich mit Ihnen rede, komm ich mir vor wie ein Hund, der die Schnauze in einen Stachelschweinbau steckt.« Er griff zum Telefon und wählte einen Hausanschluß. »Sag Cleo, er soll seinen Schwanz in Ruhe lassen und mir die Akte Garland Moon bringen«, sagte er. Er legte wieder auf und lächelte. »Moment, ich muß mal schiffen.«

Er ging in eine kleine Toilette und pinkelte bei offener Tür ins Becken.

»Sie meinen, Moon hat den Sheriff ermordet, was?« sagte er.

»Ich würde drauf wetten.«

Er wusch sich die Hände, kämmte sich vor dem Spiegel die Haare und kam wieder heraus. »Und wie kommen sie zu dieser großen Erkenntnis, nachdem da sonst noch keiner draufgekommen ist?«

»Weil Sie sich keinerlei Gedanken darüber machen, wer es gewesen sein könnte.«

»Wie bitte?«

»Der Sheriff hat die Hand aufgehalten. Normalerweise übernimmt das der Amtsnachfolger, jedenfalls in diesem Bezirk. Wenn der Sheriff von den Typen ermordet worden wäre, bei denen er abkassiert hat, würden Sie wie auf Eiern gehen, Hugo. Tun Sie aber nicht.«

Ein Deputy öffnete die Tür und streckte den Kopf herein. »Sie wollten die Akte über Moon?« sagte er.

»Geben Sie sie dem Rechtsanwalt hier«, erwiderte Hugo. »Billy Bob, Sie können sie doch auch draußen lesen, oder? An dem Tisch unter den Bäumen ist es ganz nett. Bringen Sie sie hinterher wieder zu Cleo.«

Ich nahm den braunen Briefumschlag entgegen und wollte hinter dem Deputy hinausgehen. Hugo riß ein Streichholz ab und zündete sich in der hohlen Hand eine Zigarette an. »Das is die letzte Warnung, mein Sohn. Kommen Sie mir nicht mehr mit Ihrem Scheiß daher.«

Ich setzte mich unter eine Eiche, in der es von Spottdrosseln nur so wimmelte, und ging die lange und düstere Geschichte des Garland T. Moon durch. Allein in Texas hatte er insgesamt fünf Jahrzehnte lang eingesessen. Seine Hafterfahrung begann zu einer Zeit, als man Sträflinge noch in Gefängnisfarmen verwahrte, so wie einst den Revolverhelden John Wesley Hardin, Buck und Clyde Barrow und den Bluesgitarristen Huddie Ledbetter. In Hollywoodfilmen wurden immer die Haftbedingungen in Georgia, wo die Sträflinge in Ketten zum Arbeitsdienst antreten mußten, als besonders streng dargestellt. Doch unter Knastveteranen galt Arkansas als das Maß aller Dinge, denn dort mußten die Sträflinge am längsten arbeiten, bekamen die kargsten Rationen und wurden mit der Black Betty verprügelt, einem Rasierstreichriemen, der an einem hölzernen Stock befestigt war. Nach Ansicht dieser Veteranen kam Texas gleich daneben.

In Huntsville war Moon wiederholt wegen »Nichterfüllung der Arbeitsnorm« und »Abwiegens mit Erdklumpen« abgemahnt worden.

Seinerzeit mußte ein Sträfling in Huntsville beim Baumwollpflücken eine bestimmte Arbeitsnorm erfüllen. Wenn er sie nicht schaffte oder dabei erwischt wurde, wie er seinen Sack mit Erde auffüllte, mußte er heraustreten, wurde verschwitzt und schmutzig, wie er war, in den Zellenblock gebracht, durfte weder duschen noch essen und mußte gemeinsam mit zwei anderen bis zum nächsten Morgen auf einem Ölfaß stehen. Wenn er herunterfiel, bekam er es mit dem Aufseher zu tun.

Moon war zweimal mit Kopfwunden und gebrochenen Fußknochen in die Krankenstation eingeliefert worden. Ein Grund für die Verletzungen wurde nicht angegeben. Die Einlieferungen ins Krankenhaus erfolgten jeweils nach Fluchtversuchen. Man hatte ihm den Magen mit flüssigem Abflußreiniger verätzt, hatte ihn mit dem Rücken an einen heißen Heizkörper gehalten, ihm die Waden mit glühenden Kleiderbügeln gebrandmarkt. Den Akten nach zu schließen hatte er keinerlei Freunde gehabt und war unter den Mithäftlingen ebenso verhaßt gewesen wie beim Personal.

Aber wozu sollte es gut sein, sich mit all den Greueltaten auseinanderzusetzen, die man Garland T. Moon angetan hatte, einer Grausamkeit, die er sich schließlich selbst zu eigen gemacht, in die er sich hineingesteigert und die er systematisch an anderen ausgelassen hatte? An dem Tag, an dem man jemanden wie Moon verstand, überschritt man eine Grenze und wurde genauso wie er.

Ich mußte wissen, was um das Jahr 1956 zwischen ihm und meinem Vater vorgefallen war. Moon hatte gesagt, mein Vater habe ihn in seinen Pickup geladen und auf freier Strecke abgesetzt, ohne Essen, Geld oder eine Unterkunft. Mein Vater war ein gutmütiger und anständiger Mann gewesen, der nicht so leicht wütend wurde und über manch einen Fehler hinwegsah. Wenn Moons Geschichte stimmte, mußte er entweder ein abscheuliches Verbrechen begangen oder eine derart große Gefahr für andere dargestellt haben, daß mein Vater keinerlei Bedenken gehabt hatte, einen ungebildeten, sexuell mißbrauchten Jungen seinem Schicksal zu überlassen.

Ich blätterte zu den ersten Eintragungen in Moons Akte zurück. Im Februar 1956, mit siebzehn Jahren, war er aus dem Bezirksgefängnis entlassen worden. Danach blieb er eine Zeitlang unbescholten, bis zum 17. August des gleichen Jahres. Unter diesem Datum standen, fein säuberlich getippt die Worte »mutmaßliche Entführung«, aber ohne eine weitere Erklärung.

Ich ging quer über den Platz zum Zeitungsgebäude und fragte, ob ich im Archiv etwas nachschlagen dürfte. Die Ausgaben aus dem Jahr 1956 waren nicht auf Mikrofilm erfaßt, sondern nach wie vor gebunden, mit schweren grünen Buchdeckeln, deren Kanten sich im Lauf der Jahre grau verfärbt hatten. Ich schlug bis zum August zurück und stieß auf einen Einspalter auf der letzten Seite, einen Bericht über ein zehnjähriges Negermädchen, das vermißt und später in einer Höhle entdeckt worden war, wo es sich versteckt hatte. Die Kleine erklärte den Polizisten, ein Weißer sei auf ihren Hof gekommen und mit ihr in den Wald hinter ihrem Elternhaus gegangen. Sie verweigerte jegliche Auskunft darüber, was in dem fraglichen Zeitraum, bis sie von den Deputy Sheriffs aufgefunden wurde, vorgefallen war.

Vier Tage später kam ein weiterer Bericht, in dem es hieß, daß ein Jugendlicher festgenommen und in Zusammenhang mit der Entführung des Mädchens verhört worden sei. In dem Artikel wurde kein Name genannt, sondern nur darauf verwiesen, daß er in der Nähe des Elternhauses des Mädchens an einer Pipeline gearbeitet habe.

Der Jugendliche wurde wieder freigelassen, als die Eltern keine Anzeige erstatteten.

Der Artikel war am 18. August veröffentlicht worden, einen Tag nach dem Eintrag in Garland T. Moons Strafregister.

Ich ging wieder auf die andere Straßenseite und warf Moons Akte auf den Schreibtisch des Sheriffs.

»Tut mir leid, aber ich konnte Cleo nicht finden«, sagte ich. »Übrigens sind im Mordfall Roseanne Hazlitt ein paar Beweismittel verschwunden, die meinen Mandanten entlasten könnten. Es handelt sich um einige Flaschen und Bierdosen, die Ihre Deputies am Tatort aufgelesen haben. Sie haben doch nichts dagegen, wenn ich Sie in den Zeugenstand rufe, Hugo?«

Petes Mutter wartete auf mich, als ich in die Kanzlei zurückkam. Sie trug eine rosa Kellnerinnenuniform und hatte ihre glatten, farblosen Haare hinten zusammengebunden. Sie drehte fortwährend am Plastikarmband ihrer Uhr.

»Die Sozialarbeiterin sagt, sie muß ein Gutachten schreiben. Wenn Pete nicht mehr daheim wohnt, kann sie das nicht.« Sie saß vornübergebeugt da und hatte den Blick auf ihre Hände gerichtet.

»Ich rede mit ihr«, sagte ich.

»Das nutzt gar nix.«

»Es ist zu gefährlich für ihn, Wilma.«

»Die ham doch nix als eine Nachricht geschrieben. Sie ham sie an Sie geschickt. Sie ham sie nicht mal an uns geschickt.« In ihrem Tonfall schwang unterschwelliger Unmut mit, wie bei einem Kind, verhalten, aber auch voller Angst.

»Ich werde Temple darum bitten, daß sie nach der Schule seine Sachen nach Hause bringt«, sagte ich.

»Sie sind gut zu Pete gewesen und alles, aber ...« Sie brachte den Satz nicht zu Ende. Ihr Blick wirkte verhuscht, ausdruckslos. »Ich will wegziehn. »Die Stadt hier is uns nicht gut bekommen.«

»Ich glaube nicht, daß das eine Lösung ist.«

Ich sah, wie sie mit einemmal wütend wurde, wie sie die unterdrückte Angst überwand, die normalerweise ihr Leben beherrschte.

»So? Tja, und warum ziehn Sie dann nicht Ihren eignen Sohn auf und lassen meinen eine Zeitlang in Ruhe?« sagte sie.

Um sechs Uhr abends rief Mary Beth aus Denver an.

»Seh ich dich noch mal?« fragte ich. Ich hatte einen trockenen Hals, versuchte vergebens, einen ironischen Tonfall anzuschlagen, ihr den Wind aus den Segeln zu nehmen, drückte den Hörer viel zu fest ans Ohr.

»Ich kann eine Zeitlang nicht zurückkommen.«

»Ich könnte nach Denver fliegen ... Mary Beth? Bist du noch da?«

»Ja ... Ich meine, ja, ich bin noch dran.«

»Hast du gehört, was ich gesagt habe?« Aber ich kannte die Antwort bereits, und mit einemmal kam ich mir schwach und hilflos vor, wie innerlich ausgehöhlt.

»Ein paar Leute hier sind immer noch außer sich über das, was in Deaf Smith gelaufen ist«, sagte sie.

»Zwischen dir und mir?«

»Unter anderem.«

»Meiner Meinung nach ist Brian Wilcox der Knackpunkt. Es geht nicht um dich oder um mich, auch nicht um die Schüsse auf Sammy Mace und seinen Leibwächter. Meiner Meinung nach spielt Wilcox überall den Brunnenvergifter, und deine Leute sehen darüber hinweg, um die Ermittlungen nicht zu gefährden.«

»Möglicherweise stimmt das. Aber ich kann nichts dagegen tun.«

In der Stille konnte ich ihre Atemzüge hören.

»Kannst du mir eine Telefonnummer geben?« fragte ich.

»Wir brechen heute abend nach Virginia auf. Zu einer Konferenz.«

»Nun ja, hoffentlich springt für dich was dabei raus«, sagte ich.

»Was? Was hast du gesagt?«

»Nichts. Mit Behördenapparaten bin ich noch nie besonders klargekommen. Du hoffentlich schon. Das ist alles, was ich damit sagen wollte.«

Wieder hörte ich sie durchs Telefon atmen.

»Mary Beth?«

»Ja?«

»Ich brauche deine Aussage im Prozeß gegen Lucas. Wegen der Dosen und Flaschen, die die anderen Deputies verschlampt oder vernichtet haben.«

»Das ist nicht der richtige Zeitpunkt für so etwas.«

»Nicht der richtige Zeitpunkt? Ist das alles, was dir dazu einfällt? Ob es der richtige Zeitpunkt ist oder nicht?«

»Wiederhören, Billy Bob.«

Nachdem ich aufgelegt hatte, starrte ich im schwindenden Licht, das durch das Fenster fiel, das Telefon an, als könnte ich es mit schierer Willenskraft dazu bewegen, daß es wieder klingelte. Dann ging ich hinaus, unter das weite gelbe Himmelszelt, in den Wind, der voller Sandkörner war und die Blätter vom

Maulbeerbaum fetzte. Ich stieg in meinen Avalon, an dessen Fenstern der Wind rüttelte, und fuhr zu Pete nach Hause.

»Bist du allein?« fragte ich.

Er stand in einer gestreiften Latzhose und einem verwaschenen roten T-Shirt auf der Veranda.

»Meine Mutter kommt nicht vor neun von der Arbeit weg«, erwiderte er.

»Hast du schon was gegessen?«

»Ein bißchen was.«

»Zum Beispiel?«

»Wiener und Salzkräcker.«

»Ich glaube, wir sollten uns lieber zwei Hühnersteaks im Café gönnen.«

»Ich hab gewußt, daß du das sagst.«

Es dämmerte bereits, als wir zum Café kamen. Wir saßen unter dem großen elektrischen Ventilator am Fenster und bestellten uns etwas zu essen. Hinter den Kiefern auf dem Kirchhof am anderen Ende der Straße hing rot die Abendsonne. Pete hatte seine Haare naß gemacht und seitlich hochgekämmt, so daß sie oben flach wie ein Landedeck waren.

»Du mußt vorsichtig sein, mein Guter. Red nicht mit Fremden. Laß dir von niemandem, den du nicht kennst, weismachen, er wäre ein Freund deiner Mutter«, sagte ich.

»Temple hat mir das schon alles gesagt.«

»Dann macht's dir ja nichts aus, wenn du dir alles noch mal anhören mußt.«

»Das ist aber noch nicht alles, was sie mir gesagt hat.«

»Aha?«

»Sie hat gesagt, du hast was gemacht, das jemand, der im Fluß getauft worden ist, eigentlich nicht tun solle. Was hat sie damit gemeint?«

»Keine Ahnung.«

»Es muß was mit der Frau von der Sheriffdienststelle zu tun haben. Jedenfalls nehm ich das an.« Er biß ein Stück Stangenbrot ab und kaute darauf herum.

»Wirklich?«

»Temple redet die ganze Zeit über dich. Sie hat gesagt, sie hätte gute Lust, dir ein Kantholz über den Kopf zu ziehen.«

»Wie wär's, wenn du mal das Mundwerk abstellst, mein Guter?«

»Kommst du dieses Wochenende zum Baseballspiel?«

»Was denkst du denn?«

Er mampfte sein Stangenbrot und grinste.

Wenn altgediente Cops und Gefängnisaufseher einmal aus sich herausgehen, erklären einem die meisten, daß es manch einen Kriminellen gibt, vor dem sie insgeheim Hochachtung haben. Charles Arthur Floyd zum Beispiel war dafür bekannt, daß er den Farmern in Oklahoma jeden Bissen Essen bezahlte, den sie ihm gaben, als er sich am Canadian River versteckt hielt. Clyde Barrow verbüßte seine Strafe auf einer Gefängnisfarm in Texas, kehrte dann zurück und holte seine Freunde raus. Männer, die ein Leben lang unehrlich gewesen sind, sitzen eher unter verschärften Haftbedingungen ein, als zu lügen oder einen anderen Sträfling zu verpfeifen. Mörder gehen klaglos, mit erhobenem Haupt und festem Blick in den Tod, ohne sich ihre Angst anmerken zu lassen. Der Begriff »standhaft« wird unter Strafgefangenen nicht leichtfertig benutzt.

Doch die oben genannten Beispiele sind die Ausnahmen. Der gewöhnliche Soziopath wird nur von einer Kraft getrieben, nämlich einem eigenen Ich. Er hat keinerlei moralische Grundsätze, und für ihn spielt es keine Rolle, ob er mit seiner Familie vor dem Fernseher sitzt oder sich die Zeugin eines Raubüberfalls vornimmt und ihr eine 22er Kugel in die Stirn jagt.

Am nächsten Abend bog Darl Vanzandt mit seinem 32er Ford in meine Auffahrt ein, sah, daß ich auf der Koppel war und Beau striegelte, fuhr neben die Scheune und stieg aus. Sein Gesicht zuckte, sei es wegen der Staubwolken, die der Wind aus den Feldern aufwirbelte, oder aufgrund der Chemikalien, die ihm das Hirn vernebelten.

Er kam zum Gatter, legte den Unterarm über die oberste Stange und musterte mich, während ihm das offene Hemd um die Brust schlackerte. Ich bemerkte zum erstenmal, wie gedrungen er war. Die Beine waren zu kurz geraten, die Schultern zu breit, die Hände rundlich und dick wie Keulen.

»Sagen Sie, was Sie wollen, und haun Sie ab«, sagte ich.

»Bunny Vogel hat seinen Job im Skeet-Club geschmissen. Meine Mutter hat ihm den Job besorgt. Gestern isser hingegangen und hat zum Geschäftsführer gesagt, daß er's satt hat, den Müll einzusacken und die Klos zu putzen. Scheiß Superstar-Verhalten. Verpfeifen will er mich, darum geht's.«

»Wen kümmert's?«

»Wegen Bunny hat alles angefangen. Mit Roseanne, mein ich. Hören Sie überhaupt zu? Bunny tut so, als ob er ein Opfer wär oder so. Glauben Sie mir, bloß weil er sich die Fresse zermatscht hat, heißt das noch lang nicht, daß er n Opfer is.«

»Interessiert mich nicht.«

Er gab einen unverständlichen Ton von sich und verzog ungläubig das Gesicht.

»Ich kann Ihnen Bunny liefern, Mann«, sagte er.

»Es interessiert mich nicht, weil Sie ein Lügner sind, Darl. Ihre Auskünfte sind nichts wert«, sagte ich.

Er beugte sich tiefer über das Gatter, so als könne er mir dadurch irgendwie näher kommen.

»Wollen Sie Garland Moon? Kann ich auch machen. Ich weiß Sachen über den Freak, da kriegen Sie das Kotzen«, sagte er.

»Ne.«

»Was is los mit Ihnen?«

Ich klemmte mir Beaus linken Vorderhuf zwischen die Beine und hebelte mit dem Taschenmesser einen Stein aus dem Hufeisen. Ich hörte, wie Darls Hemd im Wind flatterte.

»Sie und Marvin müssen irgendwas ausmauscheln«, sagte er. »Der Richter hat gesagt, ich komm beim geringsten Furz hinter Gitter. Ich bin noch minderjährig.«

Ich setzte Beaus Huf wieder auf den Boden, bückte mich unter seinen Hals und nahm mir den anderen Huf vor. Der Wind blies meinen Hut quer über die Koppel und in die Scheune.

»Mein alter Herr«, sagte Darl.

»Was?«

»Hinter dem sind Sie eigentlich her. Wenn Sie wollen, kann ich Ihnen den ebenfalls liefern.«

Ich richtete mich auf und schaute ihn an. Er starrte mich ausdruckslos an, ohne jede Scham, allenfalls erwartungsvoll. Ich klappte mein Taschenmesser zu, ging zu ihm hin und legte meine Hand über den glatten Balken. Seine flaumigen Wangen waren von der Sonne verbrannt; an seinem Mundwinkel klebte ein kleiner Schleimklumpen.

»Ich will jetzt nichts von Ihnen wissen«, sagte ich.

»Wa –«

»Ich erfahre es ohehin, wenn Sie im Zeugenstand sind«, fügte ich hinzu.

Ich wandte mich ab, streichelte Beaus Schnauze, holte einen Zuckerwürfel aus der Brusttasche meines Hemds und ließ ihn aus der offenen Hand naschen. Im nächsten Moment hörte ich Darls Motor aufheulen, dann hallte der satte Sound des Zwillingsauspuffs von der Hauswand wider und wurde vom Wind verweht.

28

Am Abend vor den Eröffnungsplädoyers fuhr ich zu Lucas Smothers, nahm einen neuen braunen Anzug, ein weißes Hemd und eine Krawatte von dem Kleiderhaken hinten im Avalon und klopfte an die Tür. Lucas hatte einen Holzlöffel in der einen und ein Schnapsglas in der anderen Hand, als er an die Fliegengittertür kam.

»Du hast dir die Haare schneiden lassen«, sagte ich.

»Ja, genau wie Sie gesagt haben.«

»Was hat du mit dem Whiskeyglas vor?«

»Ach das«, sagte er und lächelte. »Ich backe grade einen Geburtstagskuchen für meinen Vater. Ich messe damit ab. Kommen Sie rein.«

Ich hängte mir den raschelnden Plastiksack über die Schulter und ging mit ihm in die Küche.

»Was is das?« fragte er.

»Ein neuer Anzug für dich. Den ziehst du morgen an.«

»Ich hab einen Anzug.«

»Ja, den hier nämlich. Morgen sitzt du aufrecht auf deinem Stuhl. Du kaust keinen Kaugummi, und du verziehst keine Miene, egal, was der Staatsanwalt oder die Zeugen sagen. Wenn du mir irgendwas mitteilen willst, schreibst du es auf einen Block, aber flüstere mir nicht zu. Unterlaß alles, was bei den Geschworenen den Eindruck erwecken könnte, daß du ein Klugscheißer bist. Wenn Geschworene etwas überhaupt nicht leiden können, dann ist es Klugscheißerei. Sind wir uns da einig?«

»Wieso bleuen Sie mir das extra ein?«

»Weißt du, wie viele Angeklagte sich schon selber reingeritten haben, weil Sie dachten, eine Gerichtsverhandlung sei so eine Art Komödienstadel?«

»Sie sind ja aufgeregter als ich.«

Weil ich weiß, was dir bevorsteht, wenn wir verlieren, dachte ich. Aber ich sagte es nicht.

Er stand barfuß an der Arbeitsplatte und maß mit dem Schnapsglas den Vanilleextrakt ab. Draußen vor dem Fliegengitterfenster zeichnete sich die dunkle Silhouette der Windmühle vor einer gelbroten Wolkenbank ab.

Ich sah zu, wie er das Glas mit spitzen Fingern hielt, als er den Vanilleextrakt in die Kuchenschüssel kippte.

»Wieso schaun Sie mich so an?« fragte er.

»Als ich im Gefängnis das erstemal mit dir gesprochen habe, hast du mir erzählt, du und Roseanne hättet ›ein paar gekippt‹«, sagte ich.

»Ja, Jim Beam und dazu Bier vom Faß.«

»Aber du hast doch an diesem Abend mit der Band gespielt. Du hattest das blaue Karohemd mit den goldenen Trompeten auf der Schulter an, das Hemd, das du dir extra für die Auftritte gekauft hast.«

»Ja, genau wie diese Jamie Lake gesagt hat.«

»Warum hast du dir Doppellagen gegeben, wenn du noch spielen mußtest?«

»Wir haben eine Pause gemacht. Es waren auch bloß zwei. Anscheinend hab ich nichts im Bauch gehabt oder so. Ich weiß noch, daß Roseanne wegen irgendwas sauer war, das Bunny gesagt hat. Sie wollte, daß wir uns einen Sechserpack besorgen, ein Stück die Straße runterfahren und ihn saufen. Normalerweise hätte ich das nicht gemacht, aber ich war da schon ganz schön zugeknallt.«

»Hat sie genausoviel getrunken wie du?«

»Ja, ich glaub schon.«

»Aber du bist eingeschlafen, sie nicht.«

»Ich weiß nicht, worauf Sie hinauswollen, Mister Holland.«

»Wo war Darl Vanzandt, als du dir deine zwei Doppellagen gegeben hast?«

»Er war an der Bar. Darl hockt immer in nächster Nähe vom Ausschank, wenn er ins Shorty's kommt … Stimmt was nicht?«

»Ich habe etwas übersehen. Ich war zu sehr auf den Autopsiebericht von Roseanne Hazlitt fixiert. Ich habe mich auf die falsche Person konzentriert.«

»Was für –«

»Eine Nutte aus San Antonio hat mich darauf hingewiesen, daß Darl Roseanne möglicherweise mit Roofies betäubt haben könnte. Hat er aber nicht. Er hat sie dir gegeben.«

Lucas stellte das Schnapsglas auf die Arbeitsplatte und schaute es wie benommen an.

»Dann haben die mich also zweimal zugedonnert? Damit steh ich, glaub ich, ganz schön blöd da, oder?« sagte er.

»Ich hol dich morgen früh ab«, erwiderte ich.

»Mister Holland, Darl hatte nicht den geringsten Grund, Roseanne umzubringen.«

»Er braucht keinen. Er tut es aus Spaß.«

Mein Antrag auf Einstellung des Verfahrens wurde von Richterin Judy Bonham, wegen ihrer Nachgiebigkeit und ihres Sinns für Humor auch als Judy die Eiserne oder Stonewall Judy bekannt, abgelehnt. Sie war etwa vierzig Jahre alt, hatte einen Teint, der anscheinend nie mit der Sonne in Berührung gekommen war, und schwarze Haare, die stets so aussahen, als seien sie frisch gefönt. Viermal die Woche ging sie in langen Turnhosen auf einem langärmligen Sweatshirt zum Hanteltraining ins Fitneßstudio. Wenn sie auf der Bank lag und Bauchmuskelübungen machte, zeichneten sich Hüfte und Hintern flach und hart wie Metallplatten unter ihrem Turnzeug ab.

Der Gerichtssaal verfügte über keine Klimaanlage, so daß lediglich der Luftzug durch die offenen Fenster und die hoch oben an den Wänden angebrachten Ventilatoren für Kühlung sorgten. Das Gerichtsgebäude lag noch im morgendlichen

Schatten, und das Wasser der Rasensprenger klatschte gegen die Bäume, als Marvin Pomroy mit seinem Eröffnungsplädoyer begann.

Es war eine wortgewandte Ansprache, voll mühsam unterdrückter Entrüstung über die Brutalität des Verbrechens, die erniedrigende Behandlung, die dem Opfer widerfahren war, das ehrlose Verhalten eines jungen Mannes, »dem sie vertraut, den sie vermutlich geliebt, vielleicht sogar gehofft hat zu heiraten, bis er in trunkener Raserei ihr junges Leben vernichtete«.

Wie üblich bot er sein größtes Talent auf, nämlich die Fähigkeit, den Geschworenen den Eindruck zu vermitteln, daß er persönlich absolut von der Schuld des Angeklagten überzeugt war, ungeachtet dessen, was die Beweisaufnahme ergeben mochte. Über die Hälfte der Geschworenen waren Schwarze und Latinos. Es spielte keine Rolle. Marvin kehrte den Donnerkeil-Baptisten heraus, den gestrengen Christenmenschen aus dem ländlichen Süden, der sich für seine Einstellung nicht zu entschuldigen brauchte, sondern einem vielmehr das Gefühl gab, man teile seinen Sinn für Anstand und Sittsamkeit und sei ob dieses tragischen Todesfalls ebenso erschüttert wie er. Sein rechtschaffen zürnender Blick, die glühenden Wangen, der empörte Tonfall, mit dem er die Schläge erwähnte, die auf das Gesicht des Opfers eingeprasselt waren, sorgten dafür, daß der Zuhörer die Stimme Gottes zu vernehmen meinte, den Pfarrer seiner Kirchengemeinde, die mahnenden Worte von Mutter und Vater.

Marvin trug einen silbernen Ring mit einem eingravierten goldenen Kreuz an der linken Hand. Während seines Eröffnungsplädoyers umklammerte er mehrmals mit ebendieser Hand die Brüstung der Geschworenenbank.

Im Grunde genommen war sein Eröffnungsplädoyer fast schon zu überzeugend. Von den Zweifeln, die bei unserer letzten Besprechung noch sichtlich an ihm genagt hatten, war nichts mehr zu spüren. Was wiederum hieß, daß irgend etwas passiert sein mußte, seit ich ihm berichtet hatte, daß ich zwei Zeugen gefunden hätte, die aussagen würden, Lucas habe bereits tief und fest geschlafen, als Roseanne noch am Leben gewesen war.

Ich ging zur Geschworenenbank.

»Der Vertreter der Anklage hat Ihnen das ganze Ausmaß der Verletzungen geschildert, die dem Opfer zugefügt wurden, und darauf hingewiesen, wie elendiglich Roseanne Hazlitt zu Tode kam«, sagte ich. »Er wird diese Bilder ein ums andere Mal heraufbeschwören. Er will damit ausdrücken, daß jemand für das, was man dieser jungen Frau angetan hat, bestraft werden muß. Und genau das ist der Haken: Der Vertreter der Anklage will Ihnen einreden, daß *irgend* jemand bestraft werden muß, selbst wenn es der Falsche ist.

Zwei Menschen sind dieser Tat zum Opfer gefallen. Das zweite Opfer ist Lucas Smothers, ein neunzehn Jahre alter Junge, der noch nie jemandem etwas zuleide getan hat. Seit seiner Festnahme am Tatort, als er buchstäblich besinnungslos war, gar nicht in der Lage, über jemanden herzufallen, hat die Sheriffdienststelle nicht die geringsten Anstalten unternommen, auch anderweitige Ermittlungen anzustellen, obwohl es durchaus möglich sein könnte, daß jemand anderer für Roseanne Hazlitts Tod verantwortlich ist.

Statt dessen wurde ein Junge, der, von dem einen oder anderen Verkehrsdelikt einmal abgesehen, noch nie straffällig geworden ist, mit zwei Psychopathen in einen Zellenblock gesperrt, von der Staatsanwaltschaft ohne jede weitere polizeiliche Ermittlung für schuldig befunden und vor Gericht gestellt, obwohl der Vertreter der Anklage wußte, *wußte,* daß wir zwei Zeugen gefunden haben, die beweisen können, daß Lucas Smothers die Tat nicht begangen haben kann.

Sie werden von diesen Zeugen noch hören, und Sie werden

auch erfahren, daß Deputy Sheriffs am Tatort sichergestellte Beweismittel entweder verschlampt oder vernichtet haben, Spuren, durch die wir möglicherweise hätten herausfinden können, wer der wahre Täter ist.

Mister Pomroy, der Vertreter der Anklage, hat mir einmal erklärt, unsere Strafjustiz sei dazu da, jene zu vertreten, die nicht mehr für sich selbst sprechen können. Er hat recht. Aber sie ist auch dazu da, Unschuldige zu schützen, die Schuldigen ihrer gerechten Strafe zuzuführen und dafür zu sorgen, daß sie keine weiteren Verbrechen begehen können. In diesem Fall hat man nicht nur einen unschuldigen jungen Mann angeklagt und vor Gericht gestellt, man hat auch zugelassen, daß der wahre Täter auf freiem Fuß blieb, in unserer Mitte weilt und die Gelegenheit bekommt, um mit den Worten des Staatsanwalts zu sprechen, ein weiteres junges Leben zu vernichten.«

Ich ging auf die begründeten Zweifel am Tatverdacht ein, sprach das fehlende Motiv an und erwähnte, daß einige von Roseannes Freunden, soweit sie aus reichen Familien stammten (womit ich Darl Vanzandt meinte), im Zuge der Ermittlungen nicht ein einziges Mal vernommen worden seien. Doch sobald ich aufs Geld zu sprechen kam, tat sich eine Kluft zwischen den Geschworenen auf. Die Schwarzen und die Mexikaner schauten mich weiterhin unverwandt an, scheinbar ungerührt von meinen Worten, während die betuchteren weißen Geschworenen den Blick abwandten, wie auf Knopfdruck ins Leere starrten.

Als wir uns vertagten, kam Marvin Pomroy am Tisch der Verteidigung vorbei. »Mit Ihrer letzten Ausführung sind Sie ins Fettnäpfchen getreten, Herr Rechtsanwalt«, sagte er.

Ich rieb mir die Schläfe und schaute auf seinen Rücken.

»Was hat er damit gemeint?« fragte Lucas.

»Sag niemals zu einem Republikaner, daß das System, das seinen Wohlstand schützt, korrupt ist.«

Roseanne Hazlitts Tante war die erste Zeugin, die Marvin aufrief. Sie ging tief gebeugt und auf einen Stock gestützt zum Zeugenstand. Sie wirkte noch gebrechlicher als bei dem Gespräch, das ich neulich bei ihr zu Hause mit ihr geführt hatte. Mit zitternder Hand hielt sie den Griff des Stocks umfaßt; tiefe Furchen zogen sich um ihren Mund; die glitzernden Augen flackerten unstet, so als sei sie tödlich erkrankt.

Doch die Aversion gegen Lucas verlieh ihr Kraft, löste ihre Zunge, ließ ihre Worte wie Peitschenhiebe klingen.

»Hat Ihre Nichte Ihnen gesagt, daß sie möglicherweise schwanger sein könnte?« fragte Marvin.

»Einspruch. Irrelevant«, sagte ich.

»Es geht um das Motiv«, sagte Marvin.

»Abgelehnt«, sagte die Richterin.

»Ja, das hat sie«, sagte die Tante.

»Und von wem meinte sie schwanger zu sein?« fragte Marvin.

»Euer Ehren, das Opfer war nicht schwanger. Die Anklage versucht hier, mit haltlosen Unterstellungen einen falschen Eindruck zu erwecken«, sagte ich.

»Dann stellen Sie das im Kreuzverhör klar. Bis dahin setzen Sie sich hin und halten den Mund«, sagte die Richterin.

»Sie hat gemeint, daß der da drüben sie geschwängert hat«, sagte die Tante.

»Sie deuten also auf Lucas Smothers?«

»Ich zeigte mit dem Finger auf den da drüben, denjenigen, der sie totgeschlagen hat, denjenigen, den ihr nicht wegen vorsätzlichem Mord anklagt, weil ihr euch nicht getraut habt«, sagte die Tante.

»Einspruch«, sagte ich.

»Stattgegeben. Die Geschworenen haben die letzte Aussage der Zeugin nicht zur Kenntnis genommen«, sagte die Richterin.

Doch die Geschworenen würden sich trotz der richterlichen Ermahnung an den anklagend ausgestreckten Zeigefinger erinnern, an die ungehaltenen Worte, die fast so klangen, als wüßte sie insgeheim etwas, das auf Lucas' Schuld hindeutete. Nachdem Marvin Platz genommen hatte, erhob ich mich und blieb etwa anderthalb Meter vor dem Zeugenstuhl stehen.

»Miss Hazlitt, ich habe unmittelbar nach dem Tod Ihrer Nichte mit Ihnen gesprochen, richtig?« sagte ich.

»Sie sind raus zu meinem Haus gekommen, wenn Sie das damit meinen.«

»Ich habe Sie gefragt, wem sie an dem Abend, an dem sie überfallen wurde, draußen beim Shorty's eine Ohrfeige verpaßt haben könnte, richtig?«

»Und ich hab Ihnen gesagt, daß sie noch keinem was getan hat.«

»Ganz recht. Und dann haben Sie in etwa gesagt: ›Die haben ihr allerlei angetan.‹ Ist das richtig?«

»Kann ich mich nicht mehr dran erinnern.«

»Daraufhin habe ich Sie gefragt, wer mit ›die‹ gemeint sei, wer diese Leute seien, die ihr zuvor schon etwas zuleide getan hätten. Ist das richtig?«

»Einspruch; die Verteidigung stellt hier Behauptungen an. Die Zeugin hat bereits erklärt, daß sie sich nicht mehr erinnern kann«, sagte Marvin.

»Worauf wollen Sie hinaus, Mister Holland?« fragte die Richterin.

»Die Zeugin hegt offensichtlich eine tiefe Abneigung gegen Lucas Smothers. In einem Gespräch, das ich mit ihr geführt habe, hat sie indes angedeutet, daß ihrer Nichte von anderer Seite etwas zuleide getan worden sei, nicht von Lucas Smothers.«

»Es gibt keinerlei Beweis dafür, daß dieses Gespräch stattgefunden hat. Mister Holland legt der Zeugin Worte in den

Mund und verlangt dann dazu eine Stellungnahme von ihr. Das ist absurd«, sagte Marvin.

»Sie sind ab jetzt an der kurzen Leine, Mister Holland«, sagte die Richterin.

»Miss Hazlitt, haben Sie mir nicht erzählt, daß es andere Menschen waren, die Roseanne etwas zuleide getan haben, nicht Lucas Smothers?«

»Einspruch, Euer Ehren. Er macht es schon wieder«, sagte Marvin.

»Stattgegeben. Letzte Warnung, Herr Rechtsanwalt«, sagte die Richterin.

»Entschuldigung, Euer Ehren. Ich formuliere die Frage anders. Miss Hazlitt, haben Sie mir gegenüber angedeutet, daß Roseanne früher schon von jemand anderem übel mitgespielt wurde?« sagte ich.

»Daran kann ich mich nicht erinnern«, erwiderte die Tante.

»Sie haben ihre Männerbekanntschaften mir gegenüber also nicht als ›ein Rudel Hunde‹ bezeichnet, ›die einmal Witterung aufgenommen haben‹?«

Marvin war schon wieder aufgesprungen, doch die Richterin nahm ihm das Wort aus dem Mund.

»Das reicht. Treten Sie beide vor«, sagte sie. Sie beugte sich nach vorn und legte die Hand über das Mikrofon. »Ihr zwei geht mir allmählich auf den Geist, Sie vor allem, Mister Holland. Wir führen hier nicht den Prozeß des Jahrhunderts. Wenn Sie nicht miteinander klarkommen, dann bereinigen Sie das gefälligst draußen. Und Sie, Mister Holland, sind hier nicht beim Film, also unterlassen Sie dieses theatralische Getue. Habe ich mich klar ausgedrückt?«

In der Mittagspause gingen Lucas, Temple und ich zu dem mexikanischen Lebensmittelladen auf der anderen Seite des Platzes, bestellten uns hinten in dem kleinen Café etwas zu essen und nahmen es in meine Kanzlei mit. Vernon Smothers stieß auf dem Gehsteig zu uns. Er hatte eine Krawatte umgebunden, trug ein Sakko und ein weißes Hemd, und sein Gesicht glänzte vor Schweiß.

»Was geht da vor? Wann läßt du endlich die verfluchten Deputies antanzen, die Beweismittel vernichtet haben?« fragte er.

»Wir unterhalten uns später drüber, Vernon«, erwiderte ich.

»Hier geht's immerhin um meinen Sohn. Soll ich mir etwa abends in den Nachrichten anschaun, wie der Prozeß gelaufen is?«

Ich warf Temple einen Blick zu. Sie nahm Lucas am Arm, ging mit ihm ins Foyer und führte ihn die Treppe hoch.

»Ich kann die Polizistin, die ich dazu brauche, nicht erreichen. Warum? Weil ich nicht weiß, wo sie ist. Und warum ist das so? Weil sie im Skeet-Club zwei Männer erschossen hat. Soll ich weitermachen?« fragte ich.

Ich war auf einen Wutanfall gefaßt, wie immer, wenn Vernon sich etwas anhören mußte, das ihm nicht paßte. Doch er überraschte mich. Er schloß die Augen und rieb sich die Stirn.

»Ich hab's wieder vermurkst, stimmt's? Ich hätt auf dich hören und die Sache auf sich beruhn lassen sollen. Es is bloß so, daß ich mir manchmal von andern nicht gern was sagen lasse«, sagte er.

»Du hast das getan, was du für richtig gehalten hast. Es ist nicht deine Schuld, Vernon.«

Er schaute mich unsicher an, so als ob ich in einer fremden Sprache mit ihm redete.

Ich stand oben am Fenster und schaute auf den Platz vor dem Gerichtsgebäude, zu den eingestaubten Bäumen und der in der Hitze flimmernden Luft über den Gehsteigen. Lucas saß im Oberhemd neben meinem Schreibtisch, hatte die Ärmel bis zu den Ellbogen hochgekrempelt und aß ein Taco.

»Miss Hazlitts Aussage stellt uns vor ein kleines Problem«, sagte ich zu ihm.

»Weil sie gesagt hat, daß Roseanne der Meinung war, ich hätte sie geschwängert?«

»Ja, unter anderem.«

»Aber die Autopsie hat doch ergeben, daß sie nicht schwanger war«, sagte er.

»Die Geschworenen haben gerade gehört, daß jemand, der einem Mord zum Opfer fiel, nur mit einer Person sexuellen Kontakt hatte – mit dir. Fünf dieser Geschworenen sind über sechzig Jahre alt. Ältere Menschen schenken andren älteren Leuten für gewöhnlich Gehör. Kommst du mit?«

Er legte das Taco hin. Seine Augen tränten im gleißenden Sonnenlicht, das durch die Schlitze in den Jalousien drang. »Ich bin mir nicht sicher. Ich meine, wenn sie nicht schwanger war –«

»Außerdem fällt es den Geschworenen leichter, sich mit dem Opfer zu identifizieren, wenn sie der Meinung sind, daß es sich um einen unschuldigen Menschen gehandelt hat, der alles andere als ein derart grausames Ende verdient hat«, sagte ich. »Dann werden die Geschworenen böse und wollen denjenigen abstrafen, der sie hintergangen, sexuell ausgenutzt und ermordet hat. Marvin Pomroy wird Roseannes Unschuld und deine Schuld ansprechen, ihre Verletzlichkeit ... ihre Vertrauensseligkeit ... und deine Verderbtheit.«

Lucas nickte, als ob er es verstünde. Doch ich sah ihm an den Augen an, daß ihm überhaupt nicht klar war, was ein guter Staatsanwalt wie Marvin Pomroy ihm antun konnte.

»Wir müssen den Geschworenen die Videoaufnahme zeigen, auf der Roseanne einen Joint raucht und sich auszieht. Zumal sie dabei auch sehen, mit welchen Kids sie sich herumgetrieben hat«, sagte ich.

Er schob mit dem Handballen den Teller weg und blinzelte.

»Das Video zeigt lediglich, was für ein Leben sie geführt hat, Lucas«, sagte Temple. »Daß sie gekifft, gesoffen und sich mit allerhand Jungs eingelassen hat. Wir machen sie nicht schlecht. Wir zeigen nur, wie es wirklich war.«

»Mag ja sein, daß sie all das gemacht hat, was Sie sagen, aber das heißt noch lange nicht, daß sie kein anständiges Mädchen war«, sagte er.

»Das stimmt. Aber irgend jemand hat sie umgebracht, Lucas. Vielleicht ist er auf dem Video zu sehen«, sagte ich.

Er hatte die rechte Hand um den linken Unterarm geschlungen. Sein Hals war rot angelaufen.

»Das mach ich nicht mit«, sagte er.

»Wie bitte?« sagte ich.

»Ich hab mit Roseanne geschlafen, aber Ihnen hab ich erzählt, daß ich sie kaum kenne. Damit steh ich als Lügner und Feigling da. Ich will nicht mit ansehen, wie sie vor den ganzen Leuten niedergemacht wird, damit ich davonkomme.«

»Willst du wirklich ins Gefängnis? Willst du darauf hinaus?« fragte ich.

»Vielleicht hab ich's ja verdient.«

»Was?« fragte ich.

»Sie sagen, Darl hat mich unter Drogen gesetzt. Vielleicht war ich ja bloß besoffen. Ich werde nie erfahren, was ich an dem Abend gemacht habe.«

Er saß vornübergebeugt auf dem Stuhl und ließ den Kopf hängen. Das durch die Jalousien dringende Sonnenlicht zeichnete helle Streifen auf seinen Rücken.

»Lucas, wir müssen mal was klarstellen. In diesem Zimmer hier gibt es nur eine Person, die für deine Verteidigung zuständig ist«, sagte Temple.

Aber ich winkte ihr mit zwei Fingern zu. Sie schaute mich mit verdutzter Mine an, kaute dann auf ihrer Unterlippe und blickte schweigend aus dem Fenster.

An diesem Abend zog ich mein Hemd aus und hängte es über das Gatter, rechte dann den Hühnerhof und die Pferdekoppel und kippte eine Ladung Mist und fauliges Stroh auf den Komposthaufen. Dann schöpfte ich einen Eimer Wasser aus der Abflußrinne der Windmühle und fing an, eine Reihe Löcher für die Stützpfähle auszuheben, damit ich das Gatter weiter zurückversetzen und Beaus Koppel vergrößern konnte. Es war ein zauberhafter Abend. Die letzten Strahlen der untergehenden Sonne, die mittlerweile hinter den Hügeln verschwunden war, schnitten wie rosige Radspeichen über den Himmel. Der Wind strich durch die Bäume, und ich konnte die wilden Blumen auf den Feldern riechen und die Barsche, die unter den Seerosenblättern draußen im Weiher laichten. Fast hätte ich Brian Wilcox' Wagen überhört, der mit knirschenden Reifen über meine Auffahrt rollte.

Er stieg aus und ging durch die Scheune auf die Koppel. Hinter ihm, auf dem Beifahrersitz, sah ich Felix Ringo, den mexikanischen Drogenfahnder. Er hatte den Hut zurückgeschoben, das Fenster heruntergekurbelt und genoß die kühle Brise.

Wilcox grinste mich spöttisch an.

»Haben Sie bei der Arbeit immer einen Revolver am Zaunpfahl hängen?« fragte er.

»Ein paar Typen haben mich eines Nachts hier draußen überrumpelt. Ich möchte nicht, daß sich so was wiederholt«, erwiderte ich.

»Sie wissen doch, was quid pro quo heißt? Ein Geschäft auf Gegenseitigkeit, richtig? Ich bin bereit, Ihnen einen großen Gefallen zu tun, Holland, aber dafür will ich etwas von Ihnen.«

»Sie können mich mal.«

»Mit so was habe ich gerechnet, aber ich sag's Ihnen trotzdem. Mary Beth kommt hierher und macht die Aussage, auf die Sie angewiesen sind. Aber wehe, wenn Sie uns weiter ins Handwerk pfuschen.«

»Soll heißen?«

»Unser braungebrannter Freund da hinten ist für uns wichtig. Er darf nicht bloßgestellt werden.«

Ich zog den Erdbohrer heraus und klopfte die Lehmklumpen ab, griff dann zum Eimer und goß einen weiteren Schwall Wasser in das Loch.

»Kein Wort dazu?« fragte er.

»Doch. Der Typ war auf der School of the Americas in Fort Benning. Die Leute, die dort ausgebildet werden, tauchen komischerweise immer wieder in Todesschwadronen oder Folterkellern auf.«

»Und ich habe womöglich keine Lust, mich mit dem ganzen Bohnenfresserkrempel zu befassen. Aber hier geht's um das Wohl Ihres Mandanten, richtig? Sie müssen lediglich dafür sorgen, daß wir bei dem Prozeß außen vor bleiben.«

Ich sah, wie Felix Ringo hinter ihm aus dem Wagen stieg und auf uns zukam.

»Wann kommt Mary Beth?« fragte ich.

»Dacht ich's mir doch, daß Sie das interessiert ... Heute abend wahrscheinlich.«

»Ich glaube nicht, daß Sie das arrangiert haben. Meiner Meinung nach kommt sie von sich aus.«

Er holte eine Rolle Pfefferminzdrops aus der Tasche, drückte einen heraus und streckte ihn in den Mund.

»Sie sind mir einer«, sagte er.

Temple Carrol kam mit ihrem Wagen über die Auffahrt, steuerte an Wilcox' Auto vorbei, verschwand hinter der Scheune und hielt bei der Windmühle.

Felix Ringo ging zu Wilcox, ohne mich auch nur eines Blickes zu würdigen. Er rauchte eine in einer goldenen Filterspitze steckende Zigarette, die er nicht einmal aus dem Mund nahm. »Seid ihr hier fertig? Ich bin mit einer Bekannten zum Abendessen verabredet und muß noch duschen«, sagte er.

Ich hörte, wie Beau hinter mir mit den Hufen scharrte. Ich drehte mich um und sah, daß er zurückscheute, sich ans Gatter drückte, die Augen verdrehte und den Kopf hin und her warf.

Ich starrte Felix Ringo an. »Er kennt Sie«, sagte ich.

Ringo faßte sich mit gekrümmten Fingern an die Brust.

»Ihr Pferd soll mich kennen?« sagte er. Sein Schnurrbart zuckte.

»Kinder und böse Menschen vergißt Beau nie. Sie sind schon mal hier gewesen, stimmt's?« sagte ich.

»Ich soll schon mal hier gewesen sein? Wollen Sie etwa sagen, das Pferd weiß, daß ich ein böser Mensch bin, weil es ein Gedächtnis wie ein Computer hat?« Ringo hob hilflos die Hände.

»Sie waren einer von den Typen, die mich überfallen haben. Ich dachte, der Typ hätte eine Goldkrone gehabt. Aber das war ihre goldene Zigarettenspitze.«

Ringo nahm seinen Tropenhut mit dem grünen Sichtfenster in der Krempe ab und wischte die Innenseite mit einem Taschentuch aus.

»Ich warte im Auto«, sagte er zu Wilcox. »Der Typ hier tickt doch nicht mehr richtig. Der hat die Syph oder so was. Ich will mir das nicht mehr anhören.«

Sein Hemd bauschte sich im Wind, als er durch die offene Scheune zum Wagen zurückging. Der Griff einer schwarzen Automatik ragte hinten aus seinem Hosenbund.

»Sie beschuldigen den Falschen. Felix arbeitet für uns«, sagte Wilcox.

»Das ist ja das Problem«, erwiderte ich.

Ich stieß den Erdbohrer in das Loch, klappte die Griffe aus und drehte ihn im Kreis. Ich spürte, wie mein Herz hämmerte, wie mir der Schweiß in die Augenbrauen lief.

Brian Wilcox schaute mich nach wie vor spöttisch lächelnd an.

»Dann sehen wir uns also vielleicht zum letzten Mal«, sagte Wilcox.

Er macht es wirklich, dachte ich.

Ich zog den Erdbohrer heraus und spülte die Schneideblätter im Wassereimer ab. In meinen Ohren knackte es, als der Wind hineinfuhr, so als hallten aus weiter Ferne Pistolenschüsse wider. Ich machte den Mund auf und zu und drückte den Daumen unter das rechte Ohr.

»Ist alles in Ordnung?« fragte er und legte mir die Hand auf die bloße Schulter. Sie fühlte sich heiß und feucht an.

Laß es nicht zu, sagte ich mir.

»Tut mir leid, daß wir Ihr Haus auf den Kopf gestellt haben«, sagte er.

»Geschenkt.«

»Wegen Mary Beth …«

»Ja?«

»Sie wird sich wieder mit Ihnen einlassen, aber Sie müssen obenauf bleiben. Irgendwie hat sie's mit der Missionarsstellung. Sie kommt nicht über die Kippe, wenn sie auf einem hockt.«

Ich erwischte ihn knapp unter der Unterlippe, sah, wie er die Zähne bleckte und den Mund verzog, als ihn mein Hieb traf. Dann hämmerte ich ihm die Faust aufs Auge, verpaßte ihm einen linken Haken an die Nase und traf ihn ein weiteres Mal am Mund. Seine Knie knickten ein, und sein Kopf schlug gegen das Gatter. Ich spürte, wie er sich an meiner Taille festhalten wollte, als er zu Boden ging, sah seine Augen, die er vor Angst weit aufgerissen hatte, wie jemand, dem soeben klar wird, daß er in einen Abgrund stürzt. Und ich wußte, daß einmal mehr der alte Adam durchbrach und etwas Furchtbares mit mir vorging, das ich nicht aufhalten konnte.

Er lag jetzt zu meinen Füßen und rang mühsam nach Luft. Blut lief ihm über das Gesicht, und seine Krawatte war nach hinten verdreht.

Dann hörte ich wieder Beaus wildes Hufescharren, und ich sah Felix Ringo, der durch die helle Scheune auf mich zugerannt kam und gleichzeitig den Schlitten seiner Neun-Millimeter zurückzog.

»Du bist nicht geboren worden, *Gringo.* Dich hat man aus der Scheiße deiner Mutter gezogen. Das hier ist für die Leute, die du drunten in Coahuila umgebracht hast«, rief er.

Meine Hände fühlten sich schwer und nutzlos an, der Schweiß lief mir über die Brust, und der umgekippte Wassereimer kullerte durch den Staub zu meinen Füßen. Die Windmühle knatterte wie ein Fahrrad, an dessen Speichen man eine Spielkarte befestigt hat. Felix Ringo streckte die Arme aus, hielt die Neun-Millimeter mit beiden Händen, ging in die Hocke, so als sei er auf dem Schießstand, und legte mit dem Daumen den Sicherungshebel um.

Temple Carrol duckte sich unter dem Gatter hindurch, riß L. Q. Navarros Revolver aus dem Holster, das ich an einen Stützpfahl gehängt hatte, und drückte Ringo die Mündung unmittelbar hinter das Ohr. Sie spannte den Hahn, so daß die Trommel einrastete.

»Wie steht's, Schmalzkopf? Soll ich dir das Gehirn übers Hemd verteilen?« fragte sie.

29

Der nächste Tag brach ohne jedes Morgengrauen an. Der Himmel hing wie ein schwarzes Tuch über den samtgrünen Hügelkuppen, und Blitze zuckten durch die Wolken. Ich öffnete sämtliche Fenster und ließ die frische Luft herein, die nach Ozan und Regen roch. Mary Beth rief an, als ich gerade das Frühstück zubereitete.

»Wo steckst du?« fragte ich.

»Im Hotel in der Stadt.«

»Wann bist du angekommen?«

»Spätnachts. Ich bin gleich zu Bett gegangen.«

»Ich hätte dich abholen können.«

»Du meinst, wenn ich angerufen hätte?«

»Nein, ich meine –«

»Ich kann derzeit nicht groß im voraus planen.«

»Ich habe einfach nicht gewußt, wann du kommst. Das habe ich gemeint.«

»Ich habe gehört, daß du Brian auseinandergenommen hast. Worum ging's?«

»Wir haben uns unterhalten. Die Sache ist aus dem Ruder gelaufen.«

»Er wird keine Anzeige erstatten. Mit dem geht's beruflich bergab. Er steht praktisch schon mit einem Bein in Fargo, North Dakota.«

Ich spürte, wie ich die Hand unwillkürlich fester um den Hörer legte.

»Kannst du dir ein Taxi nehmen und rauskommen? Wir könnten zusammen in die Stadt fahren«, sagte ich.

»Ich erwarte etliche Anrufe«, erwiderte sie.

»Aha.«

»Ein paar Leuten in meiner Dienststelle war gar nicht wohl dabei zumute, daß ich hierherkomme.«

»Ja ... kann ich verstehen. Ich bin dir dankbar, daß du es trotzdem getan hast.«

Ich kam mir dumm und dämlich vor, wie ein Bittsteller, während ich das Telefon ans Ohr drückte, als wäre es ein schwarzer Tumor.

»Wann bin ich mit meiner Aussage dran?« fragte sie.

»Vermutlich heute nachmittag. Mary Beth, geht's dir um die Karriere? Oder bin ich einfach nicht der Richtige für dich?«

»Ich weiß nicht, was ich dazu sagen soll, Billy Bob.«

Es war, als halle der Wind in dem stillen Haus wider.

»Du siehst dich ständig als eine Fortsetzung deiner Vergangenheit«, sagte sie. »Daher bist du jeden Tag aufs neue dazu verdammt, dich mit Dingen zu befassen, die du nicht ändern kannst.«

»Ich bin gleich in der Kanzlei. Schau vorbei, wenn du dazu kommst«, sagte ich.

Nachdem ich den Hörer aufgelegt hatte, ging ich zum Fenster und schaute auf die Düsternis über den Hügeln. Der Wind, der durch das Fliegengitter zog, blätterte die Seiten im Tagebuch meines Großvaters um. In meinem Kopf herrschte eine derartige Stille, daß ich meinte, ich könnte L. Q. Navarros Sporenräder klirren hören.

Eine Stunde später kam Mary Beth vom Hotel aus in meine Kanzlei. Sie trug ein rosa Kostüm, eine weiße Bluse mit einer dunkelroten Brosche und sah absolut hinreißend aus. Doch alle Hoffnungen, daß sich die Beziehung auf der Stelle wieder auffrischen ließe, zerstoben, als keine dreißig Sekunden später Temple Carrol durch die Tür kam.

Wir standen alle drei herum, als wären wir uns unfreiwillig auf einer Cocktailparty über den Weg gelaufen.

»Ihr kennt einander doch«, sagte ich.

»Klar, das ist die Frau, die mal mit, mal ohne Uniform aufkreuzt«, sagte Temple.

»Wie bitte?« erwiderte Mary Beth.

»Billy Bob hat einem Bundesagenten die Hucke vollgehaun. Hat er's Ihnen schon erzählt?« fragte Temple.

»Nein. Wieso tun Sie's nicht?« entgegnete Mary Beth.

»Ich kann mich nicht mehr an alle Einzelheiten erinnern. Ich war zu sehr mit dem mexikanischen Drecksack beschäftigt, diesem – wie heißt er doch gleich? – Felix Ringo, dem Schmalzkopf, der für euch die Lage sondiert. Der wollte nämlich die Gelegenheit nutzen und Billy Bob umlegen. Ein klasse Typ, den der Bund da im Sold stehen hat«, sagte Temple.

Mary Beth wandte sich an mich. »Das habe ich nicht gewußt«, sagte sie.

Die Jalousien rasselten laut, als ich sie hochzog. Regenwolken zogen über den Himmel. Der Wind fegte um die Bäume auf dem Rasen vor dem Gerichtshof und wirbelte das abgefallene Laub hoch in die Luft. »Reden wir über unsere Vorgehensweise für den heutigen Tag«, sagte ich.

Aber *Vorgehensweise* war das falsche Wort. Für die Anklage war die Beweislage eindeutig. Lucas Smothers war am Tatort, keine zehn Meter vom Opfer entfernt, besinnungslos aufgefunden worden. Er hatte mit dem ermordeten Mädchen sexuell verkehrt. Er mußte befürchten, daß sie mit seinem Kind schwanger war. In der Vagina des Opfers hatte man Samenspuren von ihm gefunden, von niemandem sonst. Der Pathologe würde vermutlich aussagen, die Verletzungen im Genitalbereich deuteten darauf hin, daß der Täter in sexuelle Raserei verfallen sei. Lucas hatte den Polizisten, die ihn festgenommen hatten, von sich aus erzählt, daß er sich ab dem Zeitpunkt, da er in seinem Pickup die Hose ausgezogen hatte, an nichts mehr erinnern könnte. Und zu guter Letzt hatte Lucas gelogen, als er behauptet hatte, er wisse nicht einmal Roseanne Hazlitts Familiennamen.

Doch mir machten weniger die vorliegenden Beweismittel und die möglicherweise belastenden Zeugenaussagen zu schaffen, über die ich seit dem Offenlegungstermin Bescheid wußte. Ich hatte vielmehr das dumpfe Gefühl, daß ich die geladene Waffe, die auf Lucas' Herz zielte, in Händen hielt, nicht Marvin Pomroy. Aber ich wußte nicht, was ich dagegen tun sollte.

An diesem Nachmittag erklärte Marvin die Beweisaufnahme von seiten der Staatsanwaltschaft für abgeschlossen, worauf ich Hugo Roberts in den Zeugenstand rief, während der Regen auf die Bäume draußen vor dem Fenster trommelte.

Der Sheriff trug eine frisch gebügelte Uniform mit einem Namensschild aus funkelndem Messing an der Brusttasche und einer aufgenähten amerikanischen Flagge am Ärmel, doch er roch so durchdringend nach Zigaretten, Haarwasser und Deodorant, als habe sich der Gestank in seiner Haut festgesetzt. Er schaute zu den Geschworenen, den Zuschauern, auf Marvin Pomroy und den Regen, der auf die Fenstersimse prasselte, richtete den Blick hierhin und dorthin, nur mich schaute er nicht an, so als sei ich ihm mehr oder weniger gleichgültig.

»Sheriff, haben Sie in dem Streifenwagen gesessen, der als erster am Tatort eintraf?« fragte ich.

»Ja, ich bin seit zwei Jahren in der Gegend Streife gefahren. Als ich noch Deputy gewesen bin, mein ich.«

»Haben Sie viele Teenager von da draußen weggejagt?«

»Ja, nach Einbruch der Dunkelheit, wenn sie dort nichts mehr verloren haben.«

Ich ergriff einen Plastiksack, der auf dem Tisch mit den Beweismitteln lag, und holte fünf Dosen Lone-Star-Bier und zwei mit Erde verkrustete Weinflaschen heraus.

»Sind das die Dosen und Flaschen, die Sie am Tatort gefunden haben, Sir?« fragte ich.

»Ja, schaut ganz so aus.«

»Sind sie es, oder sind sie's nicht?«

»Ja, das sind sie.«

Ich legte die Dosen und Flaschen zu den übrigen Beweismitteln und ging dann wieder zum Zeugenstand.

»Ist das alles, was Sie vorgefunden haben?« fragte ich.

»Das steht doch im Bericht. Fünf Dosen und zwei Flaschen.«

Er lachte leise vor sich hin, so als lasse er ein albernes Zeremoniell über sich ergehen.

»Da die Flaschen vermutlich schon seit Jahren dort lagen, will ich nicht weiter darauf eingehen. Wessen Fingerabdrücke waren auf den Bierdosen?«

»Die von Lucas Smothers und dem Opfer.«

»Keine anderen?«

»Nein, Sir.«

»Kommt es häufig vor, daß sich Teenager dort draußen betrinken und Dope rauchen?« fragte ich.

»Ich nehm's doch an.«

»Aber Sie haben keinerlei Dosen oder Flaschen gefunden, die darauf hindeuten, daß sich neben Lucas Smothers und Roseanne Hazlitt in letzter Zeit auch noch andere Menschen auf dem Picknickplatz aufgehalten haben?«

»Wenn nix da ist, kann ich nix finden. Die Penner lesen das Zeug sackweise auf. Vielleicht hätt ich n paar benutzte Pariser mit reinstecken sollen.«

Die Zuschauer und einige Geschworene lachten, bis die Richterin sie mit einem lauten Hammerschlag zum Schweigen brachte. »Lassen Sie das, Sheriff, und zwar schleunigst«, sagte sie.

»Sheriff, warum hat die Anklagevertretung Ihrer Meinung nach nicht auf die Beweismittel zurückgegriffen, die Sie in diesen Plastiksack gepackt haben?« fragte ich.

»Einspruch, das führt zu reiner Spekulation«, sagte Marvin.

»Abgelehnt. Beantworten Sie die Frage, Sheriff Roberts«, sagte die Richterin.

»Woher verflucht noch mal soll ich das wissen?« erwiderte er.

Nach einer zehnminütigen Unterbrechung rief ich Mary Beth in den Zeugenstand. Die Fenster waren halb hochgeschoben; draußen tropfte der Regen von den Bäumen, und feiner Dunst trieb durch das Fliegengitter. Mary Beth war nur leicht geschminkt und saß aufrecht, mit gefalteten Händen, auf dem Zeugenstuhl.

»Saßen Sie in dem zweiten Streifenwagen, der auf dem Picknickplatz eintraf?« fragte ich.

»Ja, ganz recht.«

»Haben Sie gesehen, wie Hugo Roberts auf dem Gelände rund um Lucas Smothers' Pickup etliche Flaschen und Dosen aufgelesen hat?«

»Ja, Sir.«

»Wie viele Dosen und Flaschen hat er Ihrer Ansicht nach eingesammelt?«

»Etwa zwei Dutzend«, erwiderte Mary Beth.

»Einspruch, Euer Ehren. Das ist unerheblich. Die Sache mit den Bierdosen ist ein Ablenkungsmanöver. Selbst wenn man andere Dosen oder Flaschen mit Tausenden von Fingerabdrücken fände, wäre das noch lange kein Beweis dafür, daß sich zum Zeitpunkt der Tat jemand anders dort aufhielt«, sagte Marvin.

»Ich wollte lediglich darauf verweisen, daß Hugo Roberts und andere entlastendes Beweismaterial entweder verschlampt oder absichtlich vernichtet haben«, erwiderte ich.

»Treten Sie vor«, sagte die Richterin. Sie stützte sich auf die Unterarme, deckte mit der Hand das Mikrofon ab und beugte sich nach vorn. »Was geht hier vor, Mister Pomroy?«

»Gar nichts, Euer Ehren. Das ist es ja. Mister Holland versucht lediglich, die Geschworenen abzulenken und zu verwirren.«

»Wenn Beweismaterial, ob verwertbar oder nicht, vernichtet wird, deutet das auf ein abgekartertes Spiel hin, Euer Ehren«, sagte ich.

»Was für eine Erklärung haben Sie dafür, Mister Pomroy?« fragte sie.

»Inkompetentes Verhalten von Mitarbeitern der Sheriffdienststelle läßt sich nie ganz ausschließen«, erwiderte er.

»Das genügt nicht, Sir. Sie sind zu gut, als daß Sie sich von ein paar tumben Bauernburschen an der Nase herumführen lassen. Stellen Sie sich nicht so an. Und im übrigen ist die Sache noch nicht ausgestanden. Wir sprechen uns später im Richterzimmer ... Treten Sie zurück«, sagte sie.

Ein Hoch auf Stonewall Judy, dachte ich.

Danach nahm Marvin Mary Beth ins Kreuzverhör.

»Wer ist Ihr Dienstherr, Miss Sweeney?« fragte er.

»Die Drug Enforcement Administration.«

»Die DEA also?«

»Ja.«

»Standen Sie auch in Diensten der DEA, als Sie in diesem Bezirk als Deputy Sheriff tätig waren?«

»Ja.«

»Haben Sie das jemandem mitgeteilt?«

»Nein.«

»Haben Sie falsche Angaben gemacht, als Sie sich bei der hiesigen Polizeidienststelle beworben haben?«

»Genaugenommen ja.«

»Genaugenommen? Sie sind also, mit anderen Worten, als Spitzel hierhergekommen, als eine Art Informantin in Diensten der Bundesregierung, und haben hinsichtlich Ihrer Tätigkeit falsche Angaben gemacht. Sie haben also gelogen. Aber jetzt lügen Sie uns nicht an? Ist das korrekt?« fragte Marvin.

»Euer Ehren«, sagte ich.

»Mister Pomroy«, sagte sie.

»Ich habe keine weiteren Fragen an die Zeugin«, sagte er.

Temple Carrol reichte mir vom Zuschauerraum aus eine Nachricht. *Garland Moon ist in deiner Kanzlei und läßt sich nicht abwimmeln. Soll ich die Polizei rufen?* stand darauf.

Stonewall Judy unterbrach die Sitzung für zwanzig Minuten, und ich zog mir einen Regenmantel über den Kopf, ging über die Straße und stieg die Treppe zu meiner Kanzlei hinauf. Moon saß im Vorzimmer. Er trug ein graues, weit ausgeschnittenes Bodybuilderhemd, auf dem VENICE BEACH, CALIFORNIA stand, dazu Turnschuhe und graue Jogginghosen mit roten Längsstreifen am Bein. Feixend verzog er das Gesicht, als er mich sah.

»Haben Sie sich also von Ihrem Balg losgerissen. Ich glaube, Sie beschäftigen sich mehr mit mir, als Sie zugeben wollen«, sagte er.

»Kommen Sie mit in mein Büro«, sagte ich.

Er rappelte sich träge auf, kreiste mit dem Hals, reckte die Schulter. Auf dem Weg zu meinem Büro riß er am Türstock ein Streichholz an, um sich damit eine Zigarette anzuzünden.

»Billy Bob, ich kann bloß hoffen, daß den bald jemand umbringt«, sagte Kate, meine Sekretärin.

Ich ging in mein Büro und zog die Tür hinter mir zu. Moon stand am Fenster, bog mit einem Finger die Jalousie auf und schaute hinab auf die regennasse Straße, auf die Menschen, die dort entlanggingen, ohne zu ahnen, daß sie von einem Paar blauer Augen beobachtet wurden.

»Jemand mit viel Geld hat mir ein Angebot gemacht. Eine Arbeit, die jemand wie ich hinkriegt«, sagte er.

»Kommen Sie zur Sache, Moon.«

»Geld nützt mir nichts. Ich will das Land, das mir zusteht. Wenigstens einen Teil davon.«

»Was wollen Sie?«

»Fünf Hektar hinter Ihrem Anwesen drunten am Fluß. Ich will mir ein Haus baun, eine Art Blockhütte. Mit nem Gemüsegarten und ein bißchen Geflügel, damit bin ich bestens bedient.«

»Was bekomme ich dafür?«

»Ich knöpf mir jeden, den Sie wollen, mit ner Holzraspel vor. Ich hab mit Leuten Sachen gemacht, da kommen Sie gar nicht drauf.«

»Ich glaube, Ihr reicher Wohltäter benutzt Sie nur, Moon.«

Ich sah, wie er vom Hals aufwärts rot anlief.

»Hier gibt's einen Bengel, der sich für den größten Macker hält, weil er mit nem Football umgehn kann –« Dann hatte Moon sich wieder im Griff und grinste mich an.

»Sie haben seinerzeit ein Negermädchen geschändet. Deswegen hat mein Vater Sie gefeuert«, sagte ich.

Er ging zu meinem Schreibtisch und drückte seine Zigarette aus. Das Regenwasser glitzerte auf seinen Armen, und wenn er die Muskeln anspannte, wirkten sie, als wären sie aus weißem Gummi gemacht.

»Die Kleine hat gelogen. Ihr Onkel isses gewesen«, sagte er.

»Sie waren 1965 an der Matagorda Bay, zur gleichen Zeit, als mein Vater ums Leben kam.«

Seine Augen funkelten kurz, dann feixte er mich wieder an.

»Das hängt Ihnen nach, was?« sagte er.

»Nein, es wird bloß höchste Zeit, daß Sie sich eine andere Suhle suchen. Setzen Sie sich lieber mit dem Dreckszeug auseinander, das Sie innerlich auffrißt.«

Er saugte an seinen Zähnen, kratzte sich mit dem Fingernagel in der Nase, ließ sich ansonsten aber keinerlei Regung anmerken. »Sie haben einen schweren Schlag weg, meine Junge, aber ich weiß, wie sich so was wieder einrenken läßt«, sagte er.

Er schlenderte durch das Vorzimmer hinaus in den Flur, strich mit dem Finger über den Schreibtisch der Sekretärin.

Ich öffnete die Fenster, ohne mich um den Regen zu scheren, der auf den Teppich tropfte, und sagte meiner Sekretärin, daß sie beim nächsten Mal die Polizei rufen sollte.

Als ich ins Foyer kam, wartete er auf mich. Der Regen prasselte auf das Pflaster und spritzte durch den Torbogen herein.

»Ihre Mutter hat Ihnen wahrscheinlich erzählt, daß Ihr Vater tapfer in den Tod gegangen is«, sagte er. »Er hat sich am Boden gewunden, geschrien wie ein angestochenes Schwein, hat gebetet und gebettelt, daß ihn jemand ins Krankenhaus bringt, und sein Pimmel hat aus der Hose gehangen wie ein weißer Wurm. Ich hab mich hinter den Geräteschuppen verzogen und gelacht, bis ich keine Luft mehr gekriegt hab.«

Ich zog ein vergilbtes Anzeigenblatt aus einem offenen Briefkasten, schlug es auf und drückte den Falz durch. Ich ging auf ihn zu, blieb unmittelbar vor ihm stehen und sah, wie ein Nerv unter seinem eingesunkenen Auge zuckte.

»Hier, Garland, halten Sie sich das über den Kopf, damit Sie nicht naß werden. Da draußen gießt es wie aus Kübeln«, sagte ich und ging mitten durch den Verkehr über die Straße.

30

Virgil Morales, das Mitglied der Purple Hearts aus San Antonio, war mein nächster Zeuge. Er trug eine weiße Hose mit messerscharfen Bügelfalten, Slipper mit Bommeln, einen dunkelroten Wildledergürtel und ein kurzärmliges, mit grünen und roten Blumen besticktes Hemd. Seine frisch gekämmten Haare rollten sich im Nacken wie ein nasser Entenschwanz. Locker und gelassen ging er zum Zeugenstuhl, warf den Geschworenen einen ehrerbietigen, beinahe unterwürfigen Blick zu – kurzum, er hatte eine geradezu wundersame Verwandlung vom nichtsnutzigen Biker zum Inbegriff eines tadellosen, wenn auch ein wenig eitlen, aus einfachen Verhältnissen stammenden Jungen durchgemacht, der sich ganz in den Dienst der Gerechtigkeit stellen wollte. Ich hätte mir keinen besseren Zeugen wünschen können.

»Sind Sie sicher, daß der Angeklagte zu dem Zeitpunkt, als Roseanne Hazlitt noch lebte, besinnungslos war?« fragte ich.

»Der Typ war völlig weggetreten. Der hat nix mehr mitgekriegt. Ich hab mir Sorgen um ihn gemacht«, erwiderte Virgil.

»Wieso Sorgen?«

»Weil ich gedacht hab, daß er vielleicht tot is.«

Doch dann, als die Richterin Marvin fragte, ob er den Zeugen ins Kreuzverhör nehmen wolle, wurde mir klar, daß Ungemach drohte.

»Im Augenblick habe ich keine Fragen, Euer Ehren. Aber wenn es Ihnen recht ist, möchte ich den Zeugen vielleicht später noch einmal aufrufen«, sagte er.

Um 16 Uhr 25 rief ich Jamie Lake auf, was wiederum hieß, daß sie die letzte Zeugin an diesem Tag war und daß ihre Aussage den Geschworenen über Nacht am nachhaltigsten in Erinnerung bleiben würde. Ich traute meinen Augen kaum, als sie auftrat. Sie trug Sandalen, Reifohrringe, ausgeblichene Jeans, die knapp unter der Hüfte saßen, und ein bunt eingefärbtes Strandhemd, das die Drachentätowierungen auf ihrer Schulter eher betonte, als daß es sie verdeckte. Sie hatte sich blonde Strähnen färben lassen und die Haare hochgesteckt wie eine Fabrikarbeiterin aus dem Zweiten Weltkrieg. Sie ließ eine Kaugummiblase platzen, als sie zum Zeugenstand ging, wiegte sich in den Hüften und warf einen Blick auf die Geschworenenbank, als betrachte sie einen Haufen Hühner, die auf der Stange hockten.

Diesmal verzichtete Marvin Pomroy nicht auf das Kreuzverhör.

»Waren Sie der Meinung, daß der Angeklagte tot sei?« fragte er.

»Nein«, antwortete sie.

»Warum nicht?«

»Weil er geatmet hat. Tote atmen nicht.«

»Danke für den Hinweis. Hat Ihnen jemand Geld dafür gegeben, daß Sie heute hierherkommen?« fragte er.

»Nein«, erwiderte sie.

»Hat jemand Ihrem Freund Virgil Morales Geld dafür gegeben, daß er heute hierhergekommen ist?«

Sie kaute ihren Gummi, hob die rechte Hand und musterte die Ringe an ihren Fingern.

»Haben Sie die Frage verstanden?« sagte Marvin.

»Ja, ich denk grad nach. Wieso fragen Sie mich das und nicht ihn? Etwa weil ich blöd bin und er schlau is, oder weil ich schlau bin und Virgil ein Mex is, der von Tuten und Blasen keine Ahnung hat?« erwiderte sie.

»Haben Sie heute irgendwelche Betäubungsmittel genommen, Miss Lake?«

»Ja, ich hab grad beim Gerichstdiener ein bißchen Speed abgestaubt. Wo hat man Sie denn hergeholt?«

Danach präsentierte Marvin die per Gerichtsbeschluß von der Bank angeforderten Unterlagen mit dem jeweiligen Kontostand von Jamie Lake und Virgil Morales.

»Sowohl Sie als auch Virgil haben vor drei Wochen, und zwar am gleichen Tag, jeweils fünftausend Dollar eingezahlt, Miss Lake. Wie sind Sie zu dieser stattlichen Summe gekommen?« fragte Marvin.

»Ich hab gar nix eingezahlt. Es war einfach da, nachdem ich meine Aussage gemacht hab«, sagte sie.

»Aber mit Ihrer Zeugenaussage heute hat das nicht das geringste zu tun? Es hat sich nur so ergeben?«

»Ich hab meinen Urin untersuchen lassen und einen Lügendetektortest gemacht.«

»Sie haben Geld dafür bekommen.«

»Der Typ da drüben, dieser Lucas, der hat ausgesehn wie ne Leiche, die grad aus dem Kühlfach gefallen is. Spielen Sie doch von mir aus weiter mit Ihren Hosenträgern, wenn Ihnen das, was ich sage, nicht paßt. Entschuldigung, ich nehm's zurück. Lecken Sie mich kreuzweise, Sie mickriger kleiner Trottel.«

Angeschmiert und ausgetrickst – und ich war glatt darauf reingefallen.

Eine Stunde später fuhr ich Mary Beth zu unserem kleinen Flugplatz. Die Fenster meines Wagens hingen voller Regentropfen, und Wetterleuchten zuckte über den Hügeln.

»Nimm's nicht zu schwer«, sagte sie.

»Es war ein abgefeimter Trick. Die beiden haben die Wahrheit gesagt, aber jemand hat ihnen Geld gegeben, und damit nutzt ihre Aussage nur der Anklage.«

»Haben Felix Ringo und Jack Vanzandt sie zu dir geschickt?«

»Reden wir über was anderes.«

»Tut mir leid.«

Es war sinnlos. Alles, was ich zu ihr sagte, war falsch. Wir standen unter einem Schuppen, von dem der Regen tropfte, und sahen zu, wie eine zweimotorige Maschine, deren Propeller das Wasser auf dem Vorfeld aufwirbelten, auf uns zurollte. Ich spürte, daß etwas zu Ende ging, ohne es benennen zu können.

»Ich habe dir nicht viel gebracht, was?«

»Aber klar doch.«

»Ich muß über einiges nachdenken. Diesmal rufe ich bestimmt an«, sagte sie.

Dann geschah etwas Seltsames, so als wäre ich ein halbwüchsiger Junge, der sich in sexuellen Phantasien erging. Ich legte meine Hände auf ihre Schultern, umarmte sie leicht, so daß meine Wange kaum ihr Gesicht berührte, doch vor meinem inneren Auge sah ich sie nackt, roch die Hitze auf ihrer Haut und den Parfümduft, der von ihren Brüsten aufstieg, spürte, wie sich ihr bloßer Bauch an meinen Unterleib preßte. Es war keine Lust. Es war eine ungestillte Sehnsucht, die in mir loderte wie eine Flamme, die sich nicht ersticken ließ, und ich kam mir vor, als wäre ich völlig allein. Einen Moment lang verstand ich, warum Menschen tranken und Gewalttaten begingen.

»Bis dann«, sagte sie.

»Wiedersehen, Mary Beth.«

»Paß auf dich auf.«

»Bestimmt.«

Ich sah zu, wie das Flugzeug im Regen abhob, immer höher stieg und auf ein blaues Stück Himmel im Westen zuflog. Ich setzte mich in meinen Wagen und fuhr in die Stadt zurück. Die Hügel wirkten schwammig und sattgrün, und die Wolken waberten darüber hinweg wie schlierige Qualmschwaden über brennenden Öltanks.

L. Q. Navarro wartete auf mich, als ich nach Hause kam. Er stützte die Hände auf das Fensterbrett in der Bibliothek und schaute hinaus auf einen Streifen kalten Sonnenlichts, der im Westen am Horizont stand.

»Ist ein ganz schön nasser Frühling gewesen«, sagte er.

»Ich habe heute womöglich den Prozeß verpatzt, L. Q.«

»Weißt du, worauf du bauen kannst? Auf den Charakter von dem Jungen. Er hat Mumm. Und weißt du, warum?«

»Sag's mir.«

»Er ist dein Sohn.«

»Du hast immer auf mich aufgepaßt, L. Q.«

»Weißt du, wie ich es anpacken würde? Hol den Jungen in den Zeugenstand und zeig den Geschworenen, aus welchem Holz er geschnitzt ist.«

Ich hatte immer noch meinen Hut auf. Ich setzte mich in den ledernen Polstersessel in der Ecke und zog die Krempe herunter. Ich hörte L. Q.s Sporen auf dem Teppich klirren.

»Bist du wegen der DEA-Frau so geknickt?« fragte er.

»Weißt du noch, wie wir mal in dem Biergarten in Monterey gewesen sind? Die Mariachi-Kapellen haben gespielt, und

du hast mit der Frau mit den Kastagnetten Flamenco getanzt. Nachts war es immer kühl, und wir konnten die Feuer draußen auf den Hügeln sehen, wenn die Sonne untergegangen war. Das war ein schönes Leben damals, nicht wahr?«

»Was diese – wie heißt sie gleich? – Mary Beth angeht ... Ich bin nach wie vor der Meinung, daß sie ein tüchtiges Mädchen ist. Manchmal muß man ner Stute ihren Willen lassen.«

»Ich hoffe, du nimmst es mir nicht übel, L. Q., aber wie wär's, wenn du den Mund hältst?« sagte ich.

»Lies das Tagebuch von deinem Urgroßvater. Den Frommen und Gerechten wird nur Gutes widerfahren.

Mitten im Grollen des Donners in der Ferne schlief ich ein. Als ich eine halbe Stunde später wieder aufwachte, war L. Q. weg, und Bunny Vogel hämmerte an meine Tür.

Er saß an meinem Küchentisch, hatte eine Tasse Kaffee in der Hand, und die bronzefarbenen Haare hingen ihm feucht um den Nacken.

»Noch mal von vorne«, sagte ich.

»Mein alter Herr ist mit der Frau, die in der Fabrik arbeitet, in der Kiste gewesen. Er sagt, er hat die Fliegengittertür eingehängt. Er glaubt, daß Moon ein Streichholzbriefchen reingeschoben und den Haken hochgestoßen hat. Die Braut, Geraldine heißt sie, hat ihn zuerst gesehen. ›Herbert‹, hat sie gesagt, ›da is ein Mann an der Tür. Er schaut uns zu‹, und sie rollt den alten Herrn von sich runter und versucht das Laken über sich zu ziehen.

Moon hat am Türpfosten gelehnt, eine Zigarette geraucht und die Asche in seiner Hand abgestreift. ›Hau ab, du Sack‹, hat mein alter Herr gesagt.

Sagt Moon: ›So was würd ich nicht in mein Bett lassen, jedenfalls nicht ohne Terpentinbad und Rizinuskur.‹

Mein alter Herr sagt: ›Ich hab eine Knarre im Nachtkasten.‹

Moon lacht und sagt: ›Ein fetter alter Knacker wie du muß sich doch erst die Finger einfetten, damit er an den Abzug kommt.‹

Dann nimmt er Geraldines Kleidung, wirft sie ihr zu und sagt: ›Verzieh dich, Frau. Von dir will ich nichts.‹

Mein alter Herr versucht aufzustehen, aber Moon schubst ihn mit drei Fingern zurück. Müssen Sie sich mal vorstellen – ein großer, fetter, nackter Typ, dem bei jedem Atemzug die Lunge pfeift, wenn er sich von der Matratze hochstemmen will, während ihn ein anderer ständig wieder runterstößt.«

»Was hat Moon gesagt?«

»Er hat gesagt: ›Schade, daß ich Bunny verpaßt habe. Ich hab gehört, daß er's auf der Uni gewaltig hat krachen lassen. Das gefällt mir.‹«

»Sonst nichts?«

Bunny schaute die Kühlschranktür an, riß die Augen auf und mahlte mit dem Unterkiefer, als ob auf dem weißen Lack ein Film abliefe. Dann gab er einen dumpfen Ton von sich und setzte von neuem an. »Er hat meinen alten Herrn an der Nase gepackt, hat zugedrückt und sie hin und her gedreht. Und dabei hat er ihn die ganze Zeit angegrinst.«

Bunnys Augen waren rosarot unterlaufen und schimmerten unnatürlich, wie ein geschältes Osterei, das beim Färben fleckig geworden ist. Er starrte in seine Kaffeetasse.

»Es geht noch um was anderes, nicht wahr?« sagte ich.

Er schüttelte den Kopf.

»Worum, Bunny?«

»Der alte Herr hat sich von mir zum Busbahnhof bringen lassen. Er hat gesagt, er will meine Oma in Corpus Christi besuchen. Er hat gesagt, ich soll das auch machen.«

»Tragen Sie's ihm nicht zu sehr nach«, sagte ich.

Dann fing Bunny an zu weinen.

»Was verschweigen Sie, mein Junge? Wessen schämen Sie sich so?« fragte ich.

Doch er gab keine Antwort.

Ich konnte nicht schlafen. Erst wollte ich in dem Café bei der Kirche ein spätes Abendessen zu mir nehmen, aber es war geschlossen. Daher fuhr ich zu dem Drive-in-Restaurant im Norden der Stadt, einem im Neonlicht liegenden Flecken Niemandsland, das während der Woche von den Kids aus dem East End in Beschlag genommen wurde, weil sie über das entsprechende Geld verfügten, keinem Beruf nachgingen und keinerlei Verpflichtungen hatten. Vielleicht auch, weil es der einzige Ort war, an dem sie unter sich waren, sahen, daß die anderen das gleiche geheime Bedürfnis hatten wie sie, und eine Zeitlang nicht von ihm umgetrieben wurden.

Ich nahm in einer mit rotem Vinyl gepolsterten Sitznische am Fenster Platz und schaute durch den Regen auf die in Reih und Glied stehenden Wagen, die unter der auf Spanndrähten aufgezogenen Segeltuchplane parkten. Die Fenster der Autos waren von innen beschlagen, bei manchen lief der Motor, so daß feine Rauchschwaden in die nasse Luft aufstiegen. Ab und zu glimmte eine Zigarette im Wind auf, gelegentlich zeichneten sich eine Schulter oder ein Haarschopf an den Scheiben ab. Aber niemand, jedenfalls ich nicht, wußte, was in all den von Hand gewienerten, auf Hochglanz polierten, aufgemotzten und tiefer gelegten Wagen, deren Lack wie bengalisches Feuer im Neonlicht funkelte, vor sich ging.

Es war ein ganz normaler Werktag, aber offenbar mußten sie morgen nicht zur Schule. Saßen sie da drin und knutschten miteinander ebenso unschuldig und voller Verlangen wie Generationen junger Menschen vor ihnen? Hatten auch sie das Gefühl, etwas Neues und Wundersames zu entdecken, wenn sie ihr Bier tranken, so als stellten der Frühling, ihr lustvolles Sehnen und die Glut in ihrer Kehle eine einzige große Verheißung dar, die wie ein niemals endender Song war? Waren auch sie wie junge Blumen, die einstmals aufblühen und ihre Pollen verbreiten würden? Oder waren sie bereits von Haß und gegenseitiger Verachtung zerfressen, empfanden keinerlei Freude mehr aneinander, verachteten alles, was anders war, ohne zu wissen, warum?

Darl Vanzandts 32er Ford stand inmitten der anderen Wagen unter der Segeltuchplane. Der kirschrote Lack glänzte feucht und schimmernd wie ein offener Wundkanal. Das Fenster auf der Beifahrerseite war heruntergekurbelt, und Darls bloßer Arm hing über der Tür, so daß der Bizeps hervortrat wie eine kleine weiße Grapefruit. Ein Mädchen saß auf seinem Schoß und kämmte ihm die Haare, legte sie ein ums andere Mal zurecht, so als arbeite sie an einer Skulptur. Er wandte den Kopf und schaute mit ausdrucksloser Miene und leerem Blick zum Restaurant.

Die Kellnerin brachte mir ein Steak mit zwei Spiegeleiern oben drauf, dazu eine Portion Bohnenpüree und Tortillas. Ich stach die Eidotter auf dem Steak an, schnitt das Fleisch in dünne Streifen und rollte sie mitsamt dem Bohnenpüree in eine Tortilla. Als ich aufblickte, rannte das Mädchen aus Darls Wagen durch den Regen auf das Restaurant zu. Sie kam durch die Tür, schüttelte sich das Wasser aus den Haaren, steckte einen Vierteldollar in das Münztelefon neben meiner Nische, warf einen Blick durch das Fenster und scharrte nervös mit dem Fuß am Boden.

»Mister Vanzandt? … Ja, ich bin's, Holly. Hören Sie, Darl ist nicht mehr fahrtüchtig«, sagte sie. »Ja, gut, ich würd ihn ja heimfahren, aber er hat gesagt, ich soll mein Diaphragma rausnehmen und mich verpissen. Deshalb denk ich mir, ich sag lieber gute Nacht und laß jemand anders den Scheiß für ihn ausbügeln. Bye.«

Sie hängte ein, schaute das Telefon an, sagte: »Scheißtyp« und ging wieder hinaus.

Als ich an der Kasse stand und meine Rechnung bezahlte, sah ich, wie Jack Vanzandts Cadillac mit einem schwarzen Chauffeur am Steuer auf den Parkplatz fuhr und Jack in Jeans, Tennisschuhen und einem Polohemd ausstieg und zum Wagen seines Sohnes ging. Darl saß nach wie vor auf dem Beifahrersitz, doch sein Kinn war jetzt auf die Brust gesunken. Jack legte seinen Kopf zurück und versuchte ihn aufzuwecken, aber Darls Gesicht war völlig blutleer, er hatte die Augen geschlossen, und seine Haut schimmerte talgig wie zerlaufenes Wachs.

Bis ich meinen Avalon anließ, hatte sich Jack bereits ans Lenkrad von Darls Wagen gesetzt und war mit seinem Sohn zum Highway gefahren. Jack wartete auf eine Lücke, damit er nach links abbiegen konnte, während ich nach rechts, in Richtung Westen fahren wollte. Dann erlebte ich etwas, das meine festgefügten Meinungen bezüglich menschlichen Verhaltens und der Macht der Liebe über den Haufen werfen sollte.

Die Scheinwerfer eines Lkws erfaßten den tiefgelegten Ford und tauchten ihn in gleißendes Licht, und ich sah, daß Darl den Kopf an die Schulter seines Vaters gelegt hatte. Dann wischte Jack irgend etwas weg, eine Brotkrume vielleicht, die unter den geschlossenen Augen seines Sohnes hing, und küßte ihn mit unverhohlenem Kummer mitten auf die Stirn.

Als am nächsten Morgen die Sonne aufging, war es immer noch dunkel und regnerisch. Ich saß am Frühstückstisch und las Urgroßpapa Sams Tagebuch.

30. August 1891

Der Prediger, der mich geweiht hat, ist mit glühenden Hufeisen im Gesicht gebrandmarkt worden. Er hat gesagt, daß den Frommen und Gerechten nur Gutes widerfährt. Seinerzeit kamen mir seine Worte vor wie Schneeflocken, die aus der Glut seines Glaubens aufstiegen. Doch heute klingen sie mir schal in den Ohren. Ich bin meiner Berufung nicht gerecht geworden. Wozu es noch länger leugnen.

Die da drunten in den Erdhöhlen sind heute abend betrunken. Sie haben zwei weiße Prostituierte mitgebracht, ein wildes Schwein erlegt und es am Flußufer auf offenem Feuer gebraten, und sie haben die Fiedel gespielt und sind um die Flammen getanzt. Ich habe mir überlegt, ob ich mich in Richtung Süden verziehen sollte, zum Red River und nach Texas, aber angeblich sind dort lauter Bundesmarshalls stationiert, damit keine vom Zeckenfieber verseuchten Herden zu den Verladebahnhöfen in Kansas getrieben werden, und die halten mir garantiert einen Haftbefehl vor und legen mich in Ketten.

Meine Öllampe ist niedergebrannt, und in unserem kleinen Haus tanzen die Schatten, während ich diese Zeilen niederschreibe. Die Erde in unserem Garten ist trocken und rissig und wimmelt von Insekten, und Jennie versucht die Mäuse mit einem Sackrupfen von den Melonen und Kürbissen zu verscheuchen. Es wird nichts nützen, aber das sag ich ihr lieber nicht.

Ich kann mich nach wie vor nur schwerlich damit abfinden, daß ich von Gesetzes wegen gesucht werde. Beim bloßen Gedanken daran jucken mir die Hände, als ob ich die Krätze hätte. Die da drunten in den Erdlöchern haben jetzt das Faß geköpft, kippen den Whiskey in sich hinein und hüpfen im Feuerschein herum wie wild gewordene Indianer. Ich bin am Little Round Top gewesen und habe erlebt, wie die Soldaten, halbe Kinder noch, die ich anvisiert habe, im Feuer meiner Flinte gestorben sind. Obwohl damals Krieg war, habe ich es oft bereut. Aber wenn ich die Felsen über dem Cimarron sehe, stelle ich mir ständig vor, wie ich da oben mit einem Henry-Stutzen oder einer Winchester-Büchse im Hinterhalt liege. Da drunten kippen die

Doolins und die Daltons ihren Whiskey im Feuerschein. Ich wische mir die schweißnassen Hände an der Hose ab und muß mir die Gedanken verkneifen, die mir durch den Kopf gehen.

Ich sage mir, daß ich den Durst, der in mir brennt, lieber mit Whiskey stillen sollte als mit Blut. Aber ich weiß auch, daß ich wieder zum Trunkenbold werde, wenn es schon so weit mit mir gekommen ist. Morgen will ich nach Wichita reiten und mich der Obrigkeit stellen, und ich werde die Rose vom Cimarron verlassen. Ich bin bangen Muts, was die Behandlung angeht, die mir vor einem Yankee-Gericht zuteil werden wird, und ich weiß nicht, ob ich sie oder Texas jemals wiedersehen werde. Ich habe gehört, daß ein schottischer Sklavenhändler angeblich die wunderbare Hymne »Amazing Grace« geschrieben haben soll. Die Worte »ein Beladener wie ich« haben mir bislang wenig gesagt.

Ich werde morgen früh durch das Lager drunten bei den Erdhöhlen reiten, damit die Daltons und die Doolins nicht behaupten können, sie hätten keine Gelegenheit gehabt, mich hinterrücks niederzuschießen. Für gewöhnlich hat Emmett die andern im Griff, aber falls er nicht zugegen sein sollte, kann ich mein Dasein hier am Cimarron vielleicht doch noch zu einem halbwegs guten Ende bringen.

31

Am nächsten Tag rief Marvin Pomroy Virgil Morales erneut in den Zeugenstand und nahm ihn auseinander. Nachdem Marvin sich wieder hingesetzt hatte, warf ich einen Blick zu seinem Tisch. Seine Jacke hing über der Stuhllehne, und das weiße

Hemd, über das sich die knallroten Hosenträger spannten, strahlte wie Neuschnee. Er sah, daß ich zu ihm schaute, zog die Augenbrauen hoch und zuckte mit den Achseln. Marvin kannte kein Pardon.

Während einer Verhandlungspause am Vormittag erhob sich Emma Vanzandt von einer Bank auf dem Korridor und hielt Temple Carrol und mich vor dem Gerichtssaal auf. Darl, der eine graue Hose, ein blaues Sportsakko und eine Goldkette mit einem kleinen goldenen Football trug, die aus seinem Hemdkragen hing, und aussah wie ein mustergültiger Student, blieb hinter ihr sitzen.

»Haben Sie einen Moment Zeit?« fragte sie. Sie war stark geschminkt, und feine Fältchen zogen sich um ihre Augen- und Mundwinkel, als sie sich ein falsches Lächeln für die Schaulustigen abrang.

»Tut mir leid«, sagte ich. Am anderen Ende des Korridors sah ich Jack Vanzandt, der sich an einem Verkaufsstand eine Zigarre besorgte.

Emmas Daumen und Zeigefinger schlossen sich um mein Handgelenk.

»Tun Sie das nicht«, sagte sie.

»Was?«

»Geben Sie Darl nicht die Schuld am Tod des Mädchens.«

»Er ist nicht der Angeklagte.«

»Beleidigen Sie mich nicht, Billy Bob.«

»Ihr Junge wurde noch nie zur Rechenschaft gezogen. Warum lassen Sie ihn nicht wenigstens einmal für sich selbst geradestehen?«

»Jack hat bereits Vorsorge dafür getroffen, daß er sich in eine therapeutische Einrichtung in Kalifornien begibt. Es handelt sich um eine einjährige stationäre Behandlung. Um Himmels willen, geben Sie uns die Gelegenheit, unsere Probleme selbst zu bereinigen.«

»Darl ist zu mir nach Hause gekommen. Er hat mir angeboten, seinen Vater preiszugeben«, sagte ich.

»Er hat angeboten –« Sie wirkte wie erstarrt, so als sei sie unverhofft ins Blitzlicht eines Fotografen geraten.

»Sie haben ein Monster in Ihrem Haus, Emma. Was immer auch vor diesem Gericht geschehen mag, es wird daran nichts ändern«, sagte ich.

Temple und ich ließen sie mitten auf dem Korridor stehen. Sie bewegte tonlos die Lippen, während ihr Stiefsohn hinter ihr auf der Bank an den Fingernägeln zupfte.

Temple und ich begaben uns in den ersten Stock des Gerichtsgebäudes, besorgten uns am Automaten kalte Getränke und tranken sie bei einem hohen Bogenfenster am Ende des Gangs. Der Regen hatte vorübergehend aufgehört, doch die Straßen waren überflutet, und die vorbeifahrenden Autos schleuderten Wasserschwaden auf den Rasen vor dem Gerichtsgebäude.

»Machst du dir Gedanken wegen dem, was du zu Emma gesagt hast?« fragte Temple.

»Eigentlich nicht.«

»Wenn du dir den Kopf darüber zerbrichst, daß du's Darl anhängst –«

»Die Geschworenen werden bei Darl kein Motiv erkennen. Wir können ihn allenfalls als Mitwirkenden hinstellen, aber nicht als Hauptschuldigen.«

Sie schwieg. Ich hörte, wie sie die Aluminiumdose auf dem Heizkörper abstellte.

»Willst du's nicht aussprechen?« fragte sie.

»Bunny Vogel wird einen schweren Tag erleben«, sagte ich.

»Das ist der Falsche.«

»Verdammt, ich wünschte, ich könnte es auch so einfach ausdrücken. ›Das ist der Falsche.‹ Große Klasse.«

Meine Schritte hallten auf dem Holzboden wider, als ich zur Treppe zurückging.

Sie holte mich auf halber Höhe ein und baute sich mit angewinkelten Armen vor mir auf. Eine kastanienbraune Haarsträhne ringelte sich um ihr Kinn. »Es gibt nur einen Menschen, einen *einzigen*, der immer zu dir gestanden hat. Tut mir leid, daß ich nicht ein paarmal mit dir gevögelt habe, damit ich mich auch aus der Stadt absetzen kann, ohne dich auch nur einmal anzurufen. Diese Art Treuebeweis kriegst du nur von Bundesbediensteten geboten.«

Sie ging allein die Treppe hinab, mußte ihre ganze Wut aufbieten, damit sie nicht in Tränen ausbrach. Ich stand schweigend da und fragte mich, was mich Lucas' Prozeß am Ende alles kosten mochte.

Nachdem Darl Vanzandt den Eid abgelegt hatte, saß er schief im Zeugenstuhl, senkte schüchtern den Blick, als ob alle Welt auf ihn achtete, spielte mit seinem Klassenring und unterdrückte ein Lächeln, als er zu seinen Freunden schaute.

»Bunny Vogel ist mit Roseanne Hazlitt gegangen, nicht wahr?« fragte ich.

»Das weiß doch jeder.«

»Ist Bunny Ihr Freund?«

»Er war's mal.«

»Er hat sich auf der Universität um Sie gekümmert, nicht wahr?«

»Wir stammen aus der gleichen Stadt, deshalb haben wir zusammengehalten.«

»Er hat einen Tudor bestochen, damit er ein Prüfungsergebnis für Sie fälscht, nicht wahr?«

Darls grüne Augen blickten ins Leere, trübten sich dann und richteten sich auf mich, so als müßten die Worte, die er hörte, erst in eine andere Sprache übersetzt werden, ehe er sie verstand. Er rieb sich den hellen Flaum an seiner Kinnlade. »Ja, wir sind beide geflogen«, sagte er.

»Hat ihm Ihre Stiefmutter einen Job im Skeet-Club besorgt?«

»Ja.«

»Ihr seid doch zusammen ausgegangen und auch gemeinsam in dem Drive-in-Restaurant verkehrt?«

»Manchmal.«

»Ihr wart also ziemlich dicke Freunde, stimmt's?«

»Das war mal, is aber nicht mehr so.«

»Lassen Sie sich von anderen Leuten anmachen, Darl?«

»Wie meinen Sie das?«

»Kann man Sie anpöbeln, herumschubsen, so tun, als wären Sie ein Waschlappen?«

»Nein, so was laß ich mir nicht bieten.«

»Was ist mit dem kleinen Mexikaner passiert, der Ihren Wagen mit seinem Nagel zerkratzt hat?«

»Dem hab ich die Hucke vollgehaun.«

»Weil Ihnen niemand dumm kommen und sich an Ihrem Eigentum vergreifen darf, stimmt's? Weil Sie ihm sonst die Hucke vollhauen?«

»Ja, ganz recht.«

»Haben Sie jemals eine Frau zusammengeschlagen, eine Prostituierte in San Antonio namens Florence LaVey?«

»Nein, hab ich nicht. Ich hab mich bloß gewehrt, als mich jemand ausnehmen wollte.«

»Was passiert, wenn jemand Ihre Freunde schlägt, Darl? Hauen Sie demjenigen ebenfalls die Hucke voll?«

»Na klar doch.« Er schaute zu seinen Freunden und grinste.

»Haben Sie gesehen, daß Roseanne Hazlitt an dem Abend, an dem sie überfallen wurde, Bunny Vogel eine Ohrfeige gegeben hat?«

Er drückte mit den Fingern an seiner Nase herum. Seine Augen waren von feinen Äderchen durchzogen. Er schaute mich an.

»Ja. Beim Shorty's. War nix weiter dabei. Die is ständig wegen irgendwas stinkig gewesen«, sagte er.

»Und Sie sind wütend geworden, als Sie gesehen haben, daß Ihr Freund geschlagen wurde, nicht wahr?«

»Nein. Ich hab ihr und Lucas was zu trinken spendiert. Ich war auf niemand sauer.«

»Haben Sie bei der Gelegenheit Roofies – Betäubungsmittel – in Lucas' Glas gegeben?« fragte ich.

»Einspruch, Euer Ehren. Er setzt seinen eigenen Zeugen unter Druck und stellt ihm überdies Suggestivfragen«, sagte Marvin.

»Ich ziehe die Frage zurück«, sagte ich. »Darl, warum hat Roseanne Bunny Vogel eine Ohrfeige gegeben?«

»Sie hat gesagt, sie will sich taufen lassen. Sie wollte, daß er sie zur Kirche von den überkandidelten Pfingstlern bringt, die immer im Fernsehen sind.«

»Sie wollte sich taufen lassen?«

»Ich hab Ihnen doch gesagt, daß die total hirnvernagelt war. ›Mach zur Abwechslung mal was Anständiges‹, hat sie gesagt. ›Bring mich zur Taufe. Vielleicht färbt ein bißchen was davon auf dich ab.‹ Und Bunny sagt: ›Komm, wir machen ne Spritztour. Ich kurbel die Fenster runter, damit du das Dope aus der Birne kriegst.‹

Und sie sagt: ›Ich will runter zur Lakewood Church in Houston. Ich hab schon mit dem Pfarrer geredet.‹

Sagt Bunny: ›Das Shorty's is aber ne komische Kirche, wenn du den Leuten zeigen willst, daß du bekehrt bist.‹ Sagt sie: ›Ich will mich hier mit Lucas Smothers treffen. Der behandelt seine alten Freunde wenigstens nicht wie den letzten Dreck.‹ Und n anderer Typ sagt: ›Das kommt daher, weil er jetzt seinen Dreck mit dir macht.‹

Bunny hat ihr die Hand auf den Arm gelegt und gesagt, daß er sie heimfahren will. Und da hat sie ihm eine geknallt. Sie is reingegangen und hat ihm den Stinkefinger gezeigt.«

Darl warf seinen Freunden einen feixenden Blick zu.

»Hat Roseanne einst in dem gleichen Kirchenladen gearbeitet wie Sie, Darl?«

Ich sah, wie seine Augen einen Moment lang flackerten, so als sei ihm etwas aufgefallen. Dann wurde mir klar, daß seine Unruhe nichts mit meiner Frage zu tun hatte. Er starrte auf einen Zuschauer hinten im Gerichtssaal. Felix Ringo saß am Gang, hatte seinen Tropenhut auf dem Knie liegen, einen Ellbogen auf die Armlehne gestützt und hielt sich drei Finger vor den Mund.

»Was hat das denn damit zu tun?« fragte Darl.

»Beantworten Sie die Frage«, sagte die Richterin.

»Ja, sie hat dort gearbeitet«, sagte Darl.

»Wer hat ihr den Job besorgt?« fragte ich.

»Meine Eltern. Sie hat ihnen leid getan, weil sie so ein mieses Leben gehabt hat.«

»Woher kannten Ihre Eltern Roseanne Hazlitt, Darl?«

»Bunny hat sie mal mit zu uns gebracht. Wollen Sie etwa behaupten, ich hätt was mit der gehabt? Die hätt ich nicht angerührt. Die war da unten wahrscheinlich so weit wie der Panamakanal.«

Er warf mir einen verschmitzten Blick zu und beugte sich vor, so als wolle er näher zu seinen Freunden rücken, die genauso spöttisch grinsten, und dadurch alle übrigen Anwesenden im Gerichtssaal ausblenden.

»Haben Sie und Ihre Freunde Lucas Smothers unter Drogen gesetzt, ihn ausgezogen und im Country Club einen Eimer Jauche über ihn gegossen? Haben Sie seinen Garten verwüstet? Sind Sie zu mir nach Hause gekommen und haben versucht, mir zu drohen? Haben Sie einen Obdachlosen ermordet, Darl?«

»Mister Holland, das geht entschieden zu weit«, sagte die Richterin.

»Zurückgezogen«, sagte ich.

Darl wirkte wie benommen, als er wortlos und mit offenem Mund den Zeugenstand verließ. Er bleckte die Zähne wie ein hungriger Raubfisch.

Mittags paßte mich Marvin Pomroy ab und bat mich in sein Büro. Er setzte sich an seinen Schreibtisch, nahm seine Brille ab und rieb sich mit dem Handrücken über die Stirn.

»Hier gehen ein paar Sachen vor, bei denen mir gar nicht wohl zumute ist«, sagte er.

»Oh, das tut mir aber leid«, sagte ich.

»Ich habe wegen dieser Drohung nachgeforscht, die Moon angeblich gegen Bunny Vogel und seinen Vater ausgestoßen haben soll. Aber es gibt keinerlei Handhabe ... Er ist lediglich in ihr Haus eingedrungen, ohne vorher anzuklopfen.«

»Und warum erzählen Sie's mir dann?«

Er griff zu einem rosa Durchschlagbogen auf seiner Schreibunterlage.

»Es betrifft die junge Frau, die an der gleichen Straße wohnt wie Sie, Wilma Flores, die Mutter von dem kleinen Jungen, der immer an Ihrem Weiher angelt«, sagte er.

»Petes Mutter?«

»Ja, genau, so heißt er, Pete. Sie hat heute morgen um fünf die Polizei angerufen. Sie hat geduscht, bevor sie zur Arbeit gegangen ist. Dann hat sie das Badezimmerfenster abgewischt, um festzustellen, ob es draußen noch regnet. Zehn Zentimeter vor sich sieht sie einen Typen mit dünnen, glatt an den Kopf geklatschten roten Haaren und blauen Augen, wie sie sie noch nie bei einem Menschen gesehen hat.«

Ich spürte, wie meine Hände kribbelten, als wären sie taub, wie ich mehrmals die Fäuste ballte und wieder öffnete.

»Der Deputy hat eine Anzeige wegen Voyeurismus aufgenommen. Vermutlich wäre nichts dabei rausgekommen, wenn ich ihn nicht darüber hätte reden hören, als ich heute morgen in der Wachstube war. Ich habe ihn mit den Polizeifotos von Garland Moon und fünf anderen alten Bekannten von uns zu dem Haus geschickt. Der Deputy sagt, sie hat einen Blick auf Moons Foto geworfen und wollte dann nicht mal mehr den Finger darauf legen, weil sie ihn sofort wiedererkannt hat«, sagte Marvin.

»Wo ist Pete jetzt?«

»In der Schule. Ich postiere heute nachmittag einen Deputy vor dem Haus.«

»Ihre Deputies nützen gar nichts. Haben Sie sich Moon geschnappt?«

»Er hat zwei Zeugen, die behaupten, daß er um fünf Uhr morgens in einem Diner gefrühstückt hat.«

»Glauben Sie denen etwa?«

»Es geht um Voyeurismus. Selbst wenn wir ihn deswegen belangen könnten, käme er innerhalb einer Stunde wieder auf Kaution frei. Ich habe die junge Frau angerufen und ihr angeboten, daß Pete eine Zeitlang bei uns wohnen kann. Sie hat gesagt, ich wolle nur der Fürsorge helfen, damit man ihr den Jungen wegnehmen kann … Wo wollen Sie hin?« fragte er.

Stonewall Judy gewährte eine Verhandlungspause bis zum nächsten Morgen.

Ich fuhr nach Hause, ging in die Scheune, schloß die Sattelkammer auf und wühlte in den Hauen und Rechen, Hämmern, Pickeln und Äxten herum, die in einer alten Umzugstonne steckten. Trockene Erdklumpen und abgestorbene Unkrautranken hafteten an den Geräten, mit denen ich bei Frühlingsanfang den Gemüsegarten und die Blumenbeete umgeharkt hatte, an anderen klebten noch die Harzreste von Kiefernkloben, die ich letzten Herbst gehackt hatte. Doch ich wußte genau, wonach ich suchte.

Es war eine Breithacke, deren schwere rechteckige Eisenschneide nur mehr locker am Stiel saß. Ich spannte sie in einen Schraubstock, löste den Keil, mit dem der Griff festgeklemmt war, und zog den Stiel heraus. Er war aus dickem Eschenholz, das mittlerweile glatt und abgegriffen war. Ich legte ihn auf den Beifahrersitz des Avalon und fuhr in Richtung Stadt, als eine Regenwand über die Angusrinder hinwegzog, die dicht zusammengedrängt in einer Bodensenke auf der Weide meines Nachbarn standen.

Ich parkte hinter dem Blechschuppen, in dem Moon arbeitete. Der Regen prasselte auf meinen Mantel und die Krempe meines Stetson, als ich die Hintertür des Schuppens aufzog. Ein Schwarzer, der eine knapp sitzende Badehose trug und ein gelbes Tuch um den Kopf gebunden hatte, schliff an einer Schmirgelscheibe einen Eisenträger zurecht.

»Kann ich Ihnen behilflich sein?« fragte er.

»Ist das Ihre Werkstatt?«

»Was wollen Sie?«

»Garland Moon.«

Er musterte mich von oben bis unten. »Is das 'n Holzprügel, was Sie da unter Ihrem Regenmantel ham?«

»Mir war heute danach.«

Er nickte. »Er is runter zu Snooker's Big Eight.«

»Haben Sie vor, mich telefonisch anzukündigen?«

»Mir isses lieber, wenn ihr's dort austragt als hier ... Ich will Ihnen mal was sagen: Jemand wie der legt's drauf an, daß ihn jemand allemacht. Wenn Sie's nicht machen, gerät er früher oder später an den Richtigen.«

Ich fuhr eine halbe Meile weiter, zu einer Anhöhe über dem Fluß, auf der inmitten eines Eichenwäldchens, in dem es in den vierziger Jahren einen Biergarten gegeben hatte, ein langgestreckter Holzbau mit in die Fenster eingelassenen Ventilatoren stand. Der Parkplatz war voller Pickups und Motorräder, und der Regen fegte zwischen den Bäumen hindurch und klatschte an die Vorderfenster, die im Schein der roten und violetten Neonreklamen leuchteten.

Ich ging an dem Gebäude entlang, stieg über Pfützen hinweg und schaute durch die wirbelnden Ventilatoren auf die mit Filz bespannten Tische, die blinkenden und flackernden Flipperautomaten, die Biker, die an der Bar saßen und ihr Bier tranken, die riesige Konföderiertenflagge, die sich an der gegenüberliegenden Wand im Luftzug bauschte. Dann blickte ich durch die Fliegengittertür und sah ihn am Pooltisch. Er stand vornübergebeugt da und visierte über sein Queue hinweg die frisch aufgebauten Kugeln an, hatte den rechten Arm angespannt, so daß die grünen Venen hervortraten. Dann stieß er das Queue wie einen Speer gegen die weiße Kugel und eröffnete das Spiel.

Er richtete sich auf, lächelte zufrieden über den gelungenen Anstoß und griff nach der Kreide. Dann hörte er, wie die Fliegengittertür hinter ihm aufging und wieder zufiel, und er wollte sich gerade umdrehen, als ich ihm den Hackenstiel mit der scharf zulaufenden Kante über die Kinnlade zog.

Er sank leicht in die Knie, gab einen erstickten Laut von sich, eine Art Grunzen. Er preßte die Hand an die Wange, als ob er Zahnschmerzen hätte, blickte fassungslos und erschrocken auf, als ich erneut zuschlug. Diesmal traf ihn der Stiel am Mund.

Sein Queue war zu Boden gefallen und kullerte davon. Er schaute ihm hinterher, während ihm das Blut aus dem Mund lief und auf den Tischbezug tropfte, und wieder schlug ich zu, traf ihn an den Rippen, einmal mehr am Kopf, am Hals, über dem Ohr. Dann torkelte Moon durch die Hintertür hinaus, unter den Bäumen hindurch, am Rand der Klippe entlang. Unten auf dem Fluß tanzten die Regenkringel.

Ich holte beidhändig aus und zog ihm den Hackenstiel quer über das Rückgrat. Ich kam mir vor wie losgelöst aus Raum und Zeit, so als würde ich in ein rotschwarzes Loch gesogen, das loderte und qualmte wie brennendes Öl. Dann kam ich wieder zu mir, so als ob ich aus einem Traum erwachte, und ich bemerkte, daß ich den Hackenstiel nicht mehr in der Hand hatte, daß ich neben ihm kniete, mit der Faust auf sein Gesicht eindrosch und daß sein Kopf ein ums andere Mal gegen einen Baumstamm schlug.

»Das reicht, du Arschgeige«, sagte jemand hinter mir.

Ich drehte mich um und blickte zu einem Mann in Stiefeln und Lederweste auf, der einen durchdringenden Körpergeruch verströmte und mich mit hitzigem Blick anstarrte.

»Privatangelegenheit«, sagte ich. Doch meine Worte klangen, als stammten sie nicht von mir, als spräche jemand anders, und ich hörte sie nur durch den Regen zu mir schallen. Mein rechter Handrücken war mit Moons Blut verklebt.

Ein Biker, der neben ihm stand, musterte einen Moment lang mein Gesicht, streckte dann den Arm aus und hielt seinen Freund zurück.

»Das is ein gewisser Holland. Der Mistkerl is irre. Laß ihn in Ruh. Snooker hat schon die Bullen gerufen«, sagte er.

Sie zogen mitsamt ihrem Anhang wieder ab, stapften mit wehenden Haaren durch die Pfützen, als ob sie das Wasser, das über ihre Stiefel spritzte, gar nicht wahrnähmen.

Ich schaute wieder zu Moon, auf sein Gesicht, den Baum, vor dem er lag, sah die Grasflecken an seinen Ellbogen, die Schrammen um seine Augen, nahm den Regen wahr, der von den Zweigen tropfte, hatte all das mit einemmal klar vor Augen, und mein Atem ging wieder ruhiger, als ob ein Vogel mit blutigen Fängen aus meiner Brust aufgestiegen wäre.

»Sie meinen, Sie sind mit allen Wassern gewaschen, aber jemand lacht Sie aus, Moon, genauso wie einst die Aufseher, als sie Sie über ein Faß gelegt und ein Mädchen aus Ihnen gemacht haben«, sagte ich.

Er lehnte sich mit dem Rücken an den Baum, zuckte kurz zusammen und grinste mich an. Er wollte etwas sagen, räusperte sich, spie aus und fing von vorne an.

»Das ist mir scheißegal. Ich hab was gemacht, was Sie nicht mehr ändern können«, sagte er.

»Sie sind von den gleichen Leuten angeheuert worden, die Sie zuvor aus der Stadt jagen wollten.«

Er grinste wieder und wischte sich die Nase am Ärmel ab, aber ich sah ihm an den Augen an, daß meine Worte ihn getroffen hatten.

»Sie und Jimmy Cole sind draußen auf der Hart-Ranch auf irgendwas gestoßen, das Sie nicht hätten sehen sollen. Anschließend haben ein paar Typen jemanden auf Sie angesetzt, der Sie in Ihrem Motel mit einem Baseballschläger fertigmachen wollte. Die gleichen Typen haben mich hinter meiner Scheune aufgemischt. Einer von ihnen ist ein gewisser Felix Ringo.«

Er schaute hinaus in den Regen, runzelte die Stirn. Sein eingesunkenes Auge funkelte feucht.

»Ein mexikanischer Drogenfahnder, der in San Antonio stationiert is?« fragte er.

»Der Typ hat scheußliche Sachen angestellt. Dem macht es Spaß, wenn der andere Menschen quälen kann. Aber im Gegensatz zu Ihnen hat er die Regierung hinter sich.«

»Mit uns zwei beiden hat das nicht das geringste zu tun.«

»Wenn man Krebs hat, kann man nie wissen, wann einem die Stunde schlägt.«

»Sie haben's immer noch nicht kapiert, was? Wieso, meinen Sie, is das Rohr krepiert, an dem Ihr alter Herr zugange war? Bloß weil ein Lehrling sich drunten im Schacht eine Zigarette angezündet hat?«

Ich stand auf und reckte mich, spürte den jähen Schmerz, der mir links und rechts am Kreuz entlang bis in die Schenkel fuhr.

»Na los. Fragen Sie mich schon«, sagte er. Er saß breitbeinig da, hatte die Füße ausgestreckt. Seine flachen Arbeitsstiefel, die womöglich noch aus dem Gefängnis stammten, waren mit Lehm verkrustet.

Ich hob meinen Hut auf und klopfte den Schmutz von meinem Mantel. »Wenn Sie Pete oder seiner Mutter noch einmal zu nahe treten, verpasse ich Ihnen einen Lungenschuß. Ich schwör's Ihnen, Moon«, sagte ich und wollte weggehen.

»Ich bin zu der Pumpstation zurückgerannt und hab den Hahn aufgedreht. Das Rohr war voller Gas, als er die Flamme rangehalten hat. Haben Sie schon mal erlebt, wenn ne Katze auf ein Stromkabel beißt? Dem sein Gesicht hätten Sie mal sehn sollen«, sagte Moon.

Er fing an zu lachen, hielt sich die Brust, weil ihm die Rippen weh taten, und verzog das Gesicht wie ein böser Kobold. Er stieß mir mit dem Fuß den Hackenstiel zu, wollte etwas sagen, schüttelte dann nur den Kopf und kicherte hemmungslos vor sich hin.

Moon mußte tief in der Vergangenheit wühlen, damit er mir weh tun konnte, doch zur gleichen Zeit kaufte Darl Vanzandt drüben, auf der andern Seite der Stadt, ein Stahlseil und ein Paar U-Bolzen, so als wolle er beweisen, daß das Vermächtnis eines Garland T. Moon, was immer auch aus ihm werden mochte, auf eine neue Generation in Deaf Smith übergegangen war.

32

»Bist du Darl vom Gerichtsgebäude aus gefolgt?« fragte ich Temple.

Wir saßen auf der mit Fliegengitter umgebenen Veranda hinter meinem Haus. Pete war im Wohnzimmer und sah fern. Der Hof war voller Pfützen, auf denen abgefallene Blätter trieben.

»Du hast ihm alles brühwarm unter die Nase gerieben, vor seinen Freunden. Ein Junge wie der kennt keine Gnade mit seinen Feinden«, sagte sie.

»Die dumme Bemerkung, die ich gestern gemacht habe, tut mir leid.«

»Hab ich schon vergessen.« Sie nahm ihren Kaffeelöffel von der Serviette und legte ihn auf ihre Untertasse.

Ich wartete, doch sie saß mit ausdrucksloser Miene da, hatte die Finger reglos auf dem Tisch liegen. »Was will er mit einem Paar U-Bolzen und einem sechs Meter langen Stahlseil?«

Sie schüttelte den Kopf, dann sagte sie: »Aus irgendeinem Grund kribbelt's dabei im Bauch, vor allem im Zusammenhang mit Darl Vanzandt ... Hast du wirklich vor, Bunny Vogel die Hölle heiß zu machen?«

»Hinterher wird's noch schlimmer kommen.«

Sie schaute mich an und blickte dann durch das Fliegengitter. Sie wirkte ruhig, wenn auch versonnen und mit Gedanken beschäftigt, an denen sie selten jemanden teilhaben ließ. Ihre Bluse war aus der Jeans gerutscht, und der Babyspeck an ihrer Hüfte quoll über den Bund. »Hast du Lust, mit mir und Pete zu abend zu essen?« fragte sie.

Petes Mutter hatte sich bereit erklärt, ihn für ein paar Tage bei Temple wohnen zu lassen. An diesem Abend aßen wir in einer

Cafeteria, dann setzte ich die beiden ab, parkte den Wagen hinter meinem Haus, schaltete die Strahler im Hof ein, schüttete etwas Hafer in Beaus Box und ging mit L. Q.s Revolver, den ich unter dem Regenmantel trug, einmal rund um das Grundstück.

Danach schlief ich oben im zweiten Stock ein. Urgroßpapa Sams Tagebuch lag aufgeschlagen in meinem Schoß, und ich hatte einen wirren Traum, in dem es um zerrissene Stahlseile und röhrende Automotoren ging.

Bunny Vogel trug einen braunen Anzug, ein verwaschenes rosa Golfhemd und Sandalen, als er in den Zeugenstand trat. Er kratzte sich fortwährend mit vier Fingern am Gesicht, als habe sich ein Insekt in seine Wange gebohrt, und starrte in den Zuschauerraum, als halte er Ausschau nach jemandem, der nicht da war.

Ich stellte mich vor die Geschworenenbank, so daß Bunny entweder hinschauen oder den Blick abwenden und den Kopf senken mußte, wenn er meine Fragen beantwortete. Einen Gefallen tat ich ihm damit bestimmt nicht.

»Haben Sie mit Roseanne Hazlitt geschlafen, Bunny?« fragte ich.

»Wir sind auf der Schule miteinander gegangen.«

»Haben Sie mit ihr geschlafen?«

»Ja, Sir.«

»Würden Sie sagen, daß Sie sie geliebt haben?«

»Ja, ich glaub schon. Ich meine, wie das unter jungen Leuten halt so üblich ist.«

»Sie waren in der Oberstufe, und sie war erst fünfzehn, als Sie sie kennengelernt haben, ist das richtig?«

»Ja, Sir.«

»War sie noch Jungfrau?«

»Sie hat mir gesagt, sie wär keine mehr.«

»Aber Sie haben festgestellt, daß es nicht stimmte, nicht wahr?«

Er schob die Finger ineinander, warf einen Blick in den Zuschauerraum, zu den Vanzandts, den Jungs, mit denen er Football gespielt hatte, zu der Mexikanerin, mit der er jetzt ging, auf die wenigen freien Sitzgelegenheiten im hinteren Teil, wo möglicherweise später sein Vater Platz nehmen würde, wenn er noch kam.

»Bunny?«

»Ja, Sir, ich habe festgestellt, daß ich der erste war«, sagte er.

»Sie haben ihr weh getan, nicht wahr? Wollten Sie sie in ein Krankenhaus bringen?«

»Ja, Sir.«

»Aber nicht in dem Bezirk, in dem Sie jemand hätte kennen können?«

Er wandte sich von den Geschworenen ab und räusperte sich. »Das stimmt«, sagte er.

»Der Zeuge möge bitte etwas lauter sprechen«, sagte die Richterin.

»Ich hatte Angst. Sie war noch minderjährig«, sagte Bunny. Er richtete sich auf und rieb sich den Nacken.

»Und dann sind Sie auf die Universität gegangen und haben sie sitzenlassen?« fragte ich.

»Sie hatte genug andere Freunde. Sie hat sich welche gesucht, die viel besser waren als ich.«

»Haben Sie Virgil Morales beim Shorty's zusammengeschlagen?«

»Ja, wir sind schon früher mal aneinandergeraten.«

»Hat er Sie als Zuhälter bezeichnet?«

Bunny kniff sich mit der rechten Hand in den Schenkel. Er fuhr sich mit der Zunge über die Lippen. »Ja, das hat er«, sagte er.

»Woher kannte Roseanne Hazlitt Mister und Mrs. Vanzandt, Bunny?«

»Ich hab sie mal zu ihnen nach Hause mitgenommen. Ich habe sie vorge–«

»Wem haben Sie sie vorgestellt?«

»Wie schon gesagt. Ich hab sie mal zu ihnen mitgenommen.«

Die Worte blieben ihm jetzt fast im Hals stecken, und die Narbe an seinem Unterkiefer war dunkelrot angelaufen und wirkte wie ein Blutstreifen auf der braunen Haut.

»Haben Sie mit Mrs. Vanzandt sexuell verkehrt?« fragte ich.

»Das gehört nicht zur Sache, Euer Ehren«, sagte Marvin.

»Ich lasse die Frage zu«, sagte die Richterin. »Der Zeuge möge bitte antworten.«

»Einmal. Aber bloß, weil sie wegen irgendwas sauer war. Wegen ihrem Mann, mein ich. Ihr war halt danach«, sagte Bunny.

»Hat Roseanne Sie vor diesem Abend beim Shorty's schon mal geschlagen?«

»Nein, Sir.«

»Roseanne hat gesagt, wenn sie sich taufen ließe, würde das vielleicht auch auf Sie abfärben. Warum war sie so wütend auf Sie? Warum kam sie sich so ausgenutzt vor?«

»Weil sie keine Freunde mehr hatte. Bis auf Lucas. Er war der einzige, mit dem sie klargekommen ist.«

»Aber sie wollte sich von Ihnen zur Taufe bringen lassen. Weil Sie ihrer Ansicht nach schwere Schuld auf sich geladen hatten, nicht wahr?«

»Ich nehm an, daß sie das so gesehen hat.«

»Inwiefern haben Sie sich schuldig gemacht, Bunny? Warum meinte sie, daß ihre Taufe vielleicht auch auf Sie abfärben könnte?«

Er klemmte die Hände zwischen die Schenkel, tippte nervös mit dem Fuß auf den Boden, ließ den Kopf hängen. Seine langen, mädchenhaften Haare fielen ihm um den Hals.

»Beantworten Sie bitte die Frage«, sagte ich, aber ich hatte die Stimme gesenkt, weil ich nicht gar zu unbarmherzig klingen wollte.

»Ich bin mit ihr nach Dallas gefahren, wo wir uns mit Mister Vanzandt getroffen haben. Er hat drei Zimmer im Four Seasons gemietet, als ob nichts weiter dabei wäre, wenn er mit zwei jungen Leuten zusammen ist. Aber wir haben alle gewußt, worum es ging. Am ersten Abend hab ich sie mit runter in sein Zimmer genommen, und wir haben draußen auf dem Balkon was getrunken, aber ich bin dann wieder gegangen«, sagte er.

Er stützte die Stirn auf die Finger und starrte wie betäubt zu Boden. »Jawohl, das habe ich gemacht«, fügte er dann hinzu, so als sei ihm soeben die Tragweite seines Verhaltens bewußt geworden.

Emma Vanzandt stand auf, ging den Gang entlang und verließ den Gerichtssaal. Ihr Gesicht wirkte wie altes Pergament, das jeden Moment in einer Feuersbrunst verschrumpelt.

»Wie oft haben Sie das gemacht?« fragte ich.

»Sooft er Lust dazu hatte. Jedenfalls bis zu dem Moment, als sie gedacht hat, sie wär schwanger, und er gesagt hat, sie soll's wegmachen lassen, weil er nicht gewollt hat, daß ein fremdes Balg unter seinem Namen rumläuft ...«

Danach wurde es so still im Gerichtssaal, daß man nur noch das Summen der Ventilatoren und den Regen hörte, der auf die Fenstersimse prasselte. Niemand schaute zu Jack Vanzandt, bis auf seinen Sohn, der ihn musterte wie ein unbekanntes Wesen von einem anderen Stern, das ihm zum erstenmal unter die Augen gekommen war.

Fünfzehn Minuten später fiel im ganzen Gerichtsgebäude der Strom aus, worauf Temple, Lucas und ich zu einem hoch über dem Fluß gelegenen Grillrestaurant außerhalb der Stadt fuhren. Es hatte aufgehört zu regnen, der Himmel im Westen war blau, und man konnte die Schatten der Wolken sehen, die über das Hügelland hinwegzogen.

Lucas brachte keinen Bissen herunter. Ich beugte mich über den Tisch und zupfte den blutverkrusteten Fetzen Toilettenpapier ab, den er nach dem Rasieren auf den Schnitt an seiner Wange gepappt hatte.

»Da ist nichts weiter dabei. Sei einfach so wie du bist.«

»So wie ich bin?« sagte er.

Temple schaute mich unverwandt an.

»Du hast mich genau verstanden. Sag die Wahrheit, egal, worum es geht. Sei so wie immer, wenn du in den Zeugenstand trittst. Versuch nichts zu verheimlichen, versuche nicht, auf die Geschworenen einzuwirken, gib keine ausweichenden Antworten«, sagte ich.

»Was wollen Sie mich fragen?«

»Weiß ich noch nicht.«

Er sah aus, als sei ihm speiübel.

»Mach's so, wie Billy Bob sagt«, sagte Temple.

Er hielt sich die Serviette vor den Mund, stand auf und ging schleunigst zur Herrentoilette.

»Du willst ihn auseinandernehmen, was?« sagte Temple.

Wir warteten in meinem Büro, bis der Stromausfall nach drei Stunden endlich behoben war. Dann rief mich ein Gerichtsdiener an, und wir gingen nach unten, überquerten die Straße und begegneten auf dem Weg zum Gerichtsgebäude Marvin Pomroy.

»Ich muß Sie sprechen«, sagte er zu mir.

»Was gibt's?«

Er schaute zu Temple und Lucas.

»Es geht bestimmt um was Weltbewegendes, beispielsweise wie man die Parksünder im korruptesten Dreckskaff von ganz

Texas zur Kasse bitten kann«, sagte Temple und ging mit Lucas weiter.

Marvin schaute ihr nach, warf unwillkürlich einen Blick auf ihren Hintern.

»Meinen Sie, die würde auch für mich arbeiten?« fragte er.

»Wie wär's, wenn Sie zur Sache kommen, Marvin?«

»Zur Sache? Sie haben Garland Moon aufgehetzt und auf diesen mexikanischen Drogenfahnder angesetzt, stimmt's?«

Die Luft roch nach nassem Laub, überquellenden Abwasserkanälen und nach Asphalt, der in der Sonne trocknete. Ein Deputy Sheriff führte fünf an einer Hüftkette zusammengeschlossene Häftlinge in weißer Sträflingskleidung an uns vorbei.

»Schauen Sie mich an!« sagte Marvin.

»Ganz ruhig, Marvin«, erwiderte ich.

»Felix Ringo hat eine Absteige im Conquistador. Er sagt, daß jemand versucht hat, durch sein Badezimmerfenster einzudringen, und er schwört, daß es sich um Garland Moon gehandelt hat. Er sagt, der Kerl habe eine kleine Kettensäge bei sich gehabt, wie man sie zum Heckenschneiden benutzt.«

»Das schmeckt Ihnen nicht, was?«

»Sind Sie von Sinnen? Sie vermöbeln einen Psychopathen mit dem Hackenstiel, dann bringen Sie ihn auf dumme Gedanken und hetzen ihn gegen einen Polizisten auf. Sie sind Anwalt, und als solcher sollten Sie sich Recht und Gesetz verpflichtet fühlen.«

»Woher wollen Sie wissen, daß ich ihn gegen Ringo aufgehetzt habe?«

»Weil Sie nach wie vor den wilden Mann spielen. Weil Sie meinen, wir wären immer noch im alten Westen.«

»Besten Dank für den Hinweis, Marvin. Wirklich wahr.«

»Welchen Hinweis? Moon hat Ringos Wohnung drunten in San Antonio verwüstet. Passen Sie auf. Er hat seinen Kot über sämtliche Polstermöbel verschmiert. Worauf deutet das Ihrer Meinung nach hin?«

»Daß er todkrank ist und Bescheid weiß.«

»Tja nun, jetzt kommt die große Überraschung: Felix Ringo will sich in Mexiko einen Haftbefehl gegen Moon besorgen, weil er Drogen geschmuggelt hat. Moon könnte in einem mexikanischen Knast landen. Dort gibt's nichts als Reis und Bohnen und dazu jede Menge Tausendfüßler umsonst.«

»Irgendwie wirken Sie aber ganz und gar nicht geknickt.«

»Sie kapieren es immer noch nicht. Wenn Moon etwas davon erfährt, und das wird er garantiert – hinter wem wird er dann wohl her sein?«

»Tja, man kann nie wissen, was einem bei nem Irren noch alles bevorsteht, Marvin.«

Er schüttelte den Kopf und ging weiter, versuchte die Knitterfalten in der Leinenjacke glattzustreichen, die er in der Hand hielt – ein tüchtiger Mann, der sich immer in den Dienst anderer stellen würde.

Kurz nach ein Uhr mittags wurde Lucas verteidigt. Er saß stocksteif auf dem Zeugenstuhl, hatte die Hände auf den Schenkeln liegen, doch sein Gesicht glänzte vor Schweiß, und sein Hals war rot angelaufen.

»Als man dich festgenommen hat, hast du behauptet, daß du Roseanne Hazlitt kaum kennst. Du hast gesagt, du wüßtest nicht mal, wie sie mit Familiennamen heißt. Das war gelogen, nicht wahr?« sagte ich.

»Ja, Sir.«

»Und warum hast du gelogen?«

»Weil sie mir gesagt hat, daß sie schwanger ist. Weil ich gedacht hab, daß ihr meint, ich hätte ihr was angetan, weil das Baby von mir stammt …« Er holte Luft. »Ich habe gelogen, weil ich Bammel hatte.«

»Was fällt dir zu Roseanne ein?«

»Sie war ein prima Mädchen. Für die Sachen, die sie gemacht hat, hat sie nichts gekonnt, ich mein, für die Sauferei und so.«

»Hat sie dir gesagt, von wem sie ihrer Meinung nach schwanger war?«

»Einspruch, das ist reines Hörensagen«, sagte Marvin.

»Ich lasse die Frage zu«, sagte die Richterin.

»Von einem älteren Mann hier in der Stadt. Ich hab nicht weiter nachgefragt. Mir ist dabei ein bißchen mulmig zumute gewesen.«

»Du hast gedacht, du könntest ihr ein Kind gemacht haben, nicht wahr?«

»Ja, Sir.«

»Warum?«

»Sir?«

»Warum hast du gedacht, das Kind könnte von dir stammen?«

»Weil wir miteinander gegangen sind.«

»Darauf wollte ich nicht hinaus, Lucas. Habt ihr Kondome benutzt, wenn ihr miteinander geschlafen habt?«

Er rieb die Hände an den Hosenbeinen und schaute zur Richterin.

»Beantworten Sie bitte die Frage«, sagte sie.

»Nein, Sir, haben wir nicht«, sagte Lucas.

»Meiner Ansicht nach war das ziemlich dumm. Warum nicht?«

»Einspruch, Euer Ehren. Er setzt seinen eigenen Mandanten unter Druck.«

»Treten Sie vor«, sagte die Richterin. Sie nahm ihre Brille ab und schob das Mikrofon weg. »Was haben Sie vor, Mister Holland?« fragte sie.

»Ich möchte beweisen, daß mein Mandant psychisch nicht

dazu in der Lage ist, ein derartiges Verbrechen zu begehen«, erwiderte ich.

»Psychisch nicht dazu in der Lage? Na wunderbar. Euer Ehren, damit schwingt er sich nicht nur zum Hüter der reinen freudianischen Lehre auf, er maßt sich auch noch an zu ergründen, wozu ein Volltrunkener fähig ist«, sagte Marvin.

»Mister Holland?« sagte die Richterin.

»Mein Mandant ist auf eigenen Wunsch hin in den Zeugenstand getreten, Euer Ehren. Hier steht sein gesamtes weiteres Leben auf dem Spiel. Meine Fragen verstoßen weder gegen die Rechtsordnung, noch will ich ihm damit schaden.«

»Mister Pomroy?« sagte sie.

»Meiner Meinung nach will er hier nur einen faulen Zauber abziehen.«

»Ich warne Sie, Sir«, sagte sie.

»Mister Holland sagt, er will keinen Schaden anrichten. Das will auch das Stinktier nicht, das sich in eine Kirche verirrt«, sagte Marvin.

»Ihr Einspruch wird zur Kenntnis genommen und abgelehnt. Mister Holland, ich gewähre Ihnen mehr Freiraum als üblich, aber gehen Sie nicht zu weit. Treten Sie zurück.«

»Euer Ehren –« sagte Marvin.

»Nehmen Sie Platz, Mister Pomroy, und bleiben Sie bitte eine Weile sitzen«, sagte sie.

Ich stellte mich rechts neben den Zeugenstand, damit die Geschworenen Lucas' Gesicht sahen, wenn er seine Aussage machte.

»Vergessen wir das Thema Kondome, Lucas. Was hättest du gemacht, wenn Roseanne mit deinem Kind schwanger gewesen wäre?«

»Ich hätte gar nichts gemacht.«

»Hättest du sie gebeten, es abtreiben zu lassen?«

»Nein, Sir.«

»Warum nicht?«

»Weil es unser beider Kind gewesen wäre.«

»Ein Kind, das keinen Vater hat? Wolltest du es einfach ihr überlassen?«

»Das hab ich nicht gemeint.«

»Was hast du dann gemeint?«

»Ich hab gedacht, daß wir vielleicht heiraten könnten«, sagte er.

»Du bist einfach so mit ihr ins Heu gesprungen, und auf einmal willst du die Vaterschaft übernehmen und sie heiraten? Wem willst du denn was vormachen, Lucas?«

»Das ist die reine Wahrheit«, sagte Lucas.

»Ich glaube dir nicht.«

»Ist mir egal, ob Sie mir glauben. Ich würde jedenfalls nicht wollen, daß ein Kind von mir unter fremdem Namen aufwächst.«

»Woher kommt denn diese ehrenwerte Haltung? Ich weiß nicht recht, ob ich dir das abnehmen soll.«

»Euer Ehren –« sagte Marvin.

Doch die Richterin hob beschwichtigend die Hand, ohne mich aus den Augen zu lassen.

»Weil ich weiß, wie das ist«, sagte Lucas.

»Wie was ist? Ich verstehe nicht, was du meinst.«

»Wenn man keinen Vater hat.« Er mußte ein paarmal schlucken, und seine Wangen liefen rot an.

»Ist Vernon Smothers etwa nicht dein Vater?«

Lucas saß vornübergebeugt da, hatte den Kopf zur Seite gelegt. Er schaute mich mit seinen roten, feucht glitzernden Augen an, ohne auch nur einmal den Blick von mir zu wenden.

»Mein richtiger Vater hat nie zu mir gestanden. Und Sie wissen ganz genau, was ich damit meine«, sagte er.

»Euer Ehren, ich erhebe Einspruch«, sagte Marvin.

»Mister Holland –« sagte die Richterin.

»Wer ist denn dein Vater?«

»Ich hab keinen.«

»Sag schon, wer es ist.«

»Sie sind's! Bloß daß Sie's nie zugegeben haben! Weil Sie nämlich mit meiner Mutter geschlafen und alles Übrige jemand anderm überlassen haben. Genau das haben Sie gemacht. Meinen Sie vielleicht, so was würd ich meinem Kind antun?«

Dann vergrub er das Gesicht in den Händen und fing an zu weinen.

Richterin Judy Bonham saß da, das Kinn auf die Hand gestützt, und atmete laut aus.

»Holen Sie Ihren Mandanten aus dem Zeugenstand, Mister Holland, und danach melden Sie sich im Richterzimmer«, sagte sie.

Marvin lehnte sich zurück, warf einen Stift in die Luft und sah zu, wie er über den Tisch kullerte und zu Boden fiel.

33

Am späten Nachmittag zogen sich die Geschworenen zur Beratung zurück. Ich stand am Fenster meiner Kanzlei und schaute hinaus auf den Platz, auf die Freigänger aus dem Gefängnis, die den Schlamm aus den Rinnsteinen kratzten, auf die verschnörkelte Neonschrift am Rialto-Kino, auf die Bäume, die sich auf dem Rasen vor dem Gerichtsgebäude im Wind wiegten, auf das frühsommerlich goldene Licht der untergehenden Sonne auf dem Zifferblatt der Turmuhr – alles war so wie immer, als ob die Ereignisse der letzten Tage ohne jede Bedeutung gewesen wären und nun mit einem Raunen verklangen.

Dann kam Darl Vanzandt auf einer chromblitzenden, gechopperten Harley aus einer Nebenstraße. Er trug eine Sonnenbrille, breite Chaps, die wie Fledermausflügel wirkten, hielt sich mit ausgestreckten Armen am Lenker fest und lehnte sich jedesmal, wenn er Gas gab, leicht zurück.

Er fuhr ein ums andere Mal um den Platz, ohne jeden Sinn und Verstand, schrammte mit dem metallbeschlagenen Stiefelabsatz über den Straßenbelag, wenn er die Maschine in die Kurve legte, ließ den Motor laut aufheulen, so daß die Fußgänger auf den Bordstein zurücktraten, wenn er nahte.

Dann bog er in eine schmale, im Schatten liegende Straße ein, wirbelte Zeitungspapier auf, als er Vollgas gab und breitschultrig und mit geschwellter Brust mitten durch eine Gruppe mexikanischer Kinder preschte, die nach allen Seiten davonstoben.

Das Telefon auf meinem Schreibtisch klingelte.

»Wir fliegen vermutlich dieses Wochenende ein. Bist du da?« meldete sich eine vertraute Stimme.

»Mary Beth?«

»Ich bin bei einer Zielfahndungsgruppe in Houston. Brian ist aus dem Verkehr gezogen. Wir sind dabei, ein paar Leute aus deiner Gegend dingfest zu machen.«

»Sag mir Bescheid, wenn ich etwas tun kann.«

»Ich glaube, du verstehst nicht ganz, worum es geht, Billy Bob. Der mexikanische Drogenfahnder, dieser Felix Ringo, der ist außer sich. Wir haben den Eindruck, daß du Garland Moon scharfgemacht hast.«

»Na und?«

»Ringo ist an einer Sache beteiligt, bei der es um mehr geht als das Wohl von Deaf Smith.«

»Mit so einem Typ teilt man nicht das Lager.«

»Ja? Nun, wie hat sich Franklin Delano Roosevelt einst über Somoza geäußert? ›Mag sein, daß er ein Mistkerl ist, aber er ist *unser* Mistkerl.‹«

»Ich fand diese Geschichte nie besonders komisch.«

»Nein, bestimmt nicht.«

Ich wartete darauf, daß sie noch irgend etwas sagte, aber es kam nichts. »Warum hast du angerufen?« fragte ich.

Ich hörte, wie sie leise auflegte. Ich nahm den Hörer vom Ohr und hielt ihn dann wieder hin, lauschte dem Freizeichen, als ob sich dadurch die Verbindung irgendwie wiederherstellen ließe. Ich starrte auf die Schatten am Turm des Gerichtsgebäudes, die einen dunkellila Ton angenommen hatten, wie ein Bluterguß nach einer schweren Prellung.

Ich ging nach Hause und briet mir im Hof ein Steak. Ich aß es auf der Veranda hinter dem Haus, setzte mich dann an den Schreibtisch in der Bibliothek, schlug Urgroßpapa Sams Tagebuch auf und versuchte im Schein der Lampe zu lesen. L. Q. Navarro saß in dem burgunderroten Sessel in der Ecke und wirbelte seine goldene, an einer Kette hängende Taschenuhr durch die Luft.

»Nimm's ihr nicht allzu übel. Für die Regierung zu arbeiten und sich in einen Kerl wie dich zu verlieben, das haut wahrscheinlich einfach nicht hin«, sagte er.

»Nicht heute abend, L. Q.«

»Stonewall Judy hätte dir gewaltig den Marsch blasen können, aber man hat gemerkt, daß sie dein Vorgehen bewundert hat. Hat mir gefallen, als sie gesagt hat: ›Heften Sie sich den Stern wieder an, Billy Bob, oder sehen Sie zu, daß Sie sich von diesem Gericht fernhalten.‹ Mit so einer Frau kann ich was anfangen.«

»Ich versuche mich zu konzentrieren.«

»Du mußt lockerlassen, dich von der Sache freimachen, die an dir nagt. Und wir beide wissen auch, was das ist.«

»Ich mein's ernst, L. Q. Hör auf.«

»Du weißt nicht genau, ob es sich bei dem Mexikaner um den Richtigen handelt.«

»Ich seh sein Gesicht im Mündungsfeuer vor mir. Deine Messerklinge ist in seiner Niere abgebrochen.«

»Du willst ihn also umlegen und dich ein Leben lang fragen, ob du den Richtigen erwischt hast? Hast du dich nicht schon genug wegen dem Zeug gegrämt, das wir da drunten in Coahuila angestellt haben?«

Ich nahm Sams Tagebuch, schaltete das Licht in der Küche ein und las weiter. Hinter mir hörte ich L. Q.s Sporen klirren, dann war es einen Moment lang still, ehe sich seine Schritte in Richtung Vorsaal entfernten und sich in einem Windstoß verloren, der die Fliegengittertür aufriß und wieder zuschlug.

3. September 1891

Ich habe meine Jeans, mein blaues Baumwollhemd, meine Socken und Unterwäsche in einem großen Kochtopf gewaschen und am Abend, bevor ich losreiten wollte, auf einem warmen Felsen zum Trocknen ausgelegt. Danach habe ich meine Bibel, die Brille, das Wörterbuch, den Almanach, das Rasiermesser, ein Stück Seife und einen Karton Winchester-Munition in meine Satteltaschen gepackt und eine Decke in meinen Regenmantel eingerollt. Die Rose vom Cimarron hat sich alles angeschaut, aber kein Wort dazu gesagt. Ich weiß nicht, ob aus Kummer oder weil es ihr gleichgültig war. Sag mir einer, was schwerer auf einem lastet als das Schweigen einer Frau.

Bei Einbruch der Dunkelheit habe ich mich hingelegt und gedacht, sie würde sich zu mir gesellen. Aber sie hat geschmollt und ist hinunter zu den Erdhöhlen gegangen, um sich, wie ich annahm, am trunkenen Treiben ihrer Anverwandten zu beteiligen, und ich wußte, daß die einsamste Nacht meines Lebens angebrochen war. Draußen vor dem Fenster sah ich mächtige Blitze, die über den ganzen Himmel zuckten. Im Schlaf meinte ich Tausende Rinder zu hören, die laut muhten, als sie den Regen rochen, dann durchgingen und sich Hals über Kopf von einer Klippe in einen bodenlosen Abgrund stürzten.

Als der Morgen anbrach, pfiff ein kalter, giftiger Wind aus Richtung Norden. Hagelkörner tanzten auf dem harten Boden, und dicke Wolken jagten dahin und wurden immer dunkler, so als ob eine Windhose den Staub aufwirbelte und quer über den schwarzen Himmel verteilte. Jennie war nicht zurückgekommen. Ich bereitete mir auf dem Holzofen das Frühstück zu, briet ein paar Brocken gepökeltes Schweinefleisch und packte sie zusammen mit drei geräucherten Präriehühnern in meine Satteltasche. Ich setzte meinen Schlapphut auf, zog Baumwollhemd und Weste an, schnallte meine Chaps um, die vom Fett und Feuerqualm eingeschwärzt waren, hängte meine Navy-Revolver an den Sattelknopf, zog meine Winchester '73 aus dem Futteral und ritt den Hügel hinab und zwischen den erloschenen Lagerfeuern, den Abfällen und den Fleischdarren des menschlichen Gesindels hindurch, das sich die Dalton-Doolin-Gang nannte.

Die Sackrupfen, die vor den Höhleneingängen hingen, waren mit Steinen beschwert, damit der Wind sie nicht aufwehen konnte. Mein Pferd trat auf ein paar Blechteller, stieß einen Dreifuß samt Kochkessel und einen Tisch voller Einmachgläser um. Aber keine Menschenseele rührte sich in den Löchern, wo meine Jennie schlief. Ich rollte mein Lasso auf, warf es über eine Fleischdarre und zerrte sie durch die Feuergrube, riß einen schmalen Schuppen mitsamt dem Betrunkenen ein, der sich darin aufhielt, fällte das Tor am Schweinepferch und schlitzte den Boden eines Bootes auf, das in den Binsen vertäut war.

Doch vergebens. Jennie kam nicht heraus. Wohl aber einer von den Doolins, ein Kerl mit einem schwarzen Bart und einem Kopf wie eine Wassermelone. Er war barfuß, hatte lange rote Unterhosen an, eine Flasche Whiskey in der einen und einen Bündelrevolver in der anderen Hand. Ich zog ihm den Lauf meiner Winchester über die Backe, worauf er sich in den Dreck hockte, als ob er sich soeben den Ziegenpeter eingefangen hätte.

Aber mein Gebaren war kindisch. Meine Jennie war verloren, ebenso dahin wie die unbeschwerten Jahre meiner Jugend.

Ich lenkte mein Pferd durch den Fluß und ritt gen Norden, hinein in das Unwetter. Ich bin nach dem Krieg als Viehtreiber und Jäger über die Hochlandprärie gezogen, aber so ein Unwetter hatte ich noch nie erlebt. Die Steppenhexen, die mir ins Gesicht flogen, fühlten sich an wie die Dornenkrone, die man dem Herrn aufs Haupt gedrückt hat. Ich konnte geradezu hören, wie die Staubwolken den ausgedörrten Boden abschmirgelten; es klang wie eine Lokomotive, die sich mit mahlenden Rändern einen Berg hinaufplagt. Kaum daß ich über dem Hügelkamm war, prasselte weißer Graupel herab, soweit das Auge reichte, und ich wußte, daß mir und meinem armen Pferd ein schwerer Tag bevorstand.

Ich habe mich nicht umgedreht, als ich Hufschlag hinter mir zu hören meinte, weil ich erst dachte, es wäre nur der Hagel, der auf meinen Hut einprasselte. Dann habe ich sie auf einem Falben dahinpreschen sehen, tief über den Widerrist gebeugt, so wie die Wilden reiten, damit sie unter dem Pferdehals hindurchschießen können, mit hochgerutschtem Kleid und bloßen Schenkeln.

Ich weiß nicht, wie ich es erklären soll, aber jedesmal, wenn ich diese Frau auf einem Pferd gesehen habe, hatte ich das Gefühl, als ob in meinem Unterleib ein Banjo aufspielt.

Weder Hagelkörner noch Wind oder Steppenhexen vermochten den Liebreiz der Rose vom Cimarron zu mindern. Ihr Lächeln war wie eine bezaubernde Blume, die des Morgens erblüht, und mein Herz schmolz dahin, als ich ihrer gewahr wurde. An ihrem Sattelknopf hing die dickste Reisetasche, die man je gesehen hat.

Suchst du einen Weggefährten? fragte sie.

Aber gewiß, sagte ich.

Dann will ich gern mit dir reiten.

Du bist marschbereit gewesen und hast mir nicht Bescheid gesagt? Du hast dir da einen üblen Streich erlaubt, Jennie.

Wegen der Tasche hier? Da ist bloß das Geld drin, das ich zusammengerafft habe. Die können sich das auch nicht wiederholen. Ich hab nämlich ihre Pferde rausgelassen.

Was willst du damit sagen? fragte ich.

Meine Anverwandten haben Pearl Youngers Freudenhaus und die Opiumhöhle von dem Chinesen in Fort Smith ausgeraubt. Meinst du, das reicht, um eine Kirche zu bauen?

Herr im Himmel, Weib, mit unredlich erworbenem Geld baut man dem Herrn keine Kirche.

Ich sah, daß sie zutiefst gekränkt war.

Außerdem kann ich mich sowieso nirgendwo niederlassen, weil man mich von Gesetzes wegen sucht.

Man sagt, daß es westlich des Pecos weder Gott noch Gesetz gibt.

Wir ritten weiter unseres Weges, obgleich uns der Wind schier aus dem Sattel blies. Schließlich rasteten wir in einem Gebüsch, das genauso aussah wie jenes, in dem ich einst zum Prediger geweiht worden war, und ich breitete meinen Regenmantel über Jennie aus, band meinen Hut mit einem Schal fest und schürte ein Feuer an.

Ich wette, daß es am ganzen Pecos keinen Prediger wie dich gibt, sagte sie.

Dort gibt's bloß Revolvermänner und Trunkenbolde, Jennie.

Meine Mutter hat mal gesagt, daß in jedem Trunkenbold ein guter Baptist steckt.

Ja nun, was soll man dem entgegenhalten?

Dann sagte sie: Ich wette, den Teufel wurmt es am allermeisten, wenn man sein sündiges Geld wider ihn verwendet.

Ich breitete meine Decke über uns aus und schloß sie in die Arme, und sie schmiegte sich wie ein Kind an meine Brust. Ich spürte, daß wir eins waren im Fleische wie im Geist, so wie es unter Eheleuten sein soll, und ich wußte mit einemmal, daß ich mich nicht mehr mit all den Stimmen und aufgebrachten Männern herumplagen mußte, die mich heimsuchten, und ich sah die Hagelkörner in der Glut unseres Feuers tanzen, und sie waren weißer als jeder Schnee, reiner als jedes Wort, und ich vernahm eine Stimme, die da sagte *Vergeben,* und ich erkannte augenblicklich, wer da zu mir gesprochen hatte.

Der Gerichtsdiener rief an und teilte mir mit, daß die Geschworenen zurückkehrten.

34

Es war kein dramatischer Moment. Die Geschworenen hatten die Richterin darum ersucht, sich noch am Freitagabend beraten zu dürfen, was darauf hindeutete, daß sie nicht vorhatten, sich bis Samstag oder gar bis Montagmorgen zu vertagen. Der

Gerichtssaal war nahezu menschenleer, die Deckenventilatoren warfen dunkle Schatten auf die Sitzreihen, und durch die offenen Fenster drangen die typischen Geräusche eines Spätfrühlingsabends, so als sei das Theater, an dem wir teilhatten, weitergezogen, und wir seien wieder zu bloßen Zaungästen geworden.

Mit Ausnahme von Lucas, als der Sprecher das Urteil »nicht schuldig« verkündete. Er schüttelte den Geschworenen die Hand, der Richterin, mir, Vernon und Temple, dem Gerichtsdiener, dem Hausmeister, der den Boden im Foyer wischte, sogar einem Soldaten, der auf der Treppe vor dem Gerichtsgebäude eine Zigarette rauchte.

»Das war's? Die können den Fall nicht noch mal aufrollen, was?« sagte er.

»Das war's, mein Guter«, erwiderte ich.

Im Schatten der Bäume wirkte sein Gesicht beinahe rosig. Ich sah ihm an, daß er noch etwas sagen wollte, konnte fast die Worte hören. Aber Vernon stand neben ihm, und so behielt er alles für sich, all die Gedanken, die ihn umtrieben, und schaute mich nur an, als wolle er am liebsten aus der Haut fahren.

»Gute Nacht«, sagte ich und wollte mit Temple zu meinem Wagen gehen.

»Moment mal. Wieviel stellst du mir dafür in Rechnung?« sagte Vernon.

»Gar nichts.«

»Ich will nichts geschenkt haben.«

»Tja, ich will dich nicht kränken, Vernon. Ich schicke dir die höchste Rechnung, die ich ausstellen kann.«

»Wir kriegen mitten in der Nacht obszöne Anrufe. Ich glaub, der kleine Scheißkerl, dieser Darl Vanzandt, steckt dahinter.«

»Ihr beide haltet euch von diesem Jungen fern.«

»Was soll Lucas denn machen? Sich von der Außenwelt abschotten? ... Moment. Ich bin noch nicht fertig. Was du da gesagt hast, als Lucas im Zeugenstand war … ich mein, was du dir angetan hast, damit er davonkommt, nun ja … ich glaube, das spricht für sich.«

Er schaute mich mit ausdrucksloser Miene an, ließ verlegen die Arme hängen.

»Gute Nacht, Vernon.«

»Gute Nacht«, sagte er.

Am nächsten Morgen kam Pete in aller Frühe vorbei und wollte am Weiher angeln. Er war barfuß, hatte einen Strohhut auf, an dem ein großer Anstecker der St. Louis Cardinals hing, und trug eine verblichene Jeans mit dunkelblauen aufgebügelten Flicken an den Knien.

»Das Wasser steht nach dem vielen Regen ziemlich hoch«, sagte ich.

»Was kümmert das den Fisch, solange man ihm einen Wurm vors Maul hält.«

»Du bist ein ganz Pfiffiger.«

»Ich weiß immer genau, wenn du so was sagst, Billy Bob. Es nutzt dir aber nichts.« Er grinste mich an, dann schaute er voller Zuversicht in die Welt hinaus.

Wir holten unsere Angelruten aus der Scheune und gingen an der Windmühle vorbei zum Weiher hinunter. Die Sonne stand mattgelb am Horizont, und über dem Wasser hingen noch Nebelschwaden. Zwischen den überfluteten Weiden am anderen Ufer sprang eine Brasse, und eine Wassermokassinschlange schwamm mitten durch den Weiher. Pete fing mit seinem Hut einen Grashüpfer und zog ihn auf den Haken, dann warf er die Schnur samt Schwimmer über die Seerosenblätter hinweg aus.

»Eine Frau klopft bei dir an der Hintertür, Billy Bob«, sagte er.

Ich drehte mich um und schaute zum Haus. Sie trug einen

weißen Rock, eine weiße Bluse und einen breitkrempigen, mit Blumen besetzten Hut, und selbst von fern konnte ich ihre Anspannung regelrecht spüren, die Wut, mit der sie unaufhörlich mit geballter Faust gegen die Fliegengittertür schlug.

»Ist das die Frau von der Regierung, die früher manchmal hergekommen ist?« fragte Pete.

»Nein, ich fürchte, das ist eine wandelnde Neurose namens Emma Vanzandt.«

Er murmelte die Worte *wandelnde Neurose* lautlos vor sich hin.

Dann sah mich Emma, und sie setzte sich in ihren Wagen und fuhr um die Scheune herum zum Weiher. Sie stieg aus und blieb am Fuß des Dammes stehen, hatte die Beine eng zusammengepreßt und wirkte seltsam gefaßt, wie jemand, der über eine unbändige Energie verfügt, die er bei Bedarf jederzeit abrufen kann.

»Ich wollte Ihnen etwas sagen, und zwar bei Ihnen zu Hause, damit Ihnen klar ist, daß meine Worte keiner spontanen Eingebung entspringen«, sagte sie.

»Ich habe nie an Ihrer Zielstrebigkeit gezweifelt, Emma.«

»Sie haben meine Ehe ruiniert und unsere Familie kaputtgemacht. Ich kann es Ihnen nicht verübeln, daß Sie Ihren Sohn freibekommen wollten, aber im Grunde Ihres Herzens sind Sie ein Voyeur mit dem Instinkt einer Kanalratte. Wenn ich daran denke, daß Sie bei uns zu Hause waren, packt mich ein solcher Ekel, daß ich es kaum ausdrücken kann.«

»Und was ist mit den anderen Menschen, die Ihretwegen büßen mußten? Mit Lucas, Roseanne Hazlitt und Bunny Vogel? Ist deren Leben etwa nichts wert?«

»Bunny Vogel ist ein Bauer und Möchtegerngigolo. Mit Ihrem Sohn hatte ich nie etwas zu tun. Und Roseanne Hazlitt habe ich einen Job in unserem Kirchenladen besorgt. Reicht Ihnen die Antwort?«

»Jack hat Geschäfte mit Sammy Mace gemacht. Ihr seid mit Felix Ringo befreundet. Warum erkundigen Sie sich nicht mal, was der Typ alles auf dem Kerbholz hat? Ich habe ihn erzählen hören, wie er jemanden an ein Feldtelefon angeschlossen hat.«

»Ich habe Ihnen nichts mehr zu sagen, Sir. Sie sind ein ungezogener, hinterhältiger und bösartiger Mann. Sie wohnen im West End, wo Sie so tun können, als wären Sie wer weiß was. Mir tun nur die Leute leid, die Ihnen auf den Leim gehen.«

Sie warf Pete einen mitleidigen und zugleich verächtlichen Blick zu.

Dann stieg sie in ihren Wagen, stellte aber fest, daß sie den Zündschlüssel abgezogen und irgendwo hingelegt hatte. Sie griff in die Ritzen des Beifahrersitzes, suchte den Boden im Fond ab, tastete über das Armaturenbrett und kramte zwischen den Münzen und dem Müll in der Ablage herum. Ihre Finger zitterten, Falten zogen sich durch die dicke Schicht Make-up auf ihrer Stirn wie Risse in feuchtem Ton, und Speicheltropfen hingen an ihren Lippen.

Ich hob die Schlüssel vom Boden auf und reichte sie ihr durch das Fenster.

»Garland Moon ist von der Kette. Falls ihr ihn mittels Felix Ringo gegen Bunny oder mich aufgehetzt habt, solltet ihr euch lieber einen privaten Wachschutz zulegen«, sagte ich.

Sie war über das Lenkrad gebeugt, drehte den Zündschlüssel um und schaute mich voll ohnmächtiger Wut an.

»Ich lasse Ihnen die Haut in Streifen vom Leibe ziehen«, sagte sie.

Sie legte den Rückwärtsgang ein, stieß mich mit der offenen Tür zur Seite und riß mit der hinteren Stoßstange ein großes Rasenstück aus dem Damm. Dann richtete sie die Vorderräder geradeaus, trat das Gaspedal durch und schleuderte eine Wolke aus Lehm und zerfetztem Gras auf.

Ich ging mit meiner Angelrute den Damm entlang, blieb über einem Teppich aus Seerosenblättern stehen und bewegte den mit einem Wurm bestückten Haken im Wasser auf und ab, während mir tausenderlei Gedanken durch den Kopf gingen.

»So was hätte die Frau nicht zu dir sagen dürfen«, meinte Pete.

»Wenn man Polizist ist oder Rechtsanwalt, muß man den Menschen manchmal ihren eigenen Mist unter die Nase reiben. Für gewöhnlich haben sie es verdient, aber angenehm ist das nie.«

»Ich würde gar nicht auf die Frau achten. Du bist der beste Freund, den ich je gehabt habe, Billy Bob.«

»Weißt du noch, wie dieser Mann bei eurem Haus gewesen ist und deine Mutter durchs Fenster beobachtet hat?«

Sein Gesicht erstarrte, als ob ihm ein böser Traum einfiel, an den er am hellichten Tag nicht erinnert werden wollte.

»Ich habe ihn verprügelt und ihn dann auf jemand andern angesetzt. Möglicherweise auf die Frau, die gerade weggefahren ist«, sagte ich.

Pete schaute mich an, wandte dann den Blick ab. Kreidebleich und mit offenem Mund stand er da.

»Das hast du gemacht?« fragte er.

Die Conquistador Apartments, eine weiß verputzte Betonburg mit blauen Kacheln, lagen am Highway, der nach San Antonio führte. Die von einer Mauer umgebene Anlage rund um den Swimmingpool war mit Kies bestreut und mit Agaven, Kakteen, Dornbüschen und Mimosenbäumen bepflanzt, so daß sie wie eine heiße Wüstenlandschaft wirkte, die ganz und gar nicht zu der Umgebung paßte. Das Apartmenthaus war während des Ölbooms in den siebziger Jahren gebaut worden, und die Menschen, die hier wohnten, hätten von sonst woher stammen können. Sie trugen Stiefel aus Eidechsenleder, Vinylwesten, Türkisschmuck, von Hand gefertigte Gürtel und Cowboyhüte mit einer Feder im Band, so als ob sie kurz hinter Phoenix an einem Souvenirladen haltgemacht und sich eine neue Identität zugelegt hätten. Sie hätten sowohl Drogenhändler sein können als auch Inhaber einer Schnellimbißkette. Der Swimmingpool schillerte stets unter einer Schicht Sonnenöl und Haargel.

Ich nahm mir den Lageplan des Gebäudes vor und suchte nach Felix Ringos Apartment. Es lag an einem mit Feldsteinen gepflasterten Arkadengang. Niemand machte auf, sosehr ich auch klingelte, und von drinnen war kein Ton zu hören. Ich schob einen Schraubenzieher zwischen Türholm und Schloß, drückte den Riegel zurück, bis er wieder einrastete, warf mich dann mit der Schulter gegen die Tür und stieß sie auf.

Das Apartment war mit schweren Eichenmöbeln eingerichtet, alle von Hand gedrechselt, ob Sessel, Tische oder Wandschränke. An den Fenstern hingen blaue Samtvorhänge, durch die schmale Lichtstreifen einfielen, der Thermostat war auf fünfzehn Grad Celsius eingestellt. Auch als ich das Licht einschaltete, wirkte das Zimmer noch düster. Über dem Wasserbett hing ein Acrylgemälde mit einem Picador, der seine Lanze in den Muskelpack unmittelbar hinter dem Nacken eines Stieres stieß. In der Nachttischschublade befanden sich eine 25er Automatik, vier Packungen Kondome, eine Samtkordel, eine Dose Vaseline und ein gefederter, mit schwarzem Leder bezogener Totschläger.

Ich sagte mir, daß ich nur aus lauteren Motiven in diese Wohnung eingebrochen war, vielleicht sogar, weil ich wollte, daß Felix Ringo verhaftet wurde, damit er Garland T. Moon nicht zum Opfer fiel. Doch das war nicht der eigentliche Grund. Ich hatte nach wie vor das in der Dunkelheit aufflammende Mündungsfeuer drunten in Coahuila vor Augen, hörte die keuchenden Atemzüge von L. Q. Navarros angeschossenem Pferd, sah, wie er im Steigbügel hing und über das Geröll und die Kakteen geschleift wurde.

Männer wie Felix Ringo erledigten die finsteren Aufträge, zu denen sich keine Regierung bekennen mochte. Sie besuchten spezielle Ausbildungsstätten, besaßen Rang und Würde, genossen sogar ein gewisses Ansehen, vor allem aber zeichneten sie sich durch eine grenzenlose Grausamkeit aus. Und ungeachtet aller Erklärungen, die sie für ihr Verhalten vorbrachten, stillte jeder von ihnen tagtäglich seine perversen Gelüste, so wie ein Gärtner, der ein Treibhaus voller giftiger Pflanzen hegt.

Attentäter führten immer ein Tagebuch; Sadisten sammelten Trophäen, und sie hatten sie stets in ihrer Nähe.

Ich entdeckte das Kästchen in einer Schreibtischschublade. Es war aus Sandelholz, mit goldenen Scharnieren und Haspen versehen und mit einer weichen Elastikschnur umschlungen. Obenauf befand sich ein hölzerner Einsatz mit zwei Fächern. Er enthielt allerlei Orden, einen Satz Unteroffizierswinkel, Goldzähne, polierte Fingerknochen, leere Patronenhülsen, ein Springmesser mit einer in den Griff eingelassenen grünen Schlange und eine lange, in einen Plastikbeutel eingewickelte schwarze Haarsträhne.

Unter dem Holzeinsatz befand sich ein dicker Packen pornographischer Fotos, die von einem Gummiband zusammengehalten wurden. Sie waren alt und vergilbt, auf Karton aufgezogen und zeigten Asiaten in allen erdenklichen sexuellen Varianten und Positionen. Doch sie waren nicht das eigentlich Abstoßende und Schockierende. Am Boden des Kästchens lagen farbige Polaroidaufnahmen, bei deren Anblick einem die Augen tränten, die man vor Ekel kaum anfassen mochte: eine frisch ausgehobene Grube, vor der vier Bauern und eine Frau standen, alle gefesselt und mit verbundenen Augen; ein am Boden kniender Mann, die Daumen am Rücken zusammengebunden, dazu eine Hand, die ins Bild ragte und ihm eine Pistole hinters Ohr hielt; ein Mann, der einen Sack mit Schädlingsbekämpfungsmittel über dem Kopf hatte und an den Armen zwischen zwei Steinmauern aufgehängt war; grinsende Soldaten, die sich am Ende einer unbefestigten, mit aufgedunsenen Leichen übersäten Straße in Pose gestellt hatten; eine auf einen Stuhl geschnallte Frau, deren Gesicht und bloßer Oberkörper blutüberströmt waren.

Unter all diesen Fotos lag eine Spielkarte, auf der das Abzeichen der Texas Rangers prangte. Quer über dem Wappen standen, mit Filzstift geschrieben, das Wort *Muerto* und das Datum des Tages, an dem ich versehentlich L. Q. Navarro getötet hatte.

Als ich nach Hause kam, saß Lucas Smothers auf der Treppe zur vorderen Veranda, drehte an den Stimmwirbeln einer Mandoline und schlug Saite für Saite an. Er trug eine gestärkte Khakihose, Cowboystiefel und ein Baumwollhemd mit kurzen, hochgerollten Ärmeln. Die rotblonden Haare waren zurückgekämmt und ringelten sich leicht im Nacken. Er saß im Schatten, wo es kühl war, trank einen Schluck aus einer Limonadendose und lächelte mich an.

»Ich hab heut abend einen Auftritt mit ner Bluesgrassband in einem Club drüben im Bezirk Llano. Mein Vater hat auch nichts dagegen gehabt«, sagte er.

»Geh aufs College«, erwiderte ich.

»Damit ich so werde wie die reichen Kotzbrocken aus dem East End?«

»Komm mit rein. Ich muß mal telefonieren.«

Er schaute die Bücher auf den Regalen in der Bibliothek an, während ich Marvin Pomroys Privatnummer wählte.

»Marvin?« sagte ich.

»Oje«, erwiderte er, als er meine Stimme erkannte.

»Felix Ringo hat nicht vor, sich einen mexikanischen Haftbefehl zu besorgen und Moon festzunehmen. Er will ihn beseitigen«, sagte ich.

»Wie kommen Sie zu dieser plötzlichen Erkenntnis?«

»Ist es nicht denkbar, daß Ringo jemanden ausschalten will, der gegen ihn aussagen kann?«

»Ringo ist Polizist. Moon ist ein Irrer.«

»Ich bin gerade in Ringos Wohnung im Conquistador eingedrungen. Er war drunten in Coahuila Drogendealer.«

»Sagen Sie das noch mal. Was haben Sie gemacht?«

»Mein Partner und ich haben ein paar von diesen Typen umgelegt, Marvin. Sein Name war L. Q. Navarro. Er hat jedem toten Drogenhändler, den wir da drunten zurückgelassen haben, eine Spielkarte in den Mund gesteckt. Ringo hat eine dieser Karten in einem Sandelholzkästchen, in dem er seine Trophäen aufbewahrt. Er hat den Todestag meines Freundes draufgeschrieben.«

»Sie erzählen *mir,* dem Bezirksstaatsanwalt, daß Sie in die Wohnung eines Polizisten eingebrochen sind?«

»Fragen Sie Ringo mal, ob er Ihnen seine gesammelten Polaroidbilder über das Leben in den Tropen zeigt.«

»Lassen Sie das sein, Billy Bob.«

»Moon hat meinen Vater umgebracht.«

Ungläubig wiederholte er meine Worte. Als ich nichts erwiderte, sagte er: »Ist Ihnen klar, was Sie mir da gerade mitgeteilt haben? Falls dieser Kerl tot aufgefunden wird ...«

»Halten Sie sich ran, Marvin«, sagte ich und legte den Hörer leise auf.

Lucas stand mit offenem Mund vor dem Bücherregal und hatte Urgroßpapa Sams Tagebuch aufgeschlagen.

»Was ist los, mein Guter?« fragte ich.

Er blinzelte, schlug dann das Tagebuch zu.

»Moon hat Ihren Vater umgebracht?« fragte er.

»Ja, ich glaube schon.«

»Was haben Sie mit ihm vor?«

»Dieses Tagebuch hat mein Urgroßvater geführt. Er war ein Säufer und Revolverheld, der später Wanderprediger auf dem Chisholm Trail wurde. Es hat lange gedauert, aber er hat gelernt, auf jede Gewalt zu verzichten.«

»Was passiert, wenn die andre Seite nicht darauf verzichtet?«

»Meinst du damit Moon oder Darl Vanzandt?«

»Ich hab Darl heute morgen im Drive-in gesehen. Er hat ein paar Muntermacher in Rotwein aufgelöst. Er hat gesagt, ich wär feige. Er hat gesagt, daß er mir jedesmal, wenn er mich sieht, eine knallt.«

»Der wird noch gewaltig auf die Schnauze fallen. Man kann ihn nur bemitleiden.«

»Sie haben Marvin Pomroy erzählt, daß Sie ein paar Drogendealer umgelegt haben.«

»Ich bin eben ein schlechtes Beispiel.«

»Nein, sind Sie nicht. Sie sind ein guter Mann. Deshalb bin ich auch hergekommen, weil ich Ihnen das sagen wollte. Ich bin stolz, daß wir … Na ja, ich bin stolz, das is alles. Bis bald, Billy Bob.«

Er ging die Treppe hinunter und hinaus zu seinem Pickup. Durch das Fliegengitter sah ich die Schatten, die auf den Hängen lagen, und die wilden Blumen, die im Wind wogten, als tanzten bunte Papierschnipsel durch eine Welt, die fast grau geworden war.

35

An diesem Nachmittag fuhr ich zu der Schweißerei, in der Moon arbeitete. Die Tür war mit einem Vorhängeschloß gesichert, und der Inhaber des benachbarten Motels, in dem Moon ein Zimmer hatte, sagte, er habe ihn seit zwei Tagen nicht mehr gesehen.

Ich fuhr nach Hause, arbeitete im Garten und dachte über einen Ausweg aus der Zwickmühle nach, in der ich mich befand. Urgroßpapa Sam hatte sich mit sechsundfünfzig Jahren gegen die Dalton-Doolin-Gang behauptet, doch er hatte sich an das Gelübde gehalten, das er bei seiner Weihe zum Prediger abgelegt hatte, und keinen Menschen getötet. Ich hingegen hatte einen Psychopathen aufgestachelt und damit die Vanzandts vermutlich ebenso in Gefahr gebracht wie Felix Ringo. Rational betrachtet bedauerte ich mein Verhalten, aber insgeheim dürstete es mich immer noch nach Rache, und ich spürte jeden Pulsschlag, als ich mit voller Wucht ausholte und die Hacke in die Wurzeln einer Weide schlug, die in meinen Brunnenschacht gewuchert waren.

Ich setzte mich am Flußufer ins Gras und betrachtete die Strudel, die sich um die Krone eines überfluteten Seidenholzbaumes bildeten. Direkt unter mir, in den trüben Wassermassen, lag das versunkene Automobil, in dem zwei Mitglieder der Karpis-Barker-Gang gestorben waren. Garland T. Moon hatte hier geangelt, er war im Anzug ins Wasser gewatet und hatte einen mit blutigen Innereien bestückten Haken in die Fluten ausgeworfen, die durch die offenen Fenster des Wagens strömten.

Warum gerade an dieser Stelle? fragte ich mich. Wußte er, daß hier ein untergegangenes Auto lag, in dem fette Flußwelse hausten, daß unter dem Steilufer immer die Brassen standen und sich an den Insekten gütlich taten, die von den Bäumen flußaufwärts ins Wasser fielen?

Mein Vater hatte ihn möglicherweise zum Angeln mit hierhergenommen, war mit ihm vielleicht die gleichen Uferstreifen entlanggegangen wie später mit mir, in der einen Hand einen Beutel voller Butterbrote.

Moon hatte mir fünf Hektar Land abluchsen wollen. Wie hatte er sich ausgedrückt? *Ich will das Land, das mir zusteht. Wenigstens einen Teil davon.* Geht es darum? fragte ich mich. Vielleicht hatte ich mich geirrt, und er war nicht einfach der Rache wegen nach Deaf Smith zurückgekehrt. Irgendwie hatte er sich eingeredet, daß er ein Anrecht auf einen Teil vom Anwesen meines Vaters habe. Außerdem hatte er sich an Jack Vanzandt gewandt, womöglich, weil er ihn als Ersatz für meinen Vater betrachtete, hatte ihn mitten im Golfspiel angesprochen, so als werde sich ihm die Tür zu Wohlstand und Anerkennung in Deaf Smith öffnen, wenn er nur den richtigen Hebel ansetzte.

Jetzt war er verschwunden. Aber wohin könnte sich ein todkranker Mann, der mit einem Hackenstiel verprügelt worden war und von einem Sadisten gejagt wurde, in einem Bezirk wenden, in dem sein Leidensweg begonnen hatte und wo man ihm sein vermeintliches Erbteil verwehrte?

Was kannte er hier? Vielleicht nur das Motelzimmer mit Wasserbett und Kabelanschluß für Pornofilme, in dem er wohnte, das alte Bezirksgefängnis, wo er von zwei Wachmännern geschändet worden war, die Schweißerei in dem Blechschuppen, in dem man sich vorkam wie in des Satans Esse, den breiten grünen Flußstreifen unter dem Steilufer hinter meinem Anwesen.

Und die Hart-Ranch, wo er Lichter in den Wolken gesehen hatte, die ihn an UFOs erinnert hatten.

Ich ging zum Haus zurück, schlang den Gürtel um das Holster mit L. Q.s 45er Revolver und legte es neben mir auf den Beifahrersitz des Avalon.

Aber ich kam nicht weit. Bunny Vogel bog mit seinem 55er Chevy in meine Auffahrt ein und stieg aus. Er hatte ein liniertes Blatt, das offenbar von einem Notizblock stammte, in der Hand. Seine mexikanische Freundin blieb im Wagen sitzen.

»Stimmt was nicht, Bunny?« fragte ich.

»Ich bin zu Lucas' Haus gefahren. Weil ich mich entschuldigen wollte, daß ich bei dieser Kuhscheiße-Aktion beim Country Club mitgemacht habe. Es war aber niemand daheim. Das Motorrad, die Indian, die er gekriegt hat, war auch weg. Den Zettel hier hab ich zusammengeknüllt auf der Veranda gefunden.«

Ich strich ihn auf Bunnys Motorhaube glatt. Die Nachricht war mit Bleistift geschrieben und sah aus, als stamme sie von einem Kind.

Lucas,

wir haben einen neuen Namen für dich. Babyscheiß. Für den Fall, daß du nicht weißt, warum: Babyscheiß ist schmierig. Du hast vor Gericht alle dazu gebracht, daß sie dich bedauern, weil du keine Eltern hast. Willst du die Wahrheit wissen? Du hast keine Eltern, weil dich keiner haben will. Babyscheiß wird abgewischt. Den zieht man nicht auf.

Ich habe dir mein altes Motorrad gegeben, und du hast mich verpetzt. Ich hab gedacht, daß du vielleicht mit uns rumziehen könntest, aber du hast die Aufnahmeprüfung draußen beim Country Club versaut. Jetzt gibt's für dich bloß einen Ausweg, Babyscheiß. Vielleicht kannst du beweisen, daß du doch keine feige Fotze bist. Bring mir um sechs meine Maschine raus zu den Rim Rocks. Ich bin jedenfalls da, weil ich nämlich nicht meinen alten Herrn vorschicken muß, wenn's was zu regeln gibt.

Du meinst also, daß Roseanne ein prima Mädchen war? Na klar war die prima. Da drunten, weiter hinten, wo du nicht rangekommen bist.

Die Nachricht war nicht unterschrieben.

»Die Rim Rocks?« fragte ich.

»Es gibt einen Waldweg, der rauf zu den Klippen führt. Etwa zwei Meilen flußaufwärts von der Hart-Ranch«, sagte er.

»Das Stahlseil«, sagte ich.

»Was?« fragte er und reckte den Kopf in den Wind, als ob sich dort des Rätsels Lösung verberge.

Ich bog in die Auffahrt der Vanzandts ein. Bunny und seine Freundin hielten am Straßenrand, stiegen aber nicht aus. Die Sonne war hinter dem Haus untergegangen, und die Kiefern im Vorgarten wirkten wie in Feuer gehüllt, doch die Stämme lagen bereits in tiefer Dunkelheit. Oben auf der Veranda sah ich Jack und Emma, die in Liegestühlen saßen und ein Tablett mit diversen Gläsern zwischen sich stehen hatten.

So gehen sie also damit um, dachte ich. Mit Schnaps und Pillen, und wenn das nichts nützt, schieben sie sich gegenseitig die Schuld in die Schuhe. Warum auch nicht? Sie lebten in einer Welt, in der man einander benutzte und in der Geld gleichbedeutend mit gutem Gewissen war. Vielleicht glaubten sie, sie würden durch die Bürde, die sie mit ihrem mißratenen Sohn zu tragen hatten, von sämtlichen Sünden befreit, oder aber sie waren davon überzeugt, daß sie nur die Sündenböcke für die Faulenzer und Unfähigen waren, die von sich aus auf keinen grünen Zweig kamen und folglich alle anderen verachteten und ihnen ihren Reichtum neideten.

Jack stand auf, als ich auf die Veranda zuging. Er trug ein kanariengelbes Sporthemd, eine weiße Hose mit Westerngürtel und auf Hochglanz polierte Cowboystiefel, und er wirkte gefaßt wie ein geschlagener Krieger, dem der Sieg nur durch schieres Pech und unglückliche Umstände verwehrt wurde.

»Ich würde Sie ja gern auf einen Drink einladen, Billy Bob, aber ich nehme an, daß Sie etwas anderes von uns wollen«, sagte er.

Emma zündete sich mit einem goldenen Feuerzeug eine Zigarette an, tippte mit ihren langen roten Fingernägeln langsam auf die Armlehne des Liegestuhls und tat so, als wäre ich Luft.

»Ist Darl da?« fragte ich.

»Nein, er ist mit seinen Freunden ins Kino gegangen«, sagte Jack.

»Heute morgen hat er sich Muntermacher mit Rotwein reingezogen. Und heute abend soll er im Kino sitzen und Popcorn mampfen?« erwiderte ich.

»Was, um Himmels willen, wollen Sie damit andeuten?« fragte Emma.

»Dieses ganze Zeug, die Muntermacher, die Kaptas, das Speed, die Black Beauties und wie sie alle heißen mögen, die verhunzen einem das Hirn«, sagte ich.

»Sie sollten besser gehen«, entgegnete Jack.

Ich reichte ihm die Notiz, die Darl bei Lucas auf der Veranda hinterlassen hatte.

Er hielt sie an der Hand, zog sie mit der anderen glatt und stellte sich breitbeinig hin, wie ein Seemann, der die nächste Woge erwartet.

»Die ist ja nicht mal unterschrieben«, sagte er.

»Wozu hat sich Ihr Sohn bei einer Baustoffhandlung ein sechs Meter langes Stahlseil gekauft, Jack?« fragte ich.

»Ein Stahlseil?« erwiderte er.

»Und zwei U-Bolzen«, fügte ich hinzu.

Er knüllte das Blatt zusammen und warf es auf den Tisch, auf dem das Tablett mit den Gläsern stand. Es prallte ab und kullerte zu Boden.

»Bin gleich wieder da«, sagte er zu seiner Frau.

»Jack ...«, sagte sie, als er ihr bereits den Rücken zugekehrt hatte und zu seinem allradgetriebenen Cherokee ging, der neben dem Haus stand.

Ich bückte mich, nahm Darls Nachricht und steckte sie in die

Tasche. Ich dachte, Emma würde noch etwas sagen. Tat sie aber nicht. Sie richtete sich lediglich auf und stützte die Stirn in die Hand, ohne auf den Qualm der im Aschenbecher verglimmenden Zigarette zu achten.

Ich ging im kühlen Schatten der Bäume zu Bunnys Wagen hinab. Vor mir sah ich die Rücklichter von Jacks Cherokee, dann bog er an der nächsten Kreuzung in eine Nebenstraße ab, die in Serpentinen zwischen den am Hang gelegenen, sattgrünen, künstlich bewässerten Rasenflächen hindurchführte.

»Können Sie mich zu den Rim Rocks bringen?« fragte ich Bunny durch das offene Fenster.

Er gab keine Antwort. Starrte nur geradeaus durch die Windschutzscheibe, so als gebe es da etwas zu sehen. Dann öffnete er die Tür und stieg aus.

»Ich glaub, der Junge ist uns allen über«, sagte er.

Lucas und Vernon Smothers hielten vor uns. Sie saßen in ihrem Pickup, hatten einen Plastikbehälter zwischen sich stehen und vertilgten gebratene Hühnerteile. Dann stiegen sie aus und gingen nach hinten. Lucas öffnete die Heckklappe und legte ein Brett aus, über das er das Motorrad herunterschieben wollte, das auf der Ladefläche festgezurrt war. Er schaute uns an, als warte er darauf, daß einer von uns etwas sagte.

»Hey, was macht ihr denn hier?« fragte er.

Alles Weitere habe ich mir anhand der Aussagen von Marvin Pomroy, eines Deputy Sheriffs und eines siebzehnjährigen Mädchens aus dem West End zusammengereimt, das sich auf einen Vorsommerabend hoch oben über dem träge dahinströmenden Fluß gefreut und dann einen Alptraum erlebt hatte, den sie ihr ganzes Leben lang nicht mehr vergessen würde.

Oben auf den Felsen hoch über der Schlucht ging ein kühler Wind. Im Westen stand der Abendstern am Himmel, und die Luft roch nach Nadelhölzern, Lagerfeuerrauch und dem kalten Wasser, das tief unten am Fuß der Klippen über die Steine schäumte.

Zuvor hatten sich die anderen Sorgen um Darl gemacht. Das Speed stellte seltsame Sachen mit ihm an. Erst brach ihm der Schweiß im Gesicht aus, dann troff er ihm aus den Haaren, während er die Luft einsog, als habe er sich die Zunge verbrannt. Er streifte sein Hemd ab, setzte sich auf einen Felsen und preßte die Hand aufs Herz, und ein Arbeitermädchen aus dem West End, eine gewisse Sandy, rubbelte ihn trocken.

Er zog an einem mit feinstem Koks versetzten Joint und behielt den Rauch lang in der Lunge – einmal, zweimal, dreimal, und dann ein viertes Mal, bis seine Augen schlagartig wieder klar wurden und der Druck auf seiner Brust nachließ, so als sei das Bandeisen, das ihm eben noch in die Rippen geschnitten hatte, einfach dahingeschmolzen.

Er köpfte eine Flasche Bier, stellte sich mit bloßer Brust ans Feuer und trank sie. Er hatte seine weiten Chaps an, die wie schwarzer Talg um seine Oberschenkel lagen.

Er wirkte jetzt gelassen, geradezu in sich ruhend. Er öffnete den Mund, als genieße er den Wind, das dunkle Himmelszeit, den Mond, der über den Bäumen aufging.

»Genau so sollte es sein, nicht wahr? Wir sind hier droben, und alle andern sind da drunten. Wie in einem Gedicht, das ich mal gelesen hab. Über Griechen, die über den Wolken leben«, sagte er. »Wißt ihr, was ich meine?«

Die anderen, die auf ihren Motorrädern, auf Baumstämmen oder am Boden saßen, allesamt zugedröhnt, aufgekratzt durch den Feuerschein, angetörnt von der Hitze, die tagsüber geherrscht hatte, von Alkohol und Dope, zogen an ihren Joints, nickten und lächelten und setzten ihre Bierflaschen an.

»Was is mit dir, Sandy? Hast du das Gedicht gelesen?« fragte er das Mädchen, das auf einem umgedrehten Eimer zu seinen Füßen saß.

»In englischer Literatur bin ich nicht besonders gut gewesen«, sagte sie und verzog zerknirscht, zugleich aber auch abschätzig und kokett den Mundwinkel.

Er keilte kurz aus, so daß er sie mit seinem metallbeschlagenen Stiefel am bloßen Knöchel traf.

»Dann solltest du es schleunigst lesen. Weil es nämlich ein verdammt klasse Gedicht is«, sagte er.

»Ja, klar doch, Darl.«

»Wie kommst du darauf, daß du mir recht geben mußt? Du hast es noch nicht mal gelesen. Das ist eine Beleidigung. So, wie wenn du sagst ...« Er hielt inne, als falle ihm gerade etwas Wichtiges ein. »Es ist so, als ob du sagst, ich muß dir recht geben, sonst bin ich aufgeschmissen, weil ich bloß Scheiße im Hirn hab, so ähnlich jedenfalls.«

»Das hab ich nicht gemeint, Darl.«

Sie blickte in die Dunkelheit. Er trat näher zu ihr, so daß sie aus dem Augenwinkel seine Chaps wahrnahm. Die Bierflasche, die er in der Hand hatte, hing herunter. Die orangen Haare an seinem Unterarm schimmerten im Feuerschein.

»Was hast du dann gemeint, Sandy?« fragte er.

»Gar nix. Hier draußen isses echt nett. Aber der Wind wird allmählich ein bißchen kühl.« Sie schlang die Arme um den Oberkörper und tat so, als fröstle sie.

»Bist du schon mal im Rudel gebumst worden, Sandy?« fragte er.

Sie wurde kreidebleich.

»Kein Angst. Ich wollte bloß wissen, ob du zuhörst«, sagte er, beugte sich dann über sie und spie ihr mitten auf den Kopf.

Jack Vanzandt war am Fuß des Hügels auf die Stichstraße gestoßen, die zu den Rim Rocks führte. Er schaltete herunter und kurvte durch den Wald, in den weder Mondschein noch Sternenlicht fiel, bergaufwärts, über Schlaglöcher hinweg, aus denen das Regenwasser aufspritzte, und über abgestorbene Äste, die an die Ölwanne knallten. Mücken und Schnaken tanzten in dichten Schwärmen im Scheinwerferlicht. Er meinte eine Geländemaschine zu hören, die in der Ferne winselnd und hochtourig aufheulte, dann das tiefe Röhren einer Harley. Aber er wußte nicht, wo. Die Campingausrüstung des Cherokee flog aus den Halterungen an der Wand, das Handschuhfach ging auf, und alles, was darin war, landete am Boden, ein verfaulter Baumstumpf, der mitten im Weg lag, zerbarst wie ein Stück Kork am Kühlergrill.

Dann kam er an eine Weggabelung und hatte eine Absperrung vor sich. Er hielt an, schob die Barriere zur anderen Abzweigung und fuhr weiter. Er warf einen Blick in den Rückspiegel, sah, wie seine Rücklichter von dem Absperrbock reflektiert wurden, und mit einemmal wurde ihm mulmig zumute, so als habe sich eine Spinnwebe in seinem Gesicht verfangen.

Der Wald wurde allmählich lichter. Dann war er auf der Hügelkuppe, und er sah den Mond, der sich tief unten auf dem Fluß spiegelte, und den brennenden Holzstoß auf einem sandigen Felsüberhang, und Darls Silhouette, die sich im Feuerschein vor den chromblitzenden, auf Hochglanz polierten Motorrädern seiner Freunde abhob.

Jack spähte durch die mit Matsch und Regenwasser verschmierte Windschutzscheibe, versuchte im gleißenden Licht, das seine Scheinwerfer auf die Lichtung warfen, etwas zu erkennen. Er musterte all die Gesichter, die aussahen, als seien sie von einem Suchscheinwerfer erfaßt worden, sah aber nirgendwo Lucas Smothers. Er atmete tief durch, spürte, wie die Anspannung nachließ, und wischte sich die Hände an der Hose ab.

Dann wurde ihm klar, daß sie nicht wußten, wer er war.

»Wenn ihr was dabei habt, Leute, wird's höchste Zeit, daß ihr's los werdet«, hörte er seinen Sohn rufen.

Plastiktüten voller Gras und Pillen flogen in die Dunkelheit und landeten unten im Fluß.

Darl Vanzandt schwang sich auf seine Harley, warf den Motor an, gab Gas und kniff einen Moment lang genießerisch die Augen zusammen, als er die unbändige Kraft der Maschine zwischen den Schenkeln spürte.

Er zog die Maschine auf der anderen Seite des Feuers herum, ließ den Fuß über den Boden schleifen, richtete sie dann auf und wandte das Gesicht ab, damit man ihn nicht erkannte, als er den Weg hinabraste, auf dem Jack soeben gekommen war.

Die Reifenspuren deuteten darauf hin, daß er mit Vollgas bergab gefahren, über die Schlaglöcher hinweggesprungen war, sich gelegentlich mit dem Fuß auf dem weichen Boden abgestützt und keinen Moment gezögert hatte, als er zu der Weggabelung gekommen war. Daß er sich am Licht der Sterne orientiert hatte, das von hoch oben einfiel, von dort, wo die Heimat der Götter war, die über den Wolken lebten, während hier unten nach wie vor die Hitze über dem ausgewaschenen Feldweg hing und die Schnaken zwischen den Bäumen tanzten.

An diesem Abend war die Sache danebengegangen, aber er war nach wie vor davon überzeugt, daß die Idee, die er heute morgen bei einem Bierkrug voller Rotwein und Speed ausgebrütet hatte, so schlecht nicht war. Ganz im Gegenteil, die Sache konnte nach wie vor klappen, vorausgesetzt, diese Pfeife, dieser Lucas Smothers, ließ sich auf ein Wettrennen auf der nicht abgesperrten Strecke ein, die von hinten zu den Klippen hinaufführte. Er mußte Lucas nur einen Vorsprung geben und ihn auf das freie Straßenstück fahren lassen, während er die Barriere umkurvte und zum Fuß der Hügels zurückkehrte, so daß man ihm nicht das geringste anhaben konnte, wenn Lucas Smothers feststellte, was es einen kostete, wenn man sich mit dem Falschen anlegte.

Vielleicht dachte er auch gar nicht daran. Vielleicht bretterte er einfach bergab, genoß den Rausch der Geschwindigkeit, kostete die Kraft seiner Maschine aus, kam sich durch die Drogen, die er zu sich genommen hatte, unendlich stark vor, so als trennten ihn Welten von allen anderen Menschen.

Darl kurvte um die Absperrung herum, die sein Vater verstellt hatte, wühlte mit dem Hinterrad seiner Harley die Erde auf und knallte gegen das Stahlseil, das in Halshöhe zwischen zwei Kiefernstämmen gespannt war.

Das Motorrad landete zwischen den Bäumen, wo es ein letztes Mal aufheulte.

Darl hatte das kaum bleistiftdicke Seil links und rechts so fest an zwei Baumstämmen verankert, daß es aussah, als wachse es waagerecht aus der Borke.

Er flog rücklings von der Maschine, als ihm das Stahlseil Luftröhre und Halsschlagader durchschnitt, und lag mit aufgerissenem Mund da, so als ob er noch etwas sagen wollte. Als sein Vater ihn fand, taten sich drei verkrüppelte, ausgezehrte Hunde an ihm gütlich, so daß Jack sie mit einem Stock vom Leichnam seines Sohnes wegscheuchen mußte. Der Gerichtsmediziner erklärte später, daß die Hunde tollwütig gewesen seien. Doch als ihn ein Reporter fragte, ob die Tiere Darl aufgespürt hätten, ehe er tot war, verweigerte er jegliche Auskunft.

36

Als ich an diesem Abend auf der holprigen Straße zur Hart-Ranch fuhr, wußte ich noch nichts von alledem.

Das Tor zur Ranch stand offen, die mit einem Vorhängeschloß versehene Kette war mit einem Bolzenschneider durchtrennt worden. Ich schaltete die Scheinwerfer aus, fuhr mit dem Avalon quer über die Viehkoppel, parkte in einem Mesquitegehölz.und nahm L. Q.s Revolver aus dem Holster. Dann zog ich sechs weitere Patronen aus den Lederschlaufen am Gürtel, steckte sie in die Tasche und trat hinaus in die Dunkelheit. Der schwere Revolver fühlte sich kühl und seltsam an.

Der Mond stand über den Hügeln, und auf der Lichtung zwischen dem Wald und dem Fluß grasten Hirsche. In der Ferne konnte ich das ausgebrannte viktorianische Haus mit dem eingestürzten Dach, die hölzernen Nebengebäude und die Windmühle erkennen, um die sich Steppenhexen geschlungen hatten.

Die Umrisse des Hauses zeichneten sich im hellen Lichtschein aus dem Hinterhof ab. Ich rückte entlang des Waldrands vor, scheuchte einen Schwarm Wachteln auf, die in die Dunkelheit davonflatterten. Mitten durch das nach dem Regen fast hüfthoch gewachsene Gras auf der Lichtung zogen sich Reifenspuren, die bei einem im Schatten der Bäume stehenden Spritschlucker aus den siebziger Jahren endeten. Ein weiteres Paar Spuren, die, dem niedergedrückten und in den nassen Boden gewalzten Gras nach zu schließen, frischer waren, führte an dem geparkten Wagen vorbei zur Rückseite des Hauses.

Ich ging im Schutz der Bäume zu dem Wagen und schaute durch das Fenster. Im Mondschein sah ich die Zündkabel, die unter dem Armaturenbrett hervorhingen. Ein lautes, metallisches Kreischen, so als werde ein an rostigen Nägeln hängendes Brett losgestemmt, ertönte hinter dem Haus.

Ich ging rechts am Haus vorbei, über einen Seitenhof voller Putzbrocken und zerbrochener Latten, die aussahen, als ob sie von den Wänden gerissen und nach draußen geworfen worden wären. Mitten auf dem Hinterhof stand eine Gaslampe, die einen grellen Lichtschein, heller als eine Leuchtrakete, verbreitete. Neben der Scheune, an die ein Traktorenschuppen angebaut war, parkte ein blauer Kleinbus. Im Schuppen brannte ebenfalls Licht, und durch die schmutzigen Fenster sah ich die Schatten zweier Männer, die im Innern auf und ab gingen.

Ich überquerte den Hof, achtete darauf, daß ich nicht in den Lichtschein geriet. In der Dunkelheit übersah ich ein mindestens dreißig Zentimeter tiefes Loch im Boden, auf das ich nicht gefaßt war, und verdrehte mir den Knöchel. Ein stechender Schmerz, wie wenn man sich an einer Feuerqualle verbrennt, schoß mir bis ins Kreuz.

Die Schatten am Fenster erstarrten.

Dann meinte ich L. Q. Navarros Stimme zu hören. *»Die Würfel sind gefallen. Mach ihnen die Hölle heiß, Kumpel.«*

Ich humpelte weiter, riß die Tür auf und richtete L. Q.s Revolver in den Raum.

Felix Ringo und ein zweiter Mann standen hinter einem Arbeitstisch, auf dem Garland T. Moon lag, über dessen Brust und Schenkel sich Ketten spannten, mit denen er an die Holzplatte gefesselt war. Moons Gesicht war abgewandt, so daß er aussah, als schliefe er. Ringo und der andere Mann waren rußverschmiert. Heu und Pferdemist hingen an ihrer Kleidung. Der Scheunenboden hinter ihnen war aufgerissen, die Fasergipsplatte neben einer Schlafkoje herausgebrochen, ein rostiger Heißwasserboiler mit einer Axt zerschlagen.

In dem Schuppen war es ungewöhnlich heiß, und ein leichter Brandgeruch hing in der Luft. Ich dachte zuerst, er stamme von der Glaslampe, die den Raum erleuchtete.

»Sie sehn gar nicht gut aus, Mann«, sagte Ringo.

Ich spürte, wie sich meine Rückenmuskeln verkrampften, so als kneife mir jemand mit einer Zange in die Wirbelsäule. Ich stützte mich mit einem Arm an den Türstock und hielt mit der anderen den Revolver im Anschlag. Der andere Mann hatte einen Plastiksack voller Kreditkarten in der Hand. Er hatte vernarbte Augenbrauen wie ein Preisboxer, kleine Ohren und derart blonde Haare, daß sie fast weiß wirkten.

»Los, ihr beiden, legt die Arme hinter den Kopf und kniet euch hin«, sagte ich.

Der andere Mann musterte mein Gesicht und fuhr sich mit der Zunge über die Unterlippe. »Leck mich, Mann«, sagte er, rannte in die Scheune und stürmte durch die Tür auf den Hof hinaus.

Ich schoß nicht. Statt dessen hielt ich den 45er weiter auf Ringos Gesicht gerichtet und stützte mich mit der anderen Hand am Türstock ab. Als ich einen Schritt vortreten wollte, schoß mir ein derart heftiger Schmerz ins Kreuz, daß ich unwillkürlich den Mund aufriß. Ich hörte, wie draußen der Kleinbus ansprang und sich entfernte.

»Wollen Sie ins Krankenhaus? Ich kann Sie hinbringen, Mann«, sagte Ringo.

Ich legte die Hand vorsichtig auf den Arbeitstisch, unmittelbar neben den JOX-Turnschuh an Moons Fuß, und stützte mich darauf. Ein durchdringender Geruch, so als habe jemand einem geschlachteten Schwein die Borsten abgesengt, stieg mir in die Nase.

»Letzte Warnung, Ringo. Auf den Boden«, sagte ich.

»Sie haben sie nicht mehr alle. Das is ein DEA-Einsatz. Sie haben hier nichts zu suchen.«

Ich zog den Revolverhahn zurück.

»Okay, Mann. Mein Freund holt die hiesige Polizei. Die machen Sie fertig, Mann«, sagte Ringo, doch er kniete sich auf den Boden und verschränkte die Hände im Nacken. Er rümpfte die Nase, und seine Oberlippe zuckte, als müsse er niesen.

Ich schob mich langsam um den Tisch herum zur anderen Seite. Moons Augen waren ins Leere gerichtet. Die Haut in seinem Gesicht wirkte wie verschrumpelt, war rot und runzlig wie eine Halloweenmaske. Sein geblümtes Hemd war mit Brandflecken übersät, unter denen offene Wunden klafften, die aussahen, als seien sie ihm mit einem Laser zugefügt worden.

An der hinteren Wand lag eine umgefallene Lötlampe.

»Ich will mal raten. Amphetamin wird ins Inland geschmuggelt, und gefälschte Kreditkarten gehen ins Ausland«, sagte ich.

»Hey, warum fragen Sie nicht die *Guapa*, mit der Sie in der Kiste gewesen sind? Das hier ist eine Bundesaktion, Mann. Die nimmt Sie sich noch mal vor, aber diesmal werden Sie keine Freude dran haben.«

»Wenn's euch um euer Zeug gegangen ist, habt ihr den Falschen gefoltert. Wahrscheinlich haben euch Darl Vanzandt und seine Freunde beklaut.«

»Wollen Sie mich festnehmen? Na gut, Mann. Weil ich dann nämlich morgen früh in einem Flieger nach Mexiko sitze. Also los, machen Sie schon, Mann.«

»Ich glaube nicht, daß es dazu kommt.«

Er schaute auf meine Hemdbrust.

»Was haben Sie da in der Tasche?« fragte er.

»Das hier? Komisch, daß Sie danach fragen. Ein Freund von mir hat sie drunten in Coahuila verloren.«

Ich sah, daß er es mit der Angst zu tun bekam, als er begriff, worum es ging.

Ich machte einen Schritt auf ihn zu, stützte mich weiter mit der Hand auf dem Tisch ab. Eine Träne hing an Moons eingesunkenem blauem Auge, das nur Zentimeter von meinem Unterarm entfernt war.

Felix Ringo sprang auf und rannte auf die Rückseite der Scheune zu, drehte sich ständig nach mir um. Er hielt sich an einer Boxentür fest, zog eine Automatik aus dem Halfter, das er um den Knöchel geschnallt hatte, und gab drei Schüsse ab, die in die Vorderwand schlugen; dann rannte er weiter. Er kam an einer Sattelkammer vorbei, riß die Sperrholztür hinter sich auf und ruderte gleichzeitig mit den Armen, als falle ein Hornissenschwarm über ihn her.

Ich hielt mich an einem Holzpfosten neben einer Box fest und feuerte ein ums andere Mal. Der Lärm war ohrenbetäubend, und der Rückstoß riß mir bei jedem Schuß die Hand hoch. Die Kugeln fetzten Splitter aus der in den Gang ragenden Sperrholztür, schlugen große Löcher ins Scheunentor und pfiffen durch die Dunkelheit, als ob Klaviersaiten rissen.

Staub, Strohfasern und Rauch tanzten im Schein der Gaslaterne. Mein rechtes Ohr war taub, so als habe jemand Eiswasser hineingegossen. Ich zog den Hahn halb zurück, schüttelte die leeren Hülsen heraus, drehte die Trommel, schob sechs neue Patronen durch die Ladeklappe und setzte den Hahn ab.

Ich humpelte langsam an den Boxen vorbei und schloß die zersplitterte Tür zur Sattelkammer. Felix Ringo lag am Boden, neben ihm die Automatik, in deren Verschluß eine nicht ausgeworfene Patronenhülse klemmte. An seiner Hüfte klaffte ein Riß in der Kleidung, und Blut quoll aus der Wunde, die wie eine zerdrückte Rose aussah.

»Mein Freund L. Q. Navarro hat immer gesagt, die kleinen Dinger, die man sich heimlich um den Knöchel schnallt, machen mächtig was her, aber sie haben einen Haken. Sie sind bloß für Liliputaner geeignet«, sagte ich und ließ mich auf einen Heuballen sinken.

»Ich brauch einen Arzt«, sagte Ringo.

Ich war völlig erledigt. Graue Kringel tanzten vor meinen Augen. Ich griff mir an die Brust und spürte etwas Warmes, Feuchtes und Klebriges.

»Sieht so aus, als ob's uns beide erwischt hat, Felix.« Ich atmete vorsichtig ein und wischte mir den Schweiß aus den Augen. Dann zog ich die Spielkarte mit dem Abzeichen der Texas Rangers, auf der L. Q.s Todestag vermerkt war, aus der Brusttasche meines Hemds. »Erinnern Sie sich noch an die Spielregeln drunten in Coahuila? Wenn man verliert, kriegt man so eine in den Mund gesteckt.«

»Ich bin schwer verletzt. Schau, Mann, ich bin am Sterben, ich brauch einen Priester.«

»Sie haben Roseanne Hazlitt umgebracht, nicht wahr?«

»Ja, okay, das sind wir gewesen.« Er atmete mühsam durch die Nase.

»Und haben es so hingestellt, als wär's Lucas Smothers gewesen?«

»Ja, auch das.«

»Und all das nur, um Jack Vanzandt zu decken.«

»Es hat eine Menge auf dem Spiel gestanden, Sachen, von denen Sie keine Ahnung haben, Mann. Fragen Sie die *Guapa,* die Frau von der DEA. Das is wie im Krieg, Mann. Da gibt's halt Verluste. Hey, Mann, ich arbeite für Ihre Scheißregierung. Aber das wollen Sie ja nicht hören.«

Er starrte mich eine ganze Weile mit funkelnden Augen an, voller Haß und böser Vorahnung.

»Was haben Sie vor, Mann?« fragte er mit schriller Stimme.

»Ich glaube, Sie sind im Arsch, mein Guter«, erwiderte ich.

Schweißtropfen standen ihm im Gesicht, das durch den Blutverlust grau und fahl war. Er schloß die Augen. Sein Mund zitterte.

»Nein, da liegen Sie völlig falsch, Felix«, sagte ich. »Diese Karte hat L. Q. Navarro gehört. Ich denke nicht daran, sie mit Ihrem Blut zu besudeln. Aber Sie haben mir eine Kugel in die Brust gejagt. Das heißt, das heute abend keiner von uns beiden die Sanitäter holen kann.«

Ich zwinkerte ihm zu und grinste.

Ein schmaler Streifen Mondlicht fiel in den Gang, in dem es nach Staub, Feldmäusen und schimmligem Heu roch, nach frischer Hirschlosung, dem Duft der Blumen auf der Lichtung, nach kühlem Wind, feuchtem Farn und klarem Wasser, das über Steine plätscherte. Ich dämmerte vor mich hin, ließ mich treiben, bis der Himmel heller wurde und ein rosiger Lichtschein durch die Löcher in der Scheunenwand fiel und draußen auf dem Feld ein Trupp Bundesagenten mit blauen Hüten und Westen auftauchte, die langsam, die Waffen im Anschlag, durch den Nebel vorrückten wie Sendboten eines fernen Imperiums, allen voran eine hochaufgeschossene Frau mit braunen Sommersprossen, deren Finger sich kühl und fleischlos wie Alabaster anfühlten, als sie meine Stirn berührte.

Epilog

Felix Ringo war tot, als er ins Bezirkskrankenhaus eingeliefert wurde. Ich hatte das Gefühl, daß man ihm von seiten der DEA von Herzen dankbar dafür war. Soweit ich weiß, wurden keinerlei Nachforschungen über seine Herkunft und sein Vorleben angestellt. Zunächst versuchte ich die Zeitungen in Dallas und Houston auf die Geschichte aufmerksam zu machen, dann die Sender und Nachrichtenagenturen, und schließlich erzählte ich jedem, der mir zuhören wollte, was ich über Felix Ringo wußte. Aber mit der Zeit fand ich mich damit ab, daß die öffentliche Meinung nur das zur Kenntnis nehmen will, was ihr ins Konzept paßt, und daß es sinnlos war, wider den Zynismus und die Skrupellosigkeit der Regierenden anzugehen, und ich hatte eins gelernt: daß es besser war, wenn ich mich davonmachte, sobald jemand allen Ernstes so tat, als ginge es auf der Welt mit rechten Dingen zu.

Jack Vanzandt hatte sich in einigen Anklagepunkten für schuldig erklärt und war mit einer dreijährigen Freiheitsstrafe in einer Bundeshaftanstalt davongekommen. Ein mildes Urteil, möchte man meinen, wenn man bedachte, daß er Amphetamine und gefälschte Kreditkarten verschoben hatte und indirekt am Tod einer jungen Frau mitschuldig war, bis ich eines Morgens in der Zeitung las, daß er in der psychiatrischen Abteilung einer Bundesklinik Gift genommen, einen Gehirnschlag erlitten und dabei das Augenlicht verloren hatte.

Emma ließ sich von ihm scheiden, nachdem ihr Haus und der gesamte Besitz von der Regierung beschlagnahmt worden waren. Die Urne mit der Asche ihres Stiefsohns, die auf dem Kaminsims stand, soll sie angeblich nicht mitgenommen haben. Heute leitet sie den Hochzeitstortenversand ihrer Eltern drüben in Shreveport und tritt ab und zu im kirchlichen Kabelfernsehen auf, wo sie für christliche Werte wirbt und wider den Drogenmißbrauch unter Jugendlichen wettert.

Mary Beth habe ich nie wieder gesehen, jedenfalls nicht bei vollem Bewußtsein. Nach der Operation, als ich tagelang im Morphiumrausch dahindämmerte, hatte ich das Gefühl, daß sie und L. Q. Navarro in meinem Zimmer wären. Aber eines Morgens wachte ich auf, und draußen schien die Sonne, und obwohl ich keine Hand rühren konnte und mein Gesicht brannte, als ob tausend Nadeln darin steckten, wurde mir klar, daß ich wieder genesen würde, und ich sagte ihren Namen, bis mich ein schwarzer Pfleger wieder aufs Kissen drückte und festhielt.

An einem Freitagabend im Spätsommer gingen Temple Carrol und ich zu einem Spiel von Petes Mannschaft, das auf dem Baseballplatz der katholischen Grundschule stattfand. Ich hatte ihn allein auf Beau hinreiten lassen, und hinterher suchten wir das Café an der Straße auf und bestellten uns Buffalo-Burger und Brombeermilch. Draußen vor dem Fenster zupfte Beau an den Zügeln, bis er endlich frei war, trabte dann zu dem Kiefernwäldchen vor der schlichten Kirche und graste friedlich vor sich hin. Der Deckenventilator in dem Café verbreitete die frische Luft, die durch die offene Tür und die Fenster eindrang, und ich spürte geradezu, wie der Tag zur Neige ging, wie sich die Dämmerung auf die Straßen senkte, konnte förmlich riechen, wie die letzten Tropfen aus den Bewässerungskanälen im Gras verrannen, wie das Harz auf der Borke der Kiefern abkühlte, deren Kronen noch in der Feuerbrunst der untergehenden Sonne aufragten.

»Ist doch klasse, daß Lucas im Herbst auf die A und M geht, stimmt's?« sagte Pete.

»Das ist eine gute Universität«, erwiderte ich.

»Darf ich heute abend allein mit Beau zurückreiten?«

»Du bist mir einer, Pete«, sagte ich.

»Der Kleine ist einfach klasse«, sagte Temple und drückte ihn an sich.

»Und irgendwann will ich mit Beau raus zu der Stelle reiten, wo man noch die Spuren vom Chisholm Trail sehen kann«, sagte Pete und grinste, als habe er sich bereits mitten ins Abenteuer gestürzt.

Temple warf mir einen langen Blick zu, und ich sah ihren roten Mund und hätte am liebsten ihre Hände ergriffen.

Ich hörte, wie Beau draußen mit den Hufen scharrte, tunkte einen Streifen Bisonsteak in das Ketchup, das dick und zähflüssig wie Blut war, und einen Moment lang meinte ich dunkle Wolken über der Prärie zu sehen, aus denen Hagelschlag niederging, und ich dachte an all die Komantschen und Wanderprediger, die dort einst umhergezogen waren, die Viehtreiber und Banditen, und ich wußte ganz genau, daß irgendwo da draußen, hinter dem Rand der Welt, Urgroßpapa Sam und die Rose vom Cimarron ihres Weges ritten, sich kurz im Sattel umdrehten und die Hand zum Abschiedsgruß hoben.